# À noite andamos em círculos

# Daniel Alarcón

## À noite andamos em círculos

Tradução
Rafael Mantovani

# ALFAGUARA

Copyright © 2013 by Daniel Alarcón
Todos os direitos desta edição reservados à
Editora Objetiva Ltda.
Rua Cosme Velho, 103
Rio de Janeiro — RJ — Cep: 22241-090
Tel.: (21) 2199-7824 — Fax: (21) 2199-7825
www.objetiva.com.br

Título original
*At Night We Walk in Circles*

Capa
Mateus Valadares

Imagem de capa
Ben Miller / ableimages / Corbis

Revisão
Ana Kronemberger
Ana Grillo
Cristiane Pacanowski

Editoração eletrônica
Abreu's System Ltda.

CIP-BRASIL. CATALOGAÇÃO NA PUBLICAÇÃO
SINDICATO NACIONAL DOS EDITORES DE LIVROS, RJ

A278n

    Alarcón, Daniel
        À noite andamos em círculos / Daniel Alarcón ; tradução Rafael Mantovani. - 1. ed. - Rio de Janeiro : Objetiva, 2014.

        315p.                    ISBN 978-85-7962-302-8
        Tradução de: *At Night We Walk in Circles*

        1. Ficção peruana. I. Mantovani, Rafael. II. Título.

14-10267                            CDD: 868.99353
                                       CDU: 821.134.2(85)-3

# À noite andamos em círculos

*Para Carolina, León e Eliseo*

A exterioridade do espetáculo, em relação ao sujeito atuante, é demonstrada pelo fato de que os gestos do próprio indivíduo não mais lhe pertencem, mas sim a um outro que os representa para ele. O espectador não se sente em casa em lugar algum, pois o espetáculo está em toda a parte.

— GUY DEBORD, *A sociedade do espetáculo*

BÉRENGER: [*que também para de sentir as paredes invisíveis, muito surpreso*] Por quê, como assim?

[*O* ARQUITETO *volta para seus arquivos.*]

De qualquer modo, que bom que minha lembrança é real e posso senti-la com os dedos. Sou tão jovem quanto era cem anos atrás. Posso me apaixonar outra vez... [*Gritando para as alas à direita:*] Mademoiselle, ó Mademoiselle, quer se casar comigo?

— EUGÈNE IONESCO, *Assassino sem fiança*

# Parte Um

# 1

Durante a guerra — que o pai de Nelson chamava de *os anos de tensão* — alguns estudantes radicais do Conservatório fundaram uma companhia de teatro. Liam os surrealistas franceses e improvisavam adaptações de mitos quíchuas; fumavam tabaco barato e cantavam canções de protesto com letras vulgares. Riam em público como se isso fosse um ato político, mostrando os dentes e assustando as crianças. Eles eram provenientes, de um modo geral, dos seguintes círculos não excludentes da juventude: os cabeludos, os trabalhadores, os sedentos de sexo, os posudos, os provincianos, os alcoólatras, os carentes emocionais, os agitadores, os oportunistas, os punks, os grudentos e os obcecados. Nelson naquela época era só um menino: taciturno, pensativo, crescendo num subúrbio da capital com a cabeça enfiada num livro. Tinha uma paixão secreta por uma menina da escola, uma magrinha de cabelos castanhos, com quem só trocara palavras de verdade numas poucas ocasiões. À noite, Nelson imaginava os diálogos que eles teriam um dia, ele e essa menina meio largada, totalmente comum, que ele amava. Às vezes ele encenava esses diálogos para Francisco, seu irmão. Nenhum dos dois jamais tinha ido ao teatro.

A companhia, chamada Diciembre, reunia-se em volta da obra de uns poucos dramaturgos estridentes, embora novatos, e logo se tornou conhecida por suas ousadas incursões na zona de conflito, onde eles exerciam seu lema — Teatro para o Povo! — não sem um risco considerável à integridade física dos atores. O espírito da época era tal que, enquanto sacrifícios desse tipo eram aplaudidos por certos setores do público, muitos outros os condenavam, ou mesmo os consideravam sinônimos de terrorismo. Em 1983, quando Nelson tinha apenas cinco anos de idade, alguns dos membros do Diciembre foram abordados pela polícia na cidadezinha de Belén; um episódio relativamente desimportante, que no entanto chegou aos jornais, prelúdio de um caso mais sério em Las Velas, onde membros do comitê de defesa local mantiveram três atores detidos por algum tempo e até os agrediram um pouco, pensando que fossem agentes cubanos. O trio adaptara um conto de Alejo Carpentier, numa atuação bastante convincente, segundo os relatos.

Eles também não estavam totalmente a salvo na cidade grande: no começo de abril de 1986, após duas apresentações de uma peça intitulada *O presidente idiota*, o dramaturgo e principal ator do Diciembre foi preso por incitação à violência e passou mais de meio ano definhando num presídio conhecido como Coletores. Seu nome era Henry Nuñez, e sua liberdade foi, por um breve período, uma *cause célèbre*. Cartas em seu apoio foram escritas em alguns países estrangeiros, por pessoas em geral bem-intencionadas, que nunca tinham ouvido falar dele e não tinham opinião sobre seu trabalho. Em algum canto dos arquivos de uma ou outra estação de rádio nacional ainda existe o áudio de uma entrevista no cárcere: esse rapaz sério, prodigamente citando Camus e Ionesco para condimentar suas declarações, descrevendo uma montagem presidiária de *O presidente idiota*, com detentos nos papéis principais. "Os criminosos e delinquentes têm uma compreensão intuitiva de uma peça sobre política nacional", disse Henry numa voz firme, destemida. Nelson, a menos de um mês de seu oitavo aniversário, ouviu por acaso essa entrevista. Seu pai, Sebastián, estava de pé junto ao balcão da cozinha fazendo café, com um olhar apreensivo.

"Pai", perguntou o pequeno Nelson, "o que é um dramaturgo?"

Sebastián pensou por um instante. Ele quisera ser escritor quando tinha a idade do filho. "Um contador de histórias. Um dramaturgo é alguém que inventa histórias."

O menino ficou intrigado, mas não satisfeito, com essa definição.

Naquela noite ele comentou isso com Francisco, seu irmão, que reagiu como sempre reagia a quase qualquer coisa que Nelson dissesse em voz alta: com um olhar de perplexidade e aborrecimento. Como se houvesse uma série de coisas normais que todos os irmãos mais novos sabiam fazer instintivamente na presença dos mais velhos, mas que Nelson jamais tivesse aprendido. Francisco mexeu no rádio. Suspirou.

"Os dramaturgos inventam conversas. Chamam isso de *peças*. Essas bobagens que você inventa sobre sua namoradinha falsa, por exemplo."

Francisco tinha doze anos, uma idade em que tudo é perdoado. No fim acabaria indo embora para os Estados Unidos, porém, muito antes de partir, já vivia como se não estivesse mais lá. Como se aquela família dele — mãe, pai, irmão — quase não tivesse importância. Ele sabia exatamente como dar um fim nas conversas.

Não foram encontradas gravações da montagem presidiária de *O presidente idiota* mencionada anteriormente.

Quando finalmente foi solto, em novembro desse mesmo ano, Henry estava muito mais magro e mais velho. Não falava mais com aquela voz firme; na verdade, quase não falava nada. Não dava entrevistas. Em janeiro, em resposta a uma rebelião dos detentos, dois dos setores mais tumultuosos de Coletores foram demolidos, bombardeados e incendiados pelo exército; e os homens que haviam integrado o elenco de *O presidente idiota* morreram no ataque. Levaram tiros na cabeça ou foram mortos por estilhaços de explosivos; alguns deram o azar de ficar esmagados sob paredes de concreto que desabaram. Ao todo, trezentos e quarenta e três detentos morreram, sumiram; e embora Henry não estivesse lá, parte dele morreu naquele dia também. O incidente angariou atenção internacional, umas poucas cartas de protesto de capitais europeias, e depois foi esquecido. Henry perdeu Rogelio, seu melhor amigo e companheiro de cela, seu amante, embora não tivesse usado essa palavra na época, nem para si mesmo. Passaram-se quase quinze anos até ele voltar a subir num palco.

Mas uma trupe precisa ser maior que uma única personalidade. O Diciembre reagiu ao toque de recolher, aos bombardeios e ao medo disseminado com um programa de bacanais dramatúrgicos, "tão embriagados de juventude e arte" (de acordo com Henry, uma ideia ecoada por outros) "que podiam muito bem estar vivendo num outro universo". Os tiros eram deliberadamente mal interpretados, ouvidos como fogos de artifício de uma comemoração e usados como pretexto para louvar a *joie de vivre* local; os blecautes criavam um clima de romance. Em seus dias de glória, no fim da década de 1980, o Diciembre parecia menos um coletivo de teatro e mais um movimento: eles faziam maratonas de espetáculos que duravam noites inteiras, nos prédios e armazéns recém-abandonados nas margens da Cidade Velha. Quando não havia eletricidade — o que acontecia com frequência — eles ligavam as luzes em baterias de carro, ou acendiam velas ao redor do palco; não havendo isso, eles atuavam no escuro, com as vozes espectrais dos atores brotando do negrume infinito. Ficaram conhecidos por suas versões pop de García Lorca, suas estentóreas leituras de roteiros de telenovelas brasileiras, suas noites de poesia que caçoavam da própria ideia de poesia. Eles celebravam por princípio qualquer coisa que mantivesse o público acordado e rindo durante as horas após o toque de recolher, horas que sem isso seriam longas e solitárias. Esses espetáculos viraram mito entre os estudantes da geração de Nelson; e procurando (como Nelson fizera) entre as banquinhas de livros e revistas usados que apinhavam as ruas laterais da Cidade Velha, era possível encontrar cópias mimeografadas dos programas do Diciembre, amarrotadas e desbotadas, porém exalando aquele inconfundível cheiro de história, do tipo que dá vontade de ter participado.

    Quando Nelson entrou no Conservatório, em 1995, a guerra já tinha acabado havia alguns anos, mas ainda estava fresca na memória. Boa parte da capital estava sendo reconstruída. Talvez seja mais correto dizer que a capital estava sendo *reimaginada* — como uma versão de si mesma em que toda essa desagradável história recente jamais acontecera. Não havia estátuas dos mortos, nenhuma rua rebatizada em sua homenagem, nenhum museu de memória histórica. O entulho foi retirado, avenidas foram alargadas, árvores foram plantadas, novos bairros se ergueram sobre as cinzas dos que foram assolados no conflito. Planejaram-se shoppings para todos os distritos da capital, e a Cidade Velha — que jamais foi uma área com limites exatos, mas sim um nome impreciso usado para se referir ao centro malcuidado e decrépito da cidade — foi restaurada, quarteirão por quarteirão, com uma aspiração otimista a um título de Patrimônio da Humanidade da Unesco. O trânsito foi retraçado para tornar o centro mais caminhável, fachadas sombrias ganharam um toque de cor, e uma polícia de repente zelosa mandou os batedores de carteira locais para a periferia. Os turistas começaram a voltar, e o governo, pelo menos, estava contente.

    Nesse meio-tempo, a lenda do Diciembre apenas crescera. Muitos dos colegas de Nelson no Conservatório alegavam ter estado presentes em uma ou outra dessas apresentações históricas quando eram crianças. Diziam que seus pais os haviam levado; que tinham presenciado atos inomináveis de depravação, uma união profana entre recital e insurreição, sexo e barbárie; que continuavam, ainda após tantos anos, perturbados, marcados, e mesmo inspirados pela lembrança. Eram todos mentirosos. Estavam, na verdade, estudando para ser mentirosos. É de se imaginar que os alunos do Conservatório hoje em dia falem de outras coisas. Que são jovens demais para lembrar como o medo era algo banal durante os anos de tensão. Talvez achem difícil conceber um tempo em que o teatro era improvisado em resposta a manchetes assustadoras, em que uma fala num diálogo nem mesmo exigia atuação para ser declamada com uma inflexão sinistra de pavor. No entanto, esses são os efeitos narcóticos da paz, e certamente ninguém quer um retrocesso.

Mais ou menos uma década depois do fim oficial da guerra, o Diciembre ainda funcionava como um agrupamento não muito coeso de atores que de quando em quando até faziam uma apresentação, muitas vezes numa casa particular, frequentada apenas por convidados. Paradoxalmente, agora que viajar para fora da capital era relativamente seguro, eles quase nunca iam ao interior. Seria preguiça, uma reação sensata ao fim das hostilidades, ou apenas a meia-idade embotando a verve afiada do radicalismo juvenil? Henry Nuñez, antes o dramaturgo-estrela da trupe, praticamente retirou-se dela, atribuindo a decisão não a sua estadia no presídio, mas ao nascimento de sua filha. Depois que seu lar na prisão foi demolido, ele se apaixonou quase a contragosto, casou-se e teve uma filha chamada Ana. E então: vida, afazeres domésticos, responsabilidades. Antes que o Diciembre o consumisse, ele estudara biologia, o bastante para ser qualificado para um cargo de professor numa escola primária supostamente progressista no Acantonamento. O trabalho alentava seu ego — ele podia falar durante horas sobre qualquer coisa que lhe vinha à mente, e os alunos não reclamavam — e, nas suas mãos, a biologia era menos uma ciência do que um ramo obsessivo das humanidades. O mundo podia de fato ser explicado, e ele achava um milagre que os alunos escutassem. Para fazer uma renda extra, ele dirigia um táxi a cada dois fins de semana, cruzando a cidade de uma ponta a outra num velho e resistente Chevrolet que herdara de seu pai. Embora não pisasse numa igreja desde o meio dos anos 1980, colou no para-brisa um adesivo dizendo "Jesus te ama" em vermelho gritante, para deixar os possíveis clientes mais à vontade. Era terapêutico, o ato descerebrado de dirigir, e as ruas sem graça, às vezes tristonhas, eram tão familiares que não podiam surpreendê-lo. Nos dias bons, ele conseguia evitar pensar na vida.

Henry guardava no porta-malas um urso de pelúcia gigante, que ele tirava para deixar sentado com sua filha quando ia buscá-la na casa da mãe. Quanto mais ela crescia, Henry me disse, mais esmaeciam suas ambições. Não que ele a culpasse — muito pelo contrário. Ana, explicou ele, o salvara de um tipo de vida medíocre que seus velhos amigos haviam penado para conquistar: pintores, atores, fotógrafos, poetas — coletivamente são chamados de artistas, assim como os homens e as mulheres que fazem treinamento para viagens espaciais são chamados de astronautas, tendo ou não ido para o espaço. Ele disse que preferia não fazer esse papel. Estava cansado de fingir, conclusão a que chegara nos meses após sair da prisão, depois que seus amigos haviam sido mortos.

Mas, no fim de 2000, alguns veteranos do Diciembre decidiram que era importante comemorar a fundação da trupe. Planejou-se uma série de apresentações na cidade, e um veterano do Diciembre chamado Patalarga até sugeriu uma turnê. Naturalmente eles chamaram Henry, que, com alguma relutância, concordou em participar, mas só se eles achassem um novo ator para se juntar ao grupo. Testes para uma versão itinerante de *O presidente idiota* foram anunciados para 2001, e Nelson, então saído do Conservatório havia um ano, correu para se inscrever. Ele e dezenas de jovens atores iguaizinhos a ele, mais notáveis por seu entusiasmo do que por seu talento, reuniram-se no ginásio úmido de uma escola no distrito de Legon, lendo falas que ninguém pronunciava em voz alta havia mais de uma década. Era como voltar no tempo, pensou Henry, e aquele tinha sido justamente o seu receio logo da primeira vez que ouviu a proposta. Ele suspirava, talvez alto demais; sentia-se velho. Desde o divórcio, via Ana, agora com onze anos, em fins de semana alternados. Seus alunos tinham a idade de sua filha; realizavam "experimentos" científicos em que não havia nada em jogo, em que nenhum resultado possível seria uma surpresa. Nos últimos tempos, isso o deprimia profundamente, e ele não sabia por quê.

Sempre que Ana vinha dormir na sua casa, trazia um maço de desenhos amarrados com um barbante, todo o trabalho que fizera desde a última vez que eles tinham se visto, que ela entregava ao pai com muita cerimônia, para receber críticas. Diferente de seus velhos amigos, diferente dele próprio, sua filha não estava fingindo: ela *era* uma artista, desse jeito sincero como só as crianças podem ser, e esse fato enchia Henry de um orgulho imenso. Eles sentavam no sofá e discutiam em detalhe as obras dela a giz de cera, lápis e pastel. Cor, composição, traços, tema. Henry assumia seu tom de voz mais elegante, mais grandiloquente, e descrevia a obra dela com palavras sofisticadas que ela não entendia, mas achava deliciosas, engraçadas e muito adultas — *pós-estruturalista, antediluviano, protossurrealista, afásico*. Ela sorria; ele ficava contente. *O veio antropomórfico que perpassa sua obra é simplesmente notável!* Na maioria das vezes, escondido entre as obras de sua filha, Henry encontrava um bilhete sucinto da mãe de Ana, que era, em tom e conteúdo, o exato oposto dos desenhos alegres da menina: uma lista de afazeres, lembretes sobre mensalidades da escola, atividades, compromissos. Palavras destituídas de cordialidade, afeto ou qualquer vestígio da vida que eles já haviam tentado construir juntos. A diversão acabava por um instante enquanto Henry lia.

"O que está escrito, pai?", perguntava Ana.

"Sua mãe. Ela diz que está com saudade de mim."

Henry e a filha desmanchavam-se em acessos de riso gutural. Para uma menina da sua idade, Ana entendia até bem o que era um divórcio.

A reapresentação da peça mais famosa de Henry foi programada para coincidir com o décimo quinto aniversário de sua estreia truncada, e o vigésimo aniversário da fundação da companhia. Quando ele contou à mãe de Ana a ideia, ela lhe deu os parabéns. "Talvez você consiga ser preso de novo", disse sua ex-mulher. "Quem sabe isso vai ressuscitar sua carreira."

Um pensamento semelhante também lhe passara pela cabeça, é claro, mas, para preservar seu orgulho, Henry fingiu se ofender.

Agora, naqueles testes de ator, sua carreira parecia estar mais distante do que nunca. O que quer que fosse aquilo — um defeito, uma obsessão, uma doença —, certamente não era "uma carreira". Ainda assim, esses diálogos, essas falas que ele escrevera tantos anos antes, mesmo ao serem declamadas por aqueles atores inexperientes, provocaram em Henry um acesso inesperado de sentimentos: lembranças de esperança, raiva e integridade. A dramaticidade daqueles dias, a sensação de vertigem; ele fechou os olhos com força. Na prisão, Rogelio lhe ensinara a enfiar uma resistência nos sulcos cavoucados de um tijolo e usar essa engenhoca para aquecer suas refeições. Antes dessa simples lição, tudo o que Henry comera tinha sido frio. A prisão era um lugar assustador, o mais apavorante onde ele já estivera. Ele fizera o possível para esquecer aquilo, mas se havia naquela época algo que ainda tinha o poder de fazê-lo tremer, era o frio: sua estadia na prisão, o medo, seu desespero, tudo reduzido a uma temperatura. Comida fria. Mãos frias. Chão frio de cimento. Ele lembrava agora como aquelas resistências brilhavam num vermelho vivo, como o sorriso de Rogelio brilhava também, e ficava surpreso que essas imagens ainda o comovessem tanto.

Os atores, por sua vez, em geral estavam nervosos ou empolgados demais para notar o semblante perturbado, apreensivo de Henry; ou, se notavam, assumiam que era uma reação a suas próprias atuações.

Alguns, é preciso observar, não faziam ideia de quem ele era.

Mas Nelson reconheceu Henry. Ouvira-o no rádio naquele dia e, não muito tempo depois, decidira virar dramaturgo. Após todos esses anos, e em diversos aspectos, aquele continuava sendo seu sonho. O que ele disse para Henry?

Algo como: "Sr. Nuñez, é uma honra."

Ou: "Nunca achei que teria a chance de conhecer o senhor."

As palavras em si não são tão importantes; basta o fato de que ele fez questão de abordar Henry sentado à mesa, absorto em lembranças sombrias. Imaginemos a cena: Nelson estendendo a mão para cumprimentar seu herói, com os olhos marejados de admiração. Uma conexão entre os dois homens, o mentor e seu protegido.

Quando nós conversamos, Henry rejeitou essa ideia.

Eu insisti: O dramaturgo viu algo de si mesmo naquele jovem? Algo de seu próprio passado?

"Não", respondeu Henry. "Com todo o respeito, eu nunca fui tão jovem assim. Nem mesmo quando era menino."

Não importa. Numa segunda-feira em março de 2001, Nelson foi chamado para um ensaio num teatro na Cidade Velha, a um quarteirão da rotatória perto da Biblioteca Nacional, onde seu pai tinha trabalhado. Depois de um ano desanimador — um término de namoro, uma extensão de contrato num emprego desinteressante, os meses de frustração após uma formatura tanto almejada quanto temida —, Nelson ficou simplesmente extasiado com a notícia. Henry tinha razão: Nelson, aos quase vinte e três anos, tinha uma mochila cheia de roteiros, um caderno abarrotado de histórias manuscritas, uma cabeça cheia de cachos rebeldes, e parecia muito, muito mais jovem. Talvez tenha sido por isso que ele ganhou o papel — sua juventude. Sua ignorância. Sua maleabilidade. Sua ambição. A turnê começaria dali a um mês. E foi então que os problemas começaram.

# 2

Normalmente, Nelson teria compartilhado esse tipo de notícia com Ixta. Agora ele estava em dúvida. Ela fora sua namorada até julho do ano anterior, e eles tinham seguido caminhos diferentes, em termos não amigáveis, num dia que Nelson considerou ser o coração morto do inverno. Nuvens diabólicas, uma névoa fina, cinzenta. Foi ele quem terminou tudo, disse que queria liberdade. Ela caçoou, "Por acaso eu sou sua carcereira?" e, em resposta, lágrimas egoístas porém autênticas brotaram dos olhos de Nelson. Ele ia embora para os Estados Unidos e não podia estar comprometido com ela nem com ninguém enquanto corria atrás de seu futuro. Eles ficaram três meses sem se falar, período em que ele não fez plano algum e não tomou nenhuma atitude em prol dessa supostamente corajosa mudança de vida.

No começo de outubro, Nelson e Ixta se encontraram para tomar um café, um episódio tenso que, contudo, levou a outro encontro poucas semanas depois. De um modo um tanto inesperado, no meio desse segundo encontro ele se viu rindo. E Ixta rindo também. Não era um riso de hesitação, constrangimento nem educação. E isso o deixou abalado, dar-se conta de que, se ele tivesse mais coragem, podia vencer a mesa estreita que os separava e — na frente de todos aqueles estranhos — casualmente pousar sua mão na dela. Ninguém ia notar nem achar estranho. Talvez até sorrissem com a cena, ou pensassem algo como:

*Oh, que belo casal de jovens!*

Ele não fez isso, é claro — não naquele dia —, porém fez algum progresso. Devagar. Com paciência. No passo constante de uma formiga juntando comida, ou de um pássaro construindo um ninho. E valeu a pena: já perto do Natal, eles estavam dormindo juntos de novo. Aconteceu quase por acidente no início, mas a segunda vez o deixou cheio de esperanças. Eles começaram a se encontrar mais ou menos a cada duas semanas, mais do que isso quando Mindo, o namorado novo de Ixta, estava trabalhando à noite. Esses encontros eram uma fonte tanto de felicidade quanto de tormento para Nelson, mas de qualquer modo ele não podia ou não queria levar as coisas mais adiante. Em sua nudez, eles falavam sobre tudo, menos sobre o que estavam fazendo juntos, sobre o futuro, e, por algum motivo, era justamente por ser tão vago que esse novo relacionamento lhes parecia tão adulto. Ixta nunca perguntava se ele ainda pretendia partir para os Estados Unidos, nem ele mencionava isso. Ele iria — algum dia em breve, ele tinha certeza — dizer a ela que a amava, que sentia falta dela, que pedia desculpas por tudo, e que eles deviam ficar juntos, se não para sempre, pelo menos por enquanto. Depois disso, as coisas ficariam mais claras. Ele ainda não tinha escrito toda a cena — não fazia mais esse tipo de coisa —, mas tinha se projetado dentro dela, ensaiado um ou dois discursos na cabeça. Como ele depois descobriria, Ixta também esperava aquilo. Ela não sabia como ia reagir, mas já estava aguardando. Havia apenas o pequeno detalhe de que ele não dissera nada.

Em março, quando soube da notícia sobre o Diciembre, Nelson pensou em tudo aquilo que os dois tinham passado, no que eles certamente tinham pela frente, e decidiu que seria correto telefonar para ela *primeiro*. Dar-lhe essa prioridade era um gesto de respeito ao passado deles, ao futuro que eles imaginavam. O telefone tocou duas vezes, um alô sucinto. Ixta o deixou falar e lhe deu os parabéns, numa voz seca. Ele escutou com atenção: era a voz que ela usava quando Mindo estava no recinto.

Nelson e Ixta, porém, eram ambos atores, portanto esse fato não chegava a impedir uma conversa; na verdade, agir naturalmente era mais importante do que nunca. Apenas dois amigos conversando. O subterfúgio era parte da atração, imagina-se. Ixta representou seu papel: era uma ótima notícia, ela disse. "Quanto tempo você vai ficar fora?"

"Uns dois meses, talvez três."

Havia um certo sadismo no anúncio dele. "Me senti abandonada", Ixta me contou depois. "Outra vez."

Ela guardou essa confissão para si, e em vez disso respondeu: "Bem que você sempre quis viajar."

"Talvez até dure mais tempo, se tivermos uma boa recepção."

"Tomara."

Ao fundo: "Quem é, gatinha?"

Nelson ficou apreensivo, mas recusou-se a voltar atrás. Mais tarde, ele se perguntaria se tinha sido imprudente. Se bem que: e daí se eles fossem pegos? Ele não deveria *querer* que isso acontecesse?

"Vamos comemorar?", ele perguntou.

Na cabeça de Nelson, o fato de eles dois serem amantes — e apenas amantes, por enquanto — era um alívio para Ixta. Ele imaginava que ela fosse grata por ele não colocar pressão sobre o futuro deles, não exigir um rótulo para esse novo episódio de seu relacionamento. Imaginava que ela se impressionasse com a maturidade dele, com sua disposição de compartilhá-la com outro homem. Mas essa formulação era parcial. Não levava em conta o fato de que ela o amara, nem que ele partira o seu coração. Não cogitava que o coração dela talvez ainda estivesse partido, ou que toda vez que eles dormiam juntos, ele se partisse um pouco mais.

"Não sei", disse Ixta. "Estou ocupada esta semana."

"Achei que você fosse ficar feliz por mim", disse Nelson, e imediatamente se arrependeu. Ele soava tão lamurioso, tão absorto em si mesmo. Havia certos traços que ele tomara o cuidado de não manifestar desde a reconciliação, mas lá estavam eles, vazando à luz do dia, escancarados. Ele queria ser uma pessoa melhor; e caso isso não fosse possível, queria pelo menos parecer que era.

"Eu *estou* feliz por você", ela disse. "Felicíssima."

Ele continuou insistindo: "Eu queria te ver."

Ixta deu um suspiro: falando sozinha agora, num ritmo apressado que precipitou o fim da conversa. "Claro. Tá. OK. A gente se fala." Ele quase conseguia ouvir o homem deitado ao lado dela, com os olhos semifechados, casualmente enrolando em seu dedo os cabelos castanhos de Ixta.

Nelson ficou segurando o telefone por mais um tempo, sem nenhum bom motivo.

\* \* \*

A segunda pessoa a ouvir a boa notícia foi sua mãe, Mónica, que ficara viúva três anos antes, e cuja capacidade de sentir alegria diminuíra muito desde então. Esta expressão é dela: "capacidade de sentir alegria", ela me disse, como alguém descreveria a potência de um motor de quatro cilindros, ou a memória de um computador novo. Quando chamei sua atenção para isso, Mónica deu risada. "Muitos anos trabalhando como burocrata", ela disse. "Imagine a vida que eu poderia ter tido!"

Mas a verdade é que ela estivera bem contente com sua vida até seu marido morrer. A casa que ela dividia com o filho mais novo agora era estranha para eles; e ambos passavam o mínimo de tempo possível ali. No primeiro ano, Nelson muitas vezes ouvia a mãe chorando no meio da noite. Francisco às vezes ligava da Califórnia e ficava no telefone com ela durante horas. A conversa melancólica que vinha do outro quarto embalava Nelson até ele cair no sono. Ele dormia bastante naqueles dias. Mónica agora estava melhor. Ainda guardava o velho pijama do marido embaixo de seu velho travesseiro e respeitava a noção de que um lado da cama era dele. Era apenas correto ela sentir a ausência do marido como uma ferida.

Mónica ia muito ao cinema, principalmente filmes americanos. Adquirira um gosto por filmes de ação e suspense. Quanto mais explosões e efeitos especiais, melhor; se o filme envolvia alienígenas ou submarinos, ela sentia uma alegria pessoal. Até tentou explicar esse novo interesse a seus filhos, separadamente, com resultados variáveis. Como era previsível, Nelson (para quem a estética da narrativa não era uma questão de gosto, mas uma convicção profunda) não a apoiou muito. Francisco, por outro lado, achava aquilo cômico, e de algum modo coerente com as outras excentricidades da mãe: ela fazia cisnes de origami com embalagens de saquinhos de chá, e bandos deles apareciam nos cantos mais estranhos da casa: num armarinho de cozinha pouco utilizado, atrás da louça de festa; na sala de jantar, sentado na cabeceira da mesa; ou empoleirados nos parapeitos das janelas, olhando para a rua. Ela nunca jogava uma revista fora sem recortar uma ou duas figuras bonitas, e a porta da geladeira virava uma verdadeira galeria para essas imagens, uma colagem de rostos que haviam feito Nelson e Francisco sentir, quando eram crianças, que eram parte de uma família eclética e impossivelmente grande. E desde que Sebastián falecera, Mónica adotara um de seus velhos hábitos: escrever cartas para jornais, por exemplo, reclamando de ruas esburacadas, engarrafamentos, o aumento da criminalidade, a falta de espaços verdes. Estas ela escrevia em nome de Sebastián, com a assinatura dele, fiel ao estilo ácido e erudito do marido. Sempre que uma delas era publicada, Mónica sentia uma pontada de dor, uma sensação de conquista, uma confirmação de sua solidão. Ela guardava os recortes numa pasta, e às vezes os lia antes de ir para a cama, como Sebastián tantas vezes fizera quando estava vivo.

Quanto aos filmes, Mónica sentia que nenhum de seus filhos a compreendia. Não era das histórias que ela gostava, mas sim da atmosfera que vinha junto com elas. Ela se via na fila na frente do cinema, cercada de enxames de adolescentes enlouquecidos, comportando-se como adolescentes: mal. Eram histéricos, malvestidos, desnecessariamente barulhentos. Eu a acompanhei a um desses filmes e presenciei em primeira mão sua alegria inconfundível. Quanto pior era o filme, quanto mais imbecil, mais feliz Mónica ficava: seus novos companheiros falavam com a tela e comemoravam cada explosão, criando uma cacofonia quase igual à do próprio filme. Ela me disse que também ficava surpresa, porém, na companhia deles, sentia paz. Conforto. Um lembrete de que ainda não estava morta.

Na noite em que Nelson recebeu a notícia sobre o Diciembre, por acaso mãe e filho estavam em casa na hora do jantar, e nenhum deles tinha comido. Ele pretendera mencionar aquilo num comentário casual e distraído, que talvez exigisse um abraço curto e pouco mais que isso, mas não foi assim que a coisa aconteceu.

"Lembra daquele teste?", ele perguntou, "da semana passada?" E, sem esperar uma resposta, ele cuspiu: tinha conseguido o papel. Ia sair em turnê.

Mónica era uma mulher pequena, orgulhosa; ainda menor e mais orgulhosa, na verdade, nos anos desde que Sebastián morrera. Agora, embora tivesse tentado esconder, Mónica começou a chorar.

Nelson protestou: "Mãe."

"Estou feliz por você", ela disse. "Isso é maravilhoso!"

Sua voz rachou. Ela perguntou detalhes, mas teve que sentar para ouvi-los. Suas pernas estavam fracas. Ele disse a ela o que sabia: eles partiriam da capital em abril, seguiriam para as montanhas. O máximo de apresentações que conseguissem fazer, talvez seis ou sete por semana. Na maioria das cidades, começariam com uma negociação, por um espaço, por um horário. Eles tinham contatos, e o Diciembre era respeitado e razoavelmente bem conhecido, mesmo agora. Se a cidade fosse grande o bastante, eles ficariam um tempo, até que todos tivessem visto a apresentação. O circuito foi esboçado, mas estava sujeito a improvisos.

"É claro", disse Mónica.

Ele continuou. A rota era mais ou menos: San Luis (onde um dos membros do Diciembre tinha um primo), uma semana e meia no planalto acima e ao redor de Corongo (onde esse mesmo homem nascera, e onde sua mãe ainda morava), Canteras (onde o próprio Henry Nuñez vivera desde os nove anos de idade até fugir para a capital aos catorze), Concepción, depois cruzando a serra até Belén, e entrando pelos vales mais abaixo. Posadas, El Arroyo, Surco Chico, subindo para San Germán, e depois o litoral. Uma dúzia de vilas menores no caminho. Um itinerário sem dúvida ambicioso. O coração do coração do país. Era a turnê que o Diciembre planejara fazer, quinze anos atrás, antes que a prisão de Henry frustrasse esses planos.

A esta altura, Mónica estava soluçando.

"Que viagem bonita", ela disse, "muito bonita". E embora fossem palavras sinceras, talvez valha notar que ela jamais ouvira falar da maioria das cidades que seu filho listou, e mal conseguia ligar uma imagem ao nome delas. Ela me confessou: não eram, na sua mente, lugares específicos mas sim ideias de lugares. Noções. Ecos. O simples fato de ser possível ir ao interior ainda a surpreendia: durante a guerra, boa parte do país era terreno inacessível, perigoso demais para se viajar — mas agora seu filho embarcaria num ônibus noturno e nem mesmo pensaria nisso. Era espantoso. Em 1971, na sua lua de mel, ela e Sebastián pegaram o carro do pai dela e saíram da cidade, entrando nos vales férteis que desciam rumo à selva, até cidades ribeirinhas pitorescas com ruas de pedra e casas de adobe e telhado de palha. Nomes complexos, impronunciáveis, que dez anos depois, durante a guerra, seriam sinônimos de medo. Mas não naquela época. Embora tivesse esquecido alguns dos nomes, todo o resto ela lembrava nitidamente: a água reluzente, limpa; o ar denso, úmido; a sensação mágica de leveza; e aquele homem — seu marido — inteiro só para ela. Seu corpo doía com essa lembrança.

"Que foi?", Nelson perguntou, sentando-se ao lado da mãe enquanto ela chorava. "São só alguns meses."

Mónica não conseguiu, ou preferiu não explicar. Por onde começar?

"Eu não comi nada, só estou com a cabeça meio zonza", ela disse, e tentou lembrar da última vez que tinha chorado. Daquele jeito? Semanas — não, meses! Depois ela me disse: "Eu me assustei. Ia ficar sozinha, totalmente sozinha. Tive certeza de que ia perdê-lo. Não sei como, mas eu simplesmente soube."

A única pessoa para quem Nelson não contou a boa notícia foi seu irmão, Francisco. Eles não estavam se falando muito naquela época. Os ocasionais e-mails de Francisco ficavam sem resposta (Nelson não levava a sério essa forma de comunicação e pensava nela como uma moda passageira); e sempre que ele telefonava dos Estados Unidos, parecia que seu irmão mais novo tinha acabado de sair de casa. Ao todo, eles falavam talvez três vezes por ano, nunca por mais de dez minutos. O resultado desolador, mas totalmente lógico, de tanta distância era este: quanto menos eles se falavam, menos assunto tinham para conversar.

A infância de Nelson pode ser dividida basicamente em duas partes: antes de Francisco partir para os Estados Unidos e depois. Até os treze anos, Nelson viveu junto com Francisco, compartilhando um quarto, todo tipo de confidências, e uma certa tensão conspiratória. Havia com certeza uma hierarquia: quando Francisco intimidava Nelson, Nelson admirava a força do irmão; quando Francisco tirava sarro dele, Nelson se maravilhava com sua sagacidade; quando Francisco o enganava, Nelson apreciava sua esperteza. Seria injusto dizer que eles não se davam bem — embora discutissem bastante e até brigassem de vez em quando, isso é só parte da história. Seria mais preciso dizer que Nelson admirava o irmão sem reservas; que ele — como os irmãos mais novos do mundo inteiro, desde que os hominídeos se organizaram em famílias — nasceu já dentro de um culto. Que

Francisco era, até ir embora, e por um bom tempo depois, o modelo de tudo o que Nelson queria ser.

Mónica e Sebastián mudaram-se juntos para Baltimore em 1972, para estudar. Tinham se casado no ano anterior, e, uma vez nos Estados Unidos, decidiram que era hora de formar uma família. Sebastián, quando era vivo, explicava a decisão assim: ter um bebê americano era como colocar dinheiro no banco. Francisco nasceu em 1974. Mónica se esforçava para tirar seu diploma de saúde pública na Johns Hopkins; Sebastián, seu mestrado em biblioteconomia. Enquanto os pais estudavam, Francisco observava o interior do pequeno apartamento deles, na companhia de uma babá americana tagarela. Tão tagarela, na verdade, que na entrevista Mónica e Sebastián mal tinham tido a chance de dizer uma palavra. Eles tinham a esperança de que parte do inglês daquela mulher ficasse alojada no cérebro do filho, onde talvez fosse útil depois.

A educação linguística de Francisco foi interrompida, no entanto, quando o governo de seu país natal foi derrubado, três meses antes do segundo aniversário do menino. As notícias eram esparsas, mas Sebastián e Mónica logo reuniram alguns fatos salientes. O mais importante: os novos líderes não estavam em termos amistosos com os americanos. A reação veio pouco em seguida: os vistos da família não seriam renovados. Disseram-lhes que só era possível entrar com recurso no país de origem. O hospital da universidade escreveu uma carta em prol de Mónica, mas esse bem-intencionado documento sumiu na gaveta de algum burocrata num subúrbio da Virgínia, e logo ficou claro que não havia nada a ser feito. Em vez de arriscar-se à possibilidade indigna de serem deportados (ou, mais impensável, continuar lá e viver à sombra da lei), Sebastián e Mónica preferiram fazer as malas e ir embora; de uma hora para a outra, sua aventura americana chegou a um fim prematuro. Ainda assim, o acidente de seu local de nascimento deu a Francisco uma importante vantagem prática e psicológica, algo que formou sua personalidade nos anos seguintes: um passaporte americano, e tudo o que isso representava.

Nelson nasceu em 1978, quando Francisco tinha quatro anos. O conflito armado começou dois anos depois, numa província distante ao sul da capital, um lugar tão remoto que a guerra já estava acontecendo havia três anos quando começou a ser levada a sério. Cinco anos até que muitas pessoas soubessem o suficiente para ter medo. Em 1986, no entanto, tudo estava bastante claro, mesmo para os dois meninos de Sebastián e Mónica. Durante toda a infância deles, conforme a guerra apertava a cidade cada vez com mais força, conforme a economia começava a vacilar, Francisco provocava Nelson com seu magnífico documento de viagem. Era o equivalente de um tapete mágico, um de cujos poderes era a possibilidade implícita de fugir, de algum modo sempre presente nas conversas entre os irmãos. Já era esperado que Francisco emigraria assim que possível e levaria consigo seu irmão mais novo quando surgisse a primeira oportunidade. Francisco se formou na escola, estudou para o TOEFL e, conforme se aproximava a data de sua inevitável partida, usava essa sorte para dominar seu irmão caçula, cada vez mais amedrontado. Nelson lavava a roupa de Francisco, arrumava sua cama, buscava coisas para ele na loja — um número interminável de pequenas tarefas, todas sob a ameaça de um visto retido. "Que vergonha", Francisco às vezes dizia, balançando a cabeça num gesto de tristeza, olhando para uma pilha torta de roupas mal dobradas. "Eu odiaria ter que deixar você aqui."

(Notavelmente, essa cena, recontada a mim por um Francisco envergonhado em janeiro de 2002, também aparece nos diários de Nelson. Nessa versão, a fala de Francisco tem uma ligeira diferença, porém crucial: "Eu odiaria ter que deixar você *morrer* aqui.")

Quaisquer que tenham sido as palavras exatas, episódios lamentáveis como esse ficaram para sempre gravados na consciência de Nelson, a ameaça de ser deixado para trás, reiterada com tanta frequência e com tantos toques macabros que começou a parecer uma história de fantasma, ou um filme de horror, em que ele, Nelson, era a vítima. Na época, Francisco não tinha compreensão do que estava fazendo seu irmão sofrer. Todas as crueldades que cometeu nesses anos foram função de sua impaciência e imaturidade. Sua ignorância. Ele estava ansioso para que sua própria vida começasse longe da cidade decrépita e violenta onde ele vivia. Embora jamais tenha admitido, nem para o irmão caçula nem para ninguém, Francisco também tinha medo: de que fosse tudo um sonho, de que ele também seria condenado a ficar; de que alguém no aeroporto de Miami ou Nova York ou Los Angeles bateria os olhos nele, em seu passaporte, e daria risada. "Onde você arranjou isso?", eles perguntariam, ainda rindo, e ele estaria assustado demais para responder. Afinal, ele não sabia nada sobre ser americano. Estava sedento de experiências de um tipo que só poderia ter longe de sua família e das suas expectativas. Terra da liberdade etc. Nesse aspecto, Francisco era um menino comum, com ambições comuns.

Apesar de tudo isso, os dois irmãos eram próximos, até janeiro de 1992, quando Francisco, aos dezoito anos, embarcou num avião e embrenhou-se no Sul dos Estados Unidos para viver com alguns amigos da família. Nos meses e anos seguintes, ele escreveu cartas e telefonou de quando em quando, mas mesmo assim começou a se esvair da memória e da consciência de Nelson. Nelson entrou numa espécie de circuito de espera: um visto americano em breve chegaria, ou pelo menos era o que haviam lhe dito, para arrebatá-lo rumo a um recomeço. O início de sua adolescência coincidiu com os anos duros e sombrios da guerra, quando a vida era asfixiada pela violência, quando famílias seguiam suas rotinas num estado de apreensão constante. As coisas estavam em seu pior momento naquele ano em que Francisco partiu; e Nelson, assim como o resto de sua geração traumatizada, passava muito tempo dentro de casa. (Como eu passei, por exemplo.) Em vez de aventurar-se nas ruas inseguras, Nelson lia muito e via televisão com uma assiduidade que sua mãe achava alarmante, um rigor ocasionalmente recompensado com um vislumbre de mulheres dançando com os seios de fora, ou uma piada obscena que valesse a pena repetir na escola, ou a cena de um locutor normalmente estoico vacilando sob o peso de algum novo anúncio pavoroso.

As notícias do fim da década de 1980 e começo da de 1990 jamais deixavam de fornecer uma anedota funesta, uma advertência, estrelando famílias iguaizinhas à sua, agora afundadas numa tragédia impronunciável. Homens e mulheres desapareciam, policiais levavam tiros, o aparato do Estado estava cambaleando. Esta última expressão era ouvida com tanta frequência, fosse na conversa dos adultos fosse no rádio, que Nelson passou a entendê-la literalmente. Imaginava uma torre elegante, mas de construção precária, oscilando num vento ascendente.

Será que ela ia cair? É claro que ia. A única pergunta que as pessoas sérias faziam era quem seria esmagado embaixo dela.

Para Nelson, para sua família, para a maior parte dos moradores alarmados da cidade, o cálculo era bastante simples: aqueles que podiam ir embora iriam. Se Nelson, o menino, afeiçoou-se ao escapismo, ele era apenas um produto de seu tempo; se ele não via muita utilidade na lição de casa, numa educação definida em moldes tradicionais e estreitos, era porque concluía que aquilo não tinha muita utilidade — ele logo estaria recomeçando de qualquer modo; se tinha devaneios com uma vida nos Estados Unidos, fazia isso a princípio com uma ignorância caprichosa, pois seus EUA imaginados não exigiam muitos detalhes ou nuances para servir a seu propósito de conforto espiritual. Quanto a sua realidade atual, Nelson optava por pensar em si mesmo como alguém que estava de passagem, e isso lhe permitia tolerar muitas coisas, contente com a ideia de que todos os seus problemas eram temporários. Por algum tempo, não era um jeito ruim de viver.

Vou continuar, embora todos saibam que estou escrevendo sobre um país agora tão diferente, tão profundamente transformado, que mesmo nós que sobrevivemos a esse período temos dificuldade de lembrar como era. Quanto pior ficava a situação doméstica, mais Nelson se consolava com a imigração, que viria mais cedo ou mais tarde; todo mês de maio ele tinha expectativas de comemorar seu aniversário junto com o irmão nos Estados Unidos, mas, infelizmente, todo ano isso era adiado. Francisco não preencheu a papelada exigida. Não se apresentou para a entrevista. Não fez o requerimento para que seu irmãozinho se juntasse a ele nos Estados Unidos quando tivera essa responsabilidade e esse direito; quando podia ter feito isso já em 1994. Por essa negligência, Francisco culpa sua juventude, embora seja honesto o bastante para ficar um pouco envergonhado com sua falta de consideração. Em sua defesa: ele estava descobrindo seu novo país, tentando tornar-se aquilo que seu passaporte azul sempre dissera que ele era — um americano. Ele não tinha tempo nem disposição para refletir sobre o que essa relutância podia significar para Nelson, como isso podia afetar sua vida e sua visão de mundo. Na verdade é até simples, pensando bem: Francisco não queria ficar responsável por seu irmão mais novo. Só tinha vinte anos de idade, estava se divertindo, fazendo serviços aqui e ali, e mudando-se com frequência. Não queria essa responsabilidade. Sebastián e Mónica reclamaram e atormentaram seu filho mais velho, até o fizeram sentir vergonha, mas se passariam anos até que a papelada de Nelson finalmente fosse encaminhada.

Enquanto isso, a obsessão de Nelson pelos Estados Unidos era o que animava sua adolescência. Com a ajuda do acesso do pai à biblioteca, ele aprendeu um inglês mais que passável (embora seu sotaque tenha sido descrito por um ex-professor com quem conversei como "simplesmente pavoroso"), e mesmo uma familiaridade básica com a história norte-americana. Ele estudou a geografia e seguiu a jornada itinerante do irmão que cruzava o país, colocando-se ao lado de Francisco em cada uma destas cidades: lugares nada glamorosos, como Birmingham, Alabama; St. Louis, Missouri; Denton, Texas; Carson City, Nevada. Ele lera as cartas do irmão, e começara a exercer uma espécie de pensamento mágico.

No começo, cheio de esperança, ele pensou: Poderia ser eu.

Depois, com uma ponta de rancor: Deveria ser eu.

Às vezes, antes de cair no sono: Sou eu.

Nas entrevistas, surge um retrato interessante: Nelson contando aos amigos que seus papéis de residência chegariam em breve, que ele logo iria embora, até mesmo gabando-se disso, pois sua partida iminente era uma questão de orgulho. Resta imaginar no quanto disso ele acreditava, e o quanto era pose.

"Ele às vezes era meio arrogante, sinceramente", disse Juan Carlos, um rapaz que alegou ter sido o melhor amigo de Nelson de 1993 a 1995. "No fim de cada ano letivo ele se despedia, deixando escapar que provavelmente não voltaria no semestre seguinte. Ele encolhia os ombros, fingindo indiferença, como se aquilo não estivesse nas suas mãos. Ia estudar teatro em Nova York, isso era o que ele sempre dizia, só que no ano seguinte ele voltava, e se você perguntasse sobre isso, ele simplesmente ignorava a pergunta. Ele tinha essa capacidade. Era muito bom em mudar de assunto. Era algo que todos nós admirávamos."

O tão prometido e tão protelado documento de viagem finalmente chegou à embaixada americana em janeiro de 1998, com três, ou mesmo quatro anos de atraso. A guerra acabara, e o país estava começando a erguer-se de sua depressão. Nelson rapidamente entrou em ação. Estava passando para o terceiro ano do Conservatório e começou a estudar suas opções com uma seriedade que seus pais acharam impressionante: como dramaturgo e ator, Nova York era naturalmente seu destino preferido, mas ele também consideraria Los Angeles, Chicago e San Francisco. Seu irmão estava morando do outro lado da baía, numa cidade chamada Oakland, como barman e assistente de um senhor gentil de nome Hassan, que era dono de uma loja de roupa. (Tudo isso era uma grande decepção para Mónica e Sebastián, embora principalmente para Sebastián, que quisera que Francisco seguisse um tipo de carreira diferente.) Nestes meses, os dois irmãos falaram-se com frequência e com entusiasmo sobre os planos de Nelson, discutindo o futuro com uma empolgação e um otimismo que Nelson depois acharia ingênuos. Francisco colaborou, chegando mesmo a visitar algumas escolas de teatro daquela área, fazendo aos departamentos de matrículas as perguntas precisas que Nelson lhe ditara ao telefone: Que porcentagem dos alunos dá prosseguimento aos estudos? Quem são seus ex-alunos mais bem-sucedidos? Quem seria um ex-aluno típico? Que porcentagem da turma de calouros já leu Eugene O'Neill? Que porcentagem já leu Beckett?

Quando Sebastián morreu de repente em setembro de 1998, esses planos, essas conversas e essa intimidade desapareceram.

Ninguém precisou dizer a Nelson que ele não podia mais ir embora. Isso nunca foi discutido. Ele entendeu isso muito claramente no instante em que viu sua mãe pela primeira vez, no hospital, imediatamente após o derrame de Sebastián. Ele a encontrou virada para a janela no fim do corredor; estava contra a luz, mas já em sua silhueta Nelson viu que a mãe estava em frangalhos. Os corredores da clínica cheiravam a formol, e, enquanto andava, Nelson sentia seus pés grudando no chão. O pescoço de Mónica estava inclinado numa pose de derrota, seus ombros caídos. Quando ele estendeu a mão para tocar nela, ela levou um susto.

"Sou eu", ele disse, com alguma expectativa, ou talvez apenas esperança de que isso talvez a acalmasse. Mas não acalmou. Mónica desabou no peito dele.

Nelson pensou: agora ela é minha, é minha responsabilidade.

E ele tinha razão.

Francisco voltou a tempo para o enterro, pesaroso de encontrar sua mãe tão abalada e seu irmão tão distante. Sentiu uma culpa tremenda (chegando a lacrimejar quando relembrou isso para mim), e Nelson, sendo Nelson, optou por não facilitar as coisas. Talvez seja impiedoso dizer isso; talvez Nelson simplesmente *não pudesse* ter facilitado para seu irmão coberto de remorsos. Talvez ele não soubesse como. Fazia mais de cinco anos que os dois não se viam, e eles mal sabiam ficar juntos no mesmo recinto. Nelson não chorou na presença do irmão, algo que Francisco achou desconcertante, já que sua única inclinação naqueles primeiros dias após a volta era chorar. Ele nunca quisera voltar desse jeito; agora, se odiava por ter adiado a visita por tanto tempo.

Os dois filhos de Mónica passaram a maior parte do tempo um de cada lado da mãe, recebendo convidados. As condolências foram uma tortura. Francisco e Nelson maldisseram essa tradição. Quando se viam a sós, falavam numa voz sussurrada de sua preocupação com a mãe, mas não de seus próprios sentimentos. ("Entorpecido", Francisco me contou. "Era assim que eu me sentia. Entorpecido.") Havia alguns detalhes póstumos desagradáveis para resolver — fechar certas contas, limpar a mesa do pai no porão da Biblioteca Nacional etc. —, tarefas que eles cumpriram juntos.

Após muita insistência de Francisco, eles finalmente saíram uma noite, só os dois. Astrid, a irmã de Mónica, se oferecera para fazer companhia à mãe deles. Nelson dirigiu o velho carro do pai, que ainda tinha o cheiro de Sebastián, um fato que era óbvio para ele, mas não para Francisco, que ficara longe por tempo demais para lembrar de algo tão importante quanto o cheiro do pai. Era uma noite fria e úmida, mas Francisco mal saíra do lado da mãe na semana que passara em casa, e a simples ideia de sair às ruas da cidade lhe encheu de deslumbramento. Ele pediu que Nelson dirigisse devagar; queria ver tudo. Só haviam se passado seis anos, mas nada era como ele se lembrava — era como visitar aquele lugar pela primeira vez na vida. Ficou deslumbrado com as luzes fortes dos cassinos ao longo da avenida da Marina, castelos de neon construídos como que das ruínas resgatadas de parques de diversão estrangeiros. Havia uma Estátua da Liberdade em miniatura, levemente mais voluptuosa que a original, com um sorriso maroto e óculos escuros; havia uma réplica da Torre Eiffel, sua ponta de metal brilhando entre refletores. Uns poucos quarteirões adiante, um moinho de vento semifuncional presidia sobre uma casa de bingo chamada Don Quixote's. Num dia de vento, explicou Nelson, essa atração talvez até girasse, mesmo que muito devagar. Não era incomum ver jovens casais posando para fotos com o moinho, virando suas pás com a mão e dando risada. Às vezes vestiam roupas de casamento. Era impossível dizer quando, ou como, ou por que esse lugar tornara-se um marco, mas aquilo acontecera.

    Francisco notava cada coisa quando eles passavam. "Quanto tempo faz que isso está aqui?", ele perguntava, e Nelson dava de ombros, pois não tinha nenhuma resposta e nem muito interesse. Achava a curiosidade do irmão quase indecente. Fazia muito tempo que decidira não prestar atenção, porque era impossível acompanhar aquilo de qualquer modo. Os mapas desta cidade ficam desatualizados no instante em que saem da impressora. A avenida que eles estavam seguindo, por exemplo: sua área comercial tinha sido atingida por uma bomba que deixara uma cratera, no fim dos anos oitenta — tanto Nelson quanto Francisco lembravam claramente do incidente —, e os moradores apavorados haviam feito o possível para se mudar para outro lugar, para bairros mais seguros, ou que parecessem mais seguros. Suas calçadas já estiveram apinhadas de vendedores ambulantes, mas estes foram escorraçados pela polícia no começo dos anos noventa e haviam se reunido num mercado construído especialmente para eles, num terreno abandonado na esquina da avenida da Universidade. Agora a área estava voltando a mostrar sinais de vida: um novo shopping tinha sido inaugurado, e em alguns fins de semana estava abarrotado de pessoas fazendo compras e com dinheiro para gastar, um fenômeno que todos, mesmo estas próprias pessoas, achavam surpreendente.

    Eles acharam um restaurante ao longo desse trecho reformado de fachadas de lojas cafonas, um lugar de comida *créole*, cujos garçons andavam com pressa entre as mesas vestindo roupas de época, evocando não tanto um período histórico passado, mas sim o tom muito contemporâneo de uma produção teatral amadora. Todo mundo está atuando, pensou Nelson, inclusive meu irmão e eu — e essa ideia o entristeceu. Eles pediram cerveja, e Francisco notou que os dois nunca tinham bebido juntos na vida. Eles brindaram, forçaram sorrisos, mas não tinham nada para comemorar.

Francisco sabia que os planos de Nelson haviam mudado, mas achou que valia a pena discutir. Estava desesperado para recuperar algo daquele otimismo, aquela proximidade que sentira com Nelson havia apenas um mês. Era difícil acreditar que aquilo pudesse desaparecer tão depressa, e tão completamente.

Nelson não aceitou a premissa. Quando Francisco perguntou, ele franziu o rosto numa careta. "Não tenho mais planos."

"Você não tem planos? Não, o que você quer dizer é..."

"Você viu ela. Viu como ela está. E agora eu vou embora?"

"Não estou falando de *agora*. Não são planos imediatos."

Nelson rolou uma tampinha de garrafa entre os dedos, como se estivesse distraído. Não estava. "Quando você acha que eu já posso abandonar minha mãe sem remorso?"

Francisco se recostou na cadeira.

"Tipo, vamos só fazer uma estimativa", disse Nelson. "Três meses? Seis meses? Um ano?"

Ele fixou o olhar no irmão.

"Isso não é justo", protestou Francisco.

"Não?"

"O pai não ia querer que você..."

Havia nos olhos de Nelson algo frio e implacável, que impediu Francisco de terminar essa frase. Ele nunca deveria ter começado, é claro, mas talvez o estrago já tivesse sido feito. Talvez o estrago já tivesse sido feito antes, em 1992, quando ele deixou o país e seu irmão para trás. Talvez não houvesse como consertar aquilo agora. Os dois ficaram um tempo em silêncio, o que não pareceu incomodar Nelson nem um pouco. Na verdade, ele parecia estar sentindo prazer com aquilo. Bebeu sua cerveja sem pressa, com um descaso debochado, como se desafiasse o irmão mais velho a falar.

Uns poucos dias depois, Francisco estava num avião de volta para a Califórnia. Nem o futuro, de um modo geral, nem os planos específicos de Nelson jamais foram mencionados de novo.

# 3

O teatro ficava nas margens da Cidade Velha, numa área malcuidada e desregrada de casas decrépitas, ruas estreitas e portões de metal fechados por cadeados cheios de ferrugem. Outrora fora conhecido como o Olímpico, o palco mais importante da cidade durante vários anos, embora seus dias de glória há muito já tivessem ficado para trás. Os pais de Nelson tinham assistido a uma apresentação ali uma vez, quando estavam namorando, uma noite memorável porque foi a primeira vez que Sebastián passou os dedos na parte interna da coxa de sua futura esposa. Naquela noite, Mónica ficou quase completamente imóvel durante todo o espetáculo, abrindo as pernas apenas o suficiente para que ele soubesse que ela aprovava. 1965: o teatro estava no seu auge; Sebastián e Mónica também. No palco havia uma comédia, mas o pai de Nelson não prestou atenção aos atores, imaginando apenas a pele das magníficas coxas de sua Mónica, lembrando de rir apenas porque as pessoas em volta riam.

O letreiro iluminado do Olímpico já havia significado algo; "Um palácio de sonhos", o chamava um dos membros fundadores do Diciembre, falando do orgulho que eles sentiram da primeira vez que se apresentaram ali como trupe, em 1984, dois anos antes de Henry ser preso. Mas, para Nelson e os atores da sua geração, aquele era simplesmente um teatro pornô de segunda, frequentado por velhos, bêbados tristes e prostitutas. Juntos, os membros combalidos dessas diversas tribos congregavam-se para assistir a filmes granulados de boquetes e *ménages à trois* acrobáticos, projetados fora de foco na tela amarelada, às vezes sem som. Nelson não conhecia a história dos pais, mas tinha a sua própria. Antes daquele ensaio, já estivera no Olímpico exatamente duas vezes: a primeira, aos treze anos, com alguns amigos, quando fingimos ficar horrorizados e desinteressados. Alguns meses depois ele voltou, sozinho. Naquele dia ficou ali sentado, como seu pai uma vez fizera, pensando em carne. Diferente do pai, Nelson bateu uma punheta furiosa e violenta; talvez até extática, digamos. (Pode-se imaginar que o pai dele deve ter feito o mesmo, só que *depois*, a sós.) Seja dito a favor de Nelson que ele teve a presença de espírito de evitar manchar a calça do uniforme da escola, um fato registrado com orgulho em seu diário, com a data de 2 de setembro de 1991. Ele saiu do teatro escuro com uma sensação de conquista.

Em certo sentido, o Olímpico também tinha sido um palácio de sonhos para Nelson.

Então, em 1993, houve um pequeno incêndio, cujos estragos bastaram apenas para acabar com o funcionamento como cinema pornô. O Olímpico foi abandonado. Cinco anos depois, Patalarga pegou o dinheiro que ganhara com seu comércio de couro e comprou-o da cidade por uma mixaria. Sua mulher foi contra a aquisição, mas ele insistiu. O Olímpico ficou ali, quase sem uso, durante três anos, enquanto Patalarga descobria o que fazer com ele.

Foi este homem, o proprietário, que abriu a porta quando Nelson chegou para o primeiro ensaio. Ele era baixo; de pele escura; nem pesado nem magro, mas corpulento; com bochechas fartas e olhos largos, verdes. Seu cabelo preto era curto e penteado para a frente, e ele usava um celular do tamanho de uma carteira feminina preso ao cinto.

Eles deram um aperto de mãos; apresentaram-se.

"Patalarga?", perguntou Nelson, só para ter certeza de que ouvira direito.

Este homem tinha outro nome, um nome próprio comprido, polissilábico, conhecido apenas por uns poucos amigos íntimos e que ninguém mais usava regularmente, exceto sua mãe idosa. Quando Patalarga era criança, sua mãe usara esse nome de batismo de diversas maneiras, com diferentes intenções, entonações e graus de seriedade, dependendo de seu humor, ou do tempo lá fora: para xingar seu marido ausente, por exemplo, para lembrar Patalarga de sua herança, ou para evocar a passagem dos anos. Em sua cidadezinha natal, ou o que restava dela, o nome ainda tinha ressonância, e havia quem pudesse ler seu passado e prever seu futuro pelo mero som desse nome. Tinha sido justamente por isso, é claro, que Patalarga deixara a cidadezinha, e ficava longe dela.

Quando era mais velho, na capital, largara aquele nome como uma cobra solta uma pele e não sentira nada senão alívio.

"Isso mesmo", ele agora disse. "Só Patalarga."

Os dois homens ficaram parados por um instante, com algo não dito pairando entre eles. O chão de madeira estava empoeirado e rachado; a bilheteria do teatro, que já representara tantas possibilidades para Nelson e seu pai, estava coberta por uma tábua de compensado. Nelson olhou para o teto do saguão destruído: até os lustres pareciam prestes a cair.

"A gente nunca se viu antes?", Patalarga perguntou.

"No teste que você fez."

"Além disso."

"Não."

Patalarga chegou mais perto. Pressentiu as dúvidas do rapaz. Nelson era meia cabeça mais alto, mas ainda assim Patalarga conseguiu passar o braço ao redor dele e baixou sua voz para um ronco suave. "Você já esteve aqui antes?"

"Não", Nelson mentiu.

"Conhece o Diciembre? Sabe o que nós fazemos?"

Nelson disse que sim.

Patalarga discordou com a cabeça. "Você acha que sabe."

"Eu sei que foi aqui que vocês apresentaram *O presidente idiota*. Já li a obra do sr. Nuñez."

Patalarga sorriu. "Certo. Não deixe de dizer para ele o quanto você gosta da obra. Ele não tem estado bem estes dias."

Então ele conduziu Nelson para dentro do teatro, cruzando o foyer (cheiro forte de cloro, tapete desfiado e puído até brilhar) e passando pelas portas, até a orquestra. Os números dos assentos em placas de latão tinham sido em sua maioria roubados, arrancados, vendidos como metal velho em alguma feira de coisas usadas na periferia da capital. Algumas filas também tinham assentos faltando, lembrando a Nelson o sorriso orgulhoso e banguela de uma criança. Ele procurou involuntariamente o lugar onde sentara daquela segunda vez — "meu triunfo sobre a vergonha", ele escrevera em seu diário —, como se fosse possível lembrar desse tipo de coisa. O carpete fora retirado em alguns pontos, e o chão de cimento embaixo dele estava enfeitado com manchas de óleo sobrepostas, evidência de alguma tentativa desleixada de conserto, casualmente abandonada.

O dramaturgo estava sentado na beira do palco, com um roteiro no colo, as pernas penduradas para fora. Parecia bem pequeno, mesmo infantil, com a cúpula do teatro erguendo-se acima dele. Não levantou o rosto quando Nelson apareceu, mas continuou lendo para si mesmo numa voz inaudível. Era sua própria peça, é claro; e, enquanto lia, ele se espantava, não com a qualidade (que na verdade ele achava suspeita), mas com o mero fato de ela ter sobrevivido. Sua própria peça.

Patalarga tinha razão; Henry não estava bem. O dramaturgo me explicou da seguinte maneira: naquela semana, e em todas as semanas desde aquela primeira releitura de sua velha peça, mesmo a arte de sua filha não havia conseguido espantar sua melancolia. Ele começara a pensar muito profundamente e com alguma clareza sobre o tempo que passara na prisão. Quem ele era antes, quem se tornara depois, e como — ou mesmo se — aqueles dois homens estavam relacionados. Havia muitas coisas que ele esquecera, outras que tentara esquecer; mas o dia em que ele foi mandado para Coletores, Henry me contou, foi o mais solitário de sua vida. Ele percebeu naquele dia que nada que aprendera antes tinha mais nenhuma relevância, e cada passo que ele dava entre o portão e seu novo lar era como entrar num túnel, afastando-se da luz. Ele foi conduzido pelo complexo presidiário, uma visão do inferno naquele tempo, cheio de homens semimortos mostrando ao mundo as cicatrizes no peito, imunes ao frio. Nunca sentira tanto medo na vida. Um homem prometeu matá-lo na primeira oportunidade, talvez ainda naquela noite, se conseguisse dar um jeito. Outro prometeu que ia fodê-lo. Um terceiro olhou para ele com os olhos aflitos de um homem que está escondendo algum segredo terrível. Dois guardas conduziram Henry pelo complexo, homens em quem ele antes pensara como seus carrascos, mas que agora pareciam seus protetores, a única coisa que havia entre ele e aquela anarquia. A meio caminho do bloco, percebeu que os dois estavam tão nervosos quanto ele, que os dois, como ele, estavam fazendo o possível para evitar contato visual com os detentos em volta. Na porta do bloco, os guardas abriram as algemas de Henry e se viraram para ir embora.

O dramaturgo olhou para eles, indefeso. "Vocês não vão ficar?", ele perguntou, como se estivesse convidando os dois para beber alguma coisa.

# 43

    Os dois guardas mostraram uma expressão de surpresa. "Não podemos", um deles disse em voz baixa. Ele estava constrangido.

    Henry percebeu que estava sozinho, que aqueles dois guardas eram os únicos homens de uniforme que ele tinha visto desde que passara pelo portão. Eles viraram as costas e voltaram com pressa para a entrada.

    Um dos detentos conduziu Henry para dentro do bloco, onde homens perambulavam sem ordem nem disciplina. Ele lembra de ter pensado, Vou morrer aqui, algo que todos os novos detentos cogitavam na primeira vez que entravam na prisão. Alguns deles, é claro, estavam certos. Henry foi levado para sua cela, e não saiu por vários dias.

    Ele ficara de luto quando a prisão fora demolida, até se animara a participar de alguns protestos em frente ao Ministério de Justiça (embora tivesse se recusado a falar quando alguém lhe entregou o megafone), mas, na verdade, a tragédia tanto o deixara arrasado quanto, ao mesmo tempo, lhe poupara da necessidade de jamais pensar outra vez no tempo que passara ali. Nenhum dos que haviam vivido aquilo junto com ele tinha sobrevivido. Não havia ninguém para visitar, ninguém com quem pudesse relembrar, ninguém para encontrar no dia da soltura e levar de carro para casa, fingindo otimismo. Nos muitos anos desde então, houve momentos em que ele quase conseguira esquecer totalmente o presídio. Sempre que se sentia culpado (o que não era raro, de um modo geral), Henry dizia a si mesmo que não havia nada de errado em esquecer; afinal, ele nunca pertencera de fato àquele lugar, para começo de conversa.

    A mãe de Ana, agora sua ex-mulher, tinha ouvido as histórias (algumas delas), mas isso já fazia anos, e ela não era mais capaz de sentir compaixão ou solidariedade pelo homem que a traíra. Além de Patalarga, poucas pessoas eram, pelo menos não até a época em que eu me envolvi. Os colegas de Henry, na escola onde ele lecionava, ficaram com inveja porque a diretora lhe concedera uma licença para a turnê. Se soubessem de seu passado controverso, provavelmente teriam usado isso como desculpa para se livrar dele para sempre. Com seus velhos amigos do Diciembre não era muito melhor — o refrão constante deles, após a soltura, era que Henry devia escrever uma peça sobre

Coletores, algo revolucionário, uma denúncia, uma homenagem aos mortos, mas ele não tinha estômago para o projeto, nunca conseguira descobrir como nem por onde começar.

"Vai ser terapêutico", esses seus amigos argumentavam.

Ao que Henry só podia responder: "Para quem?"

Agora que tudo estava lhe voltando à mente, ele não tinha com quem conversar. Fazia anos que vinha perdendo amigos e parentes numa velocidade alarmante, num processo que ele se sentia totalmente incapaz de reverter. Ele dizia coisas ofensivas em festas, passava cantadas em mulheres de amigos, esquecia de retornar telefonemas. Saía tempestuosamente de peças ruins, raspando a cadeira bem alto no chão de concreto, para que todos pudessem virar-se e ver o outrora famoso dramaturgo expressando com petulância o seu desprazer. (Depois ele se sentia culpado: "Como se eu nunca tivesse escrito uma peça ruim!") Em algum momento do ano anterior ele ofendera até sua querida irmã, Marta, e agora eles não estavam se falando. O pior de tudo é que ele nem conseguia lembrar o que tinha feito.

Patalarga interrompeu esse devaneio. "Henry", disse ele. "Este é o Nelson."

O dramaturgo pôs de lado seu velho roteiro imperfeito e olhou para cima, franzindo o rosto para examinar o ator: os traços do rapaz, seu sorriso tonto, seu cabelo desgrenhado, suas calças precisando de uma bainha. Do teste, Henry lembrava muito pouco. Do aperto de mão, sim. E que aquele menino tinha lido o papel de Alejo, o filho idiota do presidente idiota, com uma facilidade sobrenatural.

"Você é perfeito", Henry disse agora. "Tem quantos anos? Dezoito, dezenove?"

"Quase vinte e três", disse Nelson.

Henry aprovou com a cabeça. "Bom, eu sou o presidente."

"Sim, senhor."

"O presidente idiota", acrescentou Patalarga.

Eles foram comemorar num bar; foi gostoso beber no meio da tarde. Pegaram uma mesa nos fundos, longe das janelas, onde estava quase escuro. O calor desapareceu depois da primeira jarra de cerveja. Alguém cantou uma música; havia um casal brigando — mas o que importava aquilo? "Em breve partimos para o interior!", proclamou Henry, erguendo o copo, com a cabeça leve e o ânimo eletrizado. Fazia semanas que ele não se sentia tão bem. Otimista. Patalarga aclamou a ideia com um entusiasmo semelhante; e os dois velhos amigos rememoraram em voz alta, em proveito de Nelson: antigas turnês e apresentações, pequenas cidades nos Andes onde eles tinham encantado as plateias e conquistado mulheres locais. Bebedeiras épicas, de semanas. Brigas com a polícia, fugindo por estradas montanhosas para um lugar seguro. Tudo ficava mais estranho depois que você ultrapassava os quatro mil metros de altitude, esse limiar sobrenatural, além do qual toda a vida se torna teatro, e todo teatro, beckettiano. O ar rarefeito é mágico. Tudo o que você faz é um enigma.

"Nunca saí do litoral", Nelson admitiu.

Eles o pressionaram: "Nunca?"

"Nunca", repetiu Nelson, corando. Era uma vergonha, na verdade, agora pensando bem, embora ele jamais tivesse tido ocasião de se envergonhar daquilo antes. As poucas viagens da família para fora da capital sempre tinham o mesmo destino infeliz: a cidade costeira onde Sebastián nascera, uma parada sem graça na rodovia, ao sul da capital. Ele sentia uma espécie de raiva ao pensar nisso agora: não tinha visto nada do mundo! Nem mesmo seu próprio país miserável!

Henry disse, "Ah, a vida nas montanhas! Patalarga pode te contar tudo a esse respeito."

"Leve seu tanque de oxigênio", advertiu Patalarga. "Vamos para lá daqui a algumas semanas."

Henry assobiou. "Quatro mil e cem metros acima do nível do mar! Você consegue imaginar o trauma? O cérebro dele nunca se recuperou."

"Como era?"

Patalarga deu de ombros. "Ermo", ele disse. "E bonito."

Eles encheram os copos com a jarra, e pediram outra. Nelson queria saber sobre a peça. Ainda não tinha visto o roteiro completo, nunca o encontrara em nenhuma antologia, embora tivesse conferido todas, mesmo nos volumes mais obscuros que seu pai desencavara na Biblioteca Nacional. É claro que ele lembrava da controvérsia, disse ele, todo mundo lembrava (um exagero enorme), e Nelson até lhes contou a história improvável de quando ouvira Henry no rádio, entrevistado na prisão. "Você parecia tão forte", disse Nelson.

Henry franziu a testa. "Eu devia estar atuando." Ele não se lembrava da entrevista. "Na verdade, se você quer saber mesmo, nem me lembro de ter escrito a peça."

Nelson não acreditou.

A única prova sólida de sua autoria, disse Henry, era que ele tinha sido preso por ela. "O estado não cometia erros durante a guerra — com certeza você deve ter aprendido isso na escola."

Patalarga deu risada.

"Eu não ia bem na escola", Nelson resmungou, deixando seu queixo cair. Ele bebera mais do que tinha percebido. De repente sua cabeça estava flutuando.

Patalarga se permitiu um momento de vaidade: "Eu era diretor-assistente", ele disse, embora não estivesse claro para quem ele estava falando.

Os olhos de Henry agora brilhavam de entusiasmo, mas Nelson enxergou por trás deles um cansaço profundo, uma distância. Vincos fortes formavam-se ao redor de sua boca quando ele sorria. Quando eles se encontraram uma hora atrás, no Olímpico, ele parecera prestes a chorar. Henry continuou: "Patalarga teria gostado de ter sido preso também. Ele sempre teve um pouco de inveja da minha fama, você compreende. Talvez, se ele terminar essa jarra de cerveja, vai ficar bêbado o suficiente para admitir que o que eu estou dizendo é verdade."

Patalarga olhou feio para Henry, depois despejou em seu copo o que restava da jarra. Bebeu a cerveja com ânsia, enxugando a boca com a manga da camisa. "Henry não tem sido o mesmo desde que saiu da prisão. Mesmo assim, ele é meu amigo. Nós tentamos ajudar, tentamos tirar ele de lá."

"Eles *ajudaram*", disse Henry casualmente. "De fato me tiraram de lá. Estou aqui, não estou?"

Ele se beliscou, como se quisesse sublinhar o que dizia.

"Sim", disse Patalarga, confirmando com a cabeça. "É isso que eu venho te dizendo há anos."

Eles tinham escolhido um lugar que Nelson conhecia bem, um bar chamado Wembley. Pelo menos uma vez por semana, depois da aula, Nelson encontrava seu pai na Biblioteca Nacional, e então os dois iam juntos àquele bar. O lugar não mudou nunca. Havia na época, e ainda há hoje, fotos em preto e branco de cavalos de corrida com guirlandas no pescoço, mulheres com largos vestidos ondulantes carregando sombrinhas, homens sisudos de terno escuro e óculos de sol, e atrás deles, as colinas descampadas que já tinham sido as fronteiras daquela cidade. As ruas que aparecem nas fotos mal são reconhecíveis, mas, olhando de perto, é possível distinguir os contornos vagos do lugar que a cidade se tornou. As pessoas nas imagens raramente são vistas hoje em dia, porém, de vez em quando, entram no Wembley como se tivessem acabado de vir do jóquei, ou desembarcar de um navio a vapor, ou assistir a um batismo na catedral da esquina. Sebastián talvez tivesse sido um daqueles homens se tivesse escolhido alguma atividade mais lucrativa, algo que não fosse biblioteconomia, porém mesmo assim teria se juntado a eles justamente quando seu poder e relevância estavam minguando. Os mais ricos foram embora durante a guerra por questões de segurança, os pensadores mais ousados esmaeceram numa invisibilidade protetora, e a classe média, antes grande, agora é pobre: tendo um dia sido donos da cidade, ou mesmo do próprio país, tudo o que restava de suas vastas posses eram bares como o Wembley, com o ar mofado e denso de um museu provinciano que raramente alguém visita. Nos velhos tempos, se um cavalheiro por acaso ficasse sem dinheiro, podia deixar seu paletó no guarda-volumes e receber um crédito com base na qualidade do tecido, no trabalho do alfaiate. Simplesmente se assumia que um homem de terno tinha dinheiro sobrando. Essa época estava extinta havia muito tempo e, mesmo assim, o pai de Nelson adorava aquele lugar. Comia um ovo cozido, bebia um grande copo de cerveja e sabatinava o filho sobre o que este aprendera na escola. Quando terminava, os dois pegavam o ônibus para casa.

 Então, quando Henry pediu um ovo cozido para acompanhar seu copo de cerveja, Nelson sentiu um choque, algo mexendo-se dentro dele. Observou Henry comendo, seus maxilares possantes e seus olhos vivos, e comparou este novo rosto com o que lembrava de quando era menino: seu pai, que passara os anos da guerra escamoteando livros perigosos da biblioteca antes que os censores pudessem destruí-los. Ali, bem naquele bar, o pai de Nelson revelara seus tesouros secretos: tirando de sua valise teorias de Trotski sobre insurreição armada, ou um livreto impresso à mão contendo elogios fúnebres para Patrice Lumumba, ou um folheto com a poesia extravagante de Gramsci. E os anos o envelheceram: seu cabelo grisalho rareando até formar dramáticas entradas, um sistema de pequenas rugas enfeitando seu rosto. Da última vez que Nelson o viu, no hospital, parecia um desenho a lápis de si mesmo. Nelson se perguntava se também ficaria assim quando envelhecesse.

"Que foi?", Henry perguntou agora, pois o menino estava olhando fixo. "Quer que eu peça um ovo pra você?"

Eles passaram o resto da tarde discutindo a peça em si: seus ritmos, seu significado, seus jogos de palavras. Nelson fazia anotações enquanto Henry e Patalarga falavam, pensando nos pontos de inflexão do roteiro, nas quebras da ação e no profundo mal-estar que perpassava o texto, uma lugubridade que Henry descreveu como "indescritível".

*Indescritível*, escreveu Nelson.

"Por que você está anotando isso?", perguntou Patalarga. Não era uma pergunta hostil; ele só estava curioso.

Nelson deu de ombros. "Tem algum problema?"

"Nós nunca anotávamos coisas."

"Não?", perguntou Henry, pois na verdade não lembrava.

A trama de *O presidente idiota* girava em torno de um arrogante e egocêntrico chefe de Estado e de seu lacaio. A cada dia, o lacaio do presidente era substituído; a ideia era que, no fim, todos os cidadãos do país teriam a honra de servir o líder em suas funções. As tarefas incluíam ajudá-lo a se vestir, pentear seu cabelo, ler sua correspondência etc. O presidente era meticuloso e exigia que tudo seguisse um protocolo um tanto idiossincrático, por isso gastava-se a maior parte de cada dia ensinando ao novo lacaio como as coisas deviam ser feitas. O resultado era hilário. Alejo, o filho do presidente, era um imbecil fanfarrão e um ladrão ordinário, que continuava sendo uma grande fonte de orgulho para o pai, apesar de seus defeitos óbvios. O clímax da peça é a cena de uma conversa franca entre o lacaio, interpretado por Patalarga, e o personagem de Nelson, depois que o presidente foi dormir, em que Alejo baixa a guarda e admite que muitas vezes pensou em matar seu pai, mas não tem coragem de levar isso a cabo. O lacaio fica intrigado; afinal, vive no país arruinado, sujeito aos desastrosos caprichos do presidente, e além disso passou o dia inteiro sendo humilhado por ele. O presidente, cujo poder parece infinito quando visto de longe, foi revelado ao lacaio como realmente é, como sugere o título da peça. O lacaio sonda as dúvidas de Alejo, e ele se abre, expressando receios sobre liberdade, sobre o estado de direito, sobre o sofrimento do povo, até que o lacaio por fim concorda que sim, talvez fosse possível fazer alguma coisa. Seria ousado, mas talvez não fosse uma ideia tão má. Pelo bem do país, entenda-se. Alejo finge refletir sobre o assunto, e então ele próprio mata o lacaio assustado, como punição por sua traição. Ele revista o corpo, roubando a carteira do homem, seu relógio, seus anéis, e a peça termina com ele gritando para o quarto onde o presidente está dormindo.

"Mais um, pai! Vamos precisar de mais um para amanhã!"

Lembrando da época, é fácil entender por que *O presidente idiota* foi tão controverso durante a guerra. A peça estreou uns poucos meses após a posse de um novo chefe de Estado, um jovem carismático porém sem senso de humor, e com uma grave falta de autoconfiança. Embora Henry insistisse durante o interrogatório que a peça não fora escrita com nenhum presidente específico em mente, esse presidente novo era simplesmente autocentrado demais para aceitar essa possibilidade. É como se achasse que era o único presidente do mundo. De nada serviram os protestos de Henry: ele foi mandado para a prisão; sua soltura, seis meses depois, foi tão arbitrária quanto o próprio encarceramento. Enquanto isso, o país avançava depressa rumo a um precipício. A queda começou de fato logo depois.

Outros temas abordados naquela primeira noite no Wembley: a filha de Henry e seus dotes artísticos; Diana, a talentosa e opiniática mulher de Patalarga, que fizera o papel de Alejo na produção original de *O presidente idiota* ("Foi assim que a gente se conheceu", disse Patalarga), mas que não queria nada com aquela remontagem, e de bom grado cedera o lugar ao novo membro da trupe; Cayetano, o primo de Patalarga, que eles encontrariam na turnê e que passara muitas noites no Wembley, gravando poemas com seu canivete na madeira gasta dos tampos das mesas; e, por fim, a delicada negociação que um homem faz com seu ego para lecionar ciências numa escola primária quando ele na verdade é dramaturgo.

Quanto a este último ponto, Nelson achou que tinha algo a dizer. Henry, de acordo com Nelson, não devia estar trabalhando numa escola primária. Nem dirigindo um táxi, mesmo que afirmasse gostar daquilo. Se fosse para Henry dar aulas, devia ser no Conservatório. Mas na verdade, se o mundo fosse justo, ele estaria no exterior, em Paris ou Nova York ou Madri, onde sua obra pudesse ser apreciada. Devia estar supervisionando as traduções de suas peças, ganhando prêmios, frequentando festivais, dando palestras etc.

No país inteiro, não havia provavelmente ninguém que admirasse a obra de Henry tanto quanto Nelson. Ele talvez tivesse continuado, porém notou os amigos balançando a cabeça, num gesto de tristeza. Nelson parou de falar e olhou os dois que o encaravam.

"Ah, que mente frágil, colonizada", disse Henry.

"Achamos que você fosse diferente", disse Patalarga.

"Mais esclarecido."

"É mesmo lamentável."

Henry e Patalarga, como ele descobriria, muitas vezes caíam nesses ritmos, um deles terminando o pensamento do outro. Nelson não era o único que achava desagradável essa tendência. Agora, enquanto Patalarga pedia uma nova e última jarra (ou pelo menos prometeu), Henry explicou a objeção dos dois. Na época deles, havia uma doença — "Você chamaria assim, meu caro diretor-assistente?", e Patalarga concordou pesaroso com a cabeça —, sim, uma síndrome, endêmica da sua geração. Os jovens eram levados a crer que o sucesso tinha que vir na forma de aprovação do exterior. Colonialismo cultural — era assim que se chamava naquele tempo.

"Pensei", declarou Patalarga, "que já tínhamos nos livrado disso".

Eles tinham bebido bastante, talvez demais, ou talvez demais apenas para Nelson. Ele não sabia o que dizer. Começou a se explicar. Sua ideia era simplesmente que a obra de Henry merecia um reconhecimento mais amplo; sua mente não era nem colonizada nem frágil. Inclusive, ele era mais cético em relação aos Estados Unidos do que o resto de sua geração. Por que não seria? Seu irmão mais velho praticamente abandonara a família para construir sua vida lá.

Francisco não teria concordado neste ponto, mas limitemo-nos, por enquanto, a Nelson: fazia anos que ele usava o irmão mais velho como um fantoche, para cumprir qual fosse o propósito narrativo que sua vida exigisse a qualquer dado momento. Um herói, um salvador, um inimigo ou um traidor. Agora, quando era preciso um vilão, Francisco mais uma vez prestou-se ao papel.

"É mesmo?", perguntou Henry.

"Houve um tempo em que eu idolatrava ele. Em que teria dado tudo para ir. Mas então... não sei o que aconteceu."

"Passou?", Patalarga disse.

"Você superou isso", disse Henry.

Nelson concordou com a cabeça. Levou o copo de cerveja aos lábios, como se assinalasse o fim de suas confissões. Sem mais nem menos, tinha atualizado sua história para aquela nova plateia, algo mais próximo da verdade. Seus amigos do Conservatório teriam ficado surpresos.

Era cedo, ainda antes das nove, quando eles foram embora, mas parecia fazer uma eternidade que eles estavam bebendo. O longo dia de verão começou a fundir-se em noite, o céu com matizes de rosa, vermelho e dourado; um pôr do sol feito sob encomenda, esparramado no horizonte. Patalarga chamou um táxi, e os três partiram da Cidade Velha rumo ao sul. Henry sentou na frente, declarando que era um alívio estar no assento do passageiro para variar. Conversou com o taxista desinteressado, sugerindo um percurso cênico. "Vai custar mais", disse o taxista.

"Que importa o dinheiro? Temos que ver tudo", respondeu Henry. "Vamos partir em breve, partir para o *exílio*!"

Ele gritou esta última palavra, como se fosse um destino específico, não um conceito.

Eles passaram pela Biblioteca Nacional, pelas bordas diminutas do centro da cidade, pelas feias e funestas áreas industriais, por trilhas de trabalhadores de capacete arrastando-se no acostamento forrado de cascalho; depois pela margem leste do Parque Regente, onde os vendedores estavam guardando suas mercadorias, ensacando revistas e livros velhos, varrendo os restos de flores cortadas e folhas de bananeira jogadas fora, empilhando caixas de eletrônicos roubados nas caçambas de picapes cobertas de ferrugem. Nelson ficou sentado à janela e observou sua cidade, como se desse adeus. Não era um passeio desagradável; naquela velocidade, ao longo daquelas ruas, ao lado daqueles monumentos caídos, a capital apresentava sua face mais atraente: a de uma metrópole trabalhadora, digna, povoada por párias e oportunistas; redimida a cada dia por sua labuta sem alegria, e sua mal sublimada disposição de largar tudo por um momento de prazer.

"Não é lindo?", Henry perguntou do banco da frente.

Patalarga tinha caído no sono; Nelson estava perdido em pensamentos. A cidade *era* linda. Não podia haver lugar no mundo ao qual ele pertencesse de modo tão completo.

Era por isso que ele sempre sonhara em ir embora, e sempre tivera tanto medo de partir.

# 4

No começo de 1998, Mónica conseguiu uma verba para financiar uma trupe de teatro sobre saúde pública na cidade. Ela contrataria um grupo de atores para apresentar peças sobre gravidez indesejada, depressão juvenil, saúde sexual etc. para plateias de estudantes de escolas públicas locais. Nelson acabara de concluir seu segundo ano no Conservatório, e por um instante lhe ocorreu que ele talvez pudesse arranjar trabalho dentro deste visionário (e portanto malfadado) programa do governo, mas Mónica não quis nem pensar. "Nepotismo é a forma mais baixa e menos criativa de corrupção", ela disse, como se sua objeção fosse meramente uma questão estética. Nelson deve ter olhado de um jeito estranho para a mãe, pois ela acrescentou, meio desanimada, "Não que você não seja qualificado".

Ele não tocou mais no assunto, e poucas semanas depois ela pediu que ele ajudasse a supervisionar os testes de elenco, como assessor não remunerado. Foi assim que ele conheceu Ixta.

A trupe seria nos moldes de um programa semelhante sediado no Brasil. Toda semana, os brasileiros mandavam para Mónica um pacote com propostas, documentos de planejamento, gráficos coloridos mapeando o aumento e o declínio da taxa de suicídio juvenil nas infinitas favelas do Rio de Janeiro. Tirando os relatórios para doadores europeus e americanos, que eram em inglês, o material era todo em português, incluindo os roteiros, o que no fim acabaria sendo uma certa inconveniência. O supervisor de Mónica — um burocrata nato, como jamais houve igual — tinha uma opinião ambivalente sobre o projeto inteiro e vacilou durante semanas, deixando de aprovar o custo da tradução a tempo para os testes de elenco. Ele alegou que tinha sido um erro; trocaram-se insultos, mas no fim Mónica não teve escolha senão fazer o melhor possível com o que tinha.

O dia dos testes chegou, abafado e quente, e eles se reuniram numa sala de reuniões no terceiro andar do Ministério da Saúde. Devido a um defeito arquitetônico, as janelas não abriam, e a temperatura no recinto foi aumentando lentamente mas sem parar, de modo que, na hora do almoço, mãe e filho estavam suando em bicas. Um após o outro os atores entravam, olhavam para eles, olhavam para o roteiro, e depois coçavam a cabeça. No começo era tudo muito engraçado: Mónica pedia desculpas; os atores pediam desculpas. Eles espremiam os olhos para ver as páginas, então liam foneticamente, e todos davam risada. Alguns dos atores traduziam da melhor maneira que podiam, enquanto Mónica e Nelson ouviam, achando graça, o português ser transformado com hesitação num espanhol duro e sem vida. Era difícil dizer se alguém estava atuando de fato.

Nelson fazia anotações, porém, conforme o calor ficava mais intenso, conforme os monólogos tornavam-se cada vez mais previsíveis e piegas, sua mente começou a vaguear. O calor soporífico, o som áspero de um português canhestro, e os atores decepcionantes — muitos eram amigos dele — tudo aquilo era demais. Não foram poucos os que desistiram e foram embora. Culpavam o calor; culpavam o roteiro; culpavam o Ministério da Saúde e todo aquele governo infeliz.

Ixta foi diferente. Eles já estavam sentados ali fazia três horas e meia quando ela entrou. Ela não era bonita, mas tinha o que se poderia chamar de "presença": o formato do maxilar, talvez, ou sua pele pálida, empoada, ou a franja que caía precisamente na frente dos olhos, tornando difícil adivinhar o que ela estava pensando ou o que estava olhando. E ela se vestira para o papel, usando um uniforme de estudante, incluindo meias soquete brancas e uma saia cinza disforme. Com uns poucos passos rápidos, abriu um espaço que virou seu, transformando o tapete num palco. Pegou as páginas que lhe foram entregues e as folheou muito rápido, assentindo com a cabeça. Entregou as páginas de volta para Mónica e imediatamente desmoronou no chão. Aconteceu muito depressa.

"Está tudo bem?", Mónica perguntou.

Ixta ergueu o olhar por um instante e fez que não com a cabeça. Era um rosto horrendo, lastimável: castigado, jovem e coberto de lágrimas.

"Como pode estar tudo bem?", ela gemeu. "Como?"

Mónica continuou olhando com a sobrancelha erguida.

"O que aconteceu?", perguntou Nelson, entrando no jogo.

"As meninas da escola. Você sabe quais. Elas dizem coisas."

Ixta ficou sentada, girou a cabeça para os lados, de modo que sua franja caiu para trás e Nelson teve um breve vislumbre de seus olhos vermelhos, inchados. Então ela se levantou devagar, destravando suas articulações uma a uma. Quando estava de pé, curvou-se e cruzou as pernas, arranhando o rosto e murmurando umas poucas palavras que nem Mónica nem Nelson conseguiram entender. Algo sobre as panelinhas que dominavam a escola, e um menino de quem ela gostava.

"Ele disse que queria me beijar", sussurrou Ixta, "mas daí ele não beijou".

Mónica lembra bem do teste: "A menina exalava tanta vulnerabilidade que só olhar para ela já parecia indecente." Depois de um tempo, pediu que Ixta parasse. Eles ainda tinham seis ou sete atores esperando, explicou ela; e Ixta fez que sim com a cabeça, como se compreendesse, depois saiu quase correndo da sala para o corredor. Nem mesmo dera a eles suas informações de contato.

"Vai", disse Mónica, virando para o filho. "Vai atrás dela."

Nelson encontrou Ixta sentada perto dos elevadores, de pernas cruzadas, a cabeça afundada no peito, encostada à parede. O resto dos atores a espiava com um misto de curiosidade e medo.

Ele ajoelhou-se do lado dela. "Você está bem?"

Ixta fez que sim com a cabeça. "Está quente aqui dentro."

"Você foi muito bem."

Ela mordeu o lábio, olhando reto para a porta do elevador, como se pudesse enxergar através dela, vendo o poço e, mais além, a caixa de metal que roncava invisível através do velho prédio do ministério. "Acho que agora você vai me convidar pra sair."

"Na verdade eu ia pedir suas informações", disse Nelson. "Para a peça. Caso a gente precise fazer outro teste."

"Claro", ela disse, não muito convencida. "Para a peça."

Ele lhe deu um pedaço de papel, e Ixta anotou seu nome completo e telefone. Suas letras eram redondas feito bolhas. Era a escrita de uma adolescente. Ela ainda estava encarnando a personagem.

"Não ligue depois das dez", ela lembra de ter dito. "Meu pai não gosta."

Então Nelson ligou para ela logo na noite seguinte, precisamente às nove e meia.

Os primeiros dias, segundo todos os relatos, foram mágicos. Acho difícil escrever mesmo esta simples enunciação sem uma pontada de inveja. Os amigos descrevem Nelson como arrebatado, e Ixta leve como o ar. Naquele verão e no começo do outono, nenhum deles chegou a lugar algum na hora certa; nem ao trabalho, nem à aula, nem aos ensaios. Os dois eram vistos nas festas abafadas na Cidade Velha, dançando enlouquecidos, ou num dos teatros locais, registrando seu desagrado ao sair ruidosamente no meio do primeiro ato (um gesto petulante no melhor estilo Henry Nuñez). Eles passavam muitas noites no quarto de Nelson, com a porta fechada, conversando e rindo, fazendo amor e depois conversando mais um pouco, tão perfeitamente entrelaçados em espírito, mente e corpo que Sebastián e Mónica andavam nas pontas dos pés em sua própria casa, com medo de incomodar o jovem casal.

Ixta era uma charada que ele se sentia obrigado a resolver, disse Nelson a seu pai uma noite.

Sebastián concordou com a cabeça. Embora a metáfora o deixasse preocupado, ele guardou suas reservas para si. Nada, ele disse a Mónica naquela noite, ambos deitados na cama, merece mais respeito que dois jovens que se encontraram.

Nelson era tão encantador quanto era atrapalhado, e Ixta gostava disso nele. Às vezes lia para ela suas peças, textos que ele nunca tinha mostrado a ninguém. Eram muito boas, ela me disse, experimentais, estranhas. Uma delas, uma paródia política claramente influenciada pela obra de Henry Nuñez, era ambientada dentro do estômago de uma minhoca: o gabinete de uma nação ingovernável reúne-se para discutir o futuro do país, e sua conversa é periodicamente interrompida por ondas gigantes de terra e merda que atravessam o sistema digestivo de seu anfitrião. Primeiro os burocratas perdem o profissionalismo, depois a coragem. O palco se enche de merda, e ao longo da peça eles resvalam aos poucos no desespero. Não ficava claro exatamente como uma coisa dessas podia ser encenada num teatro, e na verdade, quando Ixta perguntou, era óbvio que Nelson não tinha pensado muito naquilo.

"Não é disso que cuidam os produtores, diretores e contrarregras?", ele perguntou.

Ixta lembra de ter lhe dito que em vez disso fizesse animações. Ela riu ao lembrar, porque ele pareceu não entender que ela estava brincando. Só ficou olhando fixo para ela, confuso. "Ele perguntou se eu estava tirando sarro dele", ela me disse. "Ele só sabia desenhar homens de palitinhos."

De qualquer modo, Nelson tinha outras peças que talvez fossem menos desafiadoras em termos de logística: uma comédia dramatizando a história do nascimento de Sancho Pança, por exemplo. Ou um mistério policial ambientado num bordel futurista, onde híbridos humanos-robôs machos pagavam a mais para dormir com essa espécie cada vez mais rara, a fêmea humana pura. Ele pretendia que a peça fosse um comentário sobre tecnologia, mas que também fosse erótica.

Nelson trabalhava duas manhãs por semana numa copiadora na Cidade Velha, passando as tardes no Conservatório. Ixta era três anos mais velha, e ia se formar naquele ano. Ela aproveitava qualquer oportunidade para caçoar da juventude dele. Gostava de fingir que o estava insultando. Ele sempre caía. Eles iam a hotéis que alugavam quartos por hora, lugares nos becos mal frequentados do Bairro dos Monumentos, criando fantasias elaboradas a partir de peças que ambos admiravam. Ela era Stella e ele era Stanley. Ela era Desdêmona, e ele, Otelo. Eles davam um jeito de encaixar esses roteiros em qual fosse o formato que o romance deles exigia, rindo o tempo todo. Ambos achavam surpreendente que seus caminhos não tivessem se cruzado antes, um fato que fazia seu amor parecer obra do destino.

No começo, quando conversei com Ixta, ela estava reticente, relutante em lembrar esses primeiros dias com Nelson. Eu compreendo, é claro.

"De que adianta isso?", ela disse. "Não é fácil, sabe?"

Percebi só de olhar que ela estava falando a verdade: não era fácil. Mas eu insisti; e depois que ela se acostumou com a ideia, as histórias fluíram. Umas duas vezes ela riu tão forte que até pediu para eu parar a gravação. Eu não parei, só fingi parar. "Ele era um doce", disse Ixta. "E, nos primeiros dias, ele me adorava. Não estou inventando isso — ele me dizia o tempo todo. Eu me apaixonei por ele, completamente."

"Vocês discutiam a possibilidade de que ele talvez fosse embora?"

"Um pouco, mas só num nível muito vago. Eu sabia tudo sobre o visto. Sobre o Francisco. Ele se gabava para os outros de que ia partir em breve, mas eu nunca levei isso muito a sério. Os documentos dele chegaram não muito depois de nós começarmos a sair, e eu não me senti ameaçada. Ele ficou totalmente empolgado, e eu também. Até falamos de ir juntos, para Nova York ou Los Angeles ou algum outro lugar. Eu estava trabalhando com a mãe dele este tempo todo, pois é, e ela apoiava a ideia. Foi só depois da morte do Sebastián que as coisas mudaram."

"Foi nessa época que vocês terminaram?"

"Não", disse Ixta. "Fazia talvez uns oito meses que a gente se conhecia. E ficamos juntos ainda por mais dois anos, quase. Mas sim, alguma coisa mudou naquele momento. Foi o fim da nossa lua de mel. Ele amava o pai. Eu também. Sebastián era um homem maravilhoso. O Nelson não falou mais em ir embora. E eu também não."

Ela não quis comentar muito sobre o rompimento, portanto em vez disso perguntei sobre o Diciembre. Ela deu uma risadinha. "O Nelson era obcecado. Adorava eles, a história do grupo; e sua admiração pelo Henry Nuñez era realmente impressionante. Você tem que entender, este não é um dramaturgo universalmente reconhecido nem nada assim. O Diciembre tinha um certo prestígio no Conservatório, mas, na verdade, era uma obsessão pessoal. Eu li algumas das peças antigas, sabe? O Nelson xerocou para mim. Ele ficava tão ansioso para ouvir minha opinião que era como se ele próprio tivesse escrito."

"E?", eu disse.

Ixta deu um sorriso educado. "Confesso que nunca entendi o que elas tinham de tão especial."

\* \* \*

Henry chegou ao ensaio certa tarde de quinta com uma pilha de desenhos de sua filha, que ele soltou no colo de Nelson, sem explicação. Ele ficou de pé, com as mãos na cintura, enquanto Nelson folheava casualmente as imagens, sem perceber a urgência na pose do diretor. Eram desenhos de barcos, arco-íris e cavalos.

"Obrigado", disse Nelson. "São lindos." Só então ele notou a expressão no rosto de Henry.

Por causa da inclinação do chão, Henry não estava muito mais alto que o nível dos olhos, e o palco atrás dele parecia imenso. Eles estavam no velho Olímpico, que em questão de semanas já era como um lar para eles, seus padrões específicos de decrepitude tornando-se familiares, até mesmo reconfortantes. Eles estavam ensaiando todas as segundas e quartas à noite, quintas à tarde, e sábado o dia inteiro. Às vezes outros membros do Diciembre vinham assistir, oferecer conselhos, mas na maior parte do tempo, Henry, Patalarga e Nelson ficavam sozinhos. Quando saíssem em turnê, iriam apresentar-se em igrejas, garagens, campos, praças, parques de diversões e oficinas. Um espetáculo seria realizado sob as trêmulas luzes fluorescentes de um auditório municipal quase congelado; outro no pátio de um matadouro, lavado com mangueira — mas nenhum num teatro de verdade, se é que um lugar como o Olímpico, após os estragos do incêndio, ainda merecia este nome. Henry e Patalarga estavam cientes disso. Nenhum dos dois havia contado isso a Nelson; ambos assumiram que ele já soubesse.

Agora, parecia que o dramaturgo tinha algo em mente.

"Você quer", Henry disse (*berrou*, segundo Patalarga) "que eu passe um ou dois meses longe desta delicada e promissora artista, esta filha que eu adoro, a única pessoa que eu amo neste mundo, para te acompanhar enquanto você fode minha peça? É isso que você está dizendo?"

Nelson não estava, até onde sabia, dizendo aquilo. Tinha achado que as coisas estavam indo bem. Começou a gaguejar em defesa própria, mas Henry o interrompeu.

Do outro lado do teatro, Patalarga ficou observando. Ele me contou depois que já vinha esperando uma cena daquelas pelo menos alguns dias antes de acontecer. Nelson não estava, nas palavras de Patalarga, "submetendo-se totalmente ao mundo do idiota". Só havia um jeito de satisfazer Henry, e era a imersão total. Patalarga lembrou de uma peça experimental do começo dos anos 1980, uma peça sobre uma favela imaginária construída sobre os restos de um cemitério indígena. Era uma peça escura e cáustica de três atos, cheia de fantasmas, e, durante a preparação para a noite de estreia, Henry mandou construir meia dúzia de caixões de boneca para seu elenco. Pediu que cada ator dormisse com um daqueles pequenos caixões ao seu lado na cama, para que eles melhor entendessem a emoção que alicerçava a obra.

Então, vendo Henry cair em cima de Nelson daquele jeito, Patalarga escolheu manter distância, "por respeito ao processo artístico".

Nelson, após um momento inicial de protesto, ficou em silêncio encarando seu carrasco, desnorteado. Não estava desacostumado a esse tipo de tratamento, na verdade. Seu rosto ficou vazio, sem expressão, calmo. Era um truque que Nelson conhecia desde a infância, de ter lutado com seu irmão batalhas que sabia que não podia vencer. Não era estoicismo nem deferência ou indiferença; era todas essas coisas juntas.

Nelson amorteceu a diatribe de Henry com umas poucas frases de seu passado. Elas vieram à tona com uma facilidade surpreendente: "Lamento que você se sinta assim." "O que eu posso fazer para te deixar mais confortável?" "Foi alguma coisa que eu fiz?" "O que você gostaria de tirar desta conversa?"

Não demorou muito para que a energia de Henry se esgotasse. Ele desistiu, caindo exausto numa poltrona umas poucas fileiras atrás de Nelson. Passaram-se uns poucos longos minutos de silêncio, sem um único som no teatro além do barulho da vizinhança lá fora: um motor arrancando, uma buzina ao longe, umas poucas notas de música de um vendedor ambulante que passava.

"Você me lembra minha ex-mulher", Henry disse por fim. "Vou precisar de um trago agora."

"Desculpa, mas..."

"Tá tudo bem. Eu não devia ter gritado. Vem cá."

Nelson se levantou e andou algumas fileiras para trás. O que ele já não tinha feito pela peça? O que não estava disposto a fazer?

"Não sei o que está acontecendo comigo", disse Henry. Ele vinha tendo esses acessos de raiva, de integridade, ele explicou, momentos explosivos que cada vez mais o pegavam desprevenido.

"É só parte do processo", sugeriu Nelson, ecoando, sem saber, a interpretação de Patalarga.

Henry não engoliu aquilo. "Faz mais de dez anos que eu não faço isso. Não tenho um processo."

Nelson deu de ombros e entregou de volta os desenhos de Ana. Em cima: uma cena pastoril pintada a dedo, uma família de polegares impressos enfeitados com olhos de pontinhos e sorrisos largos, saltitando num prado, ou talvez um parque da cidade. Era difícil saber. O céu no topo da página era um borrão azul tradicional — aqui, numa cidade que sofre dez meses por ano sob gordas nuvens cinza. Por que as crianças daqui insistem em colorir o céu deste jeito? É simplicidade? Otimismo? Nelson tinha certeza de que fizera o mesmo quando tinha a idade de Ana. O céu azul refletia uma falta de imaginação, ou um excesso dela?

Henry pegou os desenhos de volta sem comentar, e debruçou-se para guardá-los em sua bolsa. "Senta", ele disse para Nelson, apontando para a poltrona ao seu lado. Sua voz estava calma agora. "Olhe para esse palco. Imagine este teatro cheio de gente. Eles não conhecem você nem me conhecem, nem sabem absolutamente nada sobre a peça. Talvez nunca tenham ido a uma peça antes. Eles não são seus amigos. Vieram para ser entretidos. Edificados. Reconfortados. Distraídos. Você consegue ver?"

"Consigo."

"As luzes baixam. A cortina se abre. Quem sai primeiro?"

"Patalarga", disse Nelson.

"O lacaio."

"Certo."

"E o que ele diz?"

"Ele diz, 'Chegou a hora, como eu falei para eles'."

"E o que ele sente?"

"Está apreensivo. Com um pouco de medo. Raiva. Estranhamente, uma ponta de orgulho."

"Bom", disse Henry. "E onde está você?"

"Na coxia."

Henry discordou com a cabeça, num gesto grave. "Não existe coxia. A peça começa, e só existe o mundo que ela dramatiza. Então, onde está você?"

"Com o meu pai, o presidente. Nos aposentos dele."

"Certo. Comigo. Seu pai. E agora — isso é importante —, você me ama?"

Nelson refletiu sobre aquilo; ou melhor, Nelson, como Alejo, refletiu sobre aquilo.

"Sim", ele disse após um instante. "Eu amo."

"Bom. Lembre-se disso. Em todas as cenas — mesmo quando você me odeia, você também me ama. É por isso que dói. Entendeu?"

Nelson disse que sim.

"Tem certeza?"

"Tenho."

"Bom. Porque dói *mesmo*", disse Henry. "Não se esqueça disso. É para doer. Sempre."


Nos dias seguintes, Henry recitou suas falas de sempre num tom um pouco mais mordaz, esculachou Alejo com um pouco mais de vigor. Foi difícil não levar aquilo para o pessoal, e mesmo quando os ensaios terminaram, sobrou um resquício desse sentimento ruim. O presidente e Alejo eram dois membros de uma família perturbada, com uma história complexa e tensa; Nelson e Henry eram dois atores que mal se conheciam. Patalarga tentou fazer uma mediação, mas não foi fácil. Sugeriu que eles fossem beber no Wembley certa noite depois do ensaio, mas Nelson educadamente recusou. Propôs um almoço no dia seguinte, mas Henry chegou atrasado. Organizou um jantar de antigos veteranos do Diciembre, e os dois atores passaram a noite em cantos opostos da sala, sem nunca interagir. E mesmo assim: eles estavam conseguindo, cena por cena: chegando à verdade escura daquilo. *O presidente idiota* podia ser uma farsa de humor ácido sobre poder, astúcia e violência, Patalarga me disse. Isso qualquer pessoa sabia. O que ele não tinha percebido até agora era que também era uma mensagem dolorosa sobre família.

Havia uma cena perto do fim do primeiro ato, quando o lacaio está amarrando as botas de Henry. Patalarga está de joelhos diante do presidente. É um momento estranhamente íntimo. "Esfregue minhas panturrilhas", diz o personagem de Henry, e então confessa, "Estou com dores de tanto chutar meu menino".

O lacaio assustado não diz nada — o presidente é famoso por sua crueldade, e ele assume que aquilo seja verdade. Sem erguer os olhos, aperta as panturrilhas do presidente, enquanto Henry dá um suspiro, comprazendo-se com aquela massagem improvisada. "Na verdade, eu só sonho com isso", diz o presidente, então afastando a perna e chutando o lacaio no peito. "Mas, ah, como eu sonho!"

Nos primeiros ensaios (e na montagem original de 1986 no Olímpico) esse momento acontecia com Alejo fora do palco; nas versões posteriores, Henry quis o personagem de Nelson ali, escondido uns poucos passos atrás da ação, escutando os devaneios que o pai tem de chutá-lo. Essa pequena mudança foi, em parte, um reconhecimento das realidades da turnê que eles tinham pela frente: o mais provável é que não houvesse bastidores (reais nem metafóricos) no interior, quando eles estivessem viajando. Mesmo assim, aquilo alterava alguma coisa, mudava a química da cena. Eles a repassaram inúmeras vezes certa tarde, e até puseram espelhos para que Henry enxergasse a reação de Nelson. Três, quatro, cinco vezes, ele chutou o pobre Patalarga, o tempo todo com olhos fixos em Nelson.

"Lembre, não estou chutando ele, estou chutando você!", Henry gritava.

Na sexta repassagem, o chute errou as mãos de Patalarga e quase arrancou a cabeça do lacaio. Patalarga conseguiu desviar do golpe se jogando no chão, bem a tempo. Todos pararam. O teatro ficou em silêncio. Patalarga estava esparramado no palco, ofegando.

"Ok", ele disse, "já chega".

Henry tinha ficado pálido. Pediu desculpas e ajudou Patalarga a se levantar, quase caindo ele próprio ao fazer isso. "Eu não queria, eu..."

"Tá tudo bem", disse Patalarga.

Mas Nelson não conseguiu deixar de pensar: se ele está chutando Alejo o tempo todo, por que não está pedindo desculpa para mim?

Por um instante, os três ficaram parados, observando seus reflexos no espelho, sem saber muito bem o que acabara de acontecer. Henry parecia que ia vomitar; Patalarga parecia um homem que levara cinco chutes no peito; Nelson parecia uma criança muito magoada.

"Você está bem?", Henry disse na direção do espelho.

Não ficou claro para quem ele estava perguntando.

# 5

Nas últimas semanas antes de eles partirem da cidade, Henry começou a anotar umas poucas ideias. Observações. Comentários. Dados específicos. Páginas daquilo, de um homem que havia quase abandonado a escrita desde sua inesperada soltura de Coletores, catorze anos antes. Depois, quando conversamos, ele me mostrou estes fólios, meio que pedindo desculpas, mesmo envergonhado, como se eles provassem algo sobre a fatídica viagem, ou sobre seu estado mental nos dias que a antecederam. Eu não fiquei convencido, mas mesmo assim dei uma olhada nas páginas, tentando entender o que diziam.

Uma amostra:

*Mas cheguei doze minutos atrasado hoje,* dizia uma linha rabiscada numa página com a data de 16 de março de 2001. *Motivos desconhecidos e incognoscíveis. Mistério. Podia ter ido de carro.*

Dois dias depois: *Acordei com uma ereção bem digna às sete da manhã. Sentei na cama, acendi a luz, para observar. Assisti ela murchar, como aquelas fotografias passadas rapidamente em sequência. Meu próprio programa sobre a natureza. Eu devia ter aparecido na televisão quando era jovem, antes de ficar feio. Dormi mais um pouco. Três ovos no café da manhã. Sem café. Minha calça está apertada nas coxas. Uma mulher entrou no táxi hoje, cabelo preto, perguntou se eu queria —*

Na semana seguinte: *Faz oito meses que quase não falo sobre a vida lá fora. A não ser com o Rogelio. Porque ele perguntou.*

27 de março: *Uma peça pro Rogelio. Finalmente. Uma história de amor. Um homem aprendendo a ler numa cela de cadeia alugada. Sendo ensinado a ler, em troca de sexo. Uma transação francamente capitalista, entre dois homens fingindo que estão apaixonados. Talvez estejam. Momentos constrangedores. Manteiga como lubrificante, roubada do carcereiro e aquecida entre as palmas das mãos deles. Entre os polegares e dois dedos. Estranho que um*

*gesto tão simples possa ser tão excitante. Uma mulher entrou no meu táxi hoje, cabelo preto, lábios cor de rubi. Perguntou se eu queria ir para o banco de trás e fazer amor com ela —*

Depois páginas de listas: *Coisas mortas que vi — telefones, lâmpadas, esquinas, clubes noturnos. Também: porcos, pintores, passageiros, peças, presidentes, prisioneiros...*

E assim continuava.

Será que Henry estava pirando?

Acho que não.

Ou — talvez.

Coisas muito piores já foram publicadas como poesia e ganharam prêmios; foi isso que eu disse para ele, com todas as letras, quando tentei lhe devolver o diário. Ele queria que eu ficasse com ele. Correção: *insistiu* para que eu ficasse com ele — como se as páginas contivessem alguma coisa tóxica da qual ele quisesse desesperadamente se livrar — e eu atendi seu pedido. O importante é entendermos isso: Henry achava que estava pirando, e isso o preocupava. Toda noite, em seus sonhos, entrava na prisão, percorria seus corredores escuros, inalava aquele ar fétido. Esquecera tantos detalhes de seu tempo ali dentro que isso o deixava apavorado: a cor dos olhos de Rogelio, por exemplo. O número da cela que eles dividiam no Bloco Sete. A refeição que compartilharam na última noite antes de ele ser solto.

Mas toda tarde, em cada ensaio, algo lhe vinha, algum pedaço do passado brotando com uma clareza surpreendente. Henry começou a lembrar, começou a juntar os pedaços. Esta peça específica, entre as cerca de dez que ele escrevera, tinha características especiais: era a última que ele tinha terminado, a que levara sua carreira (ou o quanto de carreira ele tinha) a um fim prematuro. Tinha sido encenada pela última vez por homens que morreram poucos meses depois, homens mortos que haviam começado a aparecer em seus sonhos. Talvez o roteiro em si fosse amaldiçoado. Esses homens, esses fantasmas, pairavam em volta do palco a cada ensaio, sentavam-se nas poltronas rasgadas do Olímpico para criticar cada fala do diálogo. Vaiavam cada cena mal ensaiada, sussurravam suas descrenças no ouvido dele. Era impossível não vacilar ao ser confrontado com esse texto. Afinal, o homem que o escrevera tinha vivido outra vida, e essa vida não existia mais. Era com isso que Henry estava lidando. Nelson, infelizmente, e sem que fosse culpa sua, tinha que presenciar aquilo de perto. Não era bonito.

O incidente do chute, por exemplo, que Patalarga descreveu com palavras tão vívidas — Henry lembrava daquilo também, respondendo a todas as minhas perguntas educadamente e sem titubear. Ele vivenciara aquilo do seguinte modo: uma sensação de lassidão, uma desorientação momentânea. Raiva. Impotência. Então, uma imagem: em agosto de 1986 ele tinha visto um homem ser chutado até morrer, ou até quase morrer, por um grupo que se juntara inesperadamente na porta do Bloco Doze. Ele e Rogelio tinham ficado olhando, primeiro horrorizados, depois apenas assustados. Então, quase instantaneamente, tinham aceitado a lógica do ataque: toda vítima era culpada de algo. O burburinho: O que ele fez? Quem ele traiu? Os homens assistindo sentiam-se mais seguros. Menos indefesos. Uma rodinha se formara em volta da vítima, porém ninguém se mexia. Henry segurou a mão de Rogelio. Apertou com força.

"Está vendo do que eu estou falando?", Henry me perguntou.

Eu disse que sim, mas percebi que ele não acreditou.

Nem todas as memórias eram venenosas. Por exemplo: um dia, Henry tomou coragem e foi falar com Espejo, o chefe, sobre fazer *O presidente idiota* no Bloco Sete; com certeza essa era uma de suas lembranças mais preciosas. Espejo era um homem pequeno mas robusto, cujo sorriso indolente escondia uma longa história de violência, um homem que ascendera longe das ruas o bastante para poder relaxar, e agora controlava o bloco pela mera força de sua reputação. Era lânguido e satisfeito, de vez em quando soltando doses pontuais mas muito convincentes de fúria, caso algum detento questionasse sua autoridade. Acima de tudo, no entanto, ele os protegia — havia menos de duzentos homens no bloco deles, e quando anoitecia, eles corriam perigo constante de ser atacados por uma das seções maiores e mais ferozes da prisão. Espejo comandava um pequeno exército de guerreiros cuja tarefa era manter afastados esses possíveis invasores.

Henry temia esse homem, mas tinha que lembrar a si mesmo: eu e Espejo, nós somos do Bloco Sete, estamos do mesmo lado.

A cela de Espejo lembrava um pequeno mas confortável apartamento de estudante, com uma minigeladeira, uma televisão em preto e branco, e uma cafeteira plugada numa tomada exposta. Espejo guardava emoldurada sobre a cama uma foto de si mesmo mais jovem, uma imagem de que Henry nunca conseguira se livrar em todos aqueles anos. Ele a descreveu para mim: na foto, Espejo está sem camisa, montado num cavalo branco, subindo com o majestoso animal os degraus da escada de uma piscina, na direção da câmera. Ele é bonito e poderoso. Umas poucas mulheres contentes estão de pé atrás dele, de pernas compridas, bronzeadas, e brilhando sob o sol forte. Tudo é colorido, saturado de luz tropical. Uma criança — o filho de Espejo, provavelmente — está sentada na beira do trampolim, assistindo à manobra do cavalo para sair da água. No rosto do menino há uma expressão de admiração e deslumbramento, mas é mais que isso: ele está se concentrando; está assistindo à cena, observando seu pai, tentando aprender.

Henry gostaria de poder ficar a sós com aquela foto, de estudá-la, perguntar como e quando tinha sido tirada e o que acontecera com cada uma das pessoas no fundo. Com o menino, principalmente. Ele talvez tivesse fugido do país, ou talvez estivesse morto, ou talvez estivesse vivendo numa cela muito parecida com aquela, em outra prisão da cidade. Não havia como saber sem perguntar diretamente, e essa não era uma opção. A foto, assim como as vidas dos homens com quem Henry agora vivia, era ao mesmo tempo real e perturbadoramente irreal, como um fotograma emoldurado dos sonhos de Espejo. O que Espejo pensava quando olhava aquilo? Ficava feliz de relembrar tempos melhores, ou a memória era apenas uma dor?

Rogelio havia lhe advertido que não encarasse o homem, e ele seguiu o conselho.

"Uma peça?", disse Espejo quando Henry lhe contou sua ideia.

Henry confirmou com a cabeça.

Espejo recostou-se na cama, com os pés descalços esticados na direção do dramaturgo. Sua cabeça e seus dedos dos pés balançavam de um lado para o outro, em sincronia. "É isso que a gente ganha por aceitar terroristas", disse Espejo, dando risada. "Nós não fazemos teatro aqui."

"Eu não sou um terrorista", disse Henry.

A esse esclarecimento seguiu-se um longo silêncio. A risada de Espejo deu lugar a um olhar furioso, tão intenso e penetrante que Henry começou a ter suas próprias dúvidas — talvez ele *fosse* um terrorista afinal. Talvez sempre tivesse sido. Era disso que as autoridades o estavam acusando, e lá fora, no mundo real, havia pessoas defendendo ambos os lados desta exata questão. Sua liberdade estava na balança. Seu futuro. Henry teve que desviar o rosto, olhar para o chão da cela, que Espejo reformara com quadrados de linóleo azul e branco, em homenagem a seu time de futebol, o Alianza. Um dos vices de Espejo, um brutamontes de vasto peitoral chamado Aimar, tossiu na própria mão, e foi só isso que pareceu quebrar a tensão.

"Foi você que escreveu?"

Henry fez que sim com a cabeça.

"Então batize um personagem com o meu nome", disse Espejo.

Henry começou a protestar.

Espejo franziu a testa. "Você acha que eu não tenho cultura? Acha que eu nunca li um livro?"

"Não, eu..." Henry parou. Era inútil continuar. Ele já tinha estragado tudo.

Eles ficaram em silêncio por um instante.

"Vai lá. Se você conseguir convencer estes selvagens", disse Espejo por fim, com um aceno desinteressado na direção do pátio, "eu não faço objeção".

Henry agradeceu a Espejo e foi embora — depressa, antes que o chefe pudesse mudar de ideia.

"Contei a notícia para o Rogelio, e nós comemoramos", Henry me disse.

"Como?"

Henry ficou vermelho. "Nós fizemos amor."

"Foi a primeira vez?"

"Foi." Sua voz era muito baixa.

Depois: "Não lembro."

Depois: "Não."

Eu disse a Henry que podíamos parar por um instante, se ele quisesse. Ele sentou-se com a cabeça inclinada, os olhos voltados para um canto da sala. Deu risada. "Não é porque nós estávamos juntos na prisão, sabe. Você está fazendo parecer um clichê."

"Eu não disse isso. Não estou fazendo parecer nada. Não estou te julgando."

"Você estava pensando isso."

"Não estava", eu disse.

Ele franziu a testa. "Você é da polícia? Então é isso?"

Achei que o tivesse perdido. Neguei com a cabeça. "Não sou da polícia", eu disse numa voz lenta, muito calma. Mas na época, nem eu mesmo tinha certeza do que estava fazendo.

"O Nelson e eu, nós somos quase parentes", eu disse.

Henry franziu a testa. "Ele nunca mencionou você."

Silêncio.

"A peça", eu disse, após um instante. "Foi fácil conseguir voluntários para a peça entre os detentos?"

Henry deu um suspiro. Isso acabara sendo muito fácil, e ele tinha uma teoria sobre o porquê:

Todos queriam ser o presidente, porque o presidente era o chefe.

Todos queriam ser o lacaio, pois, assim como eles, o sonho do lacaio era assassinar o chefe.

Todos queriam ser o filho, porque era o filho que acabava matando alguém. E foi este o personagem, Alejo, cujo nome foi mudado. Virou Espejo.

E, de fato, o projeto se vendeu. Uma semana conversando com seus colegas, e então o processo delicado dos testes de elenco. Henry precisou inventar novos papéis para evitar que alguns dos atores aspirantes se decepcionassem. Também era para sua própria segurança — alguns daqueles homens não lidavam muito bem com rejeição. Ele acrescentou um coro de cidadãos, para comentar a ação. Fantasmas de lacaios passados que atravessam o palco enfurecidos, vestindo figurinos feitos de lençóis velhos. Até escreveu algumas falas para a esposa do presidente, Nora, interpretada com muita verve por Carmen, a travesti mais elegante do bloco. As coisas estavam indo bem. Alguém do Diciembre avisou a imprensa (como isso acontecera? Nem Henry nem Patalarga conseguiram lembrar), e, depois que ele tinha dado uma ou duas entrevistas, não havia como voltar atrás. Espejo até aderiu ao entusiasmo. Seria bom para a imagem deles, alguém o ouviu dizer.

Rogelio queria fazer o teste também, mas havia um problema.

"Eu não sei ler", ele confessou a Henry. Estava envergonhado. "Como posso decorar o texto?"

Neste ponto da entrevista, Henry ficou mais uma vez em silêncio. Coçou o lado esquerdo da cabeça com a mão direita, de modo que seu braço ficou na frente do rosto, escondendo os olhos. Era um gesto deliberado e evasivo; lembrei de crianças que fecham os olhos quando não querem que ninguém as veja. Estávamos sentados no apartamento de Henry, onde ele vivia desde que se separara da mãe de Ana, mais de quatro anos antes. Havia um sofá, duas espreguiçadeiras de plástico que pareciam deslocadas dentro de casa, e uma mesa simples de madeira. Era de se pensar que ele tinha acabado de se mudar.

"O Rogelio era meu melhor amigo, sabe?"

"Eu sei", eu disse.

"Num momento em que precisei de um amigo mais do que nunca. Eu amava ele."

"Eu sei."

"E mesmo assim — antes de nós sairmos outra vez em turnê, agora há pouco, fazia anos que eu não pensava nele. Acho isso meio vergonhoso, sabe? Você entende como isso é péssimo?"

Acenei com a cabeça para que ele continuasse, mas não continuou. "Não é culpa sua", eu disse. "Não foi você que destruiu a prisão. Não foi você que mandou os soldados."

"Você tem razão", disse Henry.

"Você ensinou ele a ler."

"Mas eu não salvei ele."

"Você não podia fazer isso."

"Justamente."

Decidimos fazer um intervalo. Era o momento. Pedi licença, andei até o banheiro no fim do corredor e joguei água fria no rosto. Quando voltei, Henry estava de pé na estreita varanda de seu apartamento, com o mesmo olhar de exaustão, de preocupação. No minúsculo parque em frente ao seu prédio, algumas crianças desenhavam na calçada.

"Minha filha desenha muito melhor", ele disse.

Quando voltamos para dentro, perguntei que expectativa ele tinha sobre a turnê, quais eram suas esperanças. Ele começou a falar, então parou, fazendo uma pausa para pensar. "Se o texto de uma peça constrói um mundo", Henry disse por fim, "então uma turnê é uma jornada para dentro desse mundo. Era para isso que estávamos nos preparando. Era isso que eu queria. Entrar no mundo da peça e fugir da minha vida. Eu queria deixar a cidade e entrar num universo onde todos éramos pessoas diferentes". Ele suspirou. "Proibi que o Nelson telefonasse para casa."

"Por quê?"

"Queria que ele me ajudasse a construir essa ilusão. Eu *precisava* da ajuda dele. Isso soa pomposo, e dramático, eu sei, mas..."

Eu disse para ele não se preocupar muito com como aquilo soava. "Você tinha alguma apreensão a esse respeito?"

Era uma pergunta mal formulada. O que ele vinha tentando me contar era isto: suas apreensões naqueles tempos eram muito abrangentes, generalizadas, profundas. Ele conseguia afastá-las durante algumas horas seguidas, mas só com um grande esforço. E elas voltavam. Sempre.

"Para ser bem sincero, não era da turnê que eu tinha medo", disse Henry. "Era de tudo."


A pedido meu, a mãe de Ana deu uma olhada no caderno, passando alguns momentos com as páginas, sorrindo ocasionalmente quando seus olhos pousavam numa expressão ou observação específica. Ela leu algumas linhas em voz alta, às vezes soltando uma risada curta, amarga. Quando terminou, balançou a cabeça.

"Ele te deu isso?", perguntou a ex-mulher de Henry, de olhos arregalados.

Eu disse que sim.

"O Henry é um cara volúvel", ela disse, "nada de novo. Um artista. Sempre foi. Mas ele às vezes entrava nessas espirais de antipatia, igualzinho ao que você descreveu. Só que ele não fazia anotações, não desse jeito. Em oito anos — foi tudo isso? *Jesus* —, em oito anos, nunca vi ele anotar nada que não fosse para as aulas naquela escola onde ele trabalhava. Trabalha. Enfim. Mas ele falava desse jeito de vez em quando, fluxo de consciência, um palavrório. À noite principalmente. Imagina conviver com isso!"

Ela ergueu as duas mãos de repente, e o caderno caiu no chão.

"Não acredito que vou te contar isso", ela disse, "mas escuta. Já mais para o final, ele nunca estava em casa, graças a Deus. Ia para a escola e depois dirigia o táxi até as dez. Voltava para casa, deitava na cama e dizia: Meu bem, eu comi uma passageira hoje, no caminho do aeroporto. Que maravilha, eu falava, meio dormindo, mas você ainda precisa me comer. Eu sou sua mulher. Era um jogo, entende? E no começo ele me comia. Quatro vezes por semana. Depois três. Depois uma. Mas depois, ele não queria. Não queria dormir comigo, quero dizer. Não queria nunca. Ele dormia *do meu lado*, mas eu ficava acordada, esperando. Ele roncava, e eu queria matar ele. Eu punha a mão no pau dele. Nada. Como encostar num cadáver. Ele falava durante o sono, bobagens como estas coisas aqui". Ela recolheu o caderno do chão, sacudindo as páginas na minha cara. "E então um dia eu me dei conta de que não eram só histórias, era verdade: ele estava *mesmo* comendo as passageiras. Eu disse, Henry, estou indo embora. Sabe como ele reagiu? Ele te contou isso?"

Fiz que não com a cabeça.

"Ele disse, 'Oh, não, a tartaruga está fugindo! Corre!' Achei que ele estava bêbado. Drogado. Dei um tapa nele. Você me odeia?, eu perguntei. Eu estava *magoada*, você entende? Brava. Você me odeia?, eu disse. É isso? Você odeia nossa vida? Está tentando partir meu coração?"

"Como ele reagiu?"

"Ele desabou no chão, soluçando, e disse que não. Que ele odiava a si mesmo, e fazia anos." Ela deu uma risada seca. "Que a infelicidade dele era um monumento! Como uma estátua na Cidade Velha. Um desses heróis sem nome cobertos de bosta de passarinho, montados num cavalo de pedra. Eu mandei ele não tentar fazer poesia agora. Disse que era tarde demais. Ele implorou para eu ficar."

"Mas você não ficou."

"Claro que não. Eu abandonei ele, como teria feito qualquer mulher razoável, com respeito por si mesma. Ele tinha dormido com metade da cidade, mas não era culpa dele porque ele estava deprimido? Se eu tivesse ficado mais um minuto ali, teria enfiado uma faca de cozinha no pescoço dele. Ou no meu. Por isso peguei a Ana, e fomos para a casa da minha mãe."

"Você encontrou o Nelson alguma vez?"

Na verdade ela tinha encontrado, durante a última semana de ensaios antes de eles partirem da cidade. Certa tarde, a mãe de Ana foi deixar a filha no Olímpico. ("Que espelunca, e que triste ver aquilo daquele jeito! Não entendo como o Patalarga gastou sequer um centavo com aquele lugar.") Ela chegou a ver parte da peça. Era a última semana de ensaios.

O que ela achou?

"Da peça, ou do Nelson?"

"De ambos."

Ela franziu a testa. Nelson admirava Henry sem reservas — isso lhe ficou claro. Ela viu mais ou menos metade do ensaio, o suficiente para ter uma noção da dinâmica entre eles: Henry era duro com Nelson. Interrompia o menino, esculachava ele, explicava uma cena, uma cadência, inúmeras vezes: e o tempo todo, Nelson ouvia tudo com muita atenção, reprimindo a frustração que com certeza deve ter sentido. E ele era bom. Intenso. Muito profissional. Parecia que eles estavam se preparando para uma turnê nos grandes teatros da Europa, e não num punhado de vilas congeladas nos Andes.

"E a peça?"

A mãe de Ana respondeu com uma pergunta: eu ia muito ao teatro? Eu disse que sim, até que bastante.

"Sabe de uma coisa? Eu lembrava que a peça era engraçada. Quinze anos atrás, Henry tinha senso de humor. Eu não lembrava que era uma puta peça sombria. Aquilo sempre esteve ali, no roteiro, eu imagino, mas ele estava enfatizando agora. O que eu posso dizer? A vida faz isso com um homem. Patalarga estava tentando. Acrescentava um toque de pastelão, só que simplesmente não era... quer dizer, a peça tinha seus momentos. Eu te digo uma coisa, que nem sei direito se o próprio Henry sabe. Minha filha, Ana — ela caiu no sono. Ela não é nenhuma crítica de teatro, mas enfim. Ela dormiu. Profundamente."

Quando nossa entrevista terminou, a ex-mulher de Henry pediu desculpas por ter falado de um jeito tão áspero. "Não odeio ele, só não diria que o Henry despertou o que tem de melhor em mim. Nós ficamos melhor separados." Ela fez uma pausa. "Ou pelo menos eu fico, que é o que realmente importa. Para mim, quer dizer."

Eu disse que apreciava a sinceridade dela.

Ela pediu que seu nome não fosse citado. Já faz anos, mas estou honrando esse pedido.

# 6

Henry, Patalarga e Nelson partiram no dia 16 de abril de 2001, num ônibus noturno para o interior. Naquela noite, na sala de espera da rodoviária, o noticiário da TV anunciou que uma famosa cantora popular andina tinha sido assassinada por seu empresário. Grupinhos de jovens trocavam suas teorias mirabolantes sobre o assassinato, quem tinha dormido com quem, como o assassino talvez tivesse sucumbido à lógica terrível do ciúme. Famílias inteiras ficaram assistindo taciturnas, olhando chocadas para a televisão, como se tivessem perdido um ente querido — e tinham, supôs Nelson.

O ônibus partiria dali a uma hora. Ele bebeu um refrigerante, comeu bolachas de sal. Era um exercício para a austeridade que estava por vir, para os rigores da vida na estrada, o frio, a chuva. Patalarga e Henry tinham passado boa parte dos últimos dias pintando retratos vívidos da miséria que os aguardava, e cada horrenda descrição parecia enchê-los de contentamento. "Menino da cidade", eles diziam a Nelson, "como é que você vai sobreviver à vida nas províncias?"

Agora, na rodoviária, a televisão cuspia as últimas notícias, confirmadas ou não: o acusado do assassinato estava sob vigilância para não cometer suicídio. Um cúmplice estava sendo procurado. Fãs aos prantos estavam se reunindo em frente à casa da falecida, deixando flores, segurando velas, confortando uns aos outros. Fazia três horas que a cantora tinha morrido.

"Como eles sabem onde ela mora?", perguntou Henry. "Quem contou para eles?"

"*Morava*", disse Patalarga.

Nelson tinha só uma vaga noção de quem era essa cantora morta. Naquela estação de ônibus, naquela noite, entre aqueles companheiros de viagem, admitir uma coisa dessas seria como se declarar estrangeiro. Sempre tinham ensinado a ele que eram dois países diferentes: a capital, e todo o resto. Alguns lamentavam essa divisão clara, alguns a celebravam, mas ninguém a questionava. Hoje à noite, o ônibus deles partiria da capital, e amanhã, quando eles acordassem, estariam nas províncias. Na verdade, aqui na estação de ônibus, onde todo mundo estava de luto, era como se eles já estivessem lá.

"Você se despediu?", perguntou Henry, interrompendo seus devaneios.

"Sim."

Henry franziu a testa, muito sério. "Porque estamos entrando no mundo da peça agora, Alejo, é um universo construído. Entregue-se a ele."

"Estou me entregando."

"Depois que nós partirmos, nada disso existe."

Nelson olhou de relance para a rodoviária lotada e dilapidada à sua volta. A uns poucos metros deles, uma criança dormia sobre uma pilha irregular de malas.

"É tão difícil se despedir."

Henry pôs um braço gentil nas costas de Nelson. "Eu sei que é, Alejo. Eu sei."

Eles foram chamados para embarcar pouco antes da meia-noite. A sala de espera ganhou vida conforme todos espantavam o sono e saíam para a noite quente. O ônibus roncava em ponto morto. Os passageiros fizeram fila para atochar suas malas abarrotadas no compartimento. Havia sorrisos na maioria dos rostos, notou Nelson; ninguém era imune à sedução da viagem. Mesmo um ônibus noturno tem algum glamour, se você se permite ver isso.

Pouco antes de o ônibus partir, um menino magro de boné embarcou. Estava mascando chiclete e segurava uma pequena câmera de vídeo na mão direita. O menino foi avançando devagar pelo corredor, filmando de um lado para o outro várias vezes, parando por um ou dois segundos em cada passageiro. Alguns sorriam, outros acenavam, outros mandavam beijos. Henry fez um joia com as duas mãos, entusiasmado. Quando a câmera chegou a Nelson, ele olhou para a lente com cara de tonto, sem entender muito bem.

Henry sussurrou no ouvido dele. "Sorria. Se a gente despencar de um penhasco e morrer, é assim que sua mãe vai lembrar de você."

Nelson forçou um sorriso.

Quando fui pedir esse vídeo na empresa de ônibus, eles quase riram da minha cara. "Você está falando sério?", o homem perguntou.

Eu disse que sim. Eu tinha a data, o destino, e a hora da partida.

"Se ninguém morre", ele disse, "nós simplesmente gravamos por cima".

O trajeto para sair da cidade era lento, mas depois de uma hora eles chegaram aos limites orientais da capital. Nelson não dormiu, mas ficou olhando pela janela, na esperança de ver algo que talvez lhe chamasse a atenção. Havia apenas o escuro. Um filme começou a passar na televisão do ônibus — do tipo que sua mãe teria gostado — mas ele conseguiu ignorar, e em vez disso repassou o roteiro, reencenando *O presidente idiota* na cabeça; seus ritmos, sua famosa atmosfera macabra, que, ao contrário do que lhe haviam dito, era na verdade completamente descritível.

Henry não sabia, na rodoviária, o quanto estava certo, quão difícil exatamente tinha sido a despedida de Nelson. Ele tinha marcado de ver Ixta naquela tarde, num parque em La Julieta. Enquanto eles andavam, falando sobre nenhum assunto em especial, Nelson, com o coração estourando no peito, teve uma conversa paralela consigo mesmo: ele devia, ou não devia? Agora era a hora de contar para ela? Era um dia quente na beira do mar, e a vastidão do oceano sempre fora admirável para ele. O passeio estava cheio de skatistas e gente fazendo cooper, e o sol brilhava atrás de um véu de nuvens do começo de outono, pairando na borda do horizonte. Quanto mais eles caminhavam, mais silenciosos ficavam, até que Nelson não conseguiu mais aguentar sua ansiedade. Eles tinham chegado a outro parque marítimo, este com um farol inutilizado, rodeado por uma cerca baixa de madeira, tão pequena que dava para passar por cima. Muitos tinham passado — tinham escrito seus nomes, geralmente aos pares, ao longo da base curva de tijolos brancos do farol.

"Se eles realmente quisessem proteger", disse Ixta, "teriam feito uma cerca mais alta".

Nelson observou a cerca, como se pudesse conter um grande segredo.

"Eu te amo", ele disse.

Saiu simplesmente assim. Ele dissera aquilo para a cerca, para o farol, para o vento. Ou seja, fizera tudo errado. Começou a pedir desculpas, mas não ficou claro por quê.

Ixta não respondeu. Me disse depois que não ficou surpresa, nem emocionada; sentiu algo diferente, algo mais simples. Alívio. Semanas tinham virado meses, e Ixta começara a temer que estava inventando tudo aquilo. Não pensara em si mesma como tendo um caso, porém, olhando de fora, era exatamente isso que pareceria. Ela entendera aquilo totalmente apenas alguns dias antes. Eles tinham entrado no saguão cheio de espelhos de um hotel barato nas ruas laterais da Metrópole, e ela por acaso se vira de relance, de braços dados com Nelson. Ixta jamais pensara muito de fato na diferença de idade entre eles, mas de repente, naquele momento, era perceptível — não a idade dela, mas sim a juventude dele. Nelson tinha o olhar ávido, inocente, de um menino prestes a conseguir o que quer.

Por que, ela pensou na hora, eu deveria dar isso a ele?

E: eu não quero coisas que ele não me dá?

Ela era uma mulher dormindo com alguém que não era seu companheiro. Era um caso, e talvez não passasse disso. Se ele alegava amá-la, fazia alguma diferença?

"E então?", perguntou Nelson. Ele ainda não tinha tomado coragem de olhar para ela.

Ixta me disse depois: "Era como se ele sentisse que o mundo lhe devia um prêmio, só porque ele tinha conseguido dizer o que estava pensando. Essa era uma questão dele, não minha. Eu disse que não confiava mais nele. Que aquilo tinha se arrastado por tempo demais. Que eu lamentava."

"Só isso?"

"E desejei uma boa viagem."

Ixta fez uma pausa aqui, olhou para cima, e mordeu o lábio. Talvez estivesse esperando que eu interrompesse, mas não interrompi.

"Quer saber a verdade? Eu quase me senti mal. Me arrependi — só por um instante. E meio que esperei que ele fosse chamar meu nome, mas ele não fez isso. Simplesmente me deixou ir embora. Deixei ele no farol, e lembro que pensei, ele provavelmente vai escrever nossos nomes nos tijolos, ou algum ato parecido de impotência. Ele sempre tinha gostado desse tipo de gesto. O tipo inútil."

Ela parou de falar, fechou os olhos.

Tanto Patalarga quanto Henry afirmam que Nelson parecia "outra pessoa" na noite da partida. "Pensativo", foi a palavra que Patalarga usou; Henry foi um pouco mais longe, chamando-o de "taciturno". Enquanto eles discutiam com alguma curiosidade os detalhes do caso da cantora e do assassino, Nelson não deu nenhuma opinião sobre o assunto. Uma vez dentro do ônibus, dizem eles, sacou seu caderno e começou a escrever.

Nelson poderia ter escolhido contar para eles a história daquela tarde, ou o teor de sua conversa com Ixta, mas não contou. Na verdade, ele a mencionara só umas duas vezes, jamais pelo nome, mantendo de seus colaboradores uma reserva sobre ela e outras coisas pessoais durante essas primeiras semanas da turnê. Não falou a eles sobre a morte de Sebastián, por exemplo, nem muito mais sobre Francisco além dos caprichos que contara naquela primeira tarde. Nunca mostrou a eles suas peças, embora tenha admitido, após uma certa pressão, que escrevia.

O fato de nenhum dos dois veteranos ter perguntado por que ele estava chateado não deveria, na minha opinião, ser interpretado como uma falta de empatia da parte deles, mas sim uma indicação de quem exatamente eram aqueles três homens em relação um ao outro no começo da turnê. Embora Patalarga e Henry fossem velhos amigos, em aspectos muito importantes eles também eram estranhos, dois homens de meia-idade voltando a se conhecer após vários anos. Estavam trabalhando juntos pela primeira vez desde que Henry fora preso. E quanto a Nelson, o fato de os dois gostarem dele, de o terem escolhido entre as dezenas de atores que fizeram o teste para o papel de Alejo, não implica uma intimidade.

Então, uma foto instantânea do Diciembre no começo da turnê: Nelson, perturbado, enche as páginas de seu diário com palavras sobre Ixta e seu coração partido, antes de finalmente cair no sono a umas três horas de distância da capital; Henry, ao seu lado, tentando pouca ou nenhuma conversa, veste uma máscara de cetim do figurino da peça e prontamente começa a sonhar com a prisão, com Rogelio; e Patalarga, que não vai a um cinema há cinco ou seis anos, sentado do outro lado do corredor, empolgado com o filme de ação que pisca na minúscula televisão do ônibus.

Ixta voltou a pé para casa naquela tarde, um pouco atordoada, tentando situar os detalhes de sua conversa com Nelson dentro da trajetória do relacionamento. Houvera um tempo em que parecia que o mundo cederia educadamente aos caprichos dos dois, porém os decepcionantes últimos sete meses tinham sido um lento desmancho de todo esse otimismo, uma quebra e um período de luto, uma tentativa vacilante de reconquistar o que fora perdido. O fim de tudo. O recomeço. E agora aquilo, o que quer que fosse.

Mindo não estava em casa, e Ixta achou isso bom: uma pequena bênção que ela comemorou com um cigarro (quase não fumava mais) e umas poucas horas de televisão. Ela se entocou no fundo do sofá, segurando as almofadas como se fossem coletes salva-vidas. Do outro lado das cortinas fechadas, o dia entardeceu. Assim como Nelson na rodoviária, Ixta assimilou a notícia da morte da cantora, espantando-se com o escândalo que a imprensa parecia estar decidida a criar. Diferente de Nelson, ela sabia quem a cantora era. Os apresentadores dos jornais passavam vídeos antigos, mostravam fotos desfocadas do começo da sua carreira, tocando em descampados na periferia da cidade. Caiu a noite, e os fãs estavam reunidos em frente à casa da estrela assassinada; com olhos vermelhos e velas, eles demonstravam sua tristeza com efusividade, forçando os próprios limites do realismo. Isso foi o que Ixta pensou consigo mesma, e depois: essa expressão, isso parece algo que Nelson diria. Ela tirou o som da TV, e observou por um minuto, em silêncio, para conferir se era verdade. Era. Sim, ela conseguia ouvir a voz dele. Sim, ainda estava lá: irônica, mordaz, curiosa. Ixta desligou a tevê e ficou sentada muito quieta, ouvindo o zumbido da sala, e esperando que a voz de Nelson se dissipasse em sua consciência.

Certo dia, quando ainda estavam começando a sair juntos, eles tinham cabulado uma aula sobre a teoria da representação para ir comer no Mercado Central. Foi ideia de Ixta, e Nelson não se opôs. A multidão ficava mais densa conforme eles chegavam perto, e os amantes deram as mãos casualmente, deixando que os passantes os acotovelassem. As pessoas fazendo compras, os trombadinhas, os vira-latas, as empregadas, os executivos e os corações solitários. Um adolescente abria caminho entre as massas, carregando acima da cabeça um cabo de vassoura com várias pinhatas de desenho animado penduradas. Ixta e Nelson o seguiram, passando pelas bancas de legumes, as dezenas de variedades de batatas, os peixeiros curvados sobre bacias de gelo; passando pelos meninos que cuidavam de lagartos apreensivos, estes bichos exóticos de olhos dourados, destinados a morrer atrás do vidro para o deleite das crianças da cidade. Um velho vendia milk-shakes feitos de sapos pelados e cozidos, misturados com água e gema de ovo. As criaturinhas selvagens rastejavam em seus terrários, numa bem-aventurada ignorância da sina que as aguardava. "Para a potência! Para o amor!", o homem gritou quando Ixta e Nelson passaram. Tinha a voz desesperada de um curandeiro, como se sua principal preocupação não fosse o comércio, mas sim a felicidade conjugal dos dois.

 Eles comeram *ceviche* servido numa vasilha de papel, enquanto olhavam para as velhas vigas de aço do mercado e para a luz que se infiltrava pelas janelas altas. Havia algo de encantador naquilo, mas eles não conseguiram decidir exatamente o quê. Quando terminaram, partiram do mercado na direção leste, embora fosse o caminho mais comprido, entrando nas vizinhanças sonolentas e decrépitas na beira da Cidade Velha, até chegarem a uma rua lateral estreita, longe o bastante do tumulto do mercado para que o clima fosse quase provinciano. Uma mulher de robe estava sentada na varanda, com os cotovelos na grade, observando os dois passarem.

 E Ixta estava observando Nelson. Sentira aquilo o dia inteiro, uma vaga sensação de expectativa, porém não sabia ao certo o que estava esperando. Ela diminuiu o passo, depois parou. Fez Nelson parar também.

 "Você está bem?", ele perguntou.

 Ele mordeu o lábio, e ela também, inconscientemente, de modo que por um instante ficaram os dois parados na calçada, imagens espelhadas um do outro.

 Eu gostaria de explicar com muito cuidado o que aconteceu em seguida, o mesmo cuidado com que Ixta explicou para mim: com a mão direita, Nelson coçou a têmpora, e nesse momento ela sentiu uma coceira repentina na sua própria têmpora também. Ele cobriu o rosto, esfregando os olhos com as costas das mãos, e imediatamente os olhos de Ixta também sentiram um desejo de ser massageados. Ele lambeu os lábios, e os dela pareceram secos. Com cada gesto, ele identificava uma necessidade que o corpo dela demorava a registrar sozinho. Ele piscou várias vezes, e os olhos dela abriram-se e fecharam-se por vontade própria. Ele repetiu a pergunta — "Você está bem?" —, porém não fazia mais sentido responder.

Estou me apaixonando, ela pensou. Deve ser isso que está acontecendo.

Anos depois, na noite em que Nelson e o Diciembre partiram da cidade, Ixta tentou expulsar da cabeça a voz de Nelson. E não conseguiu. Naquela noite e na seguinte, e por uma semana depois, Ixta não foi a mesma pessoa que todos esperavam que ela fosse. Ou a pessoa que ela própria queria ser. Era estranho, ela disse quando conversamos. Uma sensação de deriva. Um apreço pela tranquilidade. A cidade lhe parecia alheia, e ela se pegou devaneando, pensando em ela mesma fazer uma viagem. Ela vinha procurando um novo emprego nos últimos meses, mas pôs essa busca de lado por um instante. Embora odiasse admitir, a ausência de Nelson a afetava, pelo menos no começo.

Ela me disse que até pensou em escrever uma carta para ele, só que não tinha endereço nenhum para mandar.

# 7

O ônibus chegou a San Luis ao amanhecer, parando na praça central da cidade, onde eles foram recebidos por Cayetano, o primo de Patalarga. Estava frio demais lá fora para ficar batendo papo, e, enquanto eles esperavam que as malas surgissem do compartimento de bagagem embaixo do ônibus, Nelson observou em silêncio aquele novo cenário. A luz era cinzenta e rarefeita, com neblina ainda colada às encostas dos morros, porém havia casinhas pontuando as subidas, e trilhas que serpenteavam entre elas. Estes devem ser os subúrbios, ele pensou. Do lado oeste do vale, as colinas com terraço estavam escuras de terra recentemente arada, e ele conseguiu distinguir umas poucas formas humanas — fazendeiros — andando na penumbra. Havia chovido à noite, e as ruas tinham sulcos e poças d'água. Do outro lado da praça, uma mulher de vestido tradicional varria os degraus da entrada com uma vassoura que parecia mais alta que ela. De longe, era impossível dizer se a vassoura era grande demais ou se a mulher era muito pequena.

Cayetano anunciou que os levaria ao mercado primeiro. Eles precisavam comer alguma coisa, senão a altitude lhes faria mal. Todos concordaram. Cayetano vestia um casaco marrom comprido com ombreiras, lembrando a Nelson uma peça de xadrez. Uma torre, talvez.

Eles pensaram em esperar um mototáxi, mas decidiram que era melhor não: ficar parado no frio não era uma ideia tão boa. "E de qualquer modo não é longe", disse Cayetano. "Só parece que é."

Os três atores andaram atrás de seu anfitrião pelas ruas da cidade, em geral vazias, Nelson e Patalarga carregando cada um uma alça de uma sacola verde do tamanho de um cadáver, ou de uma pequena canoa. A sacola balançava entre os dois enquanto eles caminhavam. Dentro estavam seus apetrechos, seu figurino, as botas compridas do presidente, suas luvas brancas, o avental, as calças coloridas e os chinelos de borracha que Patalarga usaria toda noite (e muitos dias) durante os dois meses seguintes. Havia até um conjunto de varetas de barraca modificadas, e uma lona azul, que eles podiam usar como proteção caso fossem chamados para encenar a peça sob uma chuva leve. Nem é preciso dizer que a bolsa estava pesada. Henry, que assumira plenamente o papel do presidente desde o momento em que embarcou no ônibus, carregava apenas sua mochila, com uns poucos livros e canetas, e andava alguns passos à frente dos demais, com um olhar distraído observando as construções. Usava a máscara branca levantada até os cabelos, como uma faixa de cabeça. De vez em quando fazia um comentário — "Que janelas grandes!" ou "Olha como essa porta de madeira é bem trabalhada!" — que ninguém sentia necessidade de responder.

Tudo em San Luis estava molhado — as ruas de cascalho, as paredes das casas, as colinas, mesmo os vira-latas. As poças nas ruas vazias e ensombrecidas pareciam sem fundo.

"Tem chovido pra burro toda noite", disse Cayetano. A estação das chuvas começara tarde naquele ano, mas agora chegara com uma vingança.

"Ah, a chuva!", disse Henry.

Eles andaram por muito mais tempo do que parecia possível, até que Nelson começou a duvidar — em seus ossos, em seu âmago — que sequer existisse um mercado. Porém lá estava, de fato, nos limites da cidade: um prédio baixo de concreto pintado de azul, coberto por um teto de metal ondulado. O mercado tinha acabado de abrir, e era uma réplica menor, porém inspirada, daquele mercado da capital, perto de onde Ixta percebera que estava amando: aqui, vendedores esvaziavam caixas, fatiavam carne, descarregavam legumes em caixotes de madeira; e Cayetano guiou os visitantes pelos corredores, até eles pararem em frente a um balcão limpo de lajotas brancas, apinhado com elaboradas pirâmides de frutas. A mulher que trabalhava ali cumprimentou Patalarga com um grito e contornou o balcão para recebê-lo decentemente. Tinha os cabelos presos numa longa trança, e um pingente de prata brilhante no pescoço. Era Melissa, a mulher de Cayetano. Ela abraçou Patalarga, cumprimentou Henry com um entusiasmo semelhante e ofereceu a Nelson um aperto de mão um tanto formal. Havia um bebê num berço, uma garotinha chamada Yadira, dormindo num canto da banca do mercado. Os outros dois filhos estavam em casa, ele disse, preparando tudo para quando eles chegassem.

Enquanto Melissa fazia suco, eles discutiram seus planos. Henry comentou que não tinha visto nenhum cartaz divulgando o espetáculo. Nem no caminho que eles fizeram, nem no mercado, o que ele achou intrigante. A turnê só consistira até agora de uma viagem de ônibus, e ele já tinha assumido a arrogância de um presidente. Nelson ficou impressionado.

Um sorriso fino formou-se nos lábios de Cayetano. Ele abriu o zíper de seu pesado casaco marrom e suspirou. "Pois é, o prefeito... Ele queria falar com você primeiro, antes de nós planejarmos a apresentação. Só para ter certeza de que é apropriada."

Henry fez uma careta.

"Apropriada como?", disse Patalarga, erguendo a voz. "Sem dançarinas? Sem sangue?"

"Então ela não foi programada", disse Henry.

Cayetano negou com a cabeça. "Ainda não. Não exatamente. Mas vamos falar com ele. Ele está ansioso para falar. Ele adora falar. Hoje à tarde. Vai dar tudo certo."

Melissa serviu-lhes mais um pouco daquela vitamina como desjejum. Henry e Patalarga murmuraram entre si.

"Vamos falar com ele agora", disse Henry. "O prefeito — onde podemos achá-lo?"

Cayetano consultou o relógio em seu pulso. "Mas ainda são sete horas."

"O trabalho do povo começa cedo."

"Por que vocês não descansam primeiro? Olha o menino."

"Estou bem", disse Nelson.

"Vamos levar ele para a casa."

"Estou bem", disse Nelson.

Patalarga, relutante, concordou com a cabeça. Porém Henry fez que não. Deu um tapinha no ombro de Nelson, como se para mostrar que compreendia, e então ficou de pé no banquinho onde estava sentado. Ninguém teve chance de impedi-lo. Ele começou a berrar, pedindo a atenção de todos. Bateu palmas, pediu um instante. Os trabalhadores do mercado, junto com os clientes que tinham entrado, afrouxaram o passo e olharam para cima.

"Caros moradores de San Luis! Meus dois colegas e eu — levanta, Nelson! Levanta, Patalarga!"

Ele esperou os dois subirem em seus bancos antes de continuar.

"Juntos", anunciou Henry, gritando, "nós somos o Diciembre. Talvez vocês já tenham ouvido falar de nós — somos uma companhia de teatro! Da capital! Queremos ter a honra de nos apresentar para vocês hoje à noite, às seis horas na praça, se o tempo permitir. Por favor venham e tragam suas famílias! Obrigado."

Então ele sentou.

Nelson ficou de pé só por mais um instante, percorrendo o mercado com os olhos. Daquele ponto privilegiado, conseguiu registrar com muita clareza a reação de mudez ao anúncio de Henry. Não havia fascínio algum associado ao nome Diciembre — haveria em outros lugares, em cidades de todas as regiões montanhosas, mas não ali. Em vez disso houve uma pausa, um gesto coletivo de coçar a cabeça, e então um rápido retorno aos ritmos normais do mercado. Os vendedores retomaram suas diversas tarefas, os poucos clientes madrugadores voltaram a suas compras. Nelson rapidamente ficou invisível.

Por fim, Patalarga o ajudou a descer. Ele e Cayetano receberam o jovem ator nos braços, e Melissa lhe deu chá.

"Por que ninguém acredita em mim?", disse Nelson. "Estou bem!"

"Que bom", disse Henry, sem sorrir. "Temos uma apresentação hoje à noite."

Ao traçar o itinerário deles, Henry e Patalarga haviam escolhido San Luis por três motivos. Primeiro, uma questão nostálgica: o Diciembre fizera uma apresentação ali, dezenove anos antes, em sua primeira turnê pelo interior. Eles tinham boas lembranças daquele lugar: seu rio plácido; as poucas ruas de pedrinhas redondas que restavam no centro da cidade; e uma bela igreja antiga com goteiras no telhado. Comparada aos tristes campos de mineração que eles visitariam depois, San Luis era sem dúvida um lugar pitoresco, e portanto bom para começar. Segundo: ficava bem localizada, colada à rodovia central recentemente recapeada, a oito horas tranquilas de distância da capital. Terceiro: a presença de Cayetano, que fora vagamente ligado ao Diciembre em seus primeiros dias — embora mais como companheiro de bebida do que como ator. Não era apenas primo de Patalarga, era um velho amigo, com um rico entendimento do Diciembre e da sua história. Os anos lhe tinham sido propícios: ele agora tinha uma família, herdara a terra de seu pai, e dinheiro suficiente para virar um membro de destaque na comunidade. A guerra terminara, e a nova rodovia permitia que suas frutas e legumes chegassem à cidade da noite para o dia. Cayetano subira ao posto de vice-prefeito de San Luis, algo impensável para aqueles que se lembravam do jovem poeta barbado, malvestido, conhecido por cambalear de madrugada pelas ruas da capital, no começo dos anos oitenta.

"Mas também, ninguém achou que eu viraria professor de ciências", disse Henry durante nossa entrevista. "E ninguém achou que você viraria..." Ele franziu a testa e me percorreu com seu olhar crítico. "Bom, você ainda não é nada."

Eu deixei isso passar.

Fosse como fosse, eles tinham contado com Cayetano para fazer as coisas correrem tranquilamente. Pretendiam ficar na estrada por seis semanas ou mais; era importante começar bem. Deixaram Nelson em casa descansando, e os anciões do Diciembre foram conversar com o prefeito, o chefe e patrono de Cayetano.

O prefeito abriu a conversa dizendo que não era "hostil à arte, em si"; dali, as coisas só ficaram piores. Ele sorria muito, mas nunca calorosamente, tamborilando com os dedos longos e esguios na mesa enquanto falava. Descreveu uma série de assassinatos que tinham acontecido na área desde a última visita do Diciembre em 1982, com um tom que implicava que o primeiro fato estava de algum modo relacionado aos outros.

Patalarga depois admitiu que sua mente ficou à deriva durante toda essa fala, que ele se pegou olhando pela janela, para a igreja com as goteiras no telhado, e acima dela o céu, que só agora começava a clarear. Era o meio da manhã. Sua mulher, Diana, com certeza estava acordada, mas talvez ainda estivesse na cama, aproveitando o silêncio da casa vazia. O Olímpico estava trancado e vazio, custando dinheiro a cada minuto de cada dia. Sem nenhum motivo, ele lembrou de sua infância nas montanhas, lembranças felizes, de um modo geral, e seus primeiros tempos de escola, durante os quais fora sujeito a copiosas ladainhas, um tanto parecidas com aquela. Tivera um professor que era comunista. Outro que era reacionário. Ambos moravam no exterior agora, na Europa. Dali a uma semana ele veria sua mãe, e como sempre, essa ideia lhe enchia de sentimentos ambíguos. Ele pressionara Henry para entrar nesta turnê, apresentando-a como algo que seu velho amigo precisava fazer por si mesmo, por sua arte; mas, enquanto o prefeito matraqueava, Patalarga se deu conta de que, na verdade, fora *ele* quem quisera aquilo. Quem quisera muito aquilo. Era um jeito de ser jovem outra vez; de fugir da cidade grande por um tempo e reviver uma época que, embora difícil, continha as experiências centrais de sua vida, que, tirando isso, era pacata.

"Os anos da guerra", ele me disse quando conversamos. "Não é que eu sinta saudade deles, de jeito nenhum. Mas eu *lembro* deles. Cada mínimo detalhe. Isso me preocupa, mas às vezes sinto que todo o resto é uma nuvem confusa. Isso faz algum sentido?"

Eu fiz que não com a cabeça. Sinceramente, eu não entendia.

"Eu era criança."

Ficamos em silêncio por um instante.

Em San Luis, o receio do prefeito era sobre o título da peça.

"Idiota", ele disse. "Se, na escola, meu filho chamasse outro aluno de idiota, o professor mandaria uma cartinha e o menino seria punido. Não seria?"

Cayetano franziu a testa. "Seu filho tem vinte e dois anos."

O prefeito olhou feio para ele. "Como de costume, meu estimado Cayetano, você não entendeu o que eu disse." Ele virou-se para Henry. "Você é pai, senhor Nuñez?"

"Sou."

"E você não puniria seu filho se ele..."

"Ela."

O prefeito fez uma pausa, como se jamais lhe tivesse ocorrido que ele pudesse ter uma filha. "Se *ela* dissesse uma coisa dessas para um colega de classe?"

Henry pensou em Ana, que era esperta demais para sair por aí lançando insultos sem mais nem menos. Se sua filha chamasse alguém de idiota, isso significaria que a pessoa *era* idiota.

Ele optou por não dizer isso. "Mas senhor prefeito, uma peça está sujeita aos mesmos códigos de comportamento que uma criança?"

O prefeito franziu a testa e segurou um copo d'água com seus longos dedos. "Não sei responder a isso." Se ele era um imbecil, pelo menos era sincero. Tomou um gole d'água.

Henry sentiu que tinha marcado um ponto, e optou por avançar aos poucos: afinal, ele era o presidente, e era sua função defender sua peça, seus parceiros, sua forma de arte. Ele pretendia ser respeitoso, negociar este delicado equilíbrio entre o ego de um prefeito de cidade pequena e as necessidades de um coletivo teatral como o Diciembre. O que, argumentou Henry, é uma peça sem uma plateia? Um roteiro não é só energia potencial até esse momento mágico em que se torna algo mais? Uma alquimia como essa não é possível só quando as palavras adquirem realidade, quando os atores saem de trás da cortina (ou da lona, neste caso) e *atuam*? Henry sentiu que estava ganhando impulso conforme falava. Cada plateia é diferente, e cada plateia é um presente que jamais pode ser ignorado ou subestimado; quanto ao Diciembre, lá estavam eles — "Aqui estamos!", disse Henry, talvez meio alto demais —, e eles tinham vindo a San Luis em busca de uma plateia. Para transformar o *virtual* no *real*. Eles tinham esperança de usar o auditório recém-reformado da escola, mas apresentariam esta peça de um jeito ou de outro; na praça, no mercado, na rua debaixo de um temporal. Fariam na casa de Cayetano se precisassem!

O prefeito sorriu.

"Ótimo. Façam na casa do Cayetano." Ele ficou de pé. "Senhores, tenham um ótimo dia. Desejo-lhes muito sucesso."

Preparando o espetáculo, Patalarga, Cayetano e Nelson passaram parte da tarde carregando móveis para fora, e cobrindo-os com a lona do Diciembre, para o caso de chover. Liberaram o máximo de espaço possível dentro da casa, para acomodar uma audiência que se sentaria no chão. Enquanto eles trabalhavam,

Cayetano pedia desculpas pelo que tinha acontecido. A peça, explicara ele, tinha sido vítima de uma rivalidade que surgira nos anos recentes entre ele e o prefeito. Uma disputa a respeito de terras. Essas coisas são comuns em cidades pequenas. Ele começou a entrar em detalhes, porém se deteve.

"Sabem de uma coisa? Não é interessante, nem para mim."

Enquanto isso, Henry vestiu as calças de montaria do presidente, a camisa com babados e o casaco comprido, as botas de couro, as luvas brancas e a faixa, e desceu até o mercado outra vez.

"Todo mundo ficou me olhando", ele contou. "Eles me pararam e perguntaram de onde eu tinha vindo. Foi maravilhoso."

Desta vez havia mais pessoas ali, o mercado estava mais ruidoso e mais vivo. Melissa pegou um megafone emprestado de outro vendedor, e anunciou Henry para a multidão.

"Senhoras e senhores: o presidente!"

Com a atenção das pessoas, Henry mais uma vez subiu em cima de um banquinho e falou do Diciembre, da peça, de sua surpreendente mudança de endereço. Desta vez houve um burburinho — quem é esse homem de roupa estranha, e do que exatamente ele está falando? — e ao terminar, Henry fez uma mesura, tomando o cuidado de não perder o equilíbrio, e recebeu a primeiríssima salva de palmas da turnê.

De acordo com Patalarga, Nelson tanto estava nervoso quanto decidido a não aparentar. Ele não era um completo novato; afinal, tinha se apresentado em alguns dos teatros mais lendários da capital. Mas aquilo era sem dúvida diferente, Patalarga me disse. "Aquela intimidade, a proximidade desses estranhos, o jeito como eles te olham. Não poderia ter sido fácil para ele."

Nelson embaralhou suas primeiras falas?
Sim.
Perdeu a deixa da cena da briga?
Sim.
Viu os rostos da plateia, sentiu sua proximidade, o cheiro da sua presença no recinto, e um anseio pelas marcas familiares dos teatros que ele conhecia na capital?
Sim.

Mas ele abriu caminho em meio a tudo isso e, no momento em que o prefeito apareceu, na metade do primeiro ato, Nelson já estava quase recuperado. As coisas estavam entrando nos eixos. O prefeito, cheio de arrogância e rancor, não parecia impressionado. Andou até o canto oposto à porta e ficou de pé apoiado na parede de braços cruzados, franzindo a testa.

Nelson não fazia ideia de quem era aquele homem, e depois alegou que era mera coincidência que sua fala, "Mas pai, você precisa ter cuidado! O mal está à espreita em toda parte!", tenha sido pronunciada com os olhos nos olhos do retardatário.

Todos perceberam, e Cayetano deu uma risada nervosa; logo o recinto inteiro estava rindo junto com ele. Todo mundo menos o prefeito.

"Era isso que o Nelson tinha que aprender", Patalarga me disse. "Que a peça é diferente toda vez. Que não importa se você fizer uma cagada. Erro é algo que não existe."

O prefeito saiu intempestivamente muito antes do clímax, a cena do assassinato.

Foi melhor assim. Houve mais humor à sua custa depois que ele foi embora. Uma chuva fina começou momentos depois, assim que o personagem de Patalarga foi apunhalado. As gotas tamborilavam no telhado, um ruído agradável. Quando a peça terminou, os aplausos e a chuva pareceram fundir-se num único som, um aumentando o outro. Ninguém lembrava da última vez que houvera um teatro na cidade. Ninguém queria ir embora. Nelson, imerso no burburinho, sentiu-se quente. Então apareceu uma garrafa, e o volume aumentou, e a dança logo começou. Nelson ficou de pé encostado na parede, tímido, mas Cayetano e Patalarga mandaram Melissa ir buscá-lo do outro lado da sala e puxá-lo para a pista. Ele deu seus primeiros passos hesitantes ao som da batida, e Henry berrou, "O menino da cidade grande!", sua voz de algum modo sobrepondo-se à música e à chuva.

Todos comemoraram, e foi então que a turnê finalmente pareceu real para Nelson.

# 8

Nas semanas seguintes, o Diciembre apresentou-se em pequenas cidades e vilas por toda a região, sujeito a condições climáticas diferentes de tudo o que Nelson já tinha presenciado. Em algumas manhãs, era como se o sol jamais se levantasse, o céu trançado de nuvens azuis e roxas até o fim da tarde, quando por fim se abriam numa chuva forte. Em outros dias, era preciso enfrentar não a chuva mas os ventos: sopravam ferozes e impiedosos através do vale, deixando Nelson com as bochechas vermelhas e calafrios no corpo. Então, um tanto inesperadamente, a camada de nuvens se dissipava e o sol aparecia. Tudo reluzia, mesmo as montanhas, e ele pensava: esta é a paisagem mais bonita que eu já vi. Nunca durava muito; depois de uma hora as nuvens voltavam. Nelson perdeu peso nestes primeiros dias, e acordava várias manhãs com uma dor de cabeça terrível. No café da manhã bebia chá de coca, comia pão frio e queijo. No almoço: truta frita, uns oito dias seguidos. Dez dias. Catorze. De vez em quando um porquinho-da-índia, ótimo para variar, mas que muitas vezes envolvia o ritual desagradável de ter que escolher seu almoço num cercado de bichinhos peludos. ("Esse gordo", dizia Henry toda vez, sem se dignar a curvar a cabeça sobre os animais.) Eles viajavam de ônibus de uma cidade para a outra, caso houvesse um ônibus disponível; caso não, e se ainda não estivesse chovendo, a traseira de um caminhão já servia. Deitavam entre pilhas de batatas, olhando por sobre os vales; os campos; as casas esparsas, solitárias; e o céu turvo e pesado que comprimia tudo aquilo. Quanto mais alto eles subiam, mais perigosas ficavam as estradas, cuja largura às vezes mal dava para uma carroça; e Nelson muitas vezes espiava sobre a beira de uma montanha esfacelada, e se forçava a pensar em alguma outra coisa que não a morte. Sua vida na capital lhe vinha à mente, mas as instruções de Henry — entregar-se completamente ao mundo da peça, esquecer todo o resto — pareciam especialmente adequadas desde sua última conversa decepcionante com Ixta. Fez esforço para parar de pensar nela.

Apesar desses desafios físicos e psicológicos, a turnê teve seus prazeres: eles eram recebidos calorosamente em cada cidade, com uma certa cerimônia e solicitude que Nelson achava encantadoras; quase toda noite a plateia aplaudia de pé, o que fazia seus esforços parecerem ter valido a pena. Mesmo que a comunidade jamais tivesse ouvido falar do Diciembre, eles muitas vezes ficavam gratos pela visita. O chefe da vila ou prefeito insistia em hospedá-los pessoalmente; e ser recebido nesses lares humildes era, para Nelson, um privilégio assombroso. Ele tentava flagrar o olhar de Henry ou de Patalarga, só para confirmar se eles sentiam aquilo também: o quanto significava a confiança inesperada, desmerecida daquelas pessoas. Uma festa era organizada às pressas, ou surgia espontaneamente após uma apresentação. As vilas podiam ser só um punhado de casas entre infindos campos amarelo-cinzentos, mas em muitos casos estas eram as melhores plateias de todas: não mais que uma dúzia de pessoas ao todo, de pouca instrução ou experiência com teatro, uns poucos fazendeiros de rostos corados, suas esposas sofredoras e seus filhos subnutridos, que abordavam Henry depois da peça, jamais olhando diretamente para ele, e diziam num tom de respeito, "Obrigado, sr. Presidente."

Houve a apresentação em Corongo, onde as tias e os tios idosos de Patalarga sentaram na primeira fila, sua mãe radiante de orgulho, bem no meio, uma hora antes de o espetáculo começar. Eles ficaram quietos e muito imóveis, erguendo o olhar como se posassem para uma fotografia. Quando a apresentação começou, os olhos deles se apertaram de concentração, e, quando terminou, eles levantaram para aplaudir. Depois, todos comeram sopa de batata e cebola na sala de jantar da casa da infância de Patalarga, apinhados numa mesa de madeira comprida e estreita que rangia de um lado e depois do outro, dependendo de quem levantasse o cotovelo. A sala era escura e mofada, e todas as janelas e portas tinham sido escancaradas para arejá-la, deixando entrar o friozinho da noite, que não parecia incomodar ninguém além de Nelson. Todos estavam felizes, orgulhosos, mas tinham os lábios cerrados e um ar circunspecto, como se o contentamento fosse uma emoção a ser guardada como um segredo. Diferente do resto da família, a mãe de Patalarga estava preocupada. "Tenho uma dúvida", ela disse para o filho, já no fim da refeição. "Oh, e por favor não me entenda mal... mas se é você que tem dinheiro, por que tem que fazer o papel do lacaio?"

Ao que Henry respondeu, "O papel cai muito bem nele. Seria um crime usar os talentos dele de outra maneira."

Houve uma noite na comunidade de Sihuas na beira da estrada, a três mil e duzentos metros acima do nível do mar, onde eles receberam um canto num bar chamado El Astral para se apresentar; ficaram um tempão esperando espectadores — qualquer pessoa serviria —, mas não chegou ninguém. Já passava das dez da noite, e além do barman de bigode e do gerente da pousada, eles não tinham visto outra alma viva em nenhum lugar das redondezas. Henry e Patalarga beberam uma cerveja cada um em silêncio, despreocupados, ou fingindo que estavam, mas Nelson ficou impaciente. "Eles não vêm", ele disse, querendo apenas descansar. "Não vem ninguém!" Mas o barman cofiou as pontas do bigode. "Acredite em mim, rapaz, é só esperar. Vocês vão fazer seu espetáculo!"

Um tempo depois, o homem olhou seu relógio de pulso. "Vai. Olha lá fora, você vai ver."

A noite caíra; o céu estava escuro. Sihuas ficava encravada numa faixa estreita do vale, e Nelson não viu nada nas ruas vazias da cidade, mas quando chegou à esquina e olhou para cima, lá estavam eles: fileiras de luzinhas de lanterna oscilando para cima e para baixo, centenas delas, descendo as trilhas depressa. Eram mineradores de ouro, descendo as montanhas todos ao mesmo tempo. Meia hora depois, num alvoroço de gritos e barulho, eles chegaram, e instantaneamente lotaram o Astral. Os homens eram pequenos e esguios, com bochechas avermelhadas, queimadas do vento; olhos negros como tinta; e um desejo febril de beber. Alguns tinham cicatrizes, ou dedos perdidos em acidentes com dinamite, mas não pareciam se importar. Cheiravam a metal e pagavam suas bebidas com grãozinhos de ouro que brilhavam sob as luzes de neon do bar. Eles cantaram músicas, e abarrotaram o lugar de tal modo que Nelson, Patalarga e Henry foram obrigados a se amontoar no canto. O palco deles sumira sob aquele enxame de homens. Meia hora depois, apareceu um ônibus cheio de prostitutas — como? de onde tinha vindo? — e de repente o Astral cheirava a sexo, ou à possibilidade de sexo, essa nuvem densa de mulheres pintadas invadindo o bar como se trazidas por um vento forte e lúrido.

Não havia chance alguma de apresentar a peça agora.

"É por isso que o gerente da pousada queria que ficássemos todos no mesmo quarto", disse Nelson. Ele jamais estivera antes num bordel (embora tivesse imaginado o cenário o suficiente para escrever uma peça a respeito), e agora, de um jeito bastante improvável, o bordel tinha vindo até ele. Era um espetáculo impressionante. Em menos de uma hora, havia casais fazendo sexo nos banheiros, atrás do que restava do palco improvisado do Diciembre, nos degraus do ônibus que tinha trazido as mulheres. Henry acertou a conta deles, de repente constrangido, pedindo desculpas por não poder pagar em ouro, mas o barman foi muito compreensivo.

"Da próxima vez", ele disse.

Eles caminharam juntos os poucos quarteirões até a pousada, as ruas escuras de Sihuas cheias de grunhidos, gemidos e risadas de mulher.

E houve a noite em Belén em que eles conheceram o muito idoso ex-chefe de polícia da cidade, que, após alguns drinques, concordou em contar a história de como brevemente prendera alguns membros do Diciembre, quase vinte anos antes. O velho tinha um rosto rechonchudo e uma pele manchada, mas seus olhos brilharam com a lembrança: era como se ele estivesse assistindo àquela cena num filme, admirando a versão de si mesmo interpretada por um ator jovem e bonito. Ele lembrou que chegara a aparecer nos jornais da capital, um feito que jamais conseguira outra vez. Contou a história sem reservas nem vergonha, dirigindo-se diretamente a Nelson, talvez porque se equivocasse achando que Henry e Patalarga estavam entre o grupo que tinha sido preso. Tudo bem rir agora, ele disse, mas naquela época as coisas eram diferentes. "Tínhamos ouvido falar dos terroristas, mas não fazíamos ideia do que procurar. Vinham relatos terríveis da cidade, mas nenhuma informação sólida. Vocês provavelmente não acreditam em mim, mas estávamos apavorados."

Henry e Patalarga conheciam pessoas em cada cidadezinha: velhos colaboradores ou antagonistas dos antigos dias do

Diciembre, os homens e mulheres com quem tinham compartilhado sua juventude. Esses conhecidos tinham passado a maior parte da vida nas províncias, num ritmo diferente. Contavam histórias engraçadas disfarçadas de tragédias, e histórias tristes que pretendiam ser comédias; bebiam sem piedade e pareciam não notar estas coisas que mais preocupavam Nelson: a pobreza abjeta do mundo à sua volta, a condição terrível das estradas, as chuvas incessantes e o frio cruel. Ele admirava isso também: sua capacidade de preservar a alegria a qualquer custo, assim como um homem pré-histórico talvez tivesse preservado o fogo. Nelson aprendera a mascar folhas de coca, passara a apreciar a dormência que se espalhava em seu rosto, descendo pelo pescoço até o peito; um pequeno prazer que amortecia a dureza da estação das chuvas e abrandava os efeitos da altitude. E eles estavam agora no limiar de uma região diferente: os vales baixos, onde começavam as florestas. Se avançassem mais um dia, ou dois ou três, o frio cessaria por completo, e eles estariam na beira da selva, livres para respirar outra vez, quase normalmente. Agora estavam sentados em volta de uma mesa de madeira retangular num restaurante abarrotado, ouvindo o velho chefe de polícia contar sua historinha engraçada da guerra, em que ele prendia atores. Uma luz fluorescente zumbia; a televisão estava ligada, mas não tinha ninguém assistindo. Atrás deles havia uma segunda fileira de homens em pé, ansiosos para ouvir — se a mesa fosse o palco, eles eram o balcão, por assim dizer. Trabalhadores, todos eles, homens de mãos ásperas enfiadas no fundo dos bolsos, homens que riam quando era hora de rir, que ficavam quietos quando era hora de silêncio. Eles eram o coro, seguindo atentamente as deixas do chefe de polícia. Se alguém lhes oferecia um copo de cerveja, eles aceitavam; se não, eles não reclamavam. Eles eram indiferentes ao frio, não se importavam em ficar de pé e acompanhavam a conversa no bar tão de perto quanto tinham acompanhado a própria peça.

 O velho continuou: "Então esses moleques, esses arruaceiros, aparecem na caçamba de uma picape, fedendo, com bandanas na cabeça. Montam uma barraca na praça, sem nem pedir permissão. Tocam rock num aparelho de som. Não pensem que nós somos primitivos aqui, mas foi assim que aconteceu. Meu vice — que Deus o proteja, ele agora está no estrangeiro —, ele me diz, *São eles!* São quem? eu pergunto. *Os terroristas!* Mas como você sabe?, eu digo, e aquele cara, ele sempre lia os jornais. Tinha resposta para tudo: *Olha como eles são sujos!* A gente não sabia de nada. Nunca tinha visto um. As moças fumavam cigarro, tinham remendos nas calças jeans. Os rapazes pareciam doentes, com o cabelo desgrenhado e bigodes finos. Olha pra eles! Parecem suspeitos até hoje! Eu estava errado de me preocupar? Diga, meu filho, eu estava errado?"

O velho riu com o corpo inteiro, o coro também. Henry e Patalarga não riram, mas ninguém pareceu notar.

"Eu prenderia eles agora!", gritou Nelson.

"Mas ia acusar de quê?", disse o chefe de polícia num sussurro exagerado.

"Tenho certeza de que você conseguiria pensar em alguma coisa", disse Patalarga.

"Qualquer coisa serve", acrescentou Henry. "Você sabe que os tribunais não são muito exigentes."

Ninguém tinha nada a dizer sobre aquilo. O chefe de polícia deu um sorriso educado, e o coro prendeu a respiração por um instante. Nelson sentiu o desconforto também, e quando aquilo se arrastara por apenas um segundo além da conta, ele mudou de assunto, e mencionou as chuvas; o chefe de polícia sorriu, consultando o coro, que eram os trabalhadores, aqueles que cultivavam a terra. Eles tinham vindo à cidade para o espetáculo, mas a terra era o que eles conheciam de fato.

"Como vão as coisas por lá?", perguntou o velho chefe de polícia. "O que está acontecendo nas províncias?"

As províncias — esta era outra coisa que Nelson acabara entendendo. Onde quer que você fosse, por mais que se embrenhasse no interior remoto, as províncias eram sempre mais longe. Era impossível chegar lá. Não aqui — *nunca aqui* —, sempre logo ali mais adiante.

Um dos homens disse que seus campos talvez fossem assolados pela água. Duas semanas seguidas de chuva tão perto do fim da estação; não era normal. Os rios estão inchados, disse outro, as pontes podiam desabar. E então um terceiro homem, de rosto largo e cabelo preto que escorria quase em cima dos olhos, disse, "Ouvi do meu primo que está ficando tão feio nas planícies que os aviões nem conseguem voar!"

Nesse ponto, todos ficaram em silêncio.

"Aviões?", perguntou Nelson.

Ele não ouvira falar de avião nenhum. Não tinha visto, nem mesmo imaginado. Embora jamais tivesse andado de avião, viagem aérea era uma coisa dele; pertencia àquele outro mundo, o mundo que ele deixara para trás.

O rosto do chefe de polícia encheu-se de pesar. Ele olhou feio por um instante para o elemento transgressor do coro, que quebrara as regras falando fora da sua vez, e mencionando a indústria mais importante e de mais rápido crescimento do vale baixo, o tráfico de drogas.

"Quem sabe você pode prender ele por *isso*", disse Henry, um comentário que não ajudou em nada a amenizar o clima de repente opressivo.

Depois dessa noite, e depois que Henry lhe explicara, Nelson olhava para os céus quando eles viajavam. Anotou isso em seu diário, apreciando este novo jeito de passar o tempo, de se distrair da precariedade das estradas ou dos ventos áridos. Nunca avistou um avião. Eles passaram quatro dias naquela região, descendo rumo ao calor, até que Henry decidiu que eles deviam retornar na direção do planalto.

"Me sinto mais confortável quando tem menos oxigênio", ele disse. "A peça faz mais sentido assim. Vocês não concordam?"

E, porque ele era o presidente, o Diciembre voltou ao planalto.

Então houve a noite em San Felipe, quando, após uma apresentação especialmente enérgica, Nelson quase desmaiou. O assassinato de Patalarga exigiu muito dele naquela noite, e ele sentou-se depois, curvado numa cadeira, sem conseguir recobrar o fôlego. Inalar era como engolir facas, e a sensação era de que sua cabeça ia se separar do pescoço e flutuar para longe. No fim ele se recuperou, e todos foram convidados para uma festa numa casa de adobe de um único cômodo na periferia da cidade. Ele foi levado para dentro às pressas, onde os desconhecidos dedicaram-se com atenção especial a alimentá-lo e embebedá-lo. Surpreendentemente, a bebida ajudou, e foi gostoso ser paparicado. Quando Nelson começou a ficar azul, o dono da casa, um homem grisalho chamado Aparicio, perguntou se ele queria um casaco. Nelson enfaticamente fez que sim com a cabeça, e seu anfitrião levantou e andou até a geladeira, parando diante da porta aberta, como se cogitasse fazer um lanche. Nelson pensou, Ele está caçoando de mim. Observou Aparicio abrir a gaveta dos legumes e tirar um par de meias de lá. Ele as jogou para Nelson, e quando a porta se abriu um pouco mais, Nelson viu que a geladeira estava, na verdade, sendo usada como guarda-roupa. As prateleiras de baixo continuavam lá, mas todo o resto fora removido. Havia luvas na bandeja de manteiga, suéteres e casacos pendurados numa haste de madeira pregada às paredes internas. Só então ele notou os poucos alimentos perecíveis sobre o balcão. Neste frio, não havia perigo de que estragassem.

 Os homens e mulheres reunidos contaram histórias tristes sobre a guerra e riram de seu próprio sofrimento de um jeito que Nelson achou incompreensível. Às vezes falavam em quíchua, e então o riso ficava muito mais intenso, e também muito mais triste, ou pelo menos era o que parecia a Nelson. Mais tarde chegou uma mulher, Tania, e todos se levantaram. Tinha cabelos pretos e compridos, presos numa única trança, e um xale laranja e amarelo cobrindo os ombros. Era bonita, e muito pequena, mas de algum modo transmitia uma impressão de grande força. Percorreu o recinto apertando a mão de todos — exceto a de Henry, que em vez disso recebeu um beijo soprado no ar, bem ao lado de sua orelha direita.

 "Você ainda está atuando", Tania perguntou quando chegou a Nelson, "ou está mesmo enjoado desse jeito?"

 Ele não sabia como responder, por isso, quando alguém gritou, "Ele está bêbado!", Nelson ficou aliviado. A sala encheu-se de risadas, e então todos sentaram.

 Nesse momento teve início a bebedeira séria, e um violão surgiu de um canto escondido da sala. Ele foi passado de mão em mão, dando algumas voltas no círculo, até que Tania finalmente ficou com ele. Todos comemoraram. Ela dedilhou alguns acordes, depois limpou a garganta, dando as boas-vindas aos visitantes, agradecendo a todos por ouvirem. Cantou em quíchua, escolhendo um acompanhamento complexo, sem que o frio detivesse seus dedos ágeis. Nelson virou-se para Henry e perguntou em voz baixa sobre o que falava a canção.

 "Sobre amor", ele sussurrou, sem tirar os olhos dela. Parece que os dois tinham tido um breve envolvimento duas décadas antes. Ver aquela mulher, ele me contou depois, deixava-o perturbado, enchendo-o ao mesmo tempo de arrependimento e otimismo. Ele sentiu naquele momento que entrara num período cinzento de sua vida, do qual não havia um jeito fácil de escapar. Não se podia entrar no mundo de uma peça. Não se podia escapar da sua própria vida. Suas escolhas ruins ficavam presas a você. E mesmo se uma coisa dessas fosse possível, exigiria uma força de vontade que ele não tinha, um golpe de sorte que ele não merecia.

Quanto a Nelson, a noite foi avançando e ele se viu apreciando a beleza de Tania com uma clareza cada vez maior. Passaram-se horas, e, quando ele estava finalmente sucumbindo ao frio e ao álcool, Tania se ofereceu para guiá-lo a pé de volta à pousada onde eles estavam hospedados. Isso foi notado pelos convivas com uma apreensão fingida, mas ela os ignorou. Lá fora, na noite frígida, seus olhos brilhavam como estrelas negras. A cidade era pequena, e era impossível se perder. Eles seguiram bêbados pelas ruas, ambos embrulhados num cobertor que Aparicio lhes emprestara.

"Você canta bonito", disse Nelson. "Sobre o que era?"

"Só umas canções antigas."

"Henry me disse que você estava cantando sobre o amor."

Ela tinha uma bela risada: nítida e despretensiosa, como o luar. "Ele não fala quíchua. Deve ter sido um chute."

Quando eles chegaram à porta da pousada, ela perguntou a Nelson se ele estava feliz. Disse que estava curiosa, porque o rosto dele era muito difícil de ler.

"Difícil de ler — isso é um elogio?", perguntou Nelson.

"Se você quiser."

"Você viu a peça?"

Tania fez que sim com a cabeça.

"E você gostou?"

"Sim", ela disse. "Gostei muito."

"Então estou feliz."

Ele avançou para beijá-la, mas ela se esquivou, surpreendentemente alerta, como se fosse uma atleta especialmente treinada em se esquivar de beijos. Deu um tapinha na cabeça dele, e os dois ficaram ali constrangidos por um instante, até que ela sorriu.

"Está tudo bem", disse Tania. "Você é fofo. Me lembra meu filho. Agora beba bastante água e descanse o máximo que puder."

Então ela voltou para a festa. Nelson a observou partir; e embora estivesse a centenas de quilômetros de casa, num lugar tão diferente do passeio de La Julieta quanto talvez seria da superfície de um planeta distante — ele se lembrou de Ixta, que parara de acreditar no amor dele e o deixara. Toda noite Nelson travava uma batalha campal contra a lembrança da conversa deles no farol, uma guerra brutal, em que ele era tanto vitorioso quanto derrotado. Em sua mente, ele tentava mudar o resultado neste momento, como um mágico tentando dobrar uma colher com a mera força da concentração. O que quer que ele tentasse, nunca dava certo. Ele agora lembrava do seu silêncio, lembrava que a tinha deixado ir embora, e sentia vergonha.

"Tania!", ele gritou.

Ela virou, porém não disse nada. Estava esperando.

"Eu te amo!"

Ela deu uma risada radiante, como se fosse a piada mais maravilhosa que já ouvira na vida.

"Ele era um menino bonito", Tania me disse depois. "Se ele fosse só um pouquinho mais velho, eu teria levado ele para casa comigo."

Àquela altura, já fazia mais de um mês e meio que a turnê começara; seis semanas o separavam de sua vida, seus amigos, seus sonhos. Nelson completara vinte e três anos na primeira semana de maio, sem compartilhar com ninguém a notícia. Estava por conta própria. Henry pedira a todos eles que não telefonassem para casa, não escrevessem cartas, mas sim tentassem imergir no momento. Agora valia perguntar: de que servia esse conselho, na verdade? De que adiantava se o presente não era novo nem diferente, mas essencialmente o mesmo: os traumas de sempre, só que agora ambientados no cume frio de uma montanha, numa noite escura como o breu? Dentro da pousada, a dona deu a Nelson uma grande bolsa de borracha, inchada de água fervendo, e, enquanto ele se preparava para deitar, agora sozinho, segurou-a entre as mãos. Era como segurar um coração humano, talvez o seu próprio. Ele sentiu evaporar o que restava de seu contentamento. Tentou repassar seu dia: o que acontecera, ou o que, para seu pesar, não acontecera. O frio tornava quase impossível um pensamento coerente, por isso Nelson deitou-se com a bolsa apertada na barriga, enrodilhando-se como um caracol. Seus olhos começaram a se fechar. Valia a pena, ele se perguntou: a viagem, o frio e a distância que parecia, às vezes, o exílio que Henry anunciara naquele primeiro dia no táxi? De que valia tudo aquilo se ele já tinha arruinado sua vida ao deixar Ixta ir embora? Ele estava arruinando sua vida neste exato momento?

Ele se obrigou a levantar, desceu outra vez e acordou a dona da pousada, pedindo desculpas. Seria possível dar um telefonema, perguntou, para a capital?

A mulher ficou ali parada de camisola, observando o jovem ator com olhos estreitos, semicerrados. "Não tem telefone", ela disse, de repente irritada. "Você e sua gente sempre querem um telefone, mas eu não canso de repetir!"

Certa tarde, Henry mencionou a história de sua detenção. Estava falando aparentemente com Nelson, mas é claro que também estava falando consigo mesmo. Em 1986, ele tinha trinta e um anos, e, na noite em que foi preso, seu primeiro receio tinha sido pela própria peça. Sua obra era a única coisa que importava. Ele não notou os dois homens de terno preto que continuaram ali depois do espetáculo. Os dois ficaram separados, sem falar com ninguém, apoiados nas paredes mofadas do Olímpico, que, ao abrigar uma companhia de teatro experimental como o Diciembre, havia oficialmente adentrado um novo estágio, quase terminal, em seu longo declínio. ("Estivemos lá logo antes de virar pornô", Patalarga me contou.) O teatro tinha esvaziado, o público dispersara, e os atores estavam sozinhos. Um dos dois homens de terno preto se aproximou. "Você é Henry Nuñez", ele disse, quando Henry saía de trás do palco. Não era uma pergunta. Henry estava usando uma bolsa de couro pendurada no ombro, sem nada dentro além de umas roupas fedidas e uns poucos roteiros anotados. Ele tinha jogado água no rosto, e discutia com as duas pessoas de seu elenco, Patalarga e Diana, que na época não estavam nem namorando. ("Você precisa entender, meu caro Alejito, isso foi no tempo em que o Patalarga ainda era virgem. Não dê risada, ele tinha pouco mais de vinte e cinco anos.") A apresentação tinha sido decepcionante, e Henry dissera isso a eles, numa exprobação furiosa enfeitada com palavrões. A pequena equipe técnica tinha ido embora. Diana o xingara, o chamara de "insensível e tirano" antes de fugir também. O teatro agora estava vazio, somente Henry e Patalarga, que naquele momento estava ainda nos bastidores.

"Você lembra?", disse Henry a seu velho amigo, e Patalarga confirmou com a cabeça.

A insatisfação de Henry transformou-se em irritação com a presença daqueles dois estranhos, que faziam perguntas idiotas, quando todo o universo teatral da capital *sabia que ele era Henry Nuñez*. Quem mais, exatamente, ele podia ser?

Quando ficou claro que Henry não ia responder, um dos homens disse, "Você tem que vir conosco". Ele falava num tom formal, muito deliberado; Henry franziu a testa, e o outro homem repetiu o comando seco, sem muito entusiasmo, desta vez enfatizando as palavras "tem que".

Patalarga surgiu de trás do palco bem nesse instante, entendeu rapidamente a situação (segundo ele), e tentou intervir; mas, àquela altura, dois outros homens tinham surgido das sombras do Olímpico; homens duros, carrancudos, do tipo que adora resolver discussões. Eles puseram suas mãos gigantes em Henry. Mais umas poucas palavras foram ditas, algumas gritadas, mas no fim, aquilo não era uma negociação. Eles iam levar o dramaturgo, e ponto final. Quando Patalarga se recusou a calar a boca, eles o nocautearam e o trancaram na bilheteria, onde seria encontrado no dia seguinte pelo zelador.

Henry foi mantido sem contato humano, numa cela que felizmente era limpa, por mais desagradável que fosse. Ele levou alguns dias para entender a gravidade da situação. Foi interrogado sobre as pessoas que conhecia, as peças que escrevia, suas viagens pelo país, e seus motivos; mas era tudo estranhamente letárgico, ineficiente, como se a polícia estivesse entediada demais com tudo aquilo para decidir o destino dele. Ele não foi espancado nem torturado; com certeza teria confessado qualquer coisa sob a mera ameaça de tal tratamento. No terceiro dia, ainda pensando, respirando, e vivendo na modalidade dramaturgo, pediu papel e caneta para fazer anotações sobre seu monótono encarceramento, coisas para se lembrar caso ele algum dia precisasse escrever sobre suas experiências. Seu pedido foi negado, mas mesmo assim, por ingenuidade, ele ainda não estava preocupado. Não estava apreensivo de fato. Estava sim decepcionado, aturdido; mas, se alguém lhe perguntasse, Henry teria dito que esperava ser solto qualquer dia, a qualquer momento. Achava essa detenção tão ridícula que mal conseguia conceber isso. Simplesmente não conseguia entender por que eles estavam tão ofendidos — eles tinham visto *O presidente idiota*? A peça nem era boa!

Bem quando estava começando a entrar em desespero, ele ganhou permissão de receber uma visita. Esse deve ter sido o quinto ou sexto dia. A essa altura, uma história fora fabricada: as autoridades negaram categoricamente a versão de Patalarga sobre a prisão, dizendo que acharam Henry horas depois, bêbado, perambulando nas ruas da Cidade Velha. Alegaram que o detiveram para sua própria segurança.

E por que eles tinham negado que Henry estava sob a custódia deles havia cinco dias?

Um engano burocrático. Um erro nos registros.

E por que ele ainda estava detido?

Estava sob investigação. Henry era o principal suspeito do espancamento e sequestro de Patalarga. "Muito provavelmente uma briga de namorados", disse o porta-voz da polícia, erguendo a sobrancelha num tom sagaz, "embora eu prefira não especular".

A imprensa domada, no entanto, especulou.

Marta, a irmã mais velha de Henry, apareceu na tarde daquele quinto ou sexto dia, representando todo o mundo vivo fora da pequena cela que o detinha — sua família, seus amigos, o Diciembre e seus apoiadores. Todo mundo. Era um fardo que transparecia claramente no rosto dela. Seus olhos estavam marcados por círculos azul-escuros, e sua pele estava macilenta. Marta contou que estava sem comer; na verdade, ninguém na família parava para comer nem descansar havia cinco dias, e eles estavam fazendo tudo o que podiam para tirá-lo dali. Henry imaginou todos eles — sua grande e briguenta família estendida — juntando forças para cumprir essa tarefa: seria mais fácil dividi-los em turnos e pô-los para cavar um túnel embaixo da cadeia. Essa imagem o fez sorrir. Marta estava feliz de ver que

Henry não tinha sido maltratado, e eles passaram boa parte daquela hora falando de planos para depois que o soltassem. Ela tinha dois filhos, uma menina e um menino, de seis e quatro anos, e ambos tinham desenhado cartões de melhoras para ele, pois os adultos disseram que seu tio estava no hospital. Henry achou aquilo divertido; o fato de os cartões terem sido confiscados na porta do presídio, ele achou revoltante. Todos garantiram à família que não se preocupassem, que depois eles lembrariam dessa pequena anedota e dariam risada.

"Pra que esperar?", disse Henry.

"Não seja idiota", sua irmã respondeu, porém já estava contendo um sorriso.

Ele estava se referindo a um jogo que os dois tinham inventado quando crianças: o riso forçado, espontâneo e sem sentido. Eles tinham usado aquilo para escapar de tarefas, para ser dispensados da igreja. Com empenho e disciplina, tinham desenvolvido e aperfeiçoado esta capacidade: rolar no chão, gargalhando, esfregando a barriga como lunáticos, antes de consultas médicas, ou viagens em família, ou na manhã de uma prova para a qual não tinham estudado. Nenhum dos dois lembrava as origens do jogo, mas eles tinham sido punidos por aquilo juntos em diversas ocasiões, sempre fingindo inocência. A gente não consegue parar, diziam ambos, ainda rindo, com lágrimas brotando nos cantos dos olhos, até que seus protestos lhes renderam sessões conjuntas semanais com um psicólogo infantil. Mesmo tantos anos depois, os dois se orgulhavam de jamais terem traído um ao outro. Em seu auge, quando tinham o máximo de proximidade que dois seres humanos podem ter (Henry aos dez anos de idade, Marta dois anos mais velha), conseguiam fabricar o riso instantaneamente, acessos histéricos que duravam quinze minutos, ou mais. Henry considerava aquilo a primeira obra dramática realizada por ele.

Ele insistiu. "Por que não?"

Eles estavam sussurrando até então, mas agora respiraram fundo, como mergulhadores preparando-se para descer. A cela, eles descobriram, tinha uma boa acústica. O riso foi tímido no começo, crescendo lentamente, mas logo estava ressoando por todo o presídio. Irrefreável, exultante, catártico. Na outra ponta do bloco, os guardas que ouviram aquilo deram uma interpretação bem diferente: era demoníaco, mesmo assustador. Ninguém jamais tinha dado risada naquela prisão, não daquele jeito. Eles sentiram pânico. Um deles correu para ver o que estava acontecendo e ficou surpreso ao encontrar irmão e irmã rindo com gosto, de mãos dadas, com as bochechas brilhando.

A hora tinha passado.

Deixando o presídio naquela tarde, Marta deu uma breve declaração para a imprensa, que passou no noticiário da TV naquela noite. Disse que seu irmão era totalmente inocente; ele era um artista, o melhor dramaturgo da sua geração, e as autoridades tinham impedido que ele e seus atores exercessem sua arte de forma legítima. Os responsáveis deviam ter vergonha do que tinham feito.

No dia seguinte, as acusações de agressão e sequestro foram retiradas e substituídas por outras mais graves. Henry agora estava sendo detido por incitação e apologia ao terrorismo. Uma nova investigação estava em curso. Ele recebeu a notícia naquela manhã, do mesmo guarda que o pegara rindo junto com Marta, e que felizmente se absteve de fazer o comentário óbvio sobre quem é que estava rindo agora, um pequeno ato de misericórdia, que Henry no entanto apreciou.

Ele foi levado embora do presídio na traseira de um furgão militar sem janelas, sem nada para olhar além do rosto circunspecto de um soldado, um homem austero de uns quarenta anos, que não falava nada. Henry fechou os olhos e tentou acompanhar o tortuoso caminho do furgão pela cidade que ele chamava de lar desde os catorze anos. "Vamos para Coletores, né?", ele perguntou ao soldado, que confirmou com a cabeça.

Na manhã de 8 de abril de 1986, Henry entrou na penitenciária mais infame do país. Só sairia no meio de novembro.

# 9

Nelson gostava de ouvir essas histórias; era como se preenchessem lacunas em seu conhecimento que ele não sabia que existiam. Ele perguntava várias vezes: por que você não escreveu sobre isso? — mas era uma pergunta à qual Henry jamais deu uma resposta convincente. Toda noite em Coletores, amigos se juntavam aos pares e andavam em círculos no pátio da prisão, consolando-se, confessando, fazendo o que podiam para imaginar que estavam em outro lugar. Como ambientar uma peça num mundo que nega qualquer poder de ação a seus personagens? Por onde começar? "Comece por aí!", Nelson respondia. "Ou por ali! Ou por ali!" ("Jovens escritores acham que tudo constitui um começo", Henry me disse depois, numa voz austera, profissional.) Insistente, Nelson até se ofereceu para ajudar: transcreveria as cenas, ou os dois podiam discuti-las juntos. Ele podia esboçar a curva narrativa de cada momento, escrever tratamentos para os personagens — eles podiam *colaborar*. ("Nunca gostei desta palavra, para ser bem sincero", me disse Henry, observando suas conotações políticas infelizes.) Ainda assim, ele fingiu que estava intrigado com a ideia, que era algo que valia a pena cogitar, embora jamais tenha se comprometido com aquilo. Talvez quando eles voltassem, disse Henry ao jovem ator empolgado.

Patalarga, que tem as lembranças mais claras desses dias da turnê, diz que sentiu que a admiração de Nelson por Henry tornava-se mais matizada: não mais o respeito cego de um jovem artista, nem o esforço ambicioso de um protegido buscando reconhecimento, aquilo agora era mais como a apreciação de um filho que passou a entender seu pai como um homem, com toda a complexidade que isso implica.

Em outras palavras: eles estavam ficando amigos.

Enquanto isso, a estação das chuvas estava chegando ao fim. Àquela altura, eles tinham passado umas oito semanas na estrada; tinham ido do litoral ao planalto e à planície e depois voltado; passando por uma sucessão de vilas que pareciam, a distância, sangrar juntas numa intensidade caleidoscópica. O interior, que para Nelson sempre fora um mistério, era real agora, uma série de quadros brutos ganhando vida: de assentamentos de mineradores, como Sihuas, a sonolentas cidades ribeirinhas nas planícies e grupos de casebres espalhados no topo de um planalto alto, lares de famílias modestas de pastores de gado. Esta área foi a que mais fascinou Nelson, estas pessoas que tinham se instalado em círculos concêntricos cada vez mais largos ao redor de um enorme abatedouro, cheirando a vísceras e podridão, um lugar cruel e escuro que no entanto era o centro da vida econômica, social e cultural da região, e que até se transformara, durante uma noite breve porém mágica, num teatro.

Eles agora estavam habituados à beleza austera da paisagem; estava ali bem diante deles, tão corriqueira e espantosa que eles não mais a enxergavam. Nos diários de Nelson, suas descrições do terreno planaltino são prejudicadas por sua própria ignorância revoltante, a de um morador de cidade grande que não faz ideia do que está vendo: as montanhas são descritas com variações simplistas de "grande", "média" ou "pequena", como se ele estivesse pedindo refrigerante numa lanchonete. Árvores, plantas e pássaros, e mesmo a cor do céu, recebem quase o mesmo tratamento. Há uma maior atenção às pessoas: páginas e mais páginas dedicadas a Cayetano, Tania e outros (descrições em que me baseei ao preparar este manuscrito), assim como uma grande variedade de mineiros, trabalhadores braçais, fazendeiros, cambistas e motoristas de caminhão que eles tinham encontrado no caminho. Eles surgem, únicos e vivos, muitas vezes sem nome, e depois desaparecem.

Na manhã de 11 de junho de 2001, o Diciembre chegou à pequena cidade de San Jacinto, que parecia, em comparação com todas as paradas da turnê, uma versão de Paris, Nova York ou Londres. Era a maior cidade no itinerário deles, e eles se apresentariam por duas noites num instituto local de ensino de inglês, batizado em homenagem a Franklin D. Roosevelt. Como é que Patalarga programara esta apresentação específica, isso ninguém sabia; mas, chegando a San Jacinto, Henry e Nelson lhe agradeceram por isso. De repente lançados no delicioso caos da cidade, eles se deram conta da privação sensorial que vinham suportando naquelas longas oito semanas. Andaram casualmente pela cidade, observando o movimento com uma grata mistura de pânico e deslumbramento. Os cerca de sessenta mil habitantes de San Jacinto moravam em cima de uma planície seca, negociando todo e qualquer produto de acordo com regras que só eles entendiam. Uma rua barulhenta estava abarrotada de músicos de aluguel. "Todos os sucessos!", gritava uma vendedora com mechas vermelhas alopradas no cabelo. "Pague por onze horas, e a décima segunda é de graça!" Outra estava cheia de empregados alegres e bêbados de uma empresa de caminhões, batizando seis novos veículos no meio de um cruzamento, bloqueando o trânsito em todas as direções. Os caminhões tinham um brilho forte de cera, como se estivessem sorrindo ao sol, e eram decorados com bandeirolas presas ao topo das cabines. Homens corriam de um lado para o outro, jogando confetes no ar, espirrando champanhe no chassi. Parecia um casamento, só não ficava claro quem estava casando com aquelas gigantescas máquinas reluzentes, ou se elas estavam casando umas com as outras. Henry, Patalarga e Nelson ficaram para observar essa cerimônia confusa, e depois, quando o barulho ficou alto demais, seguiram os trilhos do trem para longe do centro, na esperança de conseguir algum silêncio. Ouviram as buzinadas por vários quarteirões, agora ficando mais fracas, mas ainda frenéticas e festivas.

    Eles chegaram a uma pequena praça com dezenas de homens parados entre grandes lousas, dispostas em fileiras que ziguezagueavam de uma ponta a outra daquele espaço. Não era nada evidente o que os homens estavam querendo. Uma mulher robusta estava sentada numa ponta da fileira de lousas, com uma caneta e uma prancheta no colo; de quando em quando, entregava um papel para uma adolescente, que então subia numa escadinha dobrável e começava a copiar as palavras com giz colorido. Os homens se reuniam em volta, com expressões severas em seus rostos castigados pelo vento, escrutando o trabalho da garota. Henry, Patalarga e Nelson ficaram observando da borda da multidão, esperando o momento certo de conseguir uma visão melhor. Pela primeira vez, Henry não fingiu que sabia tudo, mas sim assistiu à cena com a mesma perplexidade que o resto. Por fim enviou Nelson para investigar.

"Você é ator", disse Henry, "vai conseguir se misturar a eles".

Nelson voltou instantes depois. Não tinha se misturado com ninguém, mas se deparara em vez disso com dezenas de olhares desconfiados.

Eram ofertas de emprego, ele relatou. Anúncios classificados, feitos ao vivo.

Henry ficou extasiado. "Teatro para o povo!", ele disse, como se a ideia tivesse sido sua o tempo todo.

Naquela noite, eles comeram num restaurante que servia frango perto do centro da cidade, com mesas embrulhadas num plástico grosso. Tinham ido bem na noite anterior, recuperando em doações o suficiente para se dar ao luxo de um verdadeiro jantar sentados. A hora do almoço passara sem eles nem perceberem: confrontados com as imagens e os sons de San Jacinto, tinham simplesmente esquecido de comer. Agora havia uma garrafa de um litro de refrigerante diante deles, mas ninguém bebia.

Porém Nelson tinha algo em mente; já fazia dias, desde a noite em San Felipe. Ele perguntou a Henry sobre aquilo agora. Sentiu que ele lhe devia algum esclarecimento. "Você tem telefonado para casa?"

O dramaturgo sorriu, no começo não dizendo nada, mas por fim fez que sim com a cabeça.

"Achei que a gente não estivesse fazendo isso", disse Nelson.

Patalarga riu.

"Por que você está rindo?"

"Porque eu tenho ligado também."

A comida chegou.

Como ficou claro nesse momento, o único dos três que estava protegendo a integridade do "universo construído da peça" era Nelson. Ele perdeu o apetite. Henry e Patalarga acharam aquilo muito engraçado; Nelson, nem tanto. Eles repreenderam o amigo num tom brincalhão, tentando tirá-lo de seu mau humor, que eles achavam totalmente desproposidado. E talvez estivessem certos. Como ele podia ter seguido aquilo tão ao pé da letra?, eles perguntaram, mas Nelson não tinha respostas. O compromisso que Nelson demonstrara em relação ao projeto — algo de que se orgulhava até há pouco — era agora um sinal de ingenuidade.

Patalarga tentou dirimir as queixas de Nelson com explicações: Henry tinha mentido, sim, no sentido mais estrito, mas é isso que os grandes diretores fazem. Eles desafiam, cutucam seus atores, obrigam-nos a contragosto a ocupar um lugar desconfortável, assim extraindo uma dose extra de magia para o espetáculo. Isolado, aborrecido, com saudade de casa — aquele era Nelson, o ator, em sua melhor forma.

"Imagine um Alejo feliz, equilibrado", disse Patalarga. "Isso nunca daria certo. Um dia eu te conto como ele tratou minha mulher, quando ela fazia o seu papel."

Henry concordou. "A Diana não fala comigo até hoje."

"Era isso que vocês queriam?", perguntou Nelson. "Me deixar infeliz?"

"Claro que sim. Precisávamos que você fosse. Para a peça." Dizendo isso, ele enfiou um pedaço de frango na boca.

"Mas..."

O rosto de Henry estava coberto de gordura, e ele mastigou durante um longo e voluptuoso minuto. Adorava esses momentos, adorava a decepção de Nelson, na verdade. O trabalho de um mentor, no entendimento dele, consistia principalmente de exercícios didáticos como aquele: transformar a frustração no componente fundamental do conhecimento.

"Por favor, meu caro Alejito: você realmente pensou que eu ia ficar sem falar com a minha filha?", disse Henry por fim. "Ou que o lacaio não ia telefonar para sua mulher?"

"Acho que não."

"Para quem você queria ligar?", Patalarga perguntou.

Nelson revirou os olhos. "*Agora* vocês querem saber?"

"Queremos", disse Henry, num tom mais brando. "Queremos mesmo."

Henry, depois: "Eu amava o Nelson. É claro que queria saber." Após uma pausa: "Lamento muito o que aconteceu."

O que Nelson contou a eles?

Concretamente: sobre Ixta. Como ela saíra andando, como ele tinha deixado ela partir. Como seu mundo era mais pobre sem ela. Vazio. O que ele contou para eles naquela noite no Wembley não era verdade: ele sempre quisera ir embora, e odiava seu irmão por mantê-lo ali. Ainda queria ir, e levar Ixta consigo. Para recomeçar. Para tentar. Era isso que ele percebera na turnê.

O que ele aprendera. Nelson contou muito mais a eles, Patalarga me disse depois, muitas coisas que pareciam combinar-se numa espécie de grande queixa cósmica: uma tristeza brotando de Nelson que começava com a perda de Ixta, talvez para sempre, mas ia muito além. Ele estava sendo condenado a uma vida que não queria. Isso o assustava.

"Naturalmente", Henry me disse, "aquela era uma sensação que eu conhecia de primeira mão".

"Você se ofereceu para encurtar a turnê?", perguntei.

O dramaturgo negou com a cabeça. "Isso não teria resolvido nada."

"Então o que você fez?"

"Mandamos ele ligar para ela — que mais? Ele amava a menina, e sabia que tinha cometido um erro. Falar daquilo com a gente não ia ajudar. Saímos do restaurante e andamos até encontrar uma central telefônica. Ficava em frente a um parque, por isso achamos um banco e dissemos que íamos esperar por ele ali. Quando Nelson saiu, parecia atônito."

Eu contei isso a Ixta depois: achei que ela talvez quisesse ouvir essa descrição, talvez achasse esclarecedor saber do impacto que a conversa deles surtira em Nelson. Era o complemento do que ela estava sentindo no começo da turnê. Que tudo o que ele dissera ao telefone para ela naquela noite era verdade: ele sentia sim uma saudade cruel. Achara tempo para pensar. Tinha um plano agora, por mais vago que fosse, e que incluía ambos. Existia um futuro, e podia ser deles. Ele a amava.

Ela assentiu com a cabeça enquanto eu falava, no começo transparecendo pouca curiosidade, até um momento em que achei ter visto uma lágrima formando-se no canto de seu olho. Não durou muito. Ela era extremamente contida, e um instante depois tinha enxugado a lágrima com as costas da mão. Limpou a garganta e me interrompeu.

"Você não precisa me contar isso. Eu sei."

Ela lembrava muito bem do telefonema de Nelson, na verdade: embora a ligação de San Jacinto tivesse tanto ruído que parecia estar nevando, a voz dele estava bastante nítida. Ele disse a ela que estava na central telefônica, e que a cidade estava ganhando vida conforme anoitecia. Eram umas nove horas, e as ruas estavam apinhadas de gente. Amantes. Ladrões. Havia mototáxis que passavam zunindo, e turmas de garotinhos cheirando cola no frio noturno.

"Parece ótimo", disse Ixta. "Você telefonou para me contar sobre San Jacinto?"

Silêncio por um instante. Depois: "Não."

"Eu devia ter impedido ele", ela me disse. "Não devia ter deixado ele falar nada. Eu já sabia que não importava."

Mas ela não conseguiu evitar; deixou que ele falasse. Foi doloroso ouvir aquilo, Ixta admitiu, e ela ficou um tanto comovida.

Quando ele terminou, ela lhe contou a notícia.

"Você acha que isso teve alguma coisa a ver com o que aconteceu em seguida?", eu perguntei.

Ixta me lançou um olhar vazio. Foi muito cautelosa com suas palavras: "Acho que o sr. Nuñez e seu parceiro é que deveriam responder a isso. Eu não estava lá."

Baixei a cabeça, fingindo consultar minhas anotações, mas o tempo todo senti que Ixta estava olhando fixo para mim.

"Sabe", ela acrescentou, "não vejo por que alguma dessas coisas tenha importância agora".

"Ainda importa para mim", eu disse, embora, se ela tivesse perguntado por quê, não sei ao certo como eu teria respondido.

Nesse momento, o bebê dela chamou do outro cômodo. Ixta pediu licença para ir olhar a criança, e fiquei sentado na sala de estar da casa dela, me perguntando se devia recolher minhas coisas e ir embora. Não fiz isso. Ela voltou alguns minutos depois com uma garotinha embrulhada num cobertor amarelo-claro.

"Qual é o nome dela?"

"Nadia", disse Ixta, e, com o som da voz da mãe, os olhos redondos e verdes da menina abriram-se de repente. "Estou aqui, neném", Ixta ronronou, e Nadia respirou outra vez, sonada. Ela escancarou a boca num bocejo cavernoso, como se tentando engolir o mundo, e então seus olhos se fecharam outra vez; seu rosto ficou pequeno e pacífico.

"Ela é linda", eu disse.

Ixta concordou. "Veja com seus próprios olhos que ela não é nada parecida com ele."

# 10

A mãe de Nelson também recebeu um telefonema naquela noite, mas não se sabe se foi antes ou depois da conversa com Ixta. Mónica não lembra de ter sentido angústia ou desolação na voz dele, mas por outro lado, lembrou ela, seu filho mais novo era ator, um menino que guardara não poucos segredos ao longo dos anos. Há outra possibilidade: de que ela tenha ficado tão surpresa e feliz de estar com Nelson na linha, que simplesmente deixou de notar quaisquer indícios de seu estado emocional. De qualquer modo, Mónica tem certeza de que ele não mencionou Ixta — na verdade, fazia muitos meses que não a mencionava. Era como se aquela menina tivesse desaparecido da vida dele. Mónica gostava bastante de Ixta, e até se sentia responsável, indiretamente, pela formação do par, mas Nelson era jovem, e essas coisas acontecem. O coração se conserta. A vida é longa. Quando contei a Mónica que eles ainda estavam se vendo, mais ou menos, até o dia da partida de Nelson, ela ficou surpresa.

"Ah, puxa", ela disse. "É mesmo?"

Naquela noite, Nelson e sua mãe falaram em termos muito vagos sobre a turnê, sobre como ele estava se dando com os outros atores. Nelson afirmou ter aprendido muito sobre sua arte e garantiu a ela que estava gostando de viajar. (Talvez ele *tenha mesmo* ligado para a mãe primeiro.) Ele disse que andava pensando no futuro.

"O que você anda pensando?", Mónica perguntou ao filho.

Ele suspirou: "Que eu devia ir, finalmente."

A mãe de Nelson não precisou de mais explicações. Sabia o que "ir" significava, entendia qual era o destino implícito. Também não discordou, na verdade. "A turnê estava lhe dando perspectiva", ela me disse, "e isso era uma coisa boa. Sebastián e eu passamos anos fazendo pressão para ele partir, mas depois que meu marido morreu tudo isso ficou em suspenso. Fiquei pensando se era culpa minha, mas Nelson nunca dizia nada. Eu devia ter continuado pressionando, mas a verdade é que eu estava cansada demais. Foi egoísmo, mas eu precisava dele".

"O que você disse para ele naquela noite?", eu perguntei.

"Que eu o apoiava em qualquer coisa que ele quisesse fazer. Sabe, o plano original era Nova York ou a Califórnia, mas mesmo San Jacinto já era um passo. Fazia anos que ele não saía da cidade. Depois que Sebastián faleceu, ele ficou do meu lado. Seus amigos saíam de férias, se enfiavam em carros e iam acampar no litoral. E ele quase nunca ia junto. E sim, talvez ele se ressentisse comigo por isso. Portanto agora, de certo modo, fiquei feliz de ouvi-lo dizer que queria partir. Eu tinha esperado por aquilo."

Sobre a turnê, Nelson disse para sua mãe que a peça foi "um sucesso" — embora tenha qualificado isso dizendo que a palavra tinha um significado diferente ali nas províncias. Neste momento ele riu, e Mónica lembra como a risada do filho lhe pareceu bonita. Nelson explicou que espetáculos de sucesso podem ser apresentados para quinze ou vinte espectadores, em lugares improvisados onde o próprio conceito de "casa cheia" não se aplicava. Como, por exemplo, haveria "ingressos esgotados" num terreno descampado nas bordas da cidade? Se todos os moradores conhecidos estão ali, amontoados para se esquentar no espaço infinito? Se os próprios ingressos não custam nada, isso realmente importa? Se algumas pessoas na plateia levantam a mão para fazer perguntas no meio de uma apresentação — isso é um bom sinal? E se você para no meio de uma cena para responder a essas perguntas (como Henry fizera em certa noite estranha, uma "coletiva de imprensa presidencial", como ele chamou) isso é realmente um teatro vitorioso?

"Sim", Mónica lembra de ter dito. Estava entusiasmada: "É sim!"

Ela não era velha, ainda não, mas os últimos dois meses não tinham sido fáceis. Passava horas todo dia "fazendo arrumação" — esse era o termo que usava, embora me soasse mais como uma espécie de arqueologia, ou uma subdivisão extremamente pessoal dessa disciplina: explorar a própria solidão, como se fosse uma caverna escura. Ela às vezes sentava para ler um livro de bolso que Sebastián lhe dera em 1981, com a dedicatória manuscrita agora ilegível, as letras confusas e borradas, mas mesmo assim especial. Como e por que ele lhe dera aquele livro? O que estava tentando dizer a ela? Ele tinha imaginado que ela estaria lendo a dedicatória vinte anos depois, quando ele estivesse morto e ela estivesse sozinha? Num fim de semana à tarde, ela talvez estivesse redobrando uma gaveta cheia de roupas velhas de Francisco, que tinha guardado por tantos anos sem nenhum motivo que pudesse lembrar, e depois voltando ao velho álbum de fotos para conferir se seu filho mais velho realmente as usara. Era como se estivesse checando os fatos de sua própria vida. Um dia inteiro podia passar desse jeito. Ela não entrava no quarto de Nelson, ainda não, mas tinha certeza de que toda noite, enquanto ela dormia, as coisas dele se espalhavam pela casa por vontade própria, encontrando novos esconderijos inesperados. Roteiros apareciam atrás de almofadas do sofá, um par de tênis sem cadarço se materializava na despensa atrás de um saco de arroz. Alguém, ela tinha certeza, estava mexendo nas fotos da família.

Agora ela estava de pé na cozinha, segurando o telefone.

"Como foi seu aniversário?", Mónica perguntou.

"Ótimo."

"Quando você volta?"

Depois de San Jacinto, Nelson recitou os nomes de umas poucas cidades que eles pretendiam visitar nas semanas seguintes. Pelo jeito, a notícia da turnê do Diciembre tinha se espalhado, e muitos municípios estavam interessados em recebê-los. As chuvas estavam terminando, a temporada das festas chegaria em breve, e Henry decidira que o Diciembre aproveitaria essas plateias potencialmente grandes e barulhentas. Por que não fazer isso? Eles por acaso tinham pressa de voltar para casa?

"É claro que não", disse Mónica. "Contanto que você esteja feliz, é isso que importa."

"Você está bem, mãe?"

Ela disse para Nelson que estava.

Para mim, ela confessou: "Eu já tinha tido dois meses para começar a imaginar minha vida sem ele."

* * *

Henry e Patalarga concordam: quando Nelson saiu da central telefônica, parecia um pouco abalado. Eles abriram espaço para ele no banco, mas Nelson preferiu ficar de pé na frente deles, com as mãos enterradas nos bolsos, o queixo colado no peito.

"Que aconteceu?", perguntou Henry, mas ele não respondeu, por isso os dois ficaram olhando Nelson oscilar de um lado para o outro, olhando para os pés. Assim passou-se um minuto.

"Você vai dizer alguma coisa?", Henry perguntou.

"Você está com frio?", disse Patalarga. "Melhor a gente voltar para o hotel?"

"Ela está grávida", respondeu Nelson, ainda olhando para baixo. Sua voz era baixa, quase inaudível em meio ao burburinho do parque onde eles estavam. Ele então ergueu os olhos, e os dois viram seu olhar de desamparo, a pele inchada sob eles. Ele franziu os lábios: tinha a expressão perplexa de um aluno tentando resolver um problema que não entendia direito.

"O bebê não é meu. Foi isso que ela me disse. Perguntei como ela sabia, e ela disse que sabia e pronto. Perguntei se ela tinha feito um teste, e ela disse que isso não era da minha conta."

"As mulheres sabem essas coisas", disse Henry.

"Que chato", acrescentou Patalarga.

"Ela vai casar com esse outro cara."

(Ixta insiste que jamais disse isso: "O Nelson inventou isso. Tenho certeza de que ele acreditou, mas o Mindo e eu nunca planejamos nos casar." Ela achou essa ideia risível.)

Henry ficou de pé e abraçou seu protegido.

"Ele chorou?", eu perguntei.

Henry franziu a testa ao ouvir a pergunta, de um jeito que de repente me deixou envergonhado. "Não, acho que não, embora eu não entenda muito bem por que isso importa."

Então ou Nelson chorou, ou não. Eles passaram as horas seguintes andando pelas ruas de San Jacinto, meio sem direção, tentando levantar o ânimo de Nelson. Não era fácil. Henry diz que se ofereceu para cancelar a apresentação do dia seguinte, mas Nelson não quis nem saber. O show tem que continuar et cetera et cetera. Patalarga sugeriu que eles se embebedassem, uma opção rápida e barata, considerando a altitude, mas Nelson rejeitou a ideia, dando de ombros. "Ele não estava a fim", Patalarga me disse. "Tudo o que oferecíamos, ele recusava. Acho que ele só queria que a gente lhe fizesse companhia."

"Ele falou muito?"

"Perguntou se alguma coisa parecida já tinha acontecido com um de nós."

Em resposta, Henry explicou que os corações partidos são como vidro estilhaçado: embora seja impossível que dois pedaços se quebrem exatamente no mesmo formato, no fim não importa, porque o efeito é idêntico.

"Imagino que sim", disse Nelson.

Para reforçar seu argumento, Henry contou de suas infidelidades, que ele alegava não terem proporcionado prazer algum, e do divórcio que veio em seguida. Não mencionou Rogelio, ainda não — embora seu antigo amante fosse fazer uma aparição, indiretamente, naquela mesma noite. Isso podia ser um acaso feliz, ou uma coincidência, ou sorte (que vem em dois tipos, muitas vezes ligados); também podia se chamar *vida*.

Patalarga assumiu o argumento, e contou de sua mudança, aos dezessete anos, de sua cidadezinha natal nas montanhas para a cidade grande; e da menina que tinha deixado para trás.

"Qual era o nome dela?", perguntou Nelson.

Por acaso, eu perguntei a mesma coisa.

O nome dela era Mercedes — Mechis — e eles estavam loucamente apaixonados. Ela queria acreditar que ele voltaria para buscá-la, e Patalarga teve medo de deixar que ela pensasse algo diferente. Então eles combinaram que nunca falariam disso, ambos assumindo que o outro acreditava nesta ficção. Na verdade, nenhum deles acreditou de fato. Chegando à cidade grande, Patalarga mudou de nome, mudou de vida. Eles trocaram cartas por algum tempo, mas esta correspondência minguou. Ele tinha vergonha de contar a ela sobre seus novos amigos. Jamais se esqueceu dela, mas alguma coisa mudou: ele às vezes estava no ônibus para a faculdade, e percebia, de repente, que não pensava nela havia meses. Quanto mais isso se estendia, mais envergonhado ele ficava. Ele passou três anos sem voltar à cidade natal, e quando voltou era uma pessoa totalmente diferente. Quando os dois se viram pela primeira vez, ele estava esperando que ela fosse gritar com ele, xingá-lo, esmurrá-lo com seus pequenos punhos fechados e perguntar por quê. Ele estava preparado para isso, mas o que aconteceu de fato foi muito pior.

"O que aconteceu?", perguntou Nelson.

Nada. Mechis se casara com outro homem. Tinha um filho, um menininho, que devia ter uns dezoito meses, erguendo-se vacilante sobre seus próprios pés, e agarrando com força a perna da calça do pai. O marido de Mechis foi simpático, e apertou a mão de Patalarga com uma revoltante falta de ciúme. E Mechis? Ela foi completamente indiferente a Patalarga, como se nem o reconhecesse.

"Naquela noite, eu chorei que nem um bebê."

"Que horrível."

"Sabe, provavelmente foi só a altitude", sugeriu Henry, que só conseguiu tirar de Nelson um sorriso fraco.

No fim, eles acabaram na praça principal, a única parte de San Jacinto que poderia ser descrita como um lugar agradável. Havia uma gigantesca catedral de pedra, sob a luz dramática de holofotes, e brilhando feito uma aparição; do outro lado, um hotel construído havia pouco, com uma fachada de vidro verde espelhado; horrendo, mas também espantoso, como se uma espaçonave alienígena tivesse aterrissado no centro da cidade. De algum modo, o contraste era menos perturbador que intrigante. Um trovador cantava para uma plateia esparsa de estrangeiros e idosos, com a fonte do período colonial borbulhando atrás dele. Não havia mototáxis, o que dava aos poucos quarteirões em volta desta praça uma espécie de solenidade banida do resto da cidade ebuliente. Henry, Patalarga e Nelson passearam pelas calçadas, e foram parar em frente a um centro de informações turísticas, com as portas fechadas. Sua larga vitrine exibia uns poucos cartazes de atrações locais, e eles pararam diante dela, atraídos não por essas imagens mas por um mapa muito grande e detalhado da região. As vilas e cidades estavam assinaladas com pontos pretos, as rotas entre elas marcadas em vermelho. Como se por comum acordo, os três atores pararam, todos eles curiosos para se acharem nesse mapa, retraçar seu caminho sinuoso pelas montanhas, as planícies, e de volta. Eles puseram os dedos na vitrine, dando risada quando o nome de uma ou de outra vila evocava alguma lembrança curiosa. Aqui nós arrasamos! Aqui nós detonamos! Aqui triunfamos sobre os elementos! Henry depois me contaria como ficou feliz de ver Nelson rindo com eles. Eles tinham passado por muita coisa juntos: oito semanas e uns poucos dias de movimento, sendo que a única constante era a peça que apresentavam toda noite. Plateias diferentes em cidades diferentes, cada uma com sua história e personalidade, com sua interpretação única da peça, e dos próprios atores. Em certa vila, após o fim do espetáculo, o líder local ficou de pé diante da plateia e, com muita cerimônia, presenteou cada um deles com uma tira comprida de um material borrachento. Algo parecido com couro, mas diferente. Para mascar? Para fumar? Na verdade era a língua dissecada de um touro. Ninguém sabia o que fazer com aquilo. Henry agradeceu ao homem, seu rosto enrugado contorceu-se num sorriso simpático, então um menino levantou e amarrou as tiras no pulso de cada um dos membros do Diciembre. Bem apertado.

Todos aplaudiram.

E o mapa parecia conter tudo aquilo. Era como se tivesse sido feito para eles.

"Foi lá que você viu pela primeira vez o nome da vila do Rogelio?", perguntei a Henry em nossa primeira entrevista, vários meses depois.

Ele confirmou com a cabeça, num gesto grave. "Foi."

"E qual foi sua reação?"

"Era bem uma dessas coisas." Ele fez uma pausa, respirou fundo. "Um dos muitos detalhes que eu tinha esquecido. O Rogelio tinha me contado de onde vinha — tinha me contado tudo — mas se você tivesse me perguntado apenas um minuto antes qual era o nome da vila, eu jamais teria lembrado."

"Mas quando você viu..."

"Eu soube."

"Você contou isso para o Nelson e o Patalarga logo na hora?"

Henry fez mais que isso: pôs o indicador no ponto junto ao nome da cidade, e ao se dar conta de que não era longe, no máximo umas duas horas de distância de San Jacinto, sentiu um calafrio. Ficou em silêncio. Começou — vagamente — a compreender a possibilidade que aquela cidade representava. Um jeito de encerrar o passado, de fazer as pazes com ele.

Ele esquecera que Nelson estava com o coração partido? Estava sucumbindo a seu egoísmo de sempre?

"Não", Henry me disse. "Achei que todos íamos aproveitar."

Ele disse o nome para si mesmo e sentiu seu poder, o dedo apertado contra a vitrine, guardando firme o ponto que flutuava no mapa. Para mim, ele explicou: era como se fosse um clarão de luz, ou uma estrela.

"Senhores, houve uma mudança de planos", disse Henry. "É para *cá* que vamos agora."

# Parte Dois

# 11

Houve um momento, em algum ponto da terceira hora da minha segunda entrevista com Mónica, em que me vi com um dos álbuns de fotos da família aberto no meu colo. Isso não devia ter sido algo inesperado, imagino — em palavras e gestos eu deixara claro que era este justamente o tipo de acesso que eu estava procurando —, e no entanto, de algum modo, foi uma surpresa. Eu já sabia mais sobre Nelson do que sobre muitas das pessoas com quem eu crescera, inclusive amigos queridos, inclusive membros da família. Eu estava chegando perto de decifrar parte do mistério que envolvia nosso único breve encontro, mas havia também outra coisa. Não era tanto o que eu descobrira, mas sim o modo como o descobrira: segredos de Nelson revelados a mim por seus confidentes, suas amantes, seus colegas de classe, pessoas que tinham visto por bem confiar em mim, como se compartilhando suas diversas lembranças pudéssemos juntos realizar alguma coisa em benefício dele. Recriá-lo. Reanimá-lo. Trazê-lo de volta ao mundo. Peça por peça, eu estava formando uma noção da riqueza de sua vida interior, e de sua imaginação. Eu seguira, pelo menos em parte, a trajetória que o Diciembre fizera meio ano antes. Tinha estado nos mesmos lugares, visto as mesmas paisagens, falado com muitas das mesmas pessoas. Tentei ver as coisas através dos olhos de Nelson, usando seus diários para me orientar sempre que possível. Nos dias bons, eu sentia que estava conseguindo.

Agora era janeiro de 2002. Eu estava sentado no sofá da casa onde Nelson crescera, junto com a mãe dele, ouvindo histórias sobre esse menino tímido, sensível, que ela criara até virar um homem. Ela chorou um pouco, pediu desculpas, depois chorou mais um pouco.

E eu estava virando as páginas desse álbum de fotos, sob o olhar vigilante de Mónica, quando me deparei com uma foto de Nelson e Francisco, por volta de 1983, posando diante da jaula dos macacos no zoológico. Nem Mónica nem Sebastián aparecem, os irmãos estão sozinhos em primeiro plano. Francisco parece entediado, inquieto, mas Nelson é um menino inocente de cinco anos, absolutamente encantado com o que vê. Tem um sorriso pateta, os olhos castanhos arregalados. Um braço abraçando a cintura do irmão, outro apontando por cima do próprio ombro, na direção dos bichos.

"Olha ele aqui", disse Mónica, e espremi os olhos para examinar a foto, o rosto sorridente de Nelson. Comparei essa imagem com outras que tinha visto, com minha própria memória fragmentada de nosso único encontro, no começo de julho do ano anterior; e de repente tive uma sensação muito estranha, como uma dupla visão. Por um único instante, achei que me vi ali bem ao lado de Francisco e Nelson, junto com outra família — a minha — e outros irmãos — no caso, minhas duas irmãs. Uma coincidência improvável, mas não impossível. Olhei fixo para a imagem.

Eu também cresci nesta cidade.

Também já fui um menino de cabelo castanho, com pernas finas e um peito ossudo.

Também fui ao zoológico. Todos nós fomos.

Não era eu que aparecia no fundo daquela velha fotografia, é claro, mas não é isso que importa. Poderia ter sido.

Por diversos motivos, decidi não incluir o nome desta cidadezinha. Vou chamá-la de T——. Eu nasci lá, afinal, e embora tenha partido com apenas três anos de idade, imagino que esse fato me dê algum direito de chamá-la com o nome que quiser. Meus pais trouxeram minhas irmãs e eu para a cidade grande quando eu era muito novo, e sou grato por eles terem feito isso. Não tenho lembranças de nossa vida antes da mudança, embora nós crianças fôssemos submetidas regularmente aos longos monólogos de meu pai sobre a cidadezinha e suas lendas, portanto ela sempre pairava diante de nós, uma onírica e idílica paisagem montanhosa, cuja perfeição nos escarnecia de longe. Meu pai só queria que sentíssemos alguma ligação com aquele lugar, um sentimento que compreendo e sei apreciar agora que sou mais velho, mas na época estas noções pareciam impostas, como uma religião oficial. Na minha memória, esses discursos são sempre interrompidos por um alarme de carro, uma queda de energia ou a TV do vizinho alta demais. De tempos em tempos, os três filhos éramos colocados num ônibus e obrigados a fazer uma visita. Detestávamos essas viagens, ou fingíamos detestar, para contrariar nossos pais. Enterrávamos o rosto nos livros e nos recusávamos a ficar deslumbrados com a paisagem. Quando a guerra impediu que se viajasse às províncias, parte de mim sentiu alívio. Depois que os tiroteios acabaram, não havia mais motivo para viajar: quase todo mundo que meus pais conheciam e amavam tinha deixado a velha cidadezinha, e vindo à capital para recomeçar, assim como tínhamos feito.

    Mas a T—— da minha memória, ou da memória dos meus pais, não é o mesmo lugar que o Diciembre encontrou em sua visita. Para preparar este manuscrito, realizei entrevistas com Patalarga e Henry na capital, longas conversas das quais já citei partes, diálogos que avançavam e retrocediam no tempo. T——, embora eles só tenham estado ali muito brevemente, aparecia também: em sombras, como pano de fundo de uma série de acontecimentos que se desenrolaram em estrita consonância com o estilo marcadamente surrealista do planalto (apenas dois mil e novecentos metros acima do nível do mar, caso você queira saber). Tanto Henry como Patalarga relatam que ficaram felizes de se libertar do itinerário, de improvisar outra vez como tinham feito naquelas primeiras turnês épicas do Diciembre, quando eram mais jovens. Porém, de acordo com ambos, Nelson era o mais entusiasmado de todos, o mais ansioso para se pôr em movimento outra vez. Não houve mais menção alguma ao coração partido de Nelson, à gravidez de Ixta, ou a quaisquer que fossem seus planos em consequência disso. Desde o instante em que Henry apontara aquele lugar no mapa, Nelson estava ganho. Estava fugindo. Queria distância da notícia que o deixara tão abalado.

    "Sim", disse Nelson. "Vamos sair daqui."

    Apenas Patalarga manifestou alguns receios, mencionando casualmente a apresentação deles marcada para a noite seguinte. Henry não se convenceu. "Vamos cancelar."

    "Por que não podemos esperar um dia?"

Henry estava aflito demais para explicar. Em vez disso, apontou para Nelson. "Olha só o menino. Ele está arrasado. Temos que seguir viagem. A vida é assim."

"Não façam isso por mim", protestou Nelson.

Patalarga encarou Nelson como se esta última frase tivesse sido pronunciada numa língua estrangeira.

"Ele não está fazendo isso por você", disse Patalarga. "Ele não faz coisas por você."

Nelson olhou para Henry buscando confirmação, e o dramaturgo encolheu os ombros.

Não se fez menção alguma a Rogelio, ou à prisão. Nenhuma menção aos verdadeiros motivos por que Henry se sentiu tão atraído por aquele lugar que nunca tinha visitado antes. Até aquele ponto, Patalarga, melhor amigo e confidente de Henry havia mais de duas décadas, nunca ouvira o nome de Rogelio na vida.

Fiquei pensando: será que Patalarga ou Nelson pediram a Henry mais explicações?

"Não", me disse o lacaio. "Ele era o presidente."

Eles partiram de San Jacinto na manhã seguinte. "Foda-se, Roosevelt!", diz-se que Henry gritou da janela do ônibus quando este deixou a rodoviária, embora Patalarga certamente tenha sido mais diplomático ao telefonar para cancelar sua apresentação na academia de língua inglesa.

Chegando a T——, o que o Diciembre primeiro notou na cidade foi o que qualquer pessoa notaria, o que eu notei em todas as minhas visitas: a abundância de casas vazias, de janelas fechadas, cerca de metade em qualquer quarteirão. Todas as construções, com exceção da administração municipal, precisavam de uma nova mão de tinta. A cidade era cercada de todos os lados por morros verde-amarelados que pareciam quase exuberantes para aquela altitude, morros que por sua vez eram pequenos em contraste com os picos escarpados com neve na ponta, tão cinematográficos que pareciam ter sido pintados no horizonte por um cenógrafo. Se a cidade em si era notável apenas por seu encantador abandono, o vale onde ela estava situada era um dos mais lindos que eles já tinham visto. Esse contraste — a escassez da cidade e a majestade do que a cercava — fazia com que T—— parecesse ainda menor e mais insignificante do que era. Isso talvez se aplique a muitas vilas em montanhas, imagino, mas essa impressão era de algum modo mais acentuada ali, essa sensação de isolamento, a ilusão de estar fora do tempo.

Assim como muitos povoamentos que se veem nos planaltos, T—— era uma vila sem homens. Nelson, vinte e três anos de idade; Patalarga, quarenta; Henry, quarenta e seis — o Diciembre essencialmente não tinha contemporâneos. Sinto a mesma ausência toda vez que faço uma visita. Havia crianças; havia idosos; e havia um punhado de meninos adolescentes, que eram, em diversos aspectos, uma espécie à parte: irrequietos, desagradáveis, com expressões no rosto que Henry reconhecia de seu passado. "Pareciam detentos chocando planos de fuga", me disse. Rogelio tinha sido um deles — isso ficou claro para Henry no momento em que ele desceu do ônibus vindo de San Jacinto, e viu os meninos esperando na praça. Havia neles uma fome, o mesmo desejo que levara Rogelio à cidade grande, empurrando-o pelo caminho acidental e malsinado que terminou na penitenciária de Coletores, quando ele tinha apenas vinte e um anos.

Analfabeto, sem esperanças, assustado. Longe de casa.

A praça de T—— era simples, relativamente bem-cuidada e pitoresca: a prefeitura de dois andares ficava na face leste, enfeitada com uma bandeira tremulante; em frente a ela estava a catedral de pedra, a mais antiga, e ainda a mais alta, estrutura daquela região, seu nicho vazio ocupado uma vez por ano pelo festival do santo patrono da cidade em setembro. Havia umas poucas lojas do lado norte, estabelecimentos com prateleiras sobrando, empoeiradas, cujas portas se abriam e fechavam de acordo com um horário de funcionamento que os atores do Diciembre jamais conseguiram compreender. O hotel, chamado Imperial, ficava na face sul da praça. Possuía três quartos, cada um com duas camas moles de solteiro. Para a estadia do Diciembre, o proprietário trouxe uma terceira, abarrotando o quarto de tal modo que mal havia espaço para andar. O hotel também abrigava o único restaurante da cidade e seu único bar, uma varanda agradável onde passei muitas noites admirando a praça sonolenta. Minha hora favorita do dia era logo após o pôr do sol, quando a luz diurna desaparecia atrás da serra a oeste, e os quatro postes da praça se acendiam. Essas pequenas flores de luz alaranjada me aqueciam de algum modo — eram tão pequenas, e a escuridão tão imensa. Eu gostava de sentar e observá-las por longos instantes, contemplando a visão de uma praça onde nunca parece acontecer absolutamente nada. Admito: a mesma calma opressiva que eu achava enlouquecedora quando criança tornara-se quase fascinante.

Porém que aspecto tem o *nada*?

Um casal de idosos curvados passa se arrastando, lançando sombras fracas sob estas luzes minúsculas. Atrás deles vêm os netos, ou um cachorro raquítico; ou quem sabe eles estão sozinhos, andando muito perto um do outro para se manterem aquecidos. O vento sopra mais forte, e mais tarde a lua começa a se erguer. Logo haverá estrelas pontilhando o céu. T—— é exatamente assim, noite após noite — tão quieta, tão pacífica, tão inofensiva. Era exatamente assim quando Nelson, Henry e Patalarga chegaram. E provavelmente era exatamente assim quando Nelson foi obrigado a ficar.

A mãe de Rogelio morava a quatro quarteirões da praça, na margem oeste do rio que cortava a cidade. Sua casa, devo mencionar, ficava em frente à casa onde eu nasci. Naquelas viagens periódicas para lá, eu às vezes via essa mulher, e mesmo naquela época ela já me parecia velhíssima. Sobre nossa casa: ficou vazia por mais de duas décadas, até dezembro de 2000, quando meus pais finalmente se cansaram da vida na capital. Minhas irmãs e eu éramos crescidos, e meus pais puderam se instalar outra vez em T——. Uma vida tranquila; barata, embora com relativamente poucos confortos. Eles venderam a casa na capital e voltaram à cidadezinha, para bater-se de frente com sua nostalgia. Ficaram felizes em voltar e nos incentivavam a visitar com frequência. Minhas irmãs agora tinham famílias, seus companheiros e filhos eram uma desculpa pronta. Eu era o mais novo. Descomprometido. A pressão de ir caía principalmente sobre mim.

"Vem pra casa", meu pai dizia quando conversávamos, embora eu nunca tivesse pensado de fato em T—— como minha casa.

Quanto à mãe de Rogelio, meu pai me confessou: "Não acreditei que ela ainda estivesse viva."

Para Henry, a viagem de ônibus de San Jacinto para lá foi em si um ato de bravura, uma confrontação com um poço de medo específico que ele tinha evitado desde o dia em que acordara com a notícia de que seu velho bloco em Coletores estava pegando fogo, com todo mundo dentro. O que é mais assustador que o nosso passado? Que o verdadeiro amor, arrancado de nós? Ele não se deixou enganar pela aparência pacífica da cidadezinha. Para ele, T—— era vazia, uma espécie de natureza-morta, esperando para ser animada pela presença dele. Ele mal tinha dormido na noite anterior, dominado pela sensação de que um acerto de contas era iminente.

T—— era exatamente como ele imaginara que seria, ou como um museu de si mesma. Henry fez check-in no Imperial, e saiu imediatamente para procurar seu amante. Viu vestígios de Rogelio em toda parte: uma criança arrastara seus dedos enlameados ao longo do estuque branco de um muro externo; estendiam-se por quase quinze passos, em linhas vagamente paralelas, cada vez mais fracas. Rogelio? Claro que não, mas ainda assim a simples ideia encheu Henry de expectativa. Ele perguntou pela casa da família de Rogelio aos poucos transeuntes, e foi recebido, no mais das vezes, com olhares em branco. Não lembrava o sobrenome de Rogelio; perguntou-se, na verdade, se de fato chegara a saber qual era. Os que ele encontrou foram bastante simpáticos, mas a maioria alegou ignorância, ou deu orientações obscuras que pareciam formuladas de propósito para confundir. Ele entrou para perguntar em algumas das lojas abertas, e também não deu muita sorte. A cada interação, sua apreensão crescia, mas ele não desistiu. Por fim, após meia hora perambulando, procurando um indício, ele parou uma mulher idosa de xale roxo, na esperança de que talvez fosse a mãe de Rogelio. Ela parecia ter a idade certa (embora no fundo ele não tivesse a mínima ideia) e na verdade sua lógica resumia-se a isso. Ele praticamente balbuciou sua história, ou alguma versão dela, para aquela desconhecida assustada, que foi surpreendentemente paciente, assentindo com a cabeça, como se incentivando Henry a falar mais. (Quem pode ter sido essa mulher de xale roxo, não sei dizer com nenhuma certeza.) De qualquer modo, ela disse que não era parente de Rogelio, mas o conhecia. E a família dele. E a mãe dele, que — graças a Deus! — ainda era viva.

"Ah sim, e o nome dela é Anabel", acrescentou a mulher idosa, com a voz trêmula. Ela apontou um dedo fino e ossudo na direção do rio, e o visitante agradecido se pôs a caminho.

E assim, no começo da tarde de seu primeiro dia em T——, Henry chegara ao lugar onde nunca imaginara que estaria: parado sob o sol do meio-dia, numa rua vazia, sem asfalto, preparou-se para bater à porta da casa onde seu amante, falecido há tanto tempo, tinha sido criado.

E embora naquele dia eu ainda estivesse na capital, minha vida começa a cruzar com a de Nelson aqui, neste exato momento. Minha mãe relata que viu Henry naquele dia. Lembra dele por dois motivos: um, porque era um desconhecido, e não há desconhecidos em T——; e dois, porque ele parecia nervoso. ("Ficar nervoso por que, numa cidadezinha como a nossa?") Ela por acaso estava saindo da nossa casa no exato momento da chegada de Henry, e esse desconhecido apreensivo deu um pigarro quando a viu.

"Essa é a casa da sra. Anabel?", ele perguntou.

"E sabe de uma coisa", minha mãe admitiu depois, "eu quase disse que não era, só porque não fui com a cara dele".

Mas minha mãe é incapaz de mentir. Talvez por isso jamais tenha se acostumado à vida na cidade grande.

"Sim, meu bem, com certeza é", ela disse. Então ela partiu com pressa na direção da praça, já ficando vermelha.


Enquanto isso, Patalarga e Nelson estavam ocupados com sua própria busca. Estavam procurando um lugar para se apresentar. O homem gentil mas cauteloso que administrava o Imperial não concordara, embora seu mal aproveitado restaurante com varanda tivesse dado um belo palco. Ele parecera ficar tão desnorteado com a pergunta deles, que nem Patalarga nem Nelson pressionaram. E, de qualquer modo, havia outras opções, e melhores: o auditório municipal, embora no momento estivesse fechado a cadeado, estava livre até setembro. Com certeza o prefeito o abriria por uma noite, se eles pedissem. Àquela hora, eles provavelmente o encontrariam em suas terras, do lado norte da cidade, logo depois da escola. E já que eles estavam indo naquela direção, a própria escola também podia servir. Havia um bom pátio, apropriado para um espetáculo vespertino antes do pôr do sol; o gerente do Imperial até deu a eles o nome do diretor, um homem simpático, disse, que conversaria com eles de bom grado, embora eles precisassem falar alto, pois a audição do homem estava praticamente perdida.

Nelson e Patalarga agradeceram e partiram ao norte da praça em direção à escola, passando por uma estrutura de madeira podre que os locais chamavam de Ponte Nova, e mais além, saindo ao vale aberto.

Quando falei com Patalarga, fiquei curioso para saber como Nelson lhe parecia estar; afinal, Ixta lhe contara a notícia ainda na noite anterior.

"Parecia bem", disse Patalarga. "Um bom humor surpreendente, na verdade. Nós realmente não fazíamos nenhuma ideia de por que tínhamos ido àquela cidadezinha, e a novidade daquilo lhe dava algo para se focar."

Mas aquilo não era novo, exatamente; na verdade, em termos da viagem do Diciembre, representava uma volta ao normal. Eles tinham passado as últimas oito semanas em cidades decrépitas iguaizinhas a T——; lugares remotos acostumados a longos dias que passavam em branco. O anômalo interlúdio em San Jacinto, com sua alusão grosseira à vida urbana, agora parecia mais distante do que tudo. As ruas de T—— eram de terra batida ou de pedrinhas rachadas, mas de algum modo as casas, mesmo as vazias, tinham em si uma permanência que faltava a San Jacinto. Uma cidade construída quase a partir do zero, numa única década, provavelmente não tem muita coisa que a recomende (em termos de arquitetura, de cultura) enquanto a cidade natal de Rogelio, minha cidade natal, mesmo naquele estado de decadência, parecia predestinada a durar.

Nelson ficou em silêncio enquanto eles caminhavam, de olho nos morros, no céu, nesse vale absurdamente cênico. Veios de neve derretida desciam das elevações mais altas, somando-se aos córregos e depois aos canais escavados à mão que alimentavam os campos em volta. Um menino de blusa vermelha passou apressado, puxando uma cabra por uma corda comprida; Patalarga e Nelson observaram o menino seguindo a passos largos o caminho em direção à escola.

"Encantador", foi como Patalarga descreveu o lugar. Tão marcante quanto qualquer lugar onde eles tinham estado na turnê; precário e imperfeito, certamente um lugar difícil de se viver, mas sem a malícia, digamos, de um assentamento de mineiros.

Nem o primitivismo de uma vila de lenhadores. Nem a miséria de um reduto de contrabandistas. E ele tinha razão: T—— era diferente. Não havia propriamente uma atividade econômica além da agricultura e dos dois festivais por ano, que traziam a cidade de volta à vida, ou a uma espécie de vida. O resto do ano era tranquilo, e era esta calma que Patalarga e Nelson agora respiravam como se fosse o próprio ar da montanha. A longa estação das chuvas finalmente terminara, e não havia nuvens conspurcando o céu azul. Ao sol do meio-dia, era possível ficar confortável de mangas curtas.

"É bonito", disse Nelson.

Foram as primeiras palavras que Patalarga ouvira da boca dele desde que tinham começado a andar. Então ele acrescentou: "Me esqueci de dizer parabéns, sabe?"

"Como é?"

Nelson balançou a cabeça. "Quando ela me contou que estava grávida, eu não dei os parabéns." Ele então desacelerou, com a cabeça curvada na direção do chão. "É isso que se deve dizer, né?"

Eles já estavam quase na escola, e ouviram um grupo de crianças prontas para sair para o recreio — suas risadas borbulhantes, sua impaciência. Nelson parou. "Talvez a gravidez de Ixta seja uma boa notícia."

"Um bebê é sempre uma boa notícia", disse Patalarga.

Nelson fez que não com a cabeça. "Quero dizer, uma boa notícia para mim."

Seus planos de vida com Ixta — por mais volúveis ou indefinidos — talvez ainda fossem relevantes. Eles podiam morar juntos, criar o filho juntos. Ele contou a Patalarga que acordara naquela manhã com uma sensação estranhíssima. Agora enxergava aquilo, o contorno de outra vida. Podia ser dele. Ixta ainda podia ser dele.

Para Patalarga, foi um exercício de equilíbrio entre oferecer esperança e realismo. "Então o que você está fazendo aqui?", ele disse. "Por que você não volta?"

"Eu vou. Em breve. Tenho que voltar." Ele rebateu a pergunta para Patalarga: "O que *você* acha que eu deveria fazer?"

Os olhos de Nelson piscaram contra o sol; ele realmente queria saber.

"O que você disse para ele?", perguntei.

Encontrei Patalarga três vezes na cidade grande. Nós comemos juntos e discutimos a história do Diciembre com velhos programas amarelados na mão, rindo e admirando a ambição ingênua daquilo tudo. Fizemos um passeio pelo decrépito teatro Olímpico, imaginando sua glória passada e futura, bebemos cerveja no Wembley enquanto ele me recontava esta história, e muito mais — detalhes, anedotas e confissões que não chegaram a entrar no manuscrito. Não acho que seja exagero dizer que criamos uma espécie de cumplicidade. Ele é alguém para quem eu poderia telefonar, mesmo hoje, e esperar uma conversa amistosa, talvez até um convite para beber ou jantar.

Mas de todas as perguntas que fiz, por algum motivo, essa foi a que mais o deixou incomodado.

Sua resposta inicial, insatisfatória, foi: "Muitas coisas. Você tem que lembrar que eu não tinha como saber o que ia acontecer."

"Claro", eu disse, e deixei que ele pensasse.

Ele esfregou o queixo.

"Eu disse a Nelson que ele tinha todas as opções diante de si. Disse que ele podia voltar para casa e lutar por ela. Que ele talvez ganhasse, ou talvez perdesse, mas que em ambos havia honra."

"E o que o Nelson disse?"

"Que não era um lutador, nunca tinha sido, e isso lhe dava medo. E eu disse que era bobagem. É claro que ele era um lutador. Era mais do que isso. Ele era um assassino, não era? Ele não me matava toda noite no palco?"

Com isso Nelson deu risada; Patalarga também.

"Verdade", disse Nelson. "Eu sou um matador. O mundo que se cuide. O mundo que abra o olho."

# 12

Antes de as migrações começarem, quando o lugar ainda era cheio de vida, T—— era dividida em quatro bairros. O rio partia a cidade em leste e oeste, enquanto a área ao norte da praça era considerada distinta, em termos de cultura e de classe, dos quarteirões que ficavam ao sul dela. Embora T—— fosse pequena, as linhas que separavam os bairros uns dos outros eram nítidas e incontestes.

A família de Rogelio, assim como a minha, era do sudoeste, um detalhe insignificante para todos exceto um punhado de idosos ainda vivos, e talvez uns poucos milhares de ex-moradores da cidade. Isso tinha um significado para o meu pai, mas, apesar de seus maiores esforços, ele não conseguiu transmitir esse sentimento para os filhos. Foi isso que aprendi sobre o sudoeste quando finalmente perguntei a ele: era um bairro de famílias grandes e casas relativamente modestas. Via de regra, os homens não possuíam terras para cultivar, mas às vezes eram contratados para cuidar dos campos daqueles que moravam no noroeste, a apenas sete ou oito quadras de distância, porém um mundo à parte. Os outros eram carpinteiros ou pedreiros, depois mecânicos e motoristas. As mulheres do bairro costuravam cortinas e faziam bainhas em roupas, ganhando pequenas quantias que davam para os maridos guardarem. Eram (diz o estereótipo) dadas à fofoca; especialistas em espalhá-la; e, enquanto grupo, não tinham vergonha de ser protagonistas dos rumores locais. Quando os homens partiam para procurar trabalho, as mulheres do bairro sudoeste supostamente recebiam visitantes masculinos tarde da noite, depois que as crianças tinham sido postas para dormir. Se acabava um casamento no lado norte, assumia-se que a culpa era de uma mulher do sudoeste. Se algo era roubado, o único policial da cidade, trabalhando em meio período, visitava o sudoeste e reunia os meninos em massa para lhes passar um sermão sobre direitos de propriedade.

Quanto às crianças de T——, todas frequentavam a mesma escola, e talvez até fossem amigas por algum tempo, mas aos nove ou dez anos de idade já tinham internalizado totalmente esse bairrismo mesquinho. De vez em quando os meninos brigavam, mas raramente era sério. Assim que os jovens do sudoeste entendiam sua posição, não havia mais problemas. Eles aprendiam, como seus pais tinham aprendido antes deles, a curvar a cabeça nas horas certas.

Hoje em dia, as divisões entre os bairros tendem a ser menos nítidas, de modo que, passado tanto tempo, um semiforasteiro como eu acha quase impossível perceber a diferença. Todas as partes de T—— foram esvaziadas, sofreram quase por igual com a negligência. Em seu auge, a cidade abrigava talvez sete mil habitantes — ou seja, menos que a atual população total de Coletores —, mas quando o Diciembre chegou, restavam pouco mais de mil. Meus pais foram os primeiros novos moradores em mais de três anos, sem contar os homens do planalto que de vez em quando eram pagos para cuidar de uma propriedade durante a estação das chuvas. Jaime, o irmão mais velho de Rogelio, mudara-se para San Jacinto, a poucas horas de distância, quando Rogelio tinha treze anos, e acabara ficando bem rico, embora gastasse muito pouco desse dinheiro em T——.

A mãe de Rogelio, conhecida por todos como sra. Anabel, continuara lá, junto com sua filha, Noelia, que tomava conta dela. Na tarde em que Henry chegou, depois de ter sua breve interação com minha mãe e finalmente tomar coragem de bater à porta, foi Noelia quem o recebeu.

"Ele foi educado", ela me disse depois, "um pouco estranho, é claro, mas acima de tudo educado. Pelo menos no começo. Pediu para falar com a minha mãe, disse que era amigo do Rogelio, e é claro que deixei ele entrar. É isso que a gente faz aqui. Achei que ele talvez tivesse alguma notícia".

Henry entrou, espantando-se com o estado decrépito da casa. Mesmo um ato tão simples quanto fechar a porta, ele notou, exigia uma manobra delicada: levantar e empurrar ao mesmo tempo, depois balançar a madeira empenada e inchada para que se encaixasse. Quando a porta parecia não avançar mais, Noelia deu golpes delicados com o ombro, uma, duas, três vezes, e foi só então que conseguiu puxar a tranca. Henry achou aquilo espantoso. Um dia ela vai acabar presa do lado de dentro, ele pensou.

A casa era apenas uns poucos cômodos em volta de um jardim tomado pelo mato. Noelia o conduziu até a sala de estar e pediu que esperasse. Houve um breve momento confuso em que Henry pensou que Noelia fosse a mãe de Rogelio, mas ela esclareceu com uma risada.

"Não, cruzes!", ela disse. "Ele é meu irmão caçula!"

Noelia explicou que a sra. Anabel estava levantando de seu cochilo. "Ela dorme muito hoje em dia. Ela não está bem, sabe."

"Eu não sabia. Lamento muito. Se for inconveniente, eu posso..."

Noelia sorriu. "Não, não. Fica. A gente não recebe muita visita. Eu trago ela já já."

Henry agradeceu e foi deixado sozinho. Havia umas poucas cadeiras de madeira, um banco numa das paredes, e uma mesa de jantar comprida e estreita enfeitada com uma toalha de festa, coberta com um plástico transparente grosso, e com pilhas de jornais velhos. No canto oposto havia um baú, em cima dele umas poucas fotos de família em molduras empoeiradas, e ao vê-las, Henry gelou. Deu um passo na direção do baú, parou de novo e deu um passo atrás.

Ao descrever esse momento durante nossa entrevista, Henry achou necessário demonstrar para mim essa dança tímida. Ficou de pé e andou para a frente, para trás, para a frente, para trás. O que ele queria mais que tudo era ver as fotos, examiná-las, uma por uma; identificar Rogelio quando bebê, quando menino, quando adolescente, mas não conseguiu se obrigar a fazer isso. Fazia mais de uma década que ele não via seu antigo amante, e ele não tinha nenhuma imagem real com a qual pudesse comparar suas lembranças. Eles nunca tinham tirado uma foto juntos. Alguns dos detentos mais ricos mandavam pintar seu retrato, mas nem Henry nem Rogelio tinha dinheiro para esse tipo de coisa. Enquanto isso, aquele homem vinha surgindo para ele em sonhos desde que o Diciembre partira da capital em turnê. Eles andavam juntos no táxi de Henry, bebiam café perto do passeio. Num desses sonhos, Rogelio aparecia como aluno na escola de Henry, sentado desconfortável na carteira minúscula, franzindo a testa para um livro aberto. Como muitas vezes acontece nos sonhos, o que tornava as imagens tão desconcertantes era o quanto eram corriqueiras, como se houvesse outra vida ali em algum lugar, uma vida em que os dois homens moravam lado a lado. Isso foi o que Henry estava tentando explicar, e de algum modo, enquanto ele andava para a frente e para trás diante de mim, tive uma noção da confusão dele. De sua incerteza.

Ele não teve coragem de comparar suas lembranças ou seus sonhos com as fotos. E se tivesse lembrado errado? E se sua memória o tivesse enganado?

Por isso ficou sentado no banco, tão longe das fotos quanto conseguiu, olhando na direção oposta.

Quando a mãe de Rogelio finalmente veio, ou melhor, quando foi trazida a ele, Henry se espantou com o tamanho diminuto da mulher. Lembrou que Rogelio a descrevera como uma presença imponente, uma mulher de personalidade severa e uma voz ressonante, capaz de assustar os homens; mas o tempo apagara tudo isso, e o que restava era algo mais leve, mais delicado. Sua pele clara era quase translúcida e coberta de rugas intricadas, como a textura de um pedaço de papel-alumínio, amassado e depois alisado à mão. Seu cabelo fino embranquecera quase por completo, e ela parecia estar vestindo dezenas de camadas, um xale por cima de um suéter por cima de uma blusa de manga comprida por cima de outro suéter. Usava meias de lã na altura dos joelhos, cobrindo uma calça de moletom, e por cima disso, uma saia azul que chegava até o meio das panturrilhas. Pertencia a uma cultura e a uma geração que respeita o frio acima de qualquer outra coisa, uma cultura que não confia no calor, mas sim o vê como uma ilusão ocasional e temporária. O frio é permanente, eterno, confiável. O dia começa e termina com ele.

Sei isso sobre ela porque minha avó era do mesmo jeito.

A sra. Anabel cumprimentou Henry com formalidade, apesar de sua voz frágil: "Então o senhor viu meu filhinho Rogelio?"

Henry confirmou com a cabeça.

"Que bom."

Noelia sorriu. "Vamos sentar no sol, que tal, mamãe?"

As duas mulheres viraram-se e saíram para a tarde iluminada. Noelia conduziu a mãe pelo jardim com movimentos sutis, quase imperceptíveis. Elas percorreram lentamente a curta distância, parando por um instante para admirar um dos gatos escondidos no mato. "Bichano, bichano, bichano", a sra. Anabel disse, e riu consigo mesma uma risada de menina. Henry ficou na soleira da porta observando as duas, admirando seu avanço, até que ambas estavam sentadas num par de cadeiras baixas de madeira perto de um fogão a lenha externo. Ele ficou tão impressionado com a delicadeza da manobra — com o cuidado com que Noelia ajudou a mãe a sentar — que esqueceu de oferecer ajuda. E elas estavam tão acostumadas a ser ignoradas, tão acostumadas a fazer tudo sozinhas, que mal perceberam a indelicadeza dele. Com algum atraso, ele foi se juntar a elas, e ocupou o assento de frente para a sra. Anabel, seus joelhos quase encostando. Noelia estava sentada à direita dele, com o fogão apagado servindo como quarto lado do quadrado deles.

Até esse ponto, estava tudo bem.

Eles estavam sentados ao sol, os três desfrutando daquele último instante de calma. Então Noelia perguntou como ele conhecia Rogelio, e Henry sorriu.

É verdade que ele estava preparado para desabafar tudo.

"Nos conhecemos em Coletores", ele disse.

"O que é isso?", perguntou Noelia.

Ele soltou um longo suspiro. "A prisão. Dividimos a mesma cela, pouco antes de ele morrer."

Então veio um silêncio, longo o bastante para Henry perceber que havia algo terrivelmente errado. Ele viu isso no rosto das duas, no jeito como as mulheres o encararam de volta. Os olhos da sra. Anabel ficaram minúsculos, e ele viu a cor se esvair da face da senhora.

"Sinto muito", ele disse, porque não sabia o que mais dizer.

A sra. Anabel virou-se para a filha. "Ele disse *morrer*?"

Havia terror na sua voz.

"Não, mamãe."

"O que ele está querendo dizer?" Ela agora falava num sussurro. Henry olhou de relance na direção da porta, seria só uma corridinha para cruzar o pátio. Cinco passos velozes, no máximo sete.

"Deve haver algum engano", disse Noelia.

O sol do começo de tarde ofuscava seus olhos.

"O Rogelio não está na prisão", disse Noelia. "O Rogelio não está morto."

"Não está."

"Ele mora na Califórnia. Faz anos já."

Havia algo muito esperançoso em seu tom de voz.

"Eu sei", Henry disse, pois queria mais que qualquer coisa acreditar naquilo. Talvez ele tivesse entendido tudo errado. Talvez Rogelio *estivesse* de fato vivo.

"O Rogelio é mecânico, que nem meu irmão Jaime. Mora perto de Los Angeles."

"Los Angeles", Henry repetiu.

Noelia fez uma pausa. "Nós estamos falando da mesma pessoa?"

Henry não respondeu, não conseguiu.

"O meu Rogelio", disse a sra. Anabel, com a voz rachada. "Meu bebê." A cada frase que pronunciava, parecia ficar cada vez menor, curvando as costas e afundando cada vez mais no assento, como se tentando desaparecer.

De repente Noelia levantou-se e saiu.

Por um instante, Henry ficou a sós com a sra. Anabel. A simpatia da mulher sumira quase por completo, e ela pareceu muito tensa na presença dele, como se temesse que ele pudesse atacá-la. Ele fechou os olhos contra o sol forte e tentou se lembrar de tudo o que Rogelio havia lhe contado sobre aquela mulher. A mãe dele.

Não veio nada.

Em vez disso, ele disse: "Vai ficar tudo bem."

Ela ergueu os olhos para vê-lo, mas não respondeu.

Bem nesta hora Noelia voltou com uma foto, uma das imagens emolduradas que ele não tivera coragem de olhar antes. Jogou-a no colo de Henry.

"É ele?"

Ele baixou a cabeça na direção da foto, usando a manga para limpar o vidro. Depois recostou-se de novo, assustado. Era o rosto de um jovem, um menino. Um milagre de ser humano. A imagem estava apagada e velha, mas eram os mesmos olhos castanhos brilhantes, o mesmo rosto estreito e testa alta. O mesmo Rogelio. Ele esfregou o vidro mais um pouco e sorriu. Teve que resistir ao impulso de enfiar a moldura no bolso do casaco e fugir com ela.

A sra. Anabel e Noelia estavam esperando.

"Não, não é ele", disse Henry. "Infelizmente cometi um engano."

Noelia respirou aliviada.

"Está vendo, mamãe? Ele não sabe nada. Ele não sabe do que está falando."

"Eu transtornei vocês duas. Não devia ter vindo."

"Liga pro Jaime", disse a sra. Anabel. "Eu não confio nesse sujeito."

Noelia se levantou. "Não se preocupe, mamãe. Ele está indo embora. Fala tchau."

Henry encarou Noelia nos olhos e sentiu vergonha. Entregou a foto para a sra. Anabel, que a aceitou sem fazer nenhum comentário. Havia lágrimas brotando em seus olhos. Com uma mão ela segurou o braço da filha, e estava puxando sua manga de leve, como uma criança exigindo atenção.

"Cadê o Rogelio?", ela disse. "Quero ver o Rogelio!"

"Ele está vindo, mamãe."

"Ele está morto?"

"É claro que ele não está morto!"

Henry ficou de pé. Não havia mais nada a fazer. Ele curvou-se para a frente, num cumprimento formal e exagerado, pondo as mãos atrás das costas para que Noelia e a sra. Anabel não vissem que estavam tremendo.

"Peço perdão", disse Henry. "Sinto muito por ter incomodado vocês duas. Vou me retirar."

Henry correu de volta para o hotel em estado de alarme. "Eu queria ir embora da cidade imediatamente", ele me contou depois, mas aquilo era impossível. O ônibus que os trouxera até T—— naquela manhã já voltara a San Jacinto, e não haveria como sair até a manhã seguinte. T—— agora lhe parecia um lugar ameaçador; um lugar onde pessoas morriam e nunca se guardava luto por elas. Ele pensara muito sobre Rogelio nas semanas anteriores, pensamentos que apenas tinham ficado mais intensos desde que ele deparara com aquele mapa na vitrine em San Jacinto. Ele imaginara muitas versões diferentes daquele encontro, perguntando-se o tempo todo se tentar fazer as pazes com sua vida pregressa desse jeito era sinal de maturidade ou de egoísmo. Acredito quando ele diz que nada do que aconteceu depois era o que ele pretendia. Simplesmente nunca lhe ocorrera que a família de Rogelio talvez não soubesse que seu filho estava morto.

Henry voltou direto para o Imperial, onde convenceu o dono a abrir a varanda do andar de cima e lhe trazer uma bebida. Só tinha cerveja, mas estava bom. Já servia. Henry sentou-se numa mesa com vista para a praça, enquanto o dono manteve distância, encolhendo-se num canto e ouvindo seu radinho de pilha com o volume bem baixo.

Quando Patalarga e Nelson apareceram uma hora depois, Henry estava na metade da terceira cerveja. Não ficou exatamente feliz ao ver os dois e preferiria ter ficado sozinho por mais um tempo. Mesmo assim, levantou-se para cumprimentar os amigos, e ao fazer isso, derrubou o copo. Ninguém se mexeu para segurá-lo. Os três observaram o copo rolar lentamente e parar na borda da mesa, enquanto a cerveja se espalhava pela superfície da mesa e depois escorria numa linha fina e comprida.

"Elegante", disse Patalarga.

Henry endireitou o copo, sacudiu os dedos e pediu uma toalha.

"Deixa aí", o dono gritou do outro lado do bar.

Henry enxugou as mãos na calça jeans. Era o meio da tarde; o sol estava alto. O vale inteiro estava banhado em luz, e as ruas de T—— pareciam um cenário sem uso num palco. Tudo aquilo lhe deu uma dor de cabeça.

"Bom, e então?", disse Henry.

Nelson estava totalmente recuperado, ou parecia estar. Abriu um vasto sorriso de satisfação. "Temos uma apresentação hoje à noite. O prefeito vai abrir o auditório para a gente."

"Hoje?"

Patalarga franziu a testa. "Sim, hoje. É uma boa notícia, Henry."

"Era", ele respondeu. "Duas horas atrás era uma ótima notícia. Mas não tenho certeza se é tão boa agora."

Nelson e Patalarga esperaram uma explicação, mas Henry não fazia ideia de por onde começar. Pensou que, se apenas ficasse em silêncio por tempo suficiente, quem sabe eles pudessem evitar aquela apresentação. Seus amigos olhavam fixo para ele.

Por fim ele cedeu. "Fui ver a família de um velho amigo meu que morreu em Coletores."

"Ok", disse Patalarga.

"É por isso que estamos aqui. Por isso que nós viemos. Mas a família do meu amigo, a mãe dele, a irmã dele — elas não faziam ideia de que ele estava morto. Eu deixei as duas transtornadas. Elas me acusaram de mentir. Me expulsaram da casa delas."

"Elas te expulsaram?", perguntou Nelson.

"Mais ou menos."

Os três amigos ficaram em silêncio por um instante.

Nelson não parecia convencido. "E?"

Parecia tão simples para Henry, tão óbvio.

"E estou me sentindo mal."

Nelson não conseguiu controlar uma risada e virou-se para Patalarga. "Ele está se sentindo mal?"

Patalarga não respondeu, apenas balançou a cabeça e desviou o rosto.

"Não espero que você entenda", disse Henry.

Nelson olhou feio para ele. "Por que, exatamente? O que é que eu não entendo?"

"Que eu não posso fazer essa apresentação."

"Você vai cancelar?"

"Henry, você não pode cancelar", disse Patalarga.

Henry cruzou os braços no peito. "Estou cancelando. Acabo de cancelar."

O que aconteceu em seguida surpreendeu todos eles: Nelson empurrou Henry com as mãos, fazendo o dramaturgo tropeçar para trás. Uma das cadeiras tombou com um estrondo, e o copo vazio de cerveja foi derrubado de novo, desta vez se espatifando no chão.

Nelson foi para cima de Henry, com o rosto vermelho de fúria. Talvez ele fosse um lutador, no fim das contas.

Patalarga se enfiou entre os dois, o melhor que pôde, tentando acalmar Nelson. Não foi fácil. "Qual é a sua? Por que você trouxe a gente aqui?", Nelson gritou. "O que você quer de nós?"

"Eu nunca tinha visto ele desse jeito", Patalarga me disse depois.

Ele conseguiu empurrar Nelson de volta, o suficiente para que Henry pudesse ficar de pé. O dramaturgo se levantou, ajeitou a camisa e ergueu a mão para o proprietário assustado. Então encarou Nelson, olhando feio. Respirou fundo. Havia nele um ar de desafio.

"Patalarga", ele disse. "Eu mereci isso?"

"Sinceramente?"

Henry assentiu com a cabeça.

"Mereceu."

Henry pareceu perplexo por um instante, depois murchou. Aquele impulso de vigor desapareceu tão rápido quanto surgira; ele contemplou seus amigos, a varanda vazia, a praça diante deles, e sentiu-se pequeno.

"Você não entendeu por quê", disse Nelson, ainda fazendo careta. "Eu vou te explicar. Você está sendo egoísta. Pra variar."

Henry desabou numa cadeira. "Isso é verdade?", ele perguntou a Patalarga, com olhos inquisitivos.

Patalarga confirmou com a cabeça.

Henry esfregou os olhos. "Está certo", ele disse. "Vocês venceram. Vamos fazer a apresentação."

Na casa onde Rogelio crescera, a situação estava cada vez pior, e Noelia começara a ficar preocupada. Esta era a história que as duas mulheres tinham ouvido, a história que elas sabiam: seu amado Rogelio tinha ido primeiro para a cidade grande atrás de trabalho, depois imigrado para os Estados Unidos em 1984, aos vinte e um anos de idade. Jaime contou tudo isso a elas, sem muitos detalhes, apenas o suficiente para que parecesse verdade. Rogelio desafiara fronteiras e escapara de guerras civis na América Central, alcançara o México de ônibus e entrara nos Estados Unidos por um túnel em Nogales. Por fim ele acabou chegando à cidade de Los Angeles. Até onde as duas sabiam, ele continuava lá; e só não tinha voltado porque não tinha documentos. Jaime disse que falava com ele mais ou menos uma vez por ano, e elas acreditaram. Noelia nunca tinha duvidado daquilo; e quanto à sra. Anabel, ela se apegava à ideia com uma determinação ferrenha. Todo ano, no aniversário de seu filho caçula, fazia um bolo para ele.

Se a ingenuidade da sra. Anabel a esse respeito parece improvável, lembremos que esta era T——: as fileiras de casas trancadas com cadeado são o único contexto necessário. Em outro lugar, isso talvez exigisse uma credulidade enorme, mas aqui não podia haver nada mais normal do que Rogelio sumir por dezessete anos e ainda ser considerado *vivo*. Meu pai ainda fala com muito afeto de pessoas que não vê e de quem não ouve notícias há quarenta e cinco anos, e pelo seu tom de voz, alguém imaginaria que elas vão aparecer amanhã e renovar sua amizade indestrutível. O tempo tem um significado muito diferente num lugar como T——. Assim como a distância. Assim como a memória. Quase toda família tinha um filho que havia partido para o mundo. Alguns mandavam dinheiro; alguns desapareciam sem deixar vestígio. Até que surgisse uma prova em contrário, todos ainda eram considerados vivos. Esse era o credo tácito da cidade.

A verdade sobre a sina de Rogelio, a história que Henry contara, tinha perturbado aquele equilíbrio. A sra. Anabel foi a mais afetada, naturalmente; mesmo nos dias bons, a demência a deixava sujeita a mudanças repentinas de humor que ela era incapaz de controlar. Porém naquela tarde, a simples ideia de Rogelio estar morto a deixou em pânico, e não muito tempo depois que Henry partiu, ela estava chorando de raiva e desamparo.

"Ela ficava chamando o Rogelio, o bebê dela", Noelia me contou depois. "Eu não sabia o que fazer. Se ele estava morto, por que ninguém tinha contado para ela? Uma mãe não deveria sempre saber essas coisas? Por que ninguém tinha contado para *mim*?"

Uns poucos minutos antes das três, ela conseguiu dar à mãe um sedativo e convencê-la a deitar. Isso não foi fácil. Noelia se esquivou de todas as perguntas sobre Rogelio até que a velha senhora adormecesse, depois abriu a porta da rua e correu para o centro da cidade. Se Henry, Patalarga e Nelson não estivessem absortos em sua própria discussão, talvez tivessem visto Noelia cruzando a praça apressada, segurando a barra da saia com a mão para não arrastá-la nas pedrinhas.

Foi pouco depois das três da tarde que ela finalmente conseguiu falar com Jaime por telefone. Tentou explicar tudo o melhor que pôde, mas ela própria não entendia muito bem o que tinha acontecido, por que aquele estranho tinha surgido do nada, falando do Rogelio. Jaime também não pareceu entender, ou fingiu que não entendia, e Noelia finalmente perdeu a paciência. Ela mudou de tática, parou de tentar explicar.

"Por que você não me contou?"

Ela se assustou com o som de sua própria voz. Suas mãos estavam tremendo. Fazia anos que ela não gritava.

Do outro lado da linha, fez-se um silêncio. Então: "Sobre o quê?"

"Sobre o Rogelio", ela disse.

Ela ouviu o longo suspiro de Jaime. "A mamãe sabe?"

"Ela está péssima."

"Estou indo para aí", ele disse. Um instante depois, desligou.

Jaime pegou seu carro e chegou no começo da noite, assim que as luzes amarelas da praça estavam se acendendo, e assim que o Diciembre estava se preparando para entrar em cena diante de umas poucas dezenas de espectadores, no auditório municipal. Nelson ganhara a discussão, talvez a primeira vez na história do Diciembre em que Henry perdera uma.

Era 12 de junho de 2001. Na verdade, aquela seria a última apresentação que a trupe faria junta. Embora eles ainda não soubessem disso, a primeira turnê do Diciembre em quinze anos havia chegado ao fim.

# 13

As preparações para a apresentação do Diciembre em T——começaram por volta das cinco horas, quando o assistente do prefeito, um alegre aluno do último ano do ensino médio, destrancou o auditório municipal. O nome do assistente era Eric. Ele era jovem e tinha uma cara viçosa, e partiria de T—— dali a poucos meses.

"É isso!", ele disse, animado.

"É isso", repetiu Nelson, dando um longo assobio consigo mesmo. Soltou sua ponta da sacola pesada e observou o espaço diante dele.

O auditório era um dos prédios mais novos da cidade, uma caixa de metal sem charme e sem praticidade, que ficava fria na estação das chuvas e quente no tempo seco. Fazia anos que o lugar era mal aproveitado, sofrendo de uma negligência que fez o Diciembre lembrar de seu lar espiritual, o Olímpico. Eric deixou os três ali na porta e andou ao longo da parede até o palco elevado. Ali, ele sumiu atrás de uma cortina e começou a ligar as luzes, primeiro uma fileira, depois outra, depois várias de uma vez, e assim por diante. Henry, Patalarga e Nelson ficaram de braços cruzados, observando os tubos fluorescentes acima deles se acenderem com um zumbido e depois se apagarem, em diversas combinações. Nenhuma delas lançava uma luz especialmente agradável sobre aquele espaço úmido, mas o rapaz por fim escolheu o arranjo menos agressivo.

"Que tal?", ele gritou de trás da cortina.

Henry estendeu as mãos diante de si, com os dedos abertos. Suas luvas brancas presidenciais tinham um tom amarelo cinzento.

"Está excelente", disse Patalarga.

Eles carregaram suas coisas para trás do palco e começaram a tirá-las da sacola e depois se trocar, cada um indo para um canto diferente do camarim, quase sem se falar. Henry estava macambúzio; Nelson parecia distraído; Patalarga estava preocupado com sua roupa. Havia algo de errado com ela, ele disse para ninguém especificamente. Será que ela tinha encolhido, ou ele tinha engordado? Não havia espelho, por isso eles precisavam confiar uns nos outros, o que talvez tivesse dado certo se eles estivessem em outro humor coletivo. Mas não estavam. Os três se vestiram com desleixo e mal conversaram. Às seis e meia, Henry convocou uma breve reunião para repassar alguns pontos difíceis da peça, mas isso foi totalmente desnecessário, é claro. A que pontos difíceis ele estava se referindo exatamente? Quais surpresas a apresentação podia lhes reservar àquela altura? Mesmo assim, Nelson e Patalarga ouviram as instruções confusas de Henry, por respeito e senso de dever. Ele talvez tivesse se estendido ainda mais, mas logo as pessoas começaram a entrar, e os três homens caíram num silêncio reverente. É um som que todos os atores amam e, em certo sentido, é por ele que vivem: o murmúrio do público, o ruído de passos, o burburinho de vozes desconhecidas. Você começa a se encher de entusiasmo, de ansiedade. Começa a imaginar quem será sua plateia, como será a cara deles. Antes de você sequer bater os olhos neles, eles são pessoas reais. Antes de sequer vê-los, já está conectado.

Por volta das sete e quinze, Eric apareceu de novo. Enfiou a cabeça atrás da cortina e anunciou que era hora de começar.

"Quantas pessoas tem aí?", perguntou Henry.

"Umas trinta", disse o rapaz. "Trinta e cinco, eu chutaria."

Henry fez que não com a cabeça. "Não chute. Vá lá e conte quantas são."

Eric curvou a cabeça e voltou alguns instantes depois, olhando para o chão. "Vinte e cinco. Desculpa. Mas talvez tenha outras chegando."

Patalarga abriu um sorriso e agradeceu ao menino. A decepção de Eric era tocante. Ele já tinha se apresentado para plateias muito menores. "Vamos começar daqui a um minuto."

Eric assentiu com a cabeça e, quando estava virando para ir embora, Henry o deteve.

"Só mais uma pergunta", disse o dramaturgo. "Você conhece todo mundo nesta cidade?"

"Quase todo mundo."
"Que bom. Então, a Noelia está aqui? Ou a mãe dela, a sra. Anabel? Você sabe de quem eu estou falando?"
O rapaz parecia confuso. "Sei. Por quê?"
"São velhas amigas nossas", disse Nelson. Até aquele momento, ninguém teria adivinhado que ele estava sequer ouvindo. Ele e Henry olharam-se fixo.
Eric assentiu com a cabeça, como se compreendesse. "Bom, a sra. Anabel na verdade não sai muito de casa."
"Então ela não está aqui?"
"Eu não vi. A Noelia também não."
Henry agradeceu, e o assistente do prefeito desapareceu do outro lado da cortina.
"Você está esperando elas?", perguntou Patalarga. "Você quer que elas venham?"
"Não sei." Henry parecia genuinamente desnorteado. "Realmente não sei."
Uns poucos momentos depois, as cortinas se abriram, e o espetáculo começou.

O percurso de carro de San Jacinto até T—— dura cerca de quatro horas. Dá para fazer em um pouquinho menos, mas não muito. A estrada é estreita, e as consequências de um erro numa curva naquelas montanhas altas são fatais. Ainda assim, Jaime fez um bom tempo. Dos protagonistas destes acontecimentos, ele é um dos poucos que se recusaram a conversar comigo, mas posso imaginar o que ele estava pensando enquanto seguia por aquelas estradas estreitas, sinuosas. Estava pensando em seu irmão Rogelio, e nos fatos de sua morte. Se Rogelio estava bravo quando morreu, ou assustado. Se Rogelio o culpava, ou se sentia abandonado. Estava pensando em quantas vezes tinha feito aquele percurso, e como ele jamais mudava. A escala das montanhas. A pequenez de todo o resto. Ele soubera da morte de Rogelio o tempo todo, e guardara segredo sobre a prisão de seu irmão mais novo, assim como guardara segredo sobre a natureza de sua ocupação. Isso era mais fácil do que parecia. Em T——, a rebelião e o posterior massacre em Coletores nunca tinham causado muito impacto.

Jaime chegou mais ou menos na hora em que o Diciembre estava entrando em cena. Neste ponto, a história dessa noite avança em trilhos paralelos: Patalarga aparece sob as luzes pálidas e amarelas, diante de um público pequeno mas expectante. Abre com um monólogo sobre a solidão, declamado naquela noite específica com mais sentimento do que nunca. O jovem assistente do prefeito está de pé junto à parede dos fundos do auditório, vestindo um terno escuro e assistindo com deleite ao desenrolar da cena. Ele relata que a multidão estava em transe. ("Nunca tínhamos tido uma companhia de teatro na cidade antes", ele me contou depois.) Ao mesmo tempo, Jaime vai direto para a casa onde foi criado, abraça sua irmã e corre atrás dela para o quarto da mãe. Irmão e irmã ficam parados na soleira da porta e observam a mãe dormir, ouvindo sua respiração superficial. Sem trocar uma palavra, se espantam com sua fragilidade, como alguém talvez contemple um recém-nascido. Jaime dá um passo à frente, até o lado da cama dela, e põe a palma da mão na testa da mãe. Acaricia seus cabelos.

"Ela ficou muito transtornada?", ele pergunta a Noelia.

Sua irmã responde que sim com a cabeça.

No momento em que Henry pisa no palco, parecendo um pouco menos presidencial que de costume — neste momento Jaime e sua irmã, Noelia, estão sentados na sala de estar, discutindo os detalhes de um segredo de família muito bem guardado. Não se fala muito sobre a infeliz prisão de Rogelio. Coletores é descrita em termos abreviados — o inferno, diz Jaime. E tudo depois disso pode ser reduzido a uma única frase. O irmão caçula deles estava morto. Estava morto havia tanto tempo que parecia quase insincero ficar de luto por ele.

A tarde inteira, desde a visita de Henry, Noelia sabia que era verdade. Sabia aquilo enquanto punha sua mãe desesperada na cama, enquanto atravessava a praça correndo, enquanto esperava seu irmão chegar. Um estranho não aparece e anuncia uma morte assim por engano. Muito poucas pessoas seriam tão cruéis, e Henry não lhe parecera cruel. Olhara para a foto de Rogelio e alegara não conhecê-lo — e foi este ato de misericórdia que fez com que ela gostasse dele, apesar de tudo. Também fora este momento que havia confirmado a história dele.

Para um ator, aquele homem não sabia mentir.

"Por que você não me contou?", ela perguntou ao irmão, o irmão que ainda lhe restava.

Mas Jaime não respondeu. Queria saber só uma coisa. "Quem te contou? Quem era esta pessoa?"

"Ele disse que o nome dele era Henry", respondeu Noelia.

"E onde ele está?"

"No auditório. Me disseram na cidade que ele estava numa peça hoje à noite."

"Uma peça?", Jaime franziu a testa. Houve um instante de silêncio, e então: "Eu vou matar ele. Vou matar esse veado filho da puta."

Noelia ergueu o olhar. Havia ódio nos olhos dele. Ela entendeu neste momento que seu irmão conhecia esse estranho, esse Henry. E isso a deixou assustada. Ela começou a chorar. Seu irmão ficou olhando para ela sem dizer nada. Não estendeu a mão para ampará-la, e Noelia tentou chorar baixinho, para não incomodá-lo.

Eles passaram muitos minutos assim, mas, faltando quinze para as oito, Jaime estava descerrando seus maxilares, arrastando sua cadeira para mais perto da irmã e pedindo desculpas para ela. Isso não era algo que ele falava todo dia. Ela baixou a cabeça, enxugou as lágrimas, e aceitou o pedido de desculpas.

"O que a gente vai falar para a mãe?", ela disse.

"Nada", respondeu Jaime. "Nós não vamos falar absolutamente nada para ela."

Eles saíram logo depois, fechando a porta com cuidado para não acordar a sra. Anabel. Era uma noite fria, e a lua crescente estava apenas começando a se erguer sobre as montanhas. No momento em que eles cruzaram as portas do auditório municipal, o Diciembre chegara a minha cena favorita de *O presidente idiota*. Nesta cena, o presidente está mandando lerem sua correspondência em voz alta. As cartas vêm dos cidadãos do país, e todas começam com uma longa lista de títulos honoríficos meio padronizados: Sua Alteza, Sua Excelência, Sua Magnanimidade. O presidente ouve (ou finge ouvir) os apelos — pedidos de emprego, de ajuda, de misericórdia, de terra, de refúgio —, porém não se comove. Sua postura é a de um rei, sua atitude é severa. "Estatuária", diz o comentário no roteiro. Alejo, o personagem de Nelson, o filho idiota, e o de Patalarga, o lacaio, revezam-se lendo uma carta cada um, enquanto o presidente lixa as unhas e escova o cabelo. Ao longo da cena, surge uma espécie de competição entre o filho e o lacaio. Quem consegue ler melhor? Quem consegue tornar este ato rotineiro mais agradável e mais interessante para o presidente? O personagem de Henry, naturalmente, não percebe nada, ou finge não perceber, mas nós sim: o filho idiota e o lacaio trocam olhares de fúria, de ciúme, e começam a ler um por cima do outro, se interrompendo. As listas de títulos honoríficos que precedem cada carta ficam mais compridas, e mais ridículas, até que fica claro que Alejo e o lacaio estão simplesmente inventando aquilo. Suas vozes ficam mais altas, e títulos cada vez mais esdrúxulos são declamados em fogo rápido —

> *"Ao nosso querido líder, personificação dos desejos mais puros da nação!*
> *Ao claro sol da liberdade, altíssimo e alarmantíssimo!*
> *Ao mais casto e supremo dos seres, munificente, magnificente e beneficente!"*

—, palavras sendo cuspidas umas por cima das outras, até virar um emaranhado, não mais palavras discerníveis mas apenas ruído.

"Eles assistiram à cena inteira de pé", me disse Eric. "Eu notei eles porque o Henry tinha me perguntado sobre a Noelia."

O que eles estavam pensando?

Ou mais especificamente, o que Jaime estava pensando?

Embora morasse em San Jacinto havia mais de duas décadas, o irmão mais velho de Rogelio era uma figura conhecida na cidade. Tinha se dado bem na vida, ganhado dinheiro — e nada conquistava o respeito das pessoas mais que dinheiro. Naquela noite da peça em T——, ele ficou ao lado da irmã de braços cruzados, olhando o palco com os olhos estreitos, encarando Henry fixamente. Fazia quinze anos que não via o dramaturgo, mas Jaime sabia que era ele. Não teve dificuldade de reconhecer aquele rosto, aqueles gestos, aquela postura.

Segundo Henry, eles tinham se encontrado uma única vez, em Coletores, uma cena que imagino que Jaime estava repassando em sua mente. Num dia de inverno de 1986, no pátio do Bloco Sete. Jaime tinha vindo de San Jacinto para ver seu irmão. Passou algumas horas com Rogelio, andando de um lado para o outro no pátio. Visto de longe, pareciam peixes levados pela correnteza, Rogelio, Jaime e todos os outros. Henry ficara observando os dois a tarde inteira. Então o horário de visita estava quase no fim e, quando os dois irmãos estavam se despedindo, Henry não conseguiu resistir. "Não sei direito por que nem como", ele me disse depois, "aquilo simplesmente saiu". Talvez estivesse magoado por não ter sido apresentado, embora achasse difícil admitir isso. Então andou direto na direção deles, furioso, protetor, ciumento, pegando os dois irmãos de surpresa.

Foi isto que ele disse para Jaime naquela tarde em 1986, numa voz alta demais para Coletores:

"Você precisa cuidar melhor do seu irmão."

Jaime franziu a testa. "Como é?"

"Você deve isso a ele. Eu sei o que você faz."

"Quem é esse cara?", Jaime perguntou ao irmão.

"Ninguém", disse Rogelio.

Não deu tempo de essa traição doer. Henry já tinha ido longe demais. "Não importa quem eu sou. Eu sei quem você é. Você é o motivo de ele estar aqui."

Jaime olhou feio para aquele desconhecido. Para seu irmão, ele disse: "Tira esse idiota da minha frente."

"Já chega, Henry."

E já chegava de fato, mas ele não conseguia parar. Agora estava gritando: "Você tem dinheiro. Eu sei que você tem!"

Jaime balançou a cabeça, depois deu um soco em Henry, acertando seu maxilar. Henry cambaleou e caiu. Jaime abraçou a cintura de Rogelio, e juntos eles andaram até o portão do Bloco Sete. Jaime nunca mais visitou Coletores. Rogelio ficou três dias sem falar com Henry.

Agora, no palco do auditório municipal de T——, o presidente aceitava os tributos de seu filho e de seu lacaio. Quando a cena se transformou em ruído, Jaime e Noelia acharam um lugar para sentar.

"Quem é ele?", Noelia sussurrou para seu irmão mais velho, mas Jaime não respondeu.

Para Noelia, os quarenta minutos seguintes foram uma espécie de revelação. Ela nunca tinha visto uma peça antes, tirando aquelas que as crianças da escola apresentam toda primavera para comemorar a fundação da cidade. Essa peça específica não era necessariamente fácil de acompanhar, e conforme as cenas avançavam depressa rumo à conclusão, ela começou a pensar sobre o jovem protagonista. Era bonito, ela achou, e lhe ocorreu que ele tinha a mesma idade que Rogelio da última vez que ela o vira. Foi só isso. Foi um pensamento à toa. Eles não eram parecidos; é só que Nelson era uma figura incomum num lugar como T——. Ele era um jovem de vinte e poucos anos com um olhar vago e uma postura ruim. Parecia perdido, e talvez foi por isso que ela pensou em seu irmão desaparecido, de repente morto.

  Talvez fosse alguma outra coisa; quando pressionada, Noelia admitiu que não sabia de fato. "Havia alguma coisa nele", foi só o que conseguiu dizer.

  Enquanto isso Jaime ficou sentado ao lado dela, com um rosto de pedra. Os atores moviam-se de um lado para o outro no palco, recitavam suas falas, faziam suas piadas, e o público ria, ou gritava de alegria, ou caía num silêncio meditativo. Jaime não se comoveu. O clímax da peça, quando o personagem de Nelson conversa com o lacaio, engana-o e depois o mata — esta cena foi especialmente forte naquela noite, e a plateia reagiu com exclamações de susto que se fizeram ouvir em todo aquele auditório frio. De acordo com Eric, houve até algumas lágrimas. Quando perguntei se tinha sido a melhor apresentação do Diciembre naquela turnê, Patalarga foi explícito. "É claro", ele me disse. "A fúria de Nelson naquele dia era real. E o desespero de Henry também."

  Noelia concordou: "Fiquei arrepiada."

  A peça terminou às dez para as nove da noite, com um demorado aplauso.

  Não havia ninguém para fechar a cortina, por isso os três atores passaram um tempo no palco, sorrindo e acenando para a plateia. Depois as palmas acabaram, e a maioria dos presentes se dirigiu para a saída. Mas nem todos. Não Jaime. Ele ficou de pé, continuou ali por um instante, oscilando quase imperceptivelmente de um lado para o outro, e sem jamais tirar os olhos do palco.

  "Você está bem?", perguntou Noelia.

O irmão fez que sim com a cabeça.

"Então vamos embora?"

"Ainda não."

"Por favor", disse Noelia. "Não machuque ninguém."

Jaime virou-se para ela nesse instante. Havia em seus olhos algo que ela não conseguiu identificar, talvez pena.

Então ele andou reto na direção do palco, empurrando as cadeiras dobráveis de metal que havia entre ele e os artistas. Imagino algo parecido com uma divisão das águas, as cadeiras batendo umas nas outras, Jaime cortando um caminho difícil entre elas com passos longos e pesados. Eric, que ainda continuava perto da parede, achou esse gesto grosseiro, mas preferiu não dizer nada. Afinal, era o Jaime. Ninguém dizia nada para o Jaime.

Nelson, Patalarga e Henry tinham começado a recolher seus objetos cênicos: as cartas espalhadas; o cachecol presidencial usado para simular um enforcamento na terceira cena e depois jogado para o lado no começo do segundo ato; a faca de plástico frágil mas surpreendentemente realista, usada na cena do assassinato. As luzes da plateia tinham se acendido, mas eram fracas, e nenhum dos atores notou Jaime até que ele estava parado diante do palco. Ele chamou Henry pelo nome. Noelia não se mexera do assento. Ela viu tudo.

"Ele disse alguma coisa para o presidente, aquele que tinha vindo nos visitar."

Henry ajoelhou-se até que os olhos deles ficassem quase no mesmo nível. Eles trocaram umas poucas palavras.

"Vi meu irmão acenando com a cabeça. Então vi a cara do presidente cair. Ele estava virado para mim, pois é. Ficou pálido. Meu irmão agarrou ele pelo colarinho, puxou ele para fora do palco e jogou ele no chão." Ela fez uma pausa e respirou fundo. "Nessa hora, tudo ficou muito confuso."

Do canto do olho, Patalarga viu Henry cair do palco. "Primeiro pensei que ele tinha tropeçado, que era um acidente." Ele não tinha prestado muita atenção de fato no homem com quem Henry estava falando, mas então ouviu um grito.

Jaime deixou Henry caído de costas (mais uma vez, tantos anos depois), porém desta vez conseguiu dar uns seis ou sete bons chutes antes que qualquer pessoa pudesse reagir. "Eu pulei do palco e tentei agarrar o cara, mas ele se libertou de mim", Patalarga me contou depois. "Era a segunda vez em cinco horas que eu tive que defender o Henry." Por essa tentativa, ele levou uma cotovelada no rosto.

Patalarga pulou para cima de Jaime outra vez, e a esta altura Nelson e Eric tinham corrido para lá também; juntos, conseguiram puxar o homem para longe. Jaime estava gritando, lutando contra eles, mas pelo jeito ninguém lembra o que ele estava berrando.

Porém todos eles lembram de Henry, de seu choque: o presidente estava deitado no chão, contorcendo-se e cobrindo o rosto com as luvas brancas ensanguentadas. Seu lábio estava inchado; seu nariz, quebrado. Havia sangue em seu queixo e, embora ele ainda não soubesse disso, duas de suas costelas estavam trincadas. Ele estava deitado de costas, respirando em golpes curtos; depois de um instante, abriu os olhos. As luzes acima dele entravam e saíam de foco, num borrão.

E esse tempo todo, Noelia ficou sentada, congelada no assento. Foi extraordinário, o peso que ela sentiu, a impossibilidade absoluta de se mexer. Ela apertou as mãos juntas no colo e entregou-se à sensação. Todos os outros tinham ido embora. Isso era tudo parte da peça, uma cena extra representada só para ela, como se para revelar algum segredo especial. É por isso que todos eles temem o meu irmão, Noelia lembra de ter pensado. É por isso que morrem de medo dele. Talvez aquelas histórias que ela ouvira fossem verdadeiras, afinal.

Nelson, Patalarga e Eric seguraram Jaime, enquanto Henry ficava de pé, segurando na borda do palco para se equilibrar. A faca de brinquedo da peça estava ali, a apenas um braço de distância, e ele a agarrou. Então Henry virou-se outra vez para encarar seu agressor, brandindo a faca com uma convicção surpreendente.

"Vem!", gritou Henry. Ele estava alucinado, dançando para a frente e para trás, cortando o ar com sua faca de plástico. Sua voz ecoou pelo auditório quase vazio. "Vem cá, seu cuzão!"

Apesar de toda a fúria de Henry, não havia ameaça alguma naquele espetáculo. Jaime ficou mais calmo, e os homens que o detinham relaxaram junto com ele. Continuaram segurando, mas sem a mesma força, medo ou urgência. Patalarga temeu que seu velho amigo fosse desmaiar na frente deles.

"Tá certo", disse Jaime. "Chega. Se eu quisesse matar esse merda, já teria feito isso."

Ele se libertou dos outros. Eric, Nelson e Patalarga recuaram.

Com isso, Henry parou. Sem fôlego, deixou os dois braços caírem, ainda segurando a faca na mão esquerda. Ele e Jaime olharam fixo um para o outro.

"Fala que você lembra de mim agora", disse Jaime. "Vai. Pensa bem."

Henry fez que sim com a cabeça. "Você é o irmão do Rogelio."

"Muito bem", disse Jaime.

Henry curvou a cabeça. Soltou a faca de plástico, e com a manga enxugou uma linha fina de sangue do queixo. "Lamento a perda do seu irmão."

Jaime ergueu a sobrancelha. "Lamenta mesmo?"

Noelia ainda estava grudada na cadeira, observando tudo. Henry gritou na direção dela: "Lamento! Lamento muito!"

Foi nesse momento que ela finalmente caiu em si. Não era uma peça afinal; era real, e mais uma vez aquele desconhecido estava falando com ela. A voz dele, gritada do outro lado do auditório, era fantasmagórica. Ela ficou de pé e, enquanto ajeitava o xale, notou que estavam todos olhando para ela: aqueles homens, o irmão dela, os atores, o assistente do prefeito. Ela respirou fundo e fez o mesmo caminho que Jaime fizera apenas alguns momentos antes, por entre as cadeiras de metal espalhadas no chão, até a beira do palco, onde as luzes eram mais fortes. Quando chegou mais perto, foi como se o ar mudasse. Havia calor pulsando daqueles homens, os vestígios persistentes da briga. Ela viu Henry de perto e levou um susto. Seu olho direito começara a inchar, e a camisa estava rasgada no colarinho. Ele se escorou no palco, como se pudesse desmoronar a qualquer momento.

Ela virou-se para o irmão.

"Você devia ter vergonha!"

Jaime deu de ombros e olhou para suas mãos, os nós dos dedos, como alguém admiraria uma ferramenta ou uma máquina robusta.

Fez-se silêncio.

\* \* \*

Muito tempo depois, perguntei a Henry sobre essa noite. Isso foi já de volta na capital, meses após os acontecimentos que são recontados aqui. Eu estava tentando juntar as peças com base em versões fornecidas por Patalarga, Noelia e, num menor grau, Eric. Quanto a Henry, suas lembranças eram nebulosas. Ele falou com muitos detalhes sobre sua recuperação, a lenta diminuição da dor ao longo das semanas seguintes àquela noite; mas a peça, a briga, o que aconteceu imediatamente depois, isso ele disse que era tudo um borrão.

Em vez disso, ele falou de cenas de briga em geral. Brigas de mentira. Falou de como elas são encenadas; e parecia mais à vontade falando desse jeito, em termos abstratos. Como qualquer cena que envolve um grande número de membros do elenco, me disse Henry, as cenas de briga são complicadas e trabalhosas. Uma cena boa precisa simular o caos sem ser caótica, precisa confundir sem ser confusa. A plateia precisa sentir deleite com a tensão, enquanto os atores em si estão perfeitamente relaxados. Henry penteou o cabelo com os dedos e se inclinou para a frente, brevemente animado, visivelmente satisfeito com esse jogo de palavras contraditórias. Perguntou se eu entendia do que ele estava falando.

E eu comecei a me perguntar se ele via tudo aquilo como uma performance. Se naquela noite, quando a peça terminou e a agressão começou; quando seu passado, representado por Jaime, postou-se diante dele, e seus amigos exigiram respostas; naquele ponto, ele estava consciente de si mesmo como alguém que atua?

"Não sei", ele disse. "O Jaime me encheu de porrada. Eu caí no chão. Agarrei uma faca de plástico. Eu queria me defender. Queria que alguém me salvasse. Isso é uma performance?"

"Eu que te pergunto."

Henry esfregou o rosto. Levantou da cadeira, e ergueu a camisa com a mão esquerda. "Ficaram hematomas aqui", ele disse, apontando para sua barriga e seu peito. "E aqui. E aqui. Estas duas costelas" — ele beliscou uma e depois a outra — "estas duas quebraram".

"Eu sei. Minha pergunta não é essa. Eu não disse que você estava fingindo."

Ele franziu a testa. "Então qual é sua pergunta?"

"Quando aquilo terminou, você estava ciente de que uma negociação delicada tinha começado? Você foi cauteloso enquanto negociava?"

"É claro que eu fui cauteloso. Morri de medo de que aquele homem pudesse me matar."

Naquela noite, Jaime tinha no rosto uma careta, alheia e distante. Ele não era bonito, Patalarga me disse depois, mas tinha "um rosto interessante". Sua boca pequena demais ficava fechada, os lábios apertados com um indício de sorriso. As pessoas tinham medo dele, e ele apreciava isso. Seu cabelo preto e brilhante ficara todo despenteado depois da escaramuça, mas ele não se importou.

"Acho que a gente estava esperando que ele falasse alguma coisa", contou Patalarga, "mas ele não disse nada".

Em vez disso, foi Noelia quem falou, dirigindo-se ao irmão: "Eles também sabem?", ela perguntou, numa voz desesperada. "Eles sabem que o Rogelio está morto? Todo mundo sabe menos eu?"

Patalarga respondeu. "Senhora, posso garantir que nós não sabemos de nada."

Ela olhou com ceticismo para todos eles. Seu irmão e Henry confirmaram com a cabeça.

"Só para ficar claro, Rogelio é...?", perguntou Nelson.

"Meu irmão caçula", disse Noelia.

"Meu companheiro de cela", disse Henry. "Meu amigo."

Eles seis formaram um círculo apreensivo, com Jaime se aproximando e fazendo sentir sua ameaça. Eric estava aflito. Nelson recolheu a faca de plástico do chão e enxugou na perna sua lâmina frágil. Foi Eric quem me contou este detalhe: achou aquilo quase tocante, o jeito como o ator se preocupou com aquele objeto cênico, limpando a lâmina como se fosse real. Durante a peça, quando Alejo assassina o lacaio, Eric ficara impressionado. Lembra de ter pensado: Parece que ele vai usar essa faca, e durante os minutos seguintes, disse Eric, enquanto todos conversavam, Nelson empunhou a arma em prontidão, como se pudesse de fato usá-la.

"Como está sua mãe agora?", perguntou Henry.

"Ficou histérica a tarde inteira", respondeu Noelia. "Tive que dar um sedativo para ela, coitada."

"Ela está doente?", perguntou Patalarga.

"Estava bem até ele chegar", disse Jaime.

Noelia interrompeu. "Não. Não não não não não. Isso não é verdade, Jaime. Não é mesmo." Seus ombros agora estavam tremendo. "A mamãe tem titubeado. Ela não lembra. Fala com o nosso pai o tempo todo, e faz anos que ele morreu. Ela não percebe a diferença. Mas quando você disse que o Rogelio estava morto... Bom, você sabe o que aconteceu."

"Sinto muito", disse Henry, não pela última vez.

Noelia enxugou uma lágrima do olho e deu um suspiro. Henry teria lhe oferecido o lenço presidencial, porém estava manchado de sangue. Eles ficaram em silêncio, por respeito às lágrimas de uma mulher.

"Como o meu irmão morreu?", ela perguntou por fim.

Henry esboçou um sorriso fraco, e teria respondido, mas Jaime falou em seu lugar. "Deu um problema, foi só isso."

A expressão em seu rosto era vazia, impassível, e Noelia não o pressionou mais. Olhou para cima, tentando atrair sua atenção, mas ele tinha os olhos cravados em Henry.

"O que você quer de mim?", perguntou Henry. "Por que está me olhando desse jeito?"

A conversa pertencia a Jaime outra vez. Ele juntou as palmas das mãos.

"Por que você estava naquela prisão, Henry? Você pode dizer isso para minha irmã? Eu queria que ela soubesse o tipo de pessoa que você é."

Henry deu de ombros. "Fui acusado de terrorismo."

"Uma acusação falsa", acrescentou Patalarga.

Jaime sorriu. "Então esse terrorista vem até minha casa, até minha família, e fala coisas horríveis para a minha mãe. Coisas que eu nunca queria que ela ouvisse. Ela está doente. Ela não está bem."

"Sinto muito."

"Eu sei que você sente. O que eu quero é o seguinte. Quero que você fale para minha mãe que estava enganado. Que você cometeu um erro. Que foi tudo um mal-entendido." Seus olhos se estreitaram, e havia raiva em sua voz. "Quero que você peça mil desculpas e convença aquela pobre mulher de que isso foi tudo culpa sua, e deixe a cabeça dela em paz. Quero que ela não tenha dúvida de que o filho caçula dela está vivo."

"Eu já falei isso para ela", disse Henry.

"Não adiantou."

Patalarga balançou a cabeça. "Olha para ele. Você realmente acha que ele voltar para falar com ela, assim com essa cara, vai ajudar em alguma coisa?"

"Passem maquiagem nele. Ela não vai nem notar."

"Jaime, seja razoável", disse Noelia.

"Eu sou razoável. Ele vem. Pede desculpa. Depois vai embora."

"Estou pedindo desculpa agora."

Jaime negou com a cabeça. "Você pede desculpa para ela. Isso é pedir demais?"

Henry deixou a cabeça cair no peito. "Não", ele disse.

14

Naquela noite em T——, depois que Jaime e Noelia tinham ido embora; depois que os adereços da peça tinham sido guardados, e o auditório trancado; depois que Eric dera boa-noite; o Diciembre se arrastou de volta para o Imperial. Tudo na cidade estava fechado, e não havia ninguém do lado de fora. Quando eles chegaram ao hotel, o homem da recepção parecia já ter ficado sabendo do que acontecera. Entregou-lhes a chave com um meneio triste de cabeça.

Os três amigos subiram até o quarto. O clima era de enterro. Sem conversar muito, prepararam-se para a longa viagem de volta ao litoral. Henry começou tirando a faixa presidencial, a máscara presidencial, as luvas brancas presidenciais, que não eram mais brancas. Estes objetos foram todos dobrados e guardados. A camisa presidencial também, com seus babados agora respingados de sangue. Patalarga foi o próximo: tirou o avental que vestira quase toda noite durante os meses anteriores, desamarrou a calça colorida presa na cintura com uma corda e tirou os chinelos de borracha. Depois Nelson: as botas e a calça de equitação, uma peruca que ele usava por um breve instante no terceiro ato. De sua bolsa tirou um par de címbalos, tocados pelo lacaio numa cena central, um gesto de reverência oferecido sempre que o presidente queria que celebrassem um de seus ditos espirituosos. "Tem certeza de que não quer deixar isso à mão para mais tarde?", Patalarga disse, mas ninguém estava no clima para piadas. A faca de brinquedo também foi guardada, embrulhada num velho par de meias, como se a lâmina de plástico precisasse ser protegida. Era uma produção simples, na verdade; guardava-se tudo em questão de minutos.

Então Henry andou de volta até a janela.

"Vamos sair", ele disse após ficar alguns instantes olhando para a praça. "Podemos sair?", e, para sua surpresa, seus amigos não se opuseram. Era cedo ainda, e nenhum deles estava pronto para dormir. Pareciam saber instintivamente que, se ficassem no quarto, talvez fossem dominados pela melancolia; por isso partiram, noite adentro em direção à escola, a mesma direção que Patalarga e Nelson tinham tomado umas poucas horas antes.

Quando eles se aproximaram dos limites da cidade, cruzando uma das pontes rumo ao campo, Henry começou a falar. Talvez fosse menos um pedido de desculpas e mais uma lista de arrependimentos — mas já era alguma coisa, e isso era importante. Era um começo. Nelson e Patalarga ouviram. Nunca deveríamos ter ressuscitado esta peça moribunda, disse Henry. Uma outra, talvez, mas por que *esta* peça, que carregava consigo tantos fantasmas? Esta peça, que só causara problemas desde que tinha sido escrita? Ele continuou: nunca deveríamos ter saído em turnê, nunca deveríamos ter saído da capital, onde estávamos em segurança, nem interrompido nossas vidas com estas aspirações quixotescas de teatro, de arte. Ele falava com muito sentimento, mas havia uma falácia no centro de sua lógica. A ideia de ressuscitar a peça não tinha sido dele, mas sim de Patalarga. A ideia de levar o Diciembre mais uma vez em turnê — ele precisara ser persuadido, afinal, e fora Patalarga o responsável por essa persuasão.

"Falei para eles que era culpa minha", disse Patalarga. "Queria tirar esse peso dos ombros de Henry. Ele estava se comendo vivo."

Da caminhada deles naquela noite, o que Patalarga lembra com mais clareza é o céu, anil pontilhado de estrelas. Nuvens os tinham seguido por toda parte ao longo de suas viagens; eles tinham sofrido a chuva fria e o granizo, mas agora, lá estava sua recompensa.

"Você devia ter contado para a gente sobre o Rogelio", disse Patalarga.

Ele queria que essa frase saísse diferente do que saiu: não pretendia que fosse uma reclamação, mas uma afirmação de solidariedade. Não se sentia traído, nem mesmo decepcionado; apenas confuso. Durante anos, Henry vinha insistindo em acreditar que estava sozinho. Recusava ajuda, recusava conselhos. Seu casamento tinha ruído. Sua vida empacara. Era doloroso assistir àquilo.

"O que eu quis dizer é: você podia ter contado. Nós teríamos ouvido."

Henry assentiu com a cabeça. "Obrigado", ele disse, mas estava muito distante.

O frio estava tolerável; podia-se até dizer revigorante. Eles tinham chegado à escola, apenas cinco salas de aula e uma diretoria, dispostas em volta de um pátio ermo, além do qual jaziam as vastas plantações de T——. Havia um muro baixo de concreto cercando um playground enferrujado, e aqui, Nelson e Henry sentaram. Patalarga ficou de costas para eles, com os olhos fixos na cidadezinha que eles tinham deixado para trás. Sem perceber, e sem muito esforço, eles tinham atingido uma elevação maior, apenas o bastante para sentir o brilho muito fraco da luz da praça. Este lugar é tão minúsculo, pensou Patalarga. Poderia ser apagado em um instante, e seria como se nada disso jamais tivesse acontecido. Não haveria a peça. Não haveria essa noite. Não haveria Rogelio, nem nenhum de nós. Seria tudo um rumor de um lugar remoto, algo nas dobras da longa história daquilo que foi esquecido. De algum modo, Patalarga achou essa ideia reconfortante.

Ele virou-se para compartilhar seu lampejo mundano com os amigos e notou, para sua surpresa, que os dois estavam de mãos dadas. Ele não sabia se aquilo acabara de acontecer, ou se fazia tempo que eles estavam caminhando assim sem ele perceber. Também não soube dizer quem tinha estendido a mão para quem, quem oferecera conforto e quem aceitara; mas em certo sentido, não importava.

Patalarga desviou o rosto. Sentou-se no muro e manteve os olhos voltados para o céu. Quando olhou de novo, seus amigos tinham soltado as mãos.

A não ser por uma brisa leve, o vale estava quase em silêncio.

"Vocês querem saber?", disse Henry.

"Saber o quê?", perguntou Nelson.

"Como ele era. Quem ele era." Henry deu um suspiro. "Eu conto. Se vocês quiserem saber, eu conto."

Rogelio era o mais novo de três filhos, o mais magrelo, o menos falante. Quando era menino, dormia com Jaime no mesmo quarto, e suas lembranças mais antigas, mais profundamente reconfortantes, eram daquelas noites, antes de dormir: a conversa entre os dois, a camaradagem. Então Jaime partiu para San Jacinto, e pouco depois, quando Rogelio tinha oito anos, seu pai morreu. Nos meses seguintes, Rogelio começou a cabular aula e passar horas caminhando nos morros acima da cidade. Gostava de ficar sozinho. Catava pedaços de madeira e usava as ferramentas do pai para esculpir pequenos animais, pássaros, lagartos, esse tipo de coisa, que ele guardava numa caixa embaixo da cama. Não eram especialmente realistas, porém tinham um poder evocativo surpreendente, e aos doze anos de idade, ele deu um deles de presente à menina de quem gostava. O nome dela era Alma. Com mãos trêmulas e o horror estampado no rosto, ela aceitou, e durante a semana seguinte ela evitou os olhares dele. As outras crianças falavam dele aos sussurros sempre que ele chegava perto. Não era preciso ouvir as palavras exatas, pois o sentido já era bastante claro. A família de Alma vinha do bairro noroeste. No ano seguinte, aos treze, Rogelio largou oficialmente a escola, e sua mãe e seu irmão mais velho concordaram que não havia nenhum motivo prático para que ele continuasse em T——; por isso ele partiu para se juntar a Jaime em San Jacinto.

Rogelio era pequeno para sua idade, mas era robusto, de mãos e punhos hábeis. Diferente do irmão mais velho, não era irritadiço, e sim possuía uma equanimidade que a família inteira achava quase desconcertante. Fora rejeitado a vida inteira, ou pelo menos era isso o que sentia, e tinha se acostumado. Ele amava o irmão, admirava-o, e nunca se preocupou em saber se Jaime correspondia a esse amor. Era confiante. Sabia seguir instruções, tinha uma boa intuição mecânica, porém não sabia ler. Jaime até tentou lhe ensinar, mas logo desistiu: o menino sempre escrevia as letras ao contrário. Uma década depois, em Coletores, Henry seria a primeira pessoa a lhe dizer que existia um distúrbio chamado dislexia.

"Olha, puxa vida", Rogelio dissera, porém seu rosto não transparecia nada — nenhum arrependimento, vergonha ou mesmo curiosidade —, como se ele não estivesse disposto a pensar nos jeitos como sua vida talvez tivesse sido diferente se ele soubesse desta informação antes.

Durante aqueles primeiros anos em San Jacinto, ele trabalhava em caminhões quebrados que seu irmão comprava por uma ninharia, e juntos eles davam vida nova àquelas pilhas de metal enferrujado. Cada máquina era diferente, exigindo uma espécie de cirurgia complexa e paciente. Peças eram trocadas, resgatadas, improvisadas. Era tanto uma invenção quanto um conserto. Quando um caminhão renascia, eles o vendiam e reinvestiam os lucros, que não eram muito grandes no começo, mas os irmãos eram muito cautelosos com o dinheiro e não ostentavam. Henry lembrou de uma foto que viu, uma das poucas que restaram daquela época, que Rogelio tinha prendido com tachinhas na parede ao lado da cama: nela, Rogelio aparece flexível, esguio, sentado num gigantesco pneu de caminhão, sem camisa. Tem no rosto a expressão vazia de uma criança que não faz perguntas e não exige nada do mundo. Nunca vi essa foto — ficou soterrada sob os escombros da prisão —, porém consigo imaginá-la: não um menino feliz, mas, dada sua situação, talvez um menino sensato.

Por fim, Jaime comprou para o irmão menor uma moto, daquelas equipadas com um cesto largo de madeira na frente. Essa máquina virou a fonte de renda de Rogelio durante os anos seguintes; ele cruzava a cidade montado nela, de um mercado para o outro, carregando latas de tinta, feixes de canos de metal amarrados, galinhas para o abate, apinhadas em caixotes empilhados, tão altos que ele precisava deitar o corpo para o lado para fazer as curvas. San Jacinto estava crescendo a um passo constante, mas não ainda no ritmo tórrido que depois viria a defini-la; Rogelio conhecia cada canto da cidade naquela época, e anos depois, em Coletores, desenhara um mapa nas paredes da cela que dividia com Henry. Usou giz branco para traçar as ruas, os trilhos do trem, e até assinalou o velho apartamento onde morara com seu irmão.

Henry lhe perguntou por que ele se dera a esse trabalho.

"Porque um dia talvez eu volte para lá", Rogelio disse.

("Está vendo", acrescentou Henry ao me contar isso. Tinha um sorriso torto, quase doloroso. "Acho que nossa história de amor teria terminado de qualquer jeito.")

Em 1980, ano em que Rogelio fez dezessete anos, seu irmão o levou a um bordel perto do centro. Era o primeiro da cidade, e fora construído na expectativa de uma onda de jovens intrépidos com dinheiro. Rumores diziam, já naquela época, que havia ouro nas colinas, e a fantástica antessala do bordel celebrava essas histórias ainda não confirmadas. As paredes eram pintadas de dourado, assim como o bar, assim como as mesas e cadeiras de madeira. Naquela noite, na verdade, até as três prostitutas à mostra para que Rogelio escolhesse haviam seguido o esquema de cores: uma de minissaia dourada, outra de calcinha e sutiã dourados de renda, e uma terceira vestindo um *négligé* dourado. Três pequenos troféus maquiados, todas com sorrisos marotos, com as mãos na cintura. Jaime incitou Rogelio a escolher uma, mas ele não conseguiu. Ou não quis. Aquele momento foi se estendendo, muito além do confortável, até que os sorrisos forçados das meninas começaram a murchar. E o menino continuou ali de pé, paralisado, estupefato.

"Ah, que se foda", disse Jaime por fim. Tirou do bolso um maço de notas e pagou pelas três.

Pelo jeito, Jaime começara a vender outras coisas além de veículos recauchutados.

"Ele te contou isso?", Nelson perguntou a Henry naquela noite, sentados perto da escola em T——, e o dramaturgo encolheu os ombros.

"Não tinha nada para fazer lá dentro além de conversar."

Quando Rogelio tinha dezoito anos, trocou sua carreta motorizada por uma pequena van de carga, e logo depois trocou isso por um caminhão que ele mesmo comprou e ressuscitou com as próprias mãos. A primeira vez que o motor reconstruído funcionou foi um dos momentos de maior orgulho da vida de Rogelio. Cada novo veículo expandia seu mundo. Agora ele era um motorista; transportava uma dúzia de trabalhadores para as planícies, homens que ficavam em pé durante horas sem reclamar, enquanto o caminhão sacolejava pelas estradas cheias de buracos e lombadas. Chegando lá, Rogelio descobriu um tipo de calor que coçava, algo que nunca sentira antes. Começou a se oferecer para fazer esse itinerário sempre que estava disponível. No ano seguinte, seu irmão o enviou na direção oposta, cruzando a serra no sentido oeste; e nessa viagem, Rogelio viu o oceano pela primeira vez. Era 1982; ele tinha quase vinte anos. Lembrava que sentara na beira do passeio em La Julieta, nas elevações com vista para o mar; não longe, por acaso, do lugar onde Nelson deixaria Ixta ir embora de sua vida dezenove anos depois. As pessoas chiques da cidade grande passeavam por ali, homens de ar confiante usando blazers, mulheres de vestido colorido, garotos que ele assumiu que fossem da sua idade, mas que pareciam possuir diversos segredos que Rogelio só podia imaginar. Nenhum deles olhava nem de relance na direção dele. Rogelio ficou se perguntando se parecia deslocado, se os outros percebiam que ele era um estranho ali, ou se eles sequer chegavam a vê-lo. Mas, quando pensou no oceano, Rogelio percebeu como essas preocupações eram insignificantes. Ele estava feliz, como contou a Henry, e depois, em Coletores, gostava de lembrar das horas que passara ali, olhando para o mar.

Durante os anos seguintes, ele trabalhou na rota para o litoral, depois indo e voltando para as planícies, carregando verduras e legumes para a cidade, matéria-prima para as montanhas, trabalhadores para a selva. Era um rapaz quieto, ainda um menino em alguns aspectos, mas Jaime confiava nele. Ele não o deixava na mão. Começou a transportar outros pacotes também, pequenos tijolos muito bem embalados, que ele guardava embaixo do banco ou num compartimento escondido dentro do para-lama. Um ou dois no começo, depois dezenas. Estes eram entregues separadamente, para outros contatos. Rogelio nunca os abriu para ver o que tinha dentro (embora soubesse); nunca encostou no dinheiro (embora presumisse que as quantias em jogo não fossem nada desprezíveis). Ele não tinha escrúpulos em relação a esse trabalho. Confiava no irmão. Nunca refletiu sobre as consequências, não porque fosse imprudente, mas porque o que estava fazendo era normal. Todo mundo estava fazendo aquilo. Ele só tinha uma vaga noção de que não era permitido.

Nelson achou difícil acreditar nisso, assim como eu. Na verdade, Henry também achara: como Rogelio podia não saber?

Bom, ele sabia; mas ele não *sabia*.

Na última dessas viagens, o caminhão de Rogelio foi revistado num posto de controle na rodovia Central, sessenta e cinco quilômetros a leste da capital. A guerra estava em curso, e os soldados procuravam armas e explosivos, parando caminhões aleatórios vindos das montanhas para dar uma olhada. Rogelio deu muito azar. Talvez, se tivesse sido mais astuto, poderia ter dado um jeito de pagar um suborno à polícia, mas não o fez. Em vez disso, ficou esperando na beira da estrada enquanto os homens de uniforme examinavam minuciosamente o seu veículo. O jovem Rogelio teve tempo de refletir sobre o que estava acontecendo, como sua vida estava mudando de rumo bem diante de seus olhos. Nem todo mundo tem esse privilégio; a maioria de nós perde de vista o momento em que nosso destino muda. Ele contou a Henry que sentiu uma calma estranha. Podia ter corrido para as colinas, mas os soldados teriam atirado sem pensar duas vezes. Portanto, em vez disso, ficou admirando seu caminhão, que ele pintara à mão de esmeralda e azul, com a frase "Minha Bela T——" escrita no topo do para-brisa em letras cursivas. Pelo menos era isso que diziam que estava escrito. Ele lembrava de ter pensado, O que vai acontecer com esse caminhão? Vai estar esperando por mim quando eu sair? De qualquer modo, ele teve tempo suficiente para decidir ficar de boca fechada. Nunca passara mais de uns poucos dias seguidos na cidade grande, e, a não ser pelo oceano, não tinha nenhuma afeição real por aquele lugar. Agora ia ficar ali. Os soldados encontraram o pacote, como ele imaginara que encontrariam, e, para proteger seu irmão, Rogelio não disse nada sobre a origem daquilo. Fez-se de tonto, o que não foi difícil. Todos — desde os soldados que deram a busca até os policiais que vieram prendê-lo, assim como seus ferozes interrogadores e os advogados encarregados de sua defesa — viram Rogelio como ele supôs que o veriam: um jovem provinciano abestalhado e ignorante. Tantos anos, e nada mudara: ele era invisível, como sempre tinha sido.

Era verdade que Rogelio não sabia ler nem escrever, mas isso dizia mais sobre sua educação do que sobre ele. Seu advogado lhe garantiu que sua ignorância contaria a favor no julgamento. "E não vá aprender nada", ele disse a Rogelio, sem esclarecer se este conselho cínico devia ser levado a sério ou como piada. De qualquer modo, não importava, já que Rogelio morreria antes de ter uma audiência com um juiz.

Quando Henry chegou a Coletores, Rogelio estava aguardando havia mais de dezoito meses pela audiência do seu caso. Aguardando, isto é, por uma oportunidade de afirmar que era uma vítima, que não sabia nada sobre as leis do país, que nunca tivera instrução, e portanto não podia ser considerado responsável. Ele ria ao dizer essas coisas para seu novo companheiro de cela. Não eram nem exatamente verdadeiras nem exatamente falsas, mas, quando ele ensaiava seu depoimento em voz alta na cela, Henry não ficava apenas convencido. Sentia-se seduzido.

Isso viria depois, e quase por acidente; no começo, eles eram amigos. Mas ainda antes, eram desconhecidos. A família de Henry tentara conseguir uma cela particular para ele, mas não havia nenhuma disponível. Ele sabia que deveria ser grato pelo que tinha — vários outros estavam em condições muito piores —, mas naquelas circunstâncias achava difícil sentir muita gratidão. Durante os primeiros dias, quase não se mexeu. Não registrou o rosto de Rogelio nem o seu sorriso, e não sabia nada sobre seu novo lar, além do que conseguira pescar naquela apavorante caminhada inicial. Henry recebeu a cama de cima do beliche, e durante três dias dormiu por longas horas, ou fingiu dormir, voltado para a parede. Pensando. Lembrando. Tentando desaparecer. Ele não comia, mas não sentia fome. A noite de sua prisão tinha sido catalogada, dividida numa série infinita de microacontecimentos: ele lembrava cada fala que os atores erraram na apresentação, a expressão facial dos espectadores que estavam esperando algo melhor, cada palavra acalorada que fora trocada entre ele, Diana e Patalarga logo após o espetáculo. Será que algum desses detalhes podia mudar um pouquinho, apenas o suficiente para alterar o resultado? Seria possível fazer uma pequena revisão no roteiro daquela noite, para que não terminasse com ele — ele era Henry Nuñez, pelo amor de Deus! — ali, em Coletores?

Naqueles três dias, Rogelio, com quem ele praticamente não tinha falado, ia e vinha, pelo jeito sem nenhum interesse ou preocupação pelo bem-estar de Henry. Porém, no quarto dia, Rogelio se fartara daquilo. Deu um tapinha nas costas de Henry.

"Você tem permissão de levantar, sabia?"

Essas foram suas primeiras palavras, e Henry escutou o sorriso com que seu companheiro de cela as pronunciou. Como diretor, muitas vezes se via exasperado com a atuação de um ator anêmico que se recusava a dar vida a seu personagem. Dizia, "Quero que você diga esta fala com uma porra de um sorriso! Quero poder fechar os olhos e ouvir você sorrindo!"

Então Henry virou-se.

"Você está vivo", disse Rogelio.

"Acho que sim."

"Você pode levantar. Pode caminhar. Pode falar com as pessoas. Você não está na solitária. As pessoas vivem aqui, sabe? Se você vai ficar, vai ter que se dar conta disso."

Naquela tarde, Henry fez sua primeira caminhada de verdade pelo bloco. Conheceu umas poucas pessoas que depois se tornariam amigos, ou algo do gênero; e viu muitas coisas que o lembraram do perigo que ele estava correndo. Havia homens cobertos de cicatrizes e tatuagens borradas, homens cujos rostos pareciam congenitamente incapazes de sorrir, homens que olhavam fixo para ele e cuspiam no chão. Quando ele dava de ombros, eles riam.

Rogelio não era muito falante, mas era solícito, e explicou muitas coisas naquele dia. De acordo com ele, Henry tinha sorte — era evidente que ele não precisaria trabalhar ("Você é rico, não é?", perguntou Rogelio), mas quase todo mundo lá dentro precisava. Rogelio cuidava do encanamento, consertava cadeiras de plástico quebradas (dividia uma oficina no telhado com alguns outros homens) e fazia cachimbos dobrando restos de metal, que ele vendia para os viciados. Os viciados estavam por toda parte, um monte de semimortos miseráveis que perambulavam pela prisão, oferecendo sexo, sangue ou mão de obra em troca de um barato. Rogelio não se orgulhava daquele trabalho, mas sem ele não sobreviveria. Seu irmão mandava dinheiro apenas de vez em quando, o bastante para cobrir o custo da cela e não muito mais. Tirando isso, ele estava por conta própria. Sua mãe nem tinha vindo visitar, ele dizia, e embora falasse com uma voz firme, Henry percebeu que aquilo era um peso para ele.

Nem Henry nem Rogelio eram donos da cela onde dormiam. Ela pertencia ao chefe, Espejo, que ganhava um dinheiro extra nos dias de visita, alugando-a para que os homens pudessem ficar a sós com suas esposas. Esses dias vão ser difíceis, advertiu Rogelio. Eles teriam que ficar fora o dia inteiro, e à noite a cela tem um cheiro e uma sensação diferente. Você sabe que alguém fez amor ali, e a solidão é infinita.

Henry concordou com a cabeça, embora não compreendesse; não compreenderia, na verdade, enquanto não tivesse que viver aquilo pessoalmente. Havia muito o que aprender. Havia detentos de quem era melhor manter distância, e outros que era perigoso ignorar. Havia momentos do dia em que era seguro sair; outros em que era melhor ficar dentro da cela. A diferença não dependia do horário, mas sim do clima entre os detentos, que Henry teria que aprender a interpretar, caso pretendesse sobreviver.

"Como você faz isso?", perguntou Henry.

Rogelio achou difícil explicar. Envolvia escutar o murmúrio coletivo do pátio, observar o modo como certos homens principais — os barômetros da violência no Bloco Sete — se portavam naquele dia. Coisas pequenas: estavam de braços cruzados ou soltos dos lados? O quanto suas bocas se abriam quando eles falavam? Dava para ver os dentes? Seus olhos mexiam-se depressa, de um lado para o outro? Ou lentamente, como se estivessem assimilando cada mínimo detalhe?

Para Henry, aquilo parecia impossível.

Rogelio deu de ombros. "Lembre que nós aqui, na maioria, estamos tão assustados quanto você. Quando cheguei, eu não tinha uma cela. Se acontecia uma confusão, eu não tinha lugar nenhum para ir."

Eles estavam sentados num canto do pátio, sob um céu cinza e opaco de inverno. A luz era escassa, e não havia sombras. Henry agora estava lá dentro fazia um mês, e ainda não compreendia direito como aquilo acontecera. Lugar nenhum para ir — ele entendia estas palavras de um jeito que jamais poderia ter entendido antes. Escrevia cartas para sua irmã todo dia, mas eram cartas alegres, totalmente fingidas, que não transpareciam a tristeza que ele sentia, nem o medo. Suas cartas eram atuações, cenas estilizadas e essencialmente falsas da vida na prisão. Em vez disso, ele estava entrando em desespero: era isso que significava ficar *preso*. Estar com medo, e não poder compartilhar esse medo com uma única alma.

"Você vai aprender", disse Rogelio. "É só questão de tempo."

A frenética troca diária de bens e serviços continuava em volta deles. Dois homens esperavam para cortar o cabelo, compartilhando o mesmo jornal do dia anterior para passar o tempo. Uma calça, uns dois agasalhos, e camisetas roubadas de alguma outra seção do presídio estavam em oferta, as peças penduradas num varal esticado entre os postes de uma das traves de gol. Três viciados dormiam sentados de costas para a parede, sem camisa naquele frio. Henry viu esses homens e sentiu ainda mais frio.

"Onde você dormia naquela época?", ele perguntou. "Antes de ter uma cela."

"Embaixo da escada", disse Rogelio, rindo ao lembrar daquilo. "Mas olha eu agora!"

Henry olhou mesmo.

Seu novo amigo tinha um sorriso claro e olhos castanhos muito grandes. Sua pele era da cor de café com leite, e ele era musculoso sem ser imponente. Suas roupas eram na maioria catadas na prisão, peças deixadas por homens que foram embora, apropriadas por Espejo ou algum outro manda-chuva, e depois vendidas. Nada caía bem nele, mas ele não parecia se incomodar com isso. Mantinha seus cabelos pretos muito curtos e vestia um gorro de tricô na maior parte do tempo, puxado bem para baixo para ficar aquecido. Nesses dias escuros de inverno, até dormia de gorro. Seu nariz era estreito e levemente virado para a esquerda; e ele tinha o hábito de falar baixo, com a mão cobrindo a boca como se compartilhasse um segredo, por mais banal que fosse seu comentário. Seus olhos brilhavam quando ele tinha algo de importante a dizer.

Como se fôssemos cúmplices, pensou Henry.

Os dias de visita não eram tão ruins no começo. Seus parentes e amigos revezavam-se para vir visitá-lo, aqueles capazes de tolerar a imundície, a superlotação, os olhares dos viciados. Saíam exaustos e assustados; e a maioria não voltava mais. Patalarga voltou. Fez duas visitas durante o primeiro mês, e duas no mês seguinte, um dos poucos simpatizantes do Diciembre que correram esse risco. Os outros mandaram mensagens de apoio, frases vazias que Patalarga transmitia fielmente, mas que faziam Henry sentir-se ainda mais sozinho. A ideia de montar *O presidente idiota* na prisão provavelmente foi concebida numa dessas visitas, embora nenhum deles lembrasse exatamente quando.

Patalarga não lembrava de ter encontrado Rogelio nenhuma vez. A imagem que lhe resta desses momentos em Coletores mostra Henry olhando para os próprios pés, concordando com a cabeça, mas sem ouvir. "Eu queria que ele soubesse que estávamos junto com ele, que não tínhamos esquecido dele. Mas não acho que ele entendia o que estava acontecendo. O que estávamos fazendo por ele." Na verdade, só uma coisa se sobressaía. O cheiro daquele lugar, Patalarga me disse; era *disso* que ele lembrava. "Você podia fechar os olhos e não ver, tapar os ouvidos e não ouvir; mas aquele cheiro estava sempre lá."

Henry concordou: Coletores era um lugar fétido e insalubre, e, quando você deixava de reconhecer o cheiro, era porque estava perdendo parte de si mesmo para aquele ambiente. "Três semanas lá dentro", ele me disse, "e eu nem percebia mais".

Mas as horas logo após as visitas partirem eram as mais difíceis da semana. O presídio jamais parecia tão desolado. Uma grande energia coletiva era necessária para receber tanta gente de fora, para fazer a melhor cara possível diante de uma situação que era claramente funesta. Coletores estava caindo aos pedaços, qualquer um via aquilo. Os invernos úmidos haviam corroído os tijolos, e as paredes estavam cobertas de mofo. Todo dia, novos homens eram trazidos. Eram desacorrentados e soltos lá dentro, obrigados a lutar por um lugar para dormir no inferno já superlotado que era Coletores. Os terroristas do outro lado da cerca alta do Bloco Sete cantavam sem parar, e muitos homens reclamavam que suas famílias tinham medo de vir. Os dias de visita familiar, quando as mulheres tinham permissão para entrar, aconteciam em quartas-feiras alternadas, e esses eram brutais. No fim da tarde estavam todos exaustos de sorrir, de garantir para suas esposas, filhos e mães que eles estavam bem. (Os pais, via de regra, não iam visitar; a maioria dos detentos não tinha pai.) Não era incomum que houvesse brigas naquelas noites. Contanto que ninguém morresse, tudo bem. Era só alguma coisa para aliviar a tensão.

Depois da nona semana, Henry sentia-se quase abandonado. Só Patalarga vinha visitar. Nos dias de visita familiar ele ficava sozinho, tão sozinho quanto Rogelio. Espejo alugava a cela deles, e à noite, quando os dois homens deitavam no beliche, Henry ainda sentia o calor daqueles corpos-fantasma. Seu cheiro perfumado. Era o único momento em que o fedor da prisão se dissipava, se bem que, em certos aspectos, esse outro cheiro era ainda pior. Lembrava os detentos de tudo aquilo que estavam perdendo. Henry não conseguiu convencer nenhuma das mulheres que ele costumava ver a visitá-lo, e não as culpava. Não tivera nada de especial com nenhuma delas, embora às vezes seu desespero fosse tão grande que ele podia se concentrar no rosto de qualquer uma e se convencer de que estivera apaixonado. Já Rogelio estava longe de casa, e não recebia visita alguma, de homem ou mulher, fazia meses.

Jaime tinha vindo uma vez, e viria mais uma antes de Rogelio morrer.

Não havia muito o que falar agora, por isso os dois homens se permitiam sonhar.

"Você viu ela?", perguntou Henry certa noite, depois que todos os visitantes tinham ido embora. E, como Rogelio não tinha visto, ele começou a descrever a mulher que fizera amor no beliche de baixo, naquele mesmo dia. Ela viera ver um detento chamado Jarol, um ladrão com um senso de humor afiado e braços feito rolos tensos de corda. Henry falou das amplas curvas da mulher, como parecia deliciosa naquele vestido — não apertado, mas o suficiente. Tinha longos cabelos pretos, olhos inocentes, e as unhas pintadas de rosa. Henry disse que ela era perfeita porque era: não pelo seu corpo ou seus lábios, mas pelo jeito como sorria para o marido, com o olhar faminto de uma mulher que quer uma coisa e não tem vergonha disso. Um homem podia viver só à base desse olhar.

Henry disse, "Ela não se importava com quem estava vendo".

Ele ouvia a respiração de Rogelio. Os dois ficaram em silêncio por um instante.

"O que você teria feito com ela?", perguntou Rogelio. Sua voz era muito baixa, hesitante.

Foi assim que aquilo começou, me contou Henry: especulando em voz alta sobre como ele poderia passar alguns minutos a sós com uma mulher naquele espaço degradante, abafado. Ele não teve dificuldade de imaginar a cena, e não achou nenhum bom motivo para não compartilhá-la. Era tão diferente assim? Só porque tinha outro homem no recinto com ele — por que deveria ser diferente?

Henry disse que teria rasgado aquele vestido, e apoiado ela na parede, com as mãos espalmadas nesse mapa imbecil de San Jacinto. Teria apertado seu pau duro na boceta dela, provocando até ela implorar para ele meter. Na cama de baixo do beliche, Rogelio deu risada. Teria feito ela urrar, disse Henry, feito ela gritar. Teria agarrado e espremido os peitos dela. É por *isso* que você veio, mulher? Fala que é! Henry já estava desaparecendo entre suas próprias palavras. Estava de olhos fechados. As paredes começaram a vibrar.

"Que mais?", disse Rogelio, agora numa voz mais forte. "Continua. O que mais você ia fazer?"

Quando eles terminaram, cada um em sua própria cama daquela primeira vez, os dois homens riram. Não tinham se encostado, nem mesmo fizeram contato visual, mas de algum modo o que eles tinham feito era mais íntimo que isso. Por um instante, o prazer de cada um pertencera ao outro, e por isso tudo agora parecia diferente. Alguma coisa escura e lúgubre havia sido expulsa.

Anos depois, em T——, Henry contou a história, e até se permitiu sorrir.

# 15

Henry, Patalarga e Nelson chegaram à porta da casa da sra. Anabel na manhã seguinte, precisamente às nove. Não tinham dormido bem, e isso transparecia. O olho direito de Henry inchara tanto que estava quase fechado, suas costelas ainda doíam, e ele descreveu sua caminhada pelas ruas de pedra de T—— como uma espécie de rastejo cambaleante. "Eu estava tropeçando que nem um velho", ele disse, e admitiu que talvez tivesse levado um tombo se não tivesse se escorado em Nelson o caminho inteiro. O espancamento parecia mais grave de manhã, e não foi só Henry quem notou. Nelson e Patalarga sentiram também, uma espécie de ressaca dolorida, como se todos tivessem sido agredidos.

Noelia recebeu os três homens na porta e os observou apreensiva. Disse que não estava esperando que viessem.

"Tem algum problema?", perguntou Patalarga.

Ela cruzou os braços. "Só não entendo por que vocês todos precisam estar aqui. Ela é muito velha, sabe?"

Foi Nelson quem respondeu numa voz firme, confiante e respeitosa. Manteve as mãos juntas atrás das costas e inclinou-se um pouco para a frente, como se fosse contar um segredo.

"Senhora, depois do que aconteceu ontem à noite, realmente não podemos deixar nosso amigo entrar aí sozinho. Espero que a senhora compreenda."

Ela estudou os três por um instante. Principalmente Nelson. Me disse depois que gostou dele logo de cara. Desde o momento em que o viu no palco na noite anterior.

"Minha mãe está esperando", disse Noelia por fim, e os conduziu ao pátio, onde Jaime estava sentado com a sra. Anabel, falando aos sussurros. Ambos ergueram o olhar quando os membros do Diciembre saíram da passagem escura para a luz. Nelson foi o primeiro a aparecer. O sol da manhã brilhou diretamente em seus olhos.

"Bom dia", ele disse.

"Rogelio!", disse a sra. Anabel. Seu rosto se iluminou. "Estávamos justamente falando de você, meu filho. Vem cá, vem, menino! Senta aqui."

Se eu fosse um tipo diferente de escritor, talvez tivesse discutido a demência da sra. Anabel com um ou dois especialistas, tentado entender um pouco em termos clínicos o que estava acontecendo com a mente dela. Porém não fiz isso, em parte porque suspeito que nenhum psiquiatra poderia explicar de forma convincente as guinadas abruptas em sua compreensão cognitiva. Não havia lógica. O que sei de suas reações imprevisíveis aprendi com Noelia, que convivia com a mãe e seus humores havia anos, tentando decifrar um padrão. Na época desse episódio, ela já tinha desistido.

Noelia relata que sua mãe acordou revigorada naquela manhã, que cumprimentou Jaime como se não fosse surpresa alguma encontrá-lo ali, e lhe perguntou sobre as lições da escola. Ele disse a ela que não estava mais na escola, que já saíra fazia muitos anos, e estava morando em San Jacinto. Ao que a sra. Anabel respondeu, "Eu estava justamente falando pro seu pai que nunca gostei dessa cidade".

Fazia quase vinte anos que ela não ia à capital da província.

Jaime deu um suspiro.

"Você já casou?"

"Já, mamãe. Você conheceu minha mulher."

"Ela é bonita?"

"É, mamãe."

A sra. Anabel franziu a testa. "Agora eu lembro dela. Aquela bonita."

Noelia assistiu a essa conversa enquanto preparava o café da manhã. O frio matutino ainda não se dissipara, e Jaime e sua mãe tinham cobertores pesados estendidos no colo. "Eu gostei desse momento, na verdade. Foi bom o Jaime ver exatamente a condição em que nossa mãe estava. Ele precisava saber."

Depois do café da manhã, eles se instalaram no pátio. A sra. Anabel tinha nas mãos uma xícara de chá e disse que sonhara com Rogelio na noite anterior. Jaime e Noelia se prepararam para o pior, mas, para alívio deles, a sra. Anabel confessou que não se lembrava de nenhum detalhe.

"Foi muito confuso, que nem todos os sonhos. Às vezes eu fico muito confusa."

Mesmo assim, no fim das contas, a sra. Anabel parecia estar em paz, tanto que Jaime cogitou cancelar a visita de Henry. Provavelmente teria feito isso, mas então o humor de sua mãe mudou de novo. A sra. Anabel comunicou aos filhos que tinha algo a dizer. Aquilo a estava incomodando a manhã inteira. Aquele homem de ontem talvez soubesse de alguma coisa. Ela não conseguia espantar o pensamento de que talvez fosse verdade: talvez seu filho mais novo estivesse morto.

Jaime começou a discutir com ela, mas Noelia fez sinal para ele ficar quieto.

"Não pode ser verdade", disse a sra. Anabel. "Você falou com ele? Quando foi isso? Tem certeza? Vamos ter que contar pro seu pai, mas tenho medo de ele morrer quando souber."

Foi nesse mundo que Nelson entrou de chofre.

"Eu estava só um passo atrás dele quando a velha chamou ele de Rogelio", Patalarga me contou depois. "E vi ele congelar. Só por um instante. Nós congelamos também, ainda no escuro, no corredor que levava para o pátio. Imagino que eles façam esse tipo de exercício de improvisação o tempo todo no Conservatório, e talvez isso explique por que ele reagiu desse jeito. Acho que nem daria para chamar de uma *decisão*, porque não foi. Ele apenas reagiu. Entrou no jogo."

O sol nos olhos de Nelson era como as luzes de um palco, imagino.

"Sim, mamãe", ele disse. "Estou aqui."

E então aconteceu outra coisa, que inverteu mais uma vez a cena. Ao som da voz de Nelson, a certeza da sra. Anabel começou a fraquejar, como se ela de repente sentisse medo do que havia evocado. Henry e Patalarga agora tinham saído à luz do dia, e isto talvez também a tenha deixado em dúvida. Ela espremeu os olhos para ver aquele rapaz na sua frente, o que ela acabara de chamar de Rogelio, e não conseguiu reconhecê-lo. "É você?", ela disse, e ninguém pronunciou palavra alguma até que Nelson falou de novo.

"Mamãe, sou eu", ele disse — ronronou —, repetindo as palavras várias vezes, até que seu som e sentido começassem a acalmar a sra. Anabel. *Mamãe, sou eu.* Nelson ficou parado no pátio, com o peito aberto, o rosto cheio de amor.

Jaime, como Noelia me contou depois, tinha um olhar de completa perplexidade.

"Eu nunca tinha visto nada parecido", disse Patalarga, com um orgulho evidente na voz.

Consigo imaginar a cena: até mesmo a postura vacilante da sra. Anabel, de repente assustada, de repente curiosa. Desconsolada, mas em algum lugar muito fundo dentro de si, solitária o bastante para querer acreditar. É o drama de qualquer família separada pelo espaço e pelo tempo. Consigo ver como ela ficou de pé com a ajuda de Jaime; como arrastou os pés na direção de Nelson, depois parou, depois se arrastou mais um pouco. *Mamãe, sou eu.* De acordo com Noelia, "Era como tentar convencer um gatinho a sair de baixo da cama. Ele foi muito paciente." Quando a sra. Anabel finalmente se aproximou, Nelson a apertou muito forte em seu peito. Ela era tão minúscula que era como segurar uma criança.

Eles devem ter ficado ali parados por três ou quatro minutos, enquanto os outros assistiam, assombrados com aquela cena que mal conseguiam explicar. "Ninguém falou nada", Henry me contou. "Não podíamos. Alguma coisa especial estava acontecendo, e todos sabíamos disso, até o Jaime."

Depois que a senhora se recompôs, começou o interrogatório. As perguntas eram aleatórias, e por enquanto não continham ceticismo nenhum. O ceticismo voltaria depois, surgiria inesperado uma ou duas vezes por dia — porém ainda não. Era como se um circuito tivesse sido conectado de repente.

Você foi à escola hoje, menino?
Seu irmão está te tratando bem?
Você vai sair para o campo com o seu pai hoje à tarde?
Tem prédios grandes no lugar onde você mora?
Com quantos anos você está?

Felizmente não havia uma resposta errada para esta última pergunta, já que a sra. Anabel tirava elementos de todos os períodos de sua vida na conversa com seu filho, aquele desconhecido. Ele era um menino, um adolescente, um rapaz — tudo ao

mesmo tempo. Em meio a tudo isso, Nelson se manteve composto, bem-humorado e generoso. De acordo com Noelia, "ele fez uma atuação maravilhosa. Quase dava vontade de aplaudir".
*Mamãe, sou eu.*
Mas as pessoas aplaudem quando uma atuação termina, é claro. Não quando ela começa.

Por fim chegou a hora do cochilo da sra. Anabel. Fora uma atuação convincente; todos concordavam com isso, e a alegria da sra. Anabel em reencontrar o filho era inegável. Ela abraçara todos antes de ir para a cama, mesmo Henry, cuja primeira visita ela parecia ter esquecido ou perdoado totalmente. Antes que Noelia a levasse para o quarto, a senhora fez Rogelio prometer que ficaria para jantar, e Nelson respondeu com um sorriso contente, sem se comprometer. A sra. Anabel segurou a mão dele, e disse que Noelia ia preparar uma coisa especial. "Seu prato preferido."
Uns poucos minutos depois, Noelia voltou do quarto da mãe para anunciar que ela estava dormindo. Henry, Patalarga e Nelson levantaram-se para ir embora. O ônibus diário de volta para San Jacinto partia às duas, e ainda dava tempo de pegá-lo. A tensão da noite anterior parecia ter se dissipado e, embora o clima não fosse exatamente amistoso, havia alguma coisa nova: um novo senso de conquista coletiva. Até Jaime parecia contente. Eles tinham dado um jeito na situação, eles cinco juntos, e agora uma mulher idosa antes perturbada estava dormindo em paz.
"Que bom que nós pudemos ajudar", disse Henry. Ele virou para Nelson. "Você foi maravilhoso."
"Obrigado", disse Nelson.
Noelia concordou com a cabeça. "Eu quase queria que você pudesse ficar!"
Todos riram, menos Jaime, que levantou a mão cortando o ar num gesto vago. Tinha um olhar pensativo. "Você ficaria?"
Nelson abriu um vasto sorriso. Patalarga também.
"Não é uma má ideia", disse Jaime.
Henry objetou: "É uma ideia terrível."
"Não estou falando com você", disse Jaime. Depois para Nelson: "Você cogitaria fazer isso?"
"Jaime."

Ele franziu a testa. "Mana, deixa o menino falar."

Nelson trocou olhares apreensivos com Henry e Patalarga. "Não. Eu nem cogitaria."

"Que pena. Minha mãe gosta de você. Você poderia fazer um bem enorme para uma mulher de idade."

"Sinto muito. Não posso."

"Acho que você pode." Ele fez uma pausa. "E acho que poderia, se quisesse. Eu posso te pagar. Posso te compensar pelo seu tempo. Por que você não dá uma semana para ela? Pense nisso como uma atuação. Você vai se sair muito bem. Qual é o problema?"

Henry viu no sorriso de Jaime a seriedade da proposta. Aquilo não era de modo algum uma sugestão, era uma ordem.

"Você está falando sério?"

"Ele está", murmurou Henry.

"Não pode estar."

"Estou sim", disse Jaime.

Noelia nem acreditou que seu comentário solto tinha levado àquilo. A ideia de seu irmão era repugnante — mas também era maravilhosa. Ter companhia. Ter um hóspede. Jaime só raramente a visitava, e nunca trazia a mulher nem os filhos. A ideia de estar acompanhada, como ela admitiu para mim depois, parecia inebriante. Ela não conseguiu esconder seu entusiasmo, e nem tentou.

"Vamos colocar você no antigo quarto dele", ela disse para Nelson. "Eu vou arrumar, e você vai ficar muito confortável ali."

"Eu não disse que ia ficar."

Henry esfregou os olhos. "Você vai ficar", ele disse, derrotado. Pretendia expressar o quanto era inútil discutir, mas em vez disso pareceu estar se voltando contra o amigo.

"Henry!", Patalarga disse.

Henry voltou-se para Jaime: "Nós vamos esperar por ele. Ficar na cidade, mas não vamos aparecer. Ela nem vai saber que estamos aqui."

Jaime balançou a cabeça. "Não quero você na minha cidade. Quero você o mais longe possível de minha mãe."

"Não vamos deixar nosso amigo sozinho aqui", disse Patalarga.

"Seu amigo vai ficar bem. Você vai tomar conta dele direitinho, não vai, Noelia?"

Ela deu um sorriso inocente. "Claro."

Jaime bateu as mãos. "Está vendo?"

"Eu não vou ficar aqui. Não seja ridículo."

"Vai sim", disse Jaime. "Não vamos discutir sobre isso. Eu não gosto de discutir."

Foi uma sensação horrível, Patalarga me contou depois: "Olhei para o Nelson e depois outra vez para aquele homem violento, e soube que não havia nada que nós pudéssemos fazer. Henry parecia prestes a chorar. A ficha não caiu na hora, mas depois nós entendemos. Foi o Nelson que deu um fim naquilo."

Ele ergueu as mãos num gesto de rendição, como se estivesse sendo assaltado com uma faca.

"Tá bom", ele disse. "Eu fico."

Naquela tarde, os três amigos caminharam até a praça e despediram-se à sombra do ônibus para San Jacinto. Jaime tinha vindo assistir, conferir se estava tudo de acordo com o plano, porém manteve distância, respeitando aquele momento. Henry, Patalarga e Nelson se abraçaram, e Nelson pediu aos amigos que não falassem com a mãe dele. "Melhor ela não ficar preocupada", disse Nelson, e todos concordaram que era melhor assim. "Logo eu volto para casa."

Henry e Patalarga assentiram com a cabeça.

Então eles embarcaram e o ônibus partiu, e de uma hora para outra Nelson estava sozinho em T——. *Agora a turnê realmente me surpreendeu*, ele escreveu em seu diário naquela noite. *Virou meu próprio show individual.*

Quanto a Henry e Patalarga, ficaram em silêncio enquanto o ônibus saía de T——. A paisagem ao longo do caminho era espetacular: faces escarpadas de montanhas, o céu de um azul quase perturbador. Havia flores silvestres crescendo na beira da estrada, brotando das pedras secas em tons primorosos e surpreendentes. A meio caminho de San Jacinto havia um rio para atravessar, e ao fazerem a última curva antes da ponte, eles chegaram a uma fila parada de caminhões. Os motores estavam desligados, e muitos dos motoristas estavam fora dos veículos, de pé ao lado da estrada em grupos de três ou quatro, com os olhos enterrados sob os bonés, fumando.

Eles não podiam mais avançar. O ônibus também parou, e todos os passageiros saíram.

Pelo jeito, uma pequena van se chocara com um caminhão carregado de mangas, apenas sessenta metros depois da ponte. "Se vocês andarem até a beirada, dá para ver", disse um dos homens encolhendo os ombros, e Henry e Patalarga, junto com alguns outros, andaram naquela direção.

A cena era macabra. Os restos da van estavam espalhados ao lado do barranco, metal retorcido e vergado feito um brinquedo que alguém esmagara. Pedaços do para-brisa brilhavam ao sol, e um dos pneus tinha ido parar na beira da água. Era impossível, àquela distância, distinguir quaisquer restos humanos, mas o rumor que corria entre os espectadores reunidos na borda da ribanceira era de que não havia sobreviventes. Algumas crianças choravam; as mães tentavam consolar. "Não olhe", Henry ouviu uma mulher dizer para o filho, enquanto o garoto espiava apreensivo por entre os dedos. A única testemunha da batida era o motorista do caminhão de manga, que ainda estava em choque. Alguém disse que uma equipe médica de San Jacinto estava a caminho.

Henry andou de volta até o ônibus. Acidentes como aquele acontecem o tempo todo, mas de algum modo, em todas as suas viagens, ele fora poupado de ver um de perto. Sentia seu corpo inteiro dolorido, seu queixo, suas costas, seu quadril. Não era uma dor lancinante, apenas o suficiente para que ele se sentisse velho.

Uns poucos instantes depois, Patalarga voltou. "Três horas, no mínimo", ele disse. "Fique confortável." Eles estavam de pé na beira da estrada, olhando por cima do vale. "Você está bem?"

Henry respondeu que sim com a cabeça.

"Nossa amizade começou a se desmanchar naquele momento", Patalarga me contou depois, "bem quando deveria ter ficado mais forte. Tentei conversar com Henry, mas ele estava inacessível. Agradeci pela noite anterior, por nos contar tudo. Não obtive resposta. Disse a ele para não se preocupar com Nelson, que ele ficaria bem, e ele só encolheu os ombros".

Henry não contestou isso exatamente. "Aqueles destroços me deixaram de mau humor. Os destroços e todo o resto. Não consegui evitar, mas senti que ele estava me julgando."

"Mas o Patalarga era seu melhor amigo", eu disse.

"Isso é verdade", me disse Henry, "e também não é verdade. Chega uma idade em que essas palavras não são mais o que costumavam ser. Não há um posto de melhor amigo esperando para ser preenchido. Você está sozinho. Tem uma vida atrás de si, uma série de decepções, e talvez umas poucas coisas esparsas pela frente que talvez te deem prazer. Eu não estava feliz. Que mais posso te dizer? Eu me sentia um fracasso. Perdi tudo em Coletores. E em T——, tinha sentido por um instante que quem sabe conseguisse recuperar. Eu não estava preocupado com o Nelson, mas não havia como escapar a essa realidade: estávamos voltando para casa sem ele".

Essa foi nossa terceira entrevista. Ele estava magro e de barba malfeita, com uma palidez cinzenta, e tinha piorado, mesmo nas poucas semanas desde que conversáramos pela primeira vez. Acabara de me contar uma versão do que contou a Nelson e Patalarga na noite anterior à partida deles — a história de Rogelio. Era verão no litoral, e as janelas de seu apartamento semimobiliado tinham sido escancaradas, as cortinas abertas. O recinto estava cheio de luz, mas Henry estava curvado na poltrona como se acabasse de acordar de um sono agitado. Um ventilador gemia no canto. Tive a sensação de que estávamos representando a própria cena que ele descrevia: metaforicamente, lá estávamos nós, ele e eu, parados na beira da estrada nas montanhas, observando os destroços. Só que neste caso os destroços eram ele.

Já estava quase escurecendo quando o trânsito na estrada para San Jacinto finalmente voltou a avançar. Todos os carros, caminhões, ônibus e vans seguiram numa longa e vagarosa procissão, deslocando-se em bloco, nunca deixando mais que o comprimento de uns poucos carros entre si, como se andando juntos pudessem se fortalecer contra o impacto do acidente que tinham acabado de ver. Eles chegaram a San Jacinto naquela noite, a tempo de pegar um ônibus noturno para o litoral. Todos estavam cansados, com os nervos à flor da pele. Henry e Patalarga compraram suas passagens e esperaram.

Mesmo tarde da noite, a rodoviária estava uma bagunça. Havia crianças por toda parte, lembra Patalarga. Não crianças que estivessem viajando, mas que trabalhavam ali: vendendo cigarros, engraxando sapatos, ou simplesmente pedindo dinheiro. Sob o barulho constante, com alguma concentração podia-se ouvir o zumbido monótono das luzes fluorescentes. Todos pareciam bonecos de cera. Mal posso esperar para ir embora deste lugar, pensou Henry. Quanto mais cedo, melhor.

Quase à uma da madrugada, o ônibus estava pronto para o embarque. Antes da partida os passageiros foram registrados em vídeo, desta vez por uma menina de quinze anos vestindo uma regata curta e uma calça jeans absurdamente apertada. Tinha cabelo preto, um rosto lunar, e era tímida. Talvez metade das pessoas tivesse ouvido a notícia do acidente letal na ponte, e por isso a filmagem foi mais lúgubre que de costume. Ninguém acenou, ninguém sorriu; eles espiavam o olho de vidro da câmera sem piscar, como se procurassem um ente querido do outro lado.

Henry nem olhou para a menina, e em vez disso virou o rosto para a janela.

"Ei", ela disse, "olha aqui", mas o dramaturgo não respondeu.

Patalarga encolheu os ombros, pedindo desculpas em nome do amigo, "Eu nunca tinha visto o Henry daquele jeito", ele me disse depois.

Após alguns segundos a menina continuou andando, resmungando queixas com os dentes cerrados.

Não fazia muito tempo que eles estavam na estrada quando Henry voltou-se para Patalarga. Tinha um olhar apreensivo, ou mesmo consternado.

"Acho que é isso", Henry disse para o amigo, numa voz baixa.

Patalarga estava quase caindo no sono. "Há?"

"A turnê acabou."

Os dois amigos só voltaram a se falar de manhã.

# Parte Três

# 16

Nelson recebeu aquele que era, ao mesmo tempo, o maior e o menor quarto da casa da família de Rogelio: o maior em termos de espaço físico absoluto; o menor porque se tornara, nos últimos anos, na prática só um depósito. O beliche enferrujado onde Jaime e Rogelio outrora dormiam servia agora como a infraestrutura essencial que abrigava, mas sem conter, a história da família em objetos: empacotados, equilibrados precariamente, amontoados do chão ao teto, os resquícios de vinte e cinco anos, trinta anos, cinco décadas da vida em T——. Naquela casa. Nelson viu uma velha máquina de costura, uma pilha cambaleante de jornais dos anos setenta, as roupas de um morto preservadas com naftalina. Havia uma caixa de papelão abarrotada na cama de baixo, com uma chaleira lascada e algumas colheres de pau rachadas despontando por cima. Havia sapatos descasados embaixo da cama; duas bolas de futebol, murchas e rasgadas; cabides de arame tortos, entrelaçados feito uma gaiola improvisada; uma caixa de bolinhas de gude; e um triciclo de criança que parecia ter sido desmontado com violência. Nelson viu até algumas das velhas esculturas de madeira que Rogelio fizera.

Juntos, aqueles objetos formavam uma obra admirável. Se estivesse num museu ou numa galeria de arte, os elogios dos críticos teriam sido unânimes.

Noelia deve ter notado a cara que Nelson fez, ou sua exclamação de espanto ao ver tudo aquilo.

"Nós não jogamos nada fora", ela disse. "Simplesmente não jogamos. Não estou dizendo que isso é bom nem ruim."

Nelson também não conseguiu decidir.

Em vez de tentar abrir espaço na cama de baixo do beliche, Noelia pediu que Jaime e Nelson trouxessem um catre, junto com três cobertores pesados com um cheiro forte, mas não desagradável, de fumaça de madeira. Ela estava ansiosa para instalar seu hóspede. "Vai lá, experimenta", disse, parada na soleira da porta, e observou Nelson abaixar-se com cuidado na cama dobrável. O tecido afundou sob o peso dele feito uma rede, mas aguentou.

"Nada mau", ele disse.

"Deite."

Nelson pôs as pernas no catre. Os dedos dos pés ficavam para fora da borda. "Está bom", ele disse.

"Desculpa, mas é o melhor que a gente pode fazer por enquanto."

"Está bom", Nelson repetiu. "Sério mesmo."

Era o começo da noite, e a sra. Anabel estava descansando. Tinha sido um grande dia para ela. A temperatura estava caindo, por isso Jaime, Noelia e Nelson mudaram-se para a sala de visitas principal, aquele lugar escuro e empoeirado onde Henry fora recebido pela primeira vez. As fotos da família estavam bem onde ele dissera que estariam. Nelson olhou para seus anfitriões, como se pedindo permissão.

"Pode olhar", disse Jaime.

Nelson fez que sim com a cabeça e examinou aquela miscelânea de imagens em branco e preto, os rostos borrados, porém reconhecíveis. O jovem Jaime, a jovem Noelia e o mais jovem, Rogelio, ele supôs. Esse rosto foi o que ele estudou com mais cuidado, procurando alguma semelhança que pudesse explicar sua própria presença naquela casa estranha, naquela estranha cidade. Eles não eram nada parecidos, o que foi tanto um alívio quanto uma decepção. Era inquietante estar de repente tão ligado a um homem morto. Havia umas poucas cenas na praça, dos dias em que T⸺ era um lugar vivo. Havia uma única foto da família saindo da catedral, vestindo suas melhores roupas, o austero finado esposo da sra. Anabel com o braço na cintura dela, e uma data rabiscada no canto da imagem: maio de 1970. Nelson estudou o rosto do homem, uma máscara opaca, ilegível; era o rosto de um homem acostumado a sofrer. Marido e mulher portavam ambos esta expressão, na verdade; mas as crianças reunidas em volta deles — dois meninos sorridentes, ingovernáveis, mais uma bela menina aprumada — não portavam.

"Que família linda", disse Nelson.

Noelia sorriu. "Sim, nós éramos. Minha mãe acha que ainda somos."

"Nós formávamos uma boa equipe", Noelia me contou depois. Apesar do modo como aquilo terminou, ela tinha boas lembranças da estadia de Nelson em T——. "Contei para ele tudo o que sabia. Não só naquela noite, mas todo dia eu acrescentava alguma coisa, todo dia eu lembrava. Ele me ajudava, só de estar ali."

Noelia começou a noite explicando a peculiar noção de tempo da sra. Anabel, os sete ou oito fatos decisivos que a mente dela repetia num loop contínuo e enlouquecedor, e o tecido que os conectava. Por exemplo, talvez fosse necessário entender como a morte do pai de Rogelio estava relacionada ao terremoto de 1968. Noelia explicou para Nelson (e depois para mim) que alguma coisa na química do solo mudou depois do terremoto, e o pequeno lote de terreno que ele economizara durante anos para comprar tornou-se infértil de repente. O velho quase abandonou suas esperanças depois disso. Embora só tenha morrido alguns anos depois, na visão da mãe de Rogelio, ele *começara* a morrer no momento do terremoto.

"Você tinha cinco anos em 1968", Noelia disse a Nelson, como uma aluna passando respostas para seu colega favorito. "E quase oito quando meu pai finalmente faleceu."

Ela continuou falando, e Nelson foi anotando. Jaime ficou a maior parte do tempo em silêncio, confirmando de vez em quando com a cabeça, ou corrigindo as datas de Noelia. Juntos, os dois irmãos evocaram esta lembrança: a última vez que eles tinham estado juntos, todos os três, fora numa festa em San Jacinto no começo dos anos 1980. Nenhum deles conseguiu lembrar o que eles estavam comemorando, nem por que Noelia estava visitando a capital da província. Lembravam disto: o sol se pondo, eles três e talvez meia dúzia de amigos num círculo de cadeiras de plástico, na rua de terra em frente à casa de Jaime. Tinha chovido na noite anterior, e as cadeiras afundavam e bambeavam na terra mole. Um rádio portátil tocava música, eles trocavam histórias, tiravam garrafas de cerveja de um balde cheio de gelo. Amigos passaram por lá a noite toda, e Rogelio ficou em silêncio — "Ele estava sempre em silêncio", disse Noelia — até que uma certa música tocou no rádio, algo animado e popular. Então, para a surpresa de todos, ele se levantou e começou a dançar.

"Todo mundo parou para assistir", disse Noelia, balançando a cabeça ao lembrar da imagem. "Ele era tão tímido naquela época."

"Foi uma cena incrível", disse Jaime, rindo consigo mesmo. Foi a primeira vez que Nelson o viu rir.

Eles não estão falando comigo agora, pensou Nelson. É como se eu nem estivesse aqui. Ele manteve os olhos bem abertos, as orelhas aprumadas, e fez o que pôde para inalar aquela lembrança, apropriar-se dela, como se a veracidade desse detalhe emocional pudesse fazer alguma diferença para a sra. Anabel.

"Fiquei te observando hoje", disse Jaime por fim.

"Você foi muito bom", acrescentou Noelia.

"É verdade. Você se saiu bem."

"Mas?", disse Nelson.

Jaime juntou as mãos e depois apertou-as no peito. "Mas o Rogelio não tinha instrução. Não lia peças nem escrevia livros. Ele nem sabia ler."

"Ele participou da peça do Henry, não participou? Em Coletores?"

"Só uma coisa para você ter em mente." Ele apontou para o caderno de Nelson. "Não deixe minha mãe ver você escrevendo, só isso."

"Você tem que lembrar quem era o nosso irmão", acrescentou Noelia.

Jaime franziu a testa e passou a mão nos cabelos. "E quem minha mãe acha que ele era."

"Certo", disse Nelson. "Vou tentar."

Depois de eles encerrarem a sessão daquela noite, Nelson voltou para o seu quarto e sentou-se na cama dobrável com as costas para a janela. Tinha ouvido muitas histórias, algumas verdadeiras, algumas inventadas; seu diário estava cheio de anotações, e sua cabeça estava girando. Ele observou o amontoado de coisas no beliche, como se examinando as engrenagens de uma máquina inescrutável. Era impossível não apreciar seu tamanho, a espantosa irracionalidade de sua composição, e a história embutida dentro dela. Ele sentia que um dever o obrigava a entendê-la, ou tentar. Todas aquelas tralhas eram mais que isso: eram a história de uma família, e ele não era, pelo menos temporariamente, parte dessa família?

Se Nelson soubesse mais sobre T——, soubesse mais sobre a região e o êxodo contínuo que a tinha alterado, saberia que todas as casas da cidade possuíam cômodos como aquele. Que algumas casas, na verdade, não passavam de grandes versões expandidas daquele quarto, sem nenhum espaço vivo que restasse, sem pessoas, apenas um sortimento de objetos acumulando pó atrás de portas fechadas com cadeados. Ele talvez soubesse apreciar o fato de que a sra. Anabel e Noelia tinham conseguido conter o passado, mais ou menos; que o prendendo entre as quatro paredes do velho quarto dos meninos, as duas estavam vivendo no presente, num maior grau do que muitos de seus vizinhos. Isso o teria impressionado, com certeza, mas por motivos totalmente diferentes. Por enquanto, ele não conseguia escapar da ideia de que aquele quarto sem lei era simplesmente a representação física da mente da sra. Anabel, de que se ele apenas conseguisse colocar aqueles diversos itens em algum tipo de ordem, talvez descobrisse os segredos da demência dela. Talvez a resolvesse. E encontrasse um lugar para Rogelio dentro dela.

Nelson acordou na manhã seguinte e achou a família na cozinha, conversando à mesa de um café da manhã simples. Atravessou o pátio, ostentando seu melhor sorriso, e juntou-se a eles. A felicidade da sra. Anabel era inconfundível; ficou evidente no jeito como ela o cumprimentou — radiante — e em cada gesto depois disso. Ele bebeu chá, comeu um ovo cozido e pão nem tão fresco com queijo, e sentou-se à janela, deixando o sol bater em seu rosto. A sra. Anabel não tirava os olhos dele, o que poderia ter sido incômodo em outro contexto, mas aqui parecia perfeitamente correto, e até mesmo esperado. Ele atuou para ela.

"Você dormiu bem?", a velha senhora perguntou. E embora suas costas doessem e seu pescoço estivesse duro, ele não hesitou: "Foi a melhor noite que eu passei nesses últimos anos, mamãe. É tão bom estar em casa."

O contentamento dela foi palpável e significativo para Nelson. *Quando ela segurou minha mão, aquilo fez algum sentido*, ele escreveu depois. *Pelo menos tanto sentido quanto a turnê.*

Aquela manhã, seu primeiro dia inteiro sozinho em T——, seria o modelo para cada uma das manhãs seguintes. O trabalho de incorporar Rogelio, de convencer de sua identidade uma mulher idosa e senil — era uma tarefa a ser realizada no ritmo local, ou seja, cuidadosamente, sem nenhum gesto apressado ou desnecessário. A mesa do café da manhã foi tirada, e ele ajudou a sra. Anabel a andar até seu cantinho no pátio, onde ela sentava com as costas apoiadas numa das paredes de adobe. Ela pediu que ele — ou seja, Rogelio — sentasse junto com ela, e ele sentou, muito próximo, na verdade, lado a lado no topo afundado de um velho baú de couro, com as laterais de suas coxas se tocando. A conversa deles mal merecia esse nome: eles desfrutaram de longos momentos de silêncio, interrompidos por ocasionais perguntas da sra. Anabel, que não exigiam respostas específicas. De vez em quando ela fazia um comentário solto, do qual era difícil ou impossível discordar: "O céu está bom", ou "O vento está agradável." Ela sorria depois, confirmando com a cabeça sua própria descoberta, com um ar de satisfação. Nelson sorria de volta e apertava a mão dela de leve para mostrar que estava escutando.

Ela perguntou a Nelson sobre sua vida, e ele improvisou com base no roteiro geral que ouvira na noite anterior: seu Rogelio era uma versão da mentira que Jaime inventara. Morava na periferia de Los Angeles, num bairro operário de casas pequenas, arrumadas. Havia uma área industrial ali perto, onde fábricas gigantes funcionavam dia e noite numa atividade incessante, cuspindo uma fumaça grossa que turvava o céu azul da Califórnia. Na descrição dele, a fábrica era um trabalho bom, e todos estavam felizes de estar ali. Satisfeitos por estar *produzindo alguma coisa*. Era o tipo de clichê que Henry talvez tivesse desaprovado, mas ainda assim, Nelson encarnava o papel, estendendo as mãos espalmadas quando dizia isso.

"Mas as suas mãos são tão macias", disse a sra. Anabel, menos com ceticismo do que comprazendo-se com as lindas mãos do filho.

"Eu uso luvas. Somos obrigados a usar luvas."

Nelson nunca tinha entrado numa fábrica. Mesmo assim, a sra. Anabel aceitou sua resposta com um sorriso contente.

"O que vocês fazem?"

"Cenários de cinema", ele disse, pois foi a primeira coisa que lhe veio à mente.

Ela pareceu engolir essa resposta.

O Rogelio de Nelson, como seu irmão Jaime, trabalhava como mecânico; diferente de Jaime, nunca se casara. Levava uma vida tranquila, embora falasse com grande convicção de seu desejo de ter uma família. Disse à sra. Anabel que aquilo viria em breve, mas insistiu que seria tudo a seu devido tempo. "Ainda sou jovem demais para isso", ele disse naquela manhã, uma frase que surtiu efeito em diversos níveis. Ao som dessas palavras, o tempo veio abaixo para a sra. Anabel. Se Rogelio ainda era jovem, então ela ainda devia ser jovem também!

"Ah sim, você é muito jovem", ela disse, e seus olhos brilharam com uma confusão agradável.

Então era hora do cochilo da sra. Anabel, e Nelson ficou sozinho com Jaime no pátio. Um gato miou de algum lugar no meio do mato. Nelson fizera um bom trabalho naquela manhã: tinha certeza disso, porém seu empregador (pois era isso o que Jaime era) se manteve a distância, observando-o da porta da cozinha.

Por fim, Nelson disse, "Você estava olhando? Que você achou?"

"Nada mal."

"Eu errei alguma coisa?"

Jaime negou com a cabeça. "Não exatamente." Ele veio da soleira da porta para dentro do pátio. "Uma questão de grau, eu acho. Eu te vejo e não vejo o Rogelio. Mas não é culpa sua. Você não está fazendo nada errado, não é isso. Minha mãe vê o que ela quer ver. E ela gosta de você. Não sei como vocês fazem isso."

Nelson encolheu os ombros.

"Como é que vocês fingem, quer dizer. Vem comigo. Vamos dar um passeio."

Quebrar o tédio da manhã com um longo passeio antes do almoço se tornaria um hábito. Era a estação seca nas montanhas, quando cada dia é uma réplica do dia anterior. Acima, manchas esparsas de nuvens brancas, de algodão. Eles andaram em silêncio os poucos quarteirões até a praça, cruzando com poucas pessoas no caminho: uma menina saltitando em direção à escola, e um senhor idoso com a aba do chapéu abaixada para proteger do sol. As ruas estreitas de T—— eram frescas e tinham sombra, mas a praça estava exposta ao sol escaldante. E vazia, tirando algumas pessoas andando em volta do ônibus que partiria dali a algumas horas. O dono da bodega estava sentado nos degraus da frente da loja, lendo um jornal. Acenou para Jaime, e os dois foram cumprimentá-lo.

"Sr. Segura", disse Jaime, "o senhor lembra do meu irmão Rogelio, não lembra?"

Nelson estreitou os olhos. Estava sendo testado.

"Claro", disse Segura, e acenou com a cabeça num sinal de respeito.

Nelson estendeu a mão. "Muito prazer em rever o senhor. É ótimo estar em casa."

Jaime comprou dois refrigerantes, depois mandou Nelson esperar lá fora enquanto ele dava um telefonema. Segura fez um gesto para que Nelson se juntasse a ele. "Chegou hoje", ele disse, sacudindo o jornal no ar, com orgulho. "O motorista me deu. Olha."

A primeira página trazia a história do acidente entre o caminhão de manga e a van de passageiros. Doze pessoas tinham morrido. Havia fotos.

Nelson passara muitas semanas sem muito interesse nem curiosidade por algo tão abstrato quanto "as notícias". Era um conceito que não tinha relevância na turnê, mas que de repente parecia necessário. Não por causa dessas mortes, mas de todo o resto. Outro mundo existia, e ele de repente foi lembrado disso. Agora que sair de T—— estava temporariamente fora de questão, Nelson sentiu um desejo muito aguçado de saber o que estava acontecendo. Era algo que ele não tinha notado antes de ver o jornal.

Nelson abriu a primeira página. Procurou notícias da capital, política, esporte. As notícias nacionais eram relegadas a uma seção interna, uns poucos artigos mal escritos que pareciam ter sido enviados de um planeta distante. Um senador propusera uma lei contra a embriaguez no trânsito. (Os donos de bar eram contra.) Um cão policial tinha se ferido num incêndio e teria que ser sacrificado. (Os defensores dos direitos animais eram contra.) Um prédio no centro colonial tinha desmoronado parcialmente e teria que ser demolido. (Os grupos de preservação eram contra.) Nelson bateu os olhos no jornal, depois na praça vazia, e não conseguiu ver conexão alguma.

Neste momento Jaime saiu da loja. Viu Nelson e franziu a testa. "Vamos embora."

"Só um instante."

"Estamos indo", disse Jaime. "Segura, parece que minha irmã está te devendo dinheiro."

O homem confirmou com a cabeça.

Jaime enfiou a mão no bolso e tirou algumas notas, que o dono da loja aceitou de cabeça baixa. Então Jaime virou-se e começou a partir. Nelson fechou o jornal e correu atrás dele. Então viu — e era estranho ele não ter se dado conta antes — como Jaime era fisicamente impressionante. Por algum motivo, aquilo era mais visível a distância: ele não era alto, era largo. Seus ombros eram amplos e fortes, e, vendo agora seu formato, a agilidade com que ele atacara Henry era ainda mais surpreendente.

"Estou indo", Nelson gritou.

"O Rogelio não lê", Jaime disse quando Nelson o alcançou. "Não lê jornal, não lê nada. Eu te falei isso."

Nelson pediu desculpas.

Eles continuaram andando, cruzaram a praça rumo ao bairro nordeste, atravessaram uma passarela de pedestres e depois subiram a ladeira íngreme que levava rumo ao leste da cidade. Depois de uns poucos quarteirões, as casas ficavam esparsas, dando lugar a campos em terraços e valas de irrigação habilmente abertas na terra. Por quem? Nelson se perguntou. Onde estavam as pessoas? Ele queria perguntar, mas tinha medo.

"Você conhece San Jacinto?", Jaime perguntou quando eles estavam acima da cidade. Não esperou uma resposta. Abaixo deles estava T——, suas casas de telhados vermelhos e paredes brancas, suas ruas estreitas, pitorescas. "San Jacinto é um lugar terrível. Nada parecido com isso. Medonho. Mas é lá que está o trabalho." Ele deu um pigarro. "O que você ganhou nessa sua tal turnê?"

"Você está falando de dinheiro?"

Ele sempre estava falando de dinheiro.

Uma página do diário de Nelson era dedicada a um cálculo aproximado do que ele ganhara e gastara na turnê. Os números eram uma bagunça, mas a aritmética básica era bastante clara: ele tinha ficado no zero. Nelson sabia disso e não tivera opinião alguma sobre essa informação até aquele exato momento. Não era pelo salário que alguém entrava para o Diciembre, afinal. Mas agora, a ideia de ficar no zero de repente pareceu decepcionante. Ele olhou para Jaime e viu uma oportunidade. Inventou um número, *um número absurdo, ambicioso*, como ele escreveu naquela noite, um número que fez Jaime dar risada.

"Só isso?", ele disse.

Nelson ficou vermelho.

"Eu te dou o dobro disso. Agora comece a pensar como o Rogelio."

"O que isso quer dizer?"

"Quer dizer não diga bobagens como 'É ótimo estar em casa'. Se fosse ótimo, você teria voltado dez anos atrás."

"Ok", disse Nelson.

Jaime suspirou. "Sabe o que eu penso, quando vejo este lugar?"

"Não."

"Eu penso, Que lindo. Graças a Deus que eu não moro aqui. Enfim, você está com a sua carteira? Que bom. Tira ela do bolso. Me dá sua identidade."

Esse tempo todo, Nelson ainda estava pensando em dinheiro, na possibilidade que ele implicava. Ele podia pagar alguns meses de aluguel. Ou levar Ixta para viajar. Comprar alguma coisa legal para sua mãe. Nem todas essas coisas podiam ser feitas, mas algumas delas sim. Em especial, estas palavras se destacaram: "O dobro disso." Ele fez o que Jaime mandara. Sorrindo, Jaime estreitou os olhos para ver a foto na carteira de identidade. Ergueu-a e a comparou com o jovem que tinha diante de si. Então a colocou no bolso.

"Eu volto em uma semana", ele disse para Nelson. "Enquanto isso, seja bonzinho com a sua mãe, ela não tem culpa de nada."

# 17

É difícil escrever sobre esses dias em T——, sobre esse hiato na ação (pois é justamente o que é) sem sucumbir ao ritmo. Tal é a natureza langorosa da vida numa cidade pequena. Conheço isso muito bem. O pensamento desacelera, a necessidade de conversa desaparece. Surge uma tendência à introspecção, um hábito jamais produtivo, e que a vida na capital, por exemplo, suprime muito corretamente em nome da eficiência. No terceiro dia de qualquer visita a T——, me entrego a um tipo específico de melancolia que é parte depressão, parte tédio. Os estímulos normais associados à atividade humana começam a parecer aberrantes, mesmo desnecessários. Durante toda a minha infância e começo da adolescência, chegar a T—— era como sair do tempo, assim como poderia ter sido, imagino, para Nelson, se ele não tivesse tido a duração da própria turnê para se ajustar, pelo menos em parte, aos ritmos da vida provinciana. Talvez tenha sido por isso que a aparição de um jornal foi tão impactante para ele naquela primeira manhã. Fez com que ele lembrasse como estava longe de casa.

Na maior parte do tempo, ele passava os dias escutando a sra. Anabel; fazendo-lhe companhia. À noite, ele e Noelia trocavam histórias, e com ela, ele podia ser Nelson outra vez, algo que ambos pareciam apreciar. "Ele era muito engraçado", ela me contou depois, "e fazia muito tempo que eu não tinha ninguém para conversar. Ele me contou da mãe dele, do irmão dele. Me contou sobre a Ixta, e até disse que ia ser pai".

"Quando foi isso?", eu perguntei.

Ela pensou por um instante. "Deve ter sido no fim da primeira semana. Estávamos esperando meu irmão voltar a qualquer dia, e o Nelson já tinha até arrumado as coisas dele. Disse que estava feliz de voltar para casa, porque poderia vê-la." Ela fez uma pausa aqui, mostrando um sorriso confuso. "Mas daí o Jaime não veio, então ele desfez a mala e ficou."

Nelson estava ficando angustiado.

No nono dia, eles receberam um bilhete entregue pelo homem que dirigia o ônibus para San Jacinto. Era de Jaime:

*Surgiu um problema*, ele dizia. *Apareço aí em uma semana para acertar as contas.*

"Está vendo?", disse Noelia. "Ele não esqueceu de você!"

Pelo menos o trabalho era administrável. Eles tinham estabelecido rotinas, e a sra. Anabel parecia muito contente com isso. Ela o metralhava com perguntas, mas eram acima de tudo variações das mesmas que ela fizera no começo, e Nelson sentia confiança suficiente para mudar as respostas — apenas de leve — de acordo com seu humor. Um dia, para sua própria surpresa, ele não fazia cenários de cinema quando a sra. Anabel perguntou; em vez disso, consertava barcos no porto. Ele não sabia ao certo por que dissera aquilo. A velha senhora bateu palmas de alegria. "Onde você aprendeu barcos?", ela perguntou, como se *barcos* fosse uma língua que se estudasse na escola.

"Na cidade grande, mamãe. Quando o Jaime me mandou para a cidade."

Ela fez que sim com a cabeça, num gesto muito sério. "E quando foi isso?"

"Ah, a senhora sabe como é o Jaime. Sempre me dando ordens. Me mandando pra lá e pra cá."

"Esse Jaime!"

Para manter as coisas interessantes, Nelson inventou um sotaque, uma variação do tipo de voz que, na imaginação dele, talvez resultasse de duas décadas morando na Califórnia, entre mexicanos, salvadorenhos e guatemaltecos. Isso não pegou. Ele abandonou o sotaque, quase sem pensar, alguns dias depois, e ela não pareceu se importar. Qual era a finalidade desse vernáculo inventado, afinal? Será que ela sequer notará esse toque de autenticidade?

*Não vou mais fazer tanto esforço*, ele escreveu naquela noite. *Se tudo der certo, volto para casa em uma semana.*

Enquanto Nelson vivia naquele estado de animação suspensa, representando Rogelio para um público muito pequeno, sua vida estava continuando sem ele. E quando digo vida, refiro-me a *sua vida real*, sua vida na cidade grande. Isso não é chauvinismo urbano, nem elitismo ou discriminação contra as províncias; é apenas um fato: o exílio rural de Nelson em nada adiantou para resolver os problemas que aguardavam por ele na capital.

Ixta jamais estava longe de sua mente. Se Nelson foi capaz de expulsar da cabeça suas tribulações pessoais durante os primeiros dias sozinho em T——, uma vez que as rotinas de sua vida nova estavam estabelecidas, ele não conseguiu mais fazer isso. No fim da primeira semana e começo da segunda, seus registros no diário são cada vez menos sobre os detalhes de seus dias com a sra. Anabel, e mais meditações, ou mesmo especulações, sobre paternidade. Por mais que tentasse, simplesmente não conseguia aceitar a afirmação de Ixta de que o filho não era dele. Fez uma tabela registrando as ocasiões em que ele e Ixta fizeram amor desde sua reconciliação no inverno anterior: onde eles tinham estado, quanto tempo tinha durado, e quanto cuidado eles tinham lembrado de tomar. Ele varreu a memória em busca de detalhes, enchendo páginas com descrições clínicas das últimas semanas do caso, que mais pareciam autos judiciais do que relatos eróticos. Nelson argumenta que é o pai e apresenta as evidências. Anota indícios e pequenos gestos que possam lhe dar alguma esperança, pois, lendo os diários, isso fica bastante claro: era de esperança que ele mais precisava, e o que ele mais queria. Aceitar que não era o pai da criança significaria renunciar a suas pretensões sobre Ixta. Significaria deixá-la partir para sempre.

Enquanto isso, na capital, a barriga de Ixta continuava crescendo a cada dia, e junto crescia sua ansiedade, como ela própria me confessou. As caminhadas de Nelson antes do meio-dia o levavam, no mais das vezes, à loja do sr. Segura, onde ele ignorava a advertência de Jaime e lia o jornal sempre que possível; e onde, em não menos que sete ocasiões, conseguiu falar com Ixta por telefone. Esses incidentes geralmente indesejados só serviam para aumentar a apreensão dela. Ela sabia o que sabia sobre seu bebê, e Nelson ainda tentava convencê-la de que era dele. Tinha que ser. "Era só disso que ele queria falar", disse Ixta quando conversamos. "Ele estava obcecado. Não que a menina *não pudesse* ser dele. Mas não era. E pronto."

Ela às vezes conseguia desviar a conversa para outro assunto; a verdade é que gostava de conversar com ele e não tinha coragem de desligar.

"Eu devia ter desligado, eu sei, mas não conseguia."

Por mais incômodas que fossem essas conversas, Ixta precisava ouvir a voz de Nelson; além de ser seu amante, ele também fora seu amigo. Ela era atormentada pelas perguntas de sempre: se era jovem demais ou egoísta demais para lidar com a responsabilidade de ser mãe; se seria uma boa mãe, ou pelo menos adequada; se sentiria a ligação materna logo de cara. Embora pareça cruel mencionar isso agora, dados os episódios que viriam em seguida, Ixta começara a ter dúvidas sobre Mindo, seu companheiro, o pai da criança, um homem que eu nunca tive a oportunidade de conhecer. Mas tudo isso ainda era futuro: enquanto Nelson estava em T——, os receios de Ixta ainda estavam apenas tomando forma. Ela começara a achar Mindo um tanto sem reação, insensível às idiossincrasias da gravidez dela (que não eram idiossincráticas, mas absolutamente normais) e, num sentido mais amplo, "não muito impressionante". Esta última expressão impiedosa foi exatamente a que ela usou, embora com relutância e só porque a pressionei.

"Não gosto de falar sobre ele, não mais", ela disse, mas depois continuou: era tudo parte de uma lenta conclusão a que chegara ao longo de seu segundo trimestre, quando seus tornozelos começaram a inchar e os suores noturnos a interromper seu sono. "Um homem tem que causar impressão", ela disse. "Tem que deixar alguma coisa para você pensar. Sem isso, não há magia."

"Havia magia com o Nelson?", perguntei. "Ele era impressionante?"

Eu sabia a resposta. Ela demorou um instante.

"Depois que você conhecia, ele era. E muito. E eu conhecia ele bem."

As mudanças no corpo de Ixta ofereciam alguma compensação por sua melancolia: era um aspecto da gravidez que ela achou dramático e maravilhoso, a confirmação de que havia, sem dúvida alguma, algum tipo de milagre acontecendo, mesmo que esse milagre às vezes a fizesse se encolher de medo. Porém havia um problema: embora ela jamais tivesse se sentido tão bonita na vida, esse seu homem nunca queria encostar nela. Seus seios tinham crescido, seus quadris — ela finalmente tinha as curvas que sempre quisera — e Mindo mal parecia notar. Ela achava isso simplesmente imperdoável. Ele chegava tarde, como sempre chegara; com o cheiro da churrascaria argentina onde trabalhava cumprindo longos expedientes, como sempre trabalhara; só que agora ela achava tudo isso intolerável. O cheiro de carne grelhada era repulsivo. Certa noite em maio, quando estava no quarto mês de gravidez, ela pediu que ele tomasse um banho antes de deitar na cama. Ele concordou, franzindo a testa. Na noite seguinte, ela fez o mesmo pedido, e, para sua grande surpresa, acordou quando o sol nasceu na manhã seguinte, sozinha. Era um dia fresco, de começo de inverno: ela andou de meias até a sala e encontrou seu homem não muito impressionante, sem tomar banho, no sofá. Estava dormindo com a boca aberta, ainda com as roupas do trabalho, ainda cheirando a bife, os pés para fora da borda.

Como ela interpretaria isso senão como um insulto?

Quem sabe, eu sugeri, ele estivesse simplesmente com medo. Os pais de primeira viagem muitas vezes têm medo.

"Talvez você tenha razão", ela disse. "Agora isso não importa mais."

Eu não insisti neste ponto. "Você pensava muito no Nelson nesses dias?"

Ela fez que sim. "Claro. Sempre que ele ligava, eu pensava nele. Eu estava com raiva, estava magoada, mas pensava nele. Às vezes com carinho. Às vezes não. Eu tinha saudade dele. Me sentia muito sozinha."

"E quando ele ligava — você se sentia menos sozinha?"

"Não", ela disse. Seus olhos se fecharam por um instante muito breve. "Os telefonemas me incomodavam, mas eu também ficava ansiosa para ele ligar. A conexão daquela bostinha de cidade, onde quer que fosse, era terrível. Eu não conseguia entender o que ele estava fazendo." Ela suspirou. "Às vezes eu queria falar com ele, contar coisas, mas ele não prestava atenção. Ele nunca escutava. Esse sempre foi o problema dele."

Mindo, o suposto pai do bebê de Ixta, o rival de Nelson, era um artista, um pintor — e não era ruim, segundo o que todos diziam. Tinha trinta e um anos de idade naquele ano, e trabalhava como garçom.

É verdade que ele não era feito para a paternidade. Quando sugeri a Ixta que ele talvez tivesse medo, estava apenas repetindo o que muitos dos amigos dele me disseram. Todos, sem exceção, detestavam Ixta, e uns poucos até se culpavam por não ter ajudado Mindo a escapar das suas garras antes. Eu entendia a raiva deles, mas a visão que tinham de Ixta era incompatível com tudo o que eu sabia sobre ela. Mesmo assim, eu geralmente continuava ouvindo, não interrompia quando eles falavam.

Mindo vinha de um bairro operário da capital conhecido como os Milhares, e foi lá que sua educação artística teve início. Ele começou a pintar murais quando era muito novo, aos doze anos, homenagens para amigos que tinham falecido. Dadas as circunstâncias daquela área (conhecida coloquialmente como Gaza), era um trabalho constante. Mindo apareceu na *Crónica*, um dos jornais mais importantes da cidade, quando tinha apenas dezesseis anos, uma reportagem de página inteira com o título "Artista adolescente pinta memorial de guerra". Na foto ele está parado em frente a um de seus murais, um muro pintado ao longo da Cahuide, uma das artérias principais de seu bairro. É um rapaz corpulento e parece muito mais velho do que é. Tem uma barbicha no queixo e olhos escuros, penetrantes. Assim como Nelson, Mindo tem cabelos cacheados, mas tirando isso não há semelhança.

Ixta e Mindo conheceram-se em agosto de 2000, quando ele estreou uma exposição numa das galerias mais novas da Cidade Velha. Não estava mais pintando murais, mas sim retratos estilizados, muito detalhados, de seus velhos amigos do bairro, alguns dos quais agora estavam mortos havia quinze anos. Mindo os pintava como adultos, como se tivessem sobrevivido aos anos turbulentos da adolescência e escapado dos perigos que deram um fim prematuro a sua vida: as drogas, as brigas de rua, a tentação do crime. Eram biografias especulativas, em imagens. Alguns ganhavam peso. Alguns perdiam cabelo. Alguns vestiam terno e gravata, ou aventais, ou uniformes de futebol. Alguns estavam sem camisa, exibindo complexas tatuagens. Alguns seguravam diplomas e sorriam orgulhosos. Era um trabalho simples, comovente; nas pinturas de Mindo, todos aqueles rapazes corajosos tinham sobrevivido, e sobrevivendo, conquistaram o direito de ser ordinários. Abaixo de cada imagem havia um breve texto registrando a idade em que tinham morrido, e as circunstâncias do falecimento.

 A estreia foi muito bem recebida, principalmente por Ixta, que passou a noite bebendo uma taça de vinho atrás da outra e tentando fazer o artista sorrir. Não foi fácil, ela me disse: os fantasmas da adolescência violenta de Mindo estavam em todas as paredes da galeria. Mas ela insistiu. E sabemos que no meio de setembro, Ixta juntou suas coisas e mudou-se para a casa dele. Sabemos que Nelson ficou abalado com a notícia; e que muitos dos amigos de Mindo expressaram seus receios. Quem é esta mulher? O que você sabe sobre ela?

 Os dois nunca combinaram. Mindo era bonito, charmoso e perturbado. Nunca estivera num relacionamento sério antes. Não poderia ter dado certo, embora pareça mesquinho culpar alguém por isso agora. Ixta, falando por si, aceita grande parte da responsabilidade, embora mencione as maneiras como ele a decepcionou depois que ela ficou grávida. Mindo sentiu ciúme e medo da responsabilidade que ser pai acarretava. Sabemos que ele suspeitou que Nelson ainda fizesse parte da vida de Ixta. Embora Mindo jamais tenha tido provas do caso, com certeza tinha suas dúvidas, e parece que ficou aliviado quando Nelson partiu na turnê do Diciembre.

 "Quem sabe ele fica por lá", ele comentou amargamente com um amigo. Isso foi no meio de junho, quando Nelson tinha acabado de chegar em T——, e as coisas com Ixta estavam começando a desandar.

 "Talvez", seu amigo disse.

 Eles até fizeram um brinde a essa ideia.

 Todos concordam que Mindo não merecia o que aconteceu com ele quando Nelson voltou.

Enquanto isso, Mónica teria adorado estar em contato com o filho, ter recebido estes telefonemas de T——, porém não recebeu. Não sabia nada do que estava acontecendo, porque seu filho não lhe telefonou uma única vez. Na verdade, além de Ixta (que alegava não estar interessada), ninguém sabia muito sobre o paradeiro de Nelson, pois nem Henry nem Patalarga divulgaram a história. Esperavam que ele voltasse para casa em dez dias no máximo, por isso não fazia muito sentido.

Diante desse silêncio, Mónica tinha devaneios com seu filho em palcos rurais improvisados, imagens que inspiravam uma mistura de orgulho e angústia. Na mente dela, era tudo uma continuação da turnê que ele descrevera no telefonema de San Jacinto, uma turnê que ela sentiu que talvez jamais terminasse. E em certo sentido, nunca terminou. Mónica não comparou as aventuras de Nelson com as de Francisco, pelo menos não conscientemente, embora se pegasse tratando as duas ausências do mesmo modo. Havia adquirido, ao longo dos anos, uma certa habilidade de se projetar nas vidas dos filhos, um talento que todas as mães possuem — é o que lhes permite intuir que um filho está com fome, frustrado, com medo —, mas Mónica havia apurado esse dom, por necessidade. Com Francisco, conseguira criar lembranças onde não havia nenhuma, construir uma cronologia elaborada, e factual, de suas viagens. Formulara opiniões sobre todos os grandes acontecimentos da vida do filho, e sobre os amigos que ele adquirira e descartara ao longo do caminho. Ela mantinha um catálogo de certos detalhes e, tendo memorizado esses fatos, sentia-se consolada como mãe: sabia, por exemplo, onde seu filho mais velho passara cada um de seus aniversários desde que partira para longe dela em 1992, muito embora não estivesse presente em nenhuma dessas comemorações. Isso não importava. Ela tinha *imaginado* que estava lá. Em sua mente, tinha comido o bolo e ajudado a soprar as velas (se realmente houvera um bolo ou velas era um dado que não tinha a mínima importância). O fato de ela e Francisco ainda serem próximos era algo que a deixava orgulhosa, uma conquista que não se podia subestimar. Isso não é tão óbvio nem tão simples quanto talvez pareça; qualquer laço, mesmo o de uma mãe e um filho, pode ser rompido.

Se Mónica e Ixta tivessem entrado em contato durante essas últimas semanas da ausência de Nelson, talvez tivessem tido muita coisa para conversar.

Por isso, agora, tendo apenas o último telefonema de Nelson em San Jacinto como pista para orientá-la, Mónica começou a pensar na duração das viagens do Diciembre, e a fazer o que sempre fizera, talvez o que fazia melhor: preencher detalhes onde havia poucos detalhes disponíveis. Seu filho, o mais novo, seu Nelson; a essa altura fazia mais de dois meses que ele partira, mais tempo do que ele jamais tinha passado longe dela. Tempo demais — embora ela se sentisse culpada por se ressentir dessa aventura que ele certamente merecera. Parecia não haver lugar algum no país que ele não pudesse ter visto naquela jornada. Será que ainda restava alguma vila para explorar? Alguma aldeia? Alguma estrada rural que ele ainda não percorrera? E se não havia, por que ele não voltava para casa? Era junho, a estação seca, uma época saudável para se estar nas montanhas. No litoral, o frio tinha começado a sério. O ar marítimo, pesado, mantinha-se agarrado à costa, envolvendo a cidade. Ela rezou para que seu filho estivesse se divertindo, que aprendesse o que precisava aprender nessa viagem, que crescesse nos sentidos que já estava esperando, e em outros que o surpreenderiam. Acima de tudo, ela torcia para que ele voltasse logo para casa, embora lutasse com essa ideia e se perguntasse se era egoísmo, se uma mãe melhor não preferiria que seu filho viajasse sem rumo e vivesse todas as aventuras que desejasse. Mónica imaginou moças do interior se apaixonando pelo filho dela; isso era o que ela achava mais fácil de visualizar, pois também estava apaixonada por ele: por seus olhos castanhos brilhantes e seu sorriso torto, por seus cachos e o jeito como os cantos da boca curvavam-se para baixo numa expressão grave quando ele estava afundado em pensamentos. Ele parecia um jovem Sebastián; todos comentavam a semelhança. Ela esperava que ele pelo menos tomasse cuidado, se houvesse algum caso amoroso em vista, e que nenhum coração se partisse sem necessidade ao longo do caminho — principalmente não o de Nelson. Na verdade, o único coração que a preocupava era o dele. As meninas que se virassem.

    Na cidade grande, os dias de Mónica continuavam sem ele; não passando em branco, mas sim, na verdade mais ou menos em branco. Pouco havia que distinguisse um dia do outro. Ela tinha esperança de receber alguma notícia, mas não contava com isso. Caía no sono toda noite, certa de que não havia tortura maior que uma casa vazia, que *esta* casa vazia. Quando me contou isso, ela fez um aceno delicado com a mão, de palma para cima, apontando para os cômodos sem vida à sua volta. Perguntei se todo esse trabalho meticuloso de imaginação tinha sido útil de algum modo; se, em todo esse esforço evocativo, ela conseguira ter uma noção daquilo que Nelson estava vivendo.

Não os detalhes — ela não tinha como adivinhar os detalhes —, mas uma noção.

Ela parou para pensar. Acho que queria dizer que sim, mas achou insincero, dado o que aconteceu depois. Essa intuição de mãe — ela foi obrigada a admitir que isso quem sabe tivesse falhado.

"Talvez eu não quisesse pensar nele passando por uma encrenca de verdade."

"Não foi uma encrenca", eu disse. "Não exatamente."

Ela discordou com a cabeça. "Mas foi quase isso."

Com certeza não havia ninguém que sentisse a falta de Nelson mais intensamente do que Mónica. Outras pessoas no círculo dele admitiram que sua ausência naqueles meses foi notada, mas não com muita frequência. Sentiam falta dele — mas só num nível muito abstrato. Era como se, no processo de tornar-se Rogelio, ele tivesse consumado algum apagamento místico: Nelson quase deixou de existir, temporariamente, embora isso no fim ainda fosse ser visto como o prelúdio de um nível mais sério de apagamento. Diversas vezes, ouvi versões do mesmo sentimento: eles gostavam de Nelson, mas era difícil conhecê-lo. O papel que todos tinham cobiçado, fazer parte da histórica turnê de reencontro do Diciembre, tinha sido entregue a ele, seu amigo talentoso e arrogante; e agora ele estava lá longe nas províncias, transformando-se numa versão nova, se não melhor, de si mesmo. Havia uma ponta de ciúme nisso tudo, mas pouca curiosidade sobre os detalhes específicos da viagem; e na verdade, qualquer curiosidade que talvez houvesse foi logo ofuscada pela notícia da gravidez de Ixta. No mundo inteiro, as pessoas são iguais. Adoram fofocar. Adoram um escândalo. As pessoas faziam as perguntas de sempre: se Nelson sabia, se estava magoado, se ele era o pai ou o ex-namorado que tomara um pé na bunda, ou ambos. Se ele se arrependia. Se era amor de verdade, ou apenas sexo. Qualquer indício de podridão as deixava de orelhas em pé — era para isso que elas viviam. Antigas namoradas propunham teorias e compartilhavam suas histórias indiscretas. Os que tinham sido amigos do ex-casal tomavam partido; e devo dizer que a maior parte escolhia Ixta (orgulhosa, mas em última instância, simpática) em detrimento do ausente Nelson. Ninguém tinha certeza de que Ixta e Nelson estavam dormindo juntos até pouco antes de ele partir — a discrição deles tinha sido absoluta —, mas, como grupo, os estudantes e ex-alunos do Conservatório eram uma turma bastante promíscua, por isso muitos desconfiavam. A conversa entre essa geração específica de ex-alunos do Conservatório desenrolou-se nos moldes sórdidos de um programa de auditório, daqueles onde casais orgulhosamente exibiam suas disfunções diante de plateias entusiasmadas que fingem condená-los. Não eram poucos os amigos de Nelson e Ixta que haviam atuado nesses shows, interpretando traficantes ou mães adolescentes, namorados cafajestes ou namoradas mentirosas, por isso eles entendiam bem os tropos. Traição e infidelidade tinham sido normalizadas havia muito tempo. Afinal, eles eram atores.

Um amigo de Nelson com quem conversei, Elías, ficou quase envergonhado ao falar de como todos tinham esquecido seu antigo colega de escola. Nos encontramos num restaurante *créole* não longe do Conservatório, numa tarde quente no fim de janeiro de 2002. As lajotas do chão eram grudentas, e experimentamos três mesas diferentes antes de achar uma que não estivesse bamba. O amigo de Nelson fumava um cigarro sem filtro atrás do outro, uma compulsão que não parecia lhe trazer prazer algum, mas que eu finalmente entendi quando notei que ele estava se estudando nas paredes espelhadas do restaurante, como se criticando sua performance. Ele me flagrou observando — nossos olhos se encontraram por um instante no espelho — e ficou corado.

"Estou pensando em parar", ele disse, levantando o cigarro acima da cabeça.

Concordei com um aceno, não por solidariedade ou compreensão, mas por mera educação. Por pena. Era óbvio que ele era um péssimo ator, ou talvez estivesse apenas sofrendo uma crise de baixa confiança. De qualquer modo, ele não queria falar mal de Nelson, por isso preferiu compartilhar algumas lembranças, anedotas engraçadas sobre a época em que estudavam juntos, os roteiros medíocres que tinham suportado, os sonhos que tinham tido, sonhos que nenhum dos dois, ele imaginava, jamais alcançaria. Elías agora estava trabalhando na agência de publicidade do pai, fazendo cópias, buscando café, recebendo um salário generoso demais para um trabalho tão simples e imbecil. Ele era ressentido por essa ajuda da sorte; me disse que aquilo, na verdade, era debilitante para sua arte (soltou uma trança de fumaça na direção do espelho, como se para sublinhar aquele ponto) e que estava quase torturando seu pai, fazendo tudo o que podia para ser despedido.

"Se é tão ruim assim", eu perguntei, "por que você não pede demissão?"

O aspirante a ator me olhou nos olhos. Sua expressão me dizia que eu não tinha entendido absolutamente nada do que ele dissera. Ele começou a responder, mas em vez disso tirou da língua um pedaço de tabaco. Era um gesto ensaiado de desprezo, no qual ele se saiu até que bem. Então ele me perguntou como eu conhecia Nelson.

"Sou amigo da família", eu disse, o que àquela altura era verdade.

"Claro", ele disse.

Eu trouxe o assunto de volta: Elías cautelosamente atribuiu ao próprio Nelson a culpa pela indiferença generalizada em relação ao seu desaparecimento. Afinal, a pessoa colhe o que plantou.

"Ele sempre tinha cultivado um ar de superioridade, um senso de que não pertencia àquele lugar, de que era alguém à parte."

"Já ouvi falar isso", eu disse. "Mas vocês ainda eram amigos?"

Elías disse que sim, de certa maneira. "Mas quanto mais tempo ele passou fora, mais começou a parecer que estava longe. Ninguém disse nada no começo. Mas não é como se ele tivesse telefonado para a gente. Não é como se tivesse feito algum esforço para nos alcançar, para manter contato. Ele desapareceu. Como sempre tinha dito que ia fazer. Ele sempre tinha fingido que não era um de nós. Acho que começamos a assumir que era verdade."

# 18

Lá em T——, nas horas vagas, Nelson estava fazendo perguntas parecidas a si mesmo. E havia muitas horas vagas, bastante tempo para um jovem com a personalidade de Nelson se perguntar todo tipo de coisas incômodas. Sobre seu passado, seus erros — por muitos dos quais ele tinha apreço — e seu futuro, que ele achava preocupante. A cada dia que passava, ele ficava mais ansioso para ir embora. Disse exatamente isso a Ixta por telefone.

"Eu sabia que era verdade", ela me contou depois. "Ouvia na voz dele que ele estava falando sério."

"Então quando você volta?", ela perguntou.

"Em breve", disse Nelson.

Passou uma semana depois da mensagem de Jaime, e eles ainda não tinham recebido nenhum contato. No décimo sétimo dia, Nelson exigiu que Noelia telefonasse para ele. "Seu irmão me prometeu dinheiro", ele explicou. "Não é muito, mas para mim é." Ela disse que compreendia, mas Nelson não tinha terminado o serviço. Além disso havia a questão da carteira de identidade; era tecnicamente ilegal viajar sem ela. Ele teria problemas se passasse por qualquer posto de controle da polícia. "Você sabia disso? Sabia que eu posso ser preso na estrada? Enquanto eles confirmam minha identidade, vou ser alistado no exército, desarmando minas terrestres na fronteira do norte!"

Noelia não sabia daquilo. Ele estava exagerando, ela tinha certeza. No entanto, ela nunca viajara de verdade, a não ser para San Jacinto. E mesmo ali fazia anos que ela não ia.

"Tentei dizer ao Nelson que não tinha nada que eu pudesse fazer. Garanti a ele que o Jaime não tinha esquecido, e que não tinha mentido."

"Então cadê ele?", perguntou Nelson. "Cadê esse seu irmão poderoso?"

"O Jaime está sempre ocupado", ela disse com cautela. "É só isso. Ele vai estar aqui em breve. Aposto que vai fazer contato amanhã."

Porém ele não fez, e Nelson insistiu que eles fossem à bodega do sr. Segura para dar o telefonema. O ônibus de San Jacinto tinha chegado e partido; não havia notícias de Jaime. Noelia cedeu. A sra. Anabel viu os dois prontos para partir e começou a entrar em pânico.

"Onde vocês estão indo?"

Ela não ficava sozinha desde que Nelson chegara, um fato de que nem ele nem Noelia tinham se dado conta até aquele momento.

"Só até a praça, mamãe", disse Noelia.

A sra. Anabel arregalou os olhos. "Sem mim?"

*Quase falei uma grosseria para ela*, Nelson escreveu em seu diário naquela noite, sem culpa, apenas com espanto. Viu aquilo como mais uma prova de que já passava da hora de partir daquele lugar, de abandonar aquela representação antes que cometesse algum erro.

"Não, mamãe, é claro que não. Vamos todos juntos."

E eles foram: cruzaram a cidade até a loja de Segura. Levaram mais de vinte minutos para fazer aquela caminhada de seis minutos. Segura estava fechando a loja, mas pareceu feliz por ter companhia. Noelia entrou para telefonar e Nelson ficou esperando do lado de fora com a sra. Anabel. Ele e Segura, com delicadeza, a colocaram sentada nos degraus.

"É como se eu fosse uma rainha", ela disse.

Nelson nunca tinha estado com a sra. Anabel fora da casa. Os olhos dela percorriam a praça, maravilhada com tudo o que via. O calor do dia tinha passado, e uns poucos moradores locais tinham saído para caminhar. A sra. Anabel parecia feliz de vê-los passar. O xale em volta de seus ombros escorregou, e Nelson a ajudou a arrumá-lo.

"Este é o meu garoto", a sra. Anabel disse.

"É um menino de ouro, é mesmo, senhora", respondeu Segura. "Está gostando da visita?"

"Bastante", disse Nelson.

"E quanto tempo você ainda fica com a gente?"

A sra. Anabel ficou olhando. Eles nunca tinham discutido aquilo.

"Ainda mais um tempinho."

"Maravilha", disse Segura.

Um momento depois, Noelia saiu da bodega, pedindo desculpas. O telefone de Jaime não tinha atendido.

"Está pedindo desculpa por quê?", perguntou a sra. Anabel. Ela deu um sorriso maroto para Segura. "Essas crianças são sempre tão educadas."

Nelson suspirou. "Precisamos falar com o Jaime, mamãe. É só isso."

A velha senhora assentiu com a cabeça, como se compreendesse. "Isso parece bom."

"Amanhã tentamos de novo", disse Noelia.

Nelson de fato voltou no dia seguinte, só que desta vez foi sozinho. Segura foi simpático, como de costume. "Vai ligar para o seu irmão?", ele perguntou, mas Nelson fez que não.

"Vou ligar para a capital", ele disse, e Segura assentiu com a cabeça.

Ele ia ligar para Ixta. Havia muito pouco nos diários de Nelson sobre o teor dessas conversas, mas ele registrou escrupulosamente a duração de cada telefonema: cinco minutos, oito e meio, três, dezessete. Não fazia menção aos longos silêncios que ela relatou a mim, apenas esses números, às vezes aumentando, às vezes diminuindo. Talvez o simples fato de ela não desligar na cara dele era o que importava; talvez o que ele mais temia era que um dia ela desligasse.

Segura tinha um rosto castigado pelo tempo e uma testa pesada. Quase não tinha mais cabelos, por isso usava um gorro vermelho na cabeça para protegê-la do sol. Naquele dia ele discou o número, depois saiu para esperar lá fora. Era seu hábito, um jeito de demonstrar respeito pela privacidade do cliente. O telefonema durou quatro minutos, e quando terminou, Segura entrou para anotar o valor em seu caderno vermelho. Nelson ficou parado no balcão, tamborilando os dedos e forçando um sorriso.

"Você queria falar com o seu irmão, não queria?", disse Segura e, sem esperar uma resposta, pegou alguma coisa embaixo do balcão. "Dá uma olhada nisso." Era um jornal ressecado e amassado da semana anterior. "Pode levar com você. Se alguém me perguntasse, eu chutaria que seu irmão está ocupado estes dias."

Nelson agradeceu ao vendeiro e partiu.

Meses depois, encontrei esse jornal dobrado dentro do diário de Nelson. A essa altura já estava amarelado e desbotado, mas totalmente legível, uma cópia do tabloide local de San Jacinto, com a data de 21 de junho de 2001. Na capa havia a foto de um caminhão cercado de policiais. A manchete dizia *FLAGRANTE*, e o texto relatava a apreensão de dezoito quilos de cocaína processada, num posto de controle a apenas vinte e dois quilômetros de San Jacinto, na estrada para o litoral. Era a maior apreensão na área em mais de três anos. Havia outro fato, mencionado apenas de passagem, mas que Nelson, ou talvez Segura, tinha grifado: o caminhão apreendido estava registrado em nome da empresa de Jaime, mas fora dado como roubado três meses antes. A polícia estava investigando. O motorista, um rapaz de sobrenome Rabassa, estava detido na prisão local. O jornal dizia que sua transferência para outra instituição era iminente.

Naquela noite, Nelson sonhou com a peça. No sonho, ele, Henry e Patalarga trocavam de papéis aleatoriamente o tempo todo, mesmo dentro da mesma cena. Era vertiginoso e frenético, mas eles não conseguiam parar. A sensação era apavorante: estar no palco e não estar no controle. Nelson tentava pedir desculpas para a plateia, mas não conseguia; e nem era necessário. Longe de se incomodar com aquelas mudanças repentinas e confusas, o público parecia estar adorando. Gargalhadas brotavam do teatro escuro. Ondas de aplausos. Cada vez que os atores trocavam de personagem, os espectadores davam gritos delirantes, como se os membros do Diciembre fossem acrobatas desafiando a morte na corda bamba. Henry, Patalarga e Nelson seguiam em disparada. Nelson podia começar uma fala como o presidente, e terminá-la como o lacaio, depois trocar imediatamente para Alejo, tudo sem o consentimento ou a intervenção do próprio ator. No meio de todo esse caos, Nelson se deu conta de que o palco lhe era familiar: era o Olímpico, só que agora o teatro estava cheio de mineiros, fazendeiros e crianças famintas com as faces queimadas pelo vento, as pessoas para quem ele tinha se apresentado nas montanhas. Sua cabeça doía. Era como correr numa esteira rolante em alta velocidade, e ele não conseguia acompanhar. Não queria acompanhar. Enquanto isso, Henry se entregara àquilo: o dramaturgo abriu um sorriso insano, enérgico, acenando com a cabeça na direção da plateia a cada nova salva de palmas. Num certo ponto, Nelson percebeu que eles estavam dizendo "Olé!", como se fosse uma tourada; como muitas vezes acontece nos sonhos, a metáfora pareceu correta por um instante, e depois se desmanchou. Quem exatamente era o touro? Quem era o matador?

Na plateia, Nelson avistou Ixta. (*Como?*, ele escreveu no diário. *O teatro não estava escuro? Estava, e mesmo assim eu conseguia vê-la.*) E assim, de um instante para o outro, ele estava livre da peça. O volume baixou. Henry e Patalarga continuaram sem ele, enquanto Nelson andava até a beira do palco nas pontas dos pés e olhava para o escuro (que não era tão escuro, na verdade). Era ela. Tinha que ser. Ele a enxergava nitidamente: as mãos de Ixta pousadas de leve em sua barriga muito grávida, seus cabelos pretos amarrados num rabo de cavalo. Ela estava franzindo a testa. Era a única pessoa no teatro que parecia não estar gostando nem um pouco da peça.

Ela e o próprio Nelson, quer dizer. Ixta não chamou seu nome, nem acenou nem fez nenhum gesto de reconhecimento. Apenas ficou sentada, observando.

Nelson acordou com a sensação perturbadora de que muitos anos agora o separavam dos dias inebriantes de seu passado. Da turnê, de sua vida anterior, e do otimismo que ele uma vez tivera. Ainda era cedo, uma hora antes do amanhecer, o momento do dia em que as dúvidas são mais devastadoras; elas pendem pesadas nos ossos. O quarto estava muito frio: se houvesse luz suficiente, Nelson talvez conseguisse ver sua respiração. Não entendia por que se sentia desse jeito, mas não havia como negar. Naquela manhã, teve medo de envelhecer, e era um tipo muito específico de velhice que ele temia, algo que não tinha nada a ver com o número de anos desde seu nascimento. Ele temia a velhice prematura das oportunidades perdidas. Acendeu o abajur, mas a lâmpada piscou e queimou de repente. Nesse breve instante de luz, Nelson conseguiu distinguir os contornos da escultura confusa com a qual compartilhava aquele espaço gélido. Um monstro, pensou ele, e forçou seus olhos a fecharem. Sentiu-se muito sozinho.

Ele se obrigou a dormir de novo, e desta vez não sonhou.

A manhã chegou, como chegava sempre, e Nelson se preparou para a atuação daquele dia. Anotou seu sonho no diário e recompôs seus pensamentos. É isto que ele deve ter esperado das horas que estavam por vir: alguns momentos tranquilos, sentado ao sol com a sra. Anabel; uma conversa cuspida, cujo ritmo e tom de voz lembrava o sobe e desce de uma velha gangorra enferrujada. Um dia como todos os outros, girando sem sair do lugar. Em algum momento ele sairia para dar um passeio, avançando pelas ruas como um fantasma. Ninguém falaria com ele, a não ser que ele falasse primeiro. Ninguém se aproximaria, nem perguntaria de onde ele era. Ele vinha se apresentando como Rogelio, e ninguém em T—— o questionava. Algumas pessoas davam de ombros, como se já soubessem; outras concordavam com a cabeça, sem ceticismo. Umas poucas até sorriam. Não eram sorrisos cúmplices, maliciosos, mas expressões comuns e inocentes de aprovação, de satisfação: é claro que você é Rogelio, pareciam estar dizendo. Quem mais você seria?

Quando Nelson saiu do quarto, a sra. Anabel já estava acordada, sentada em seu posto de costume no pátio. Um dos gatos, o malhado cinza e preto, aninhara-se aos pés dela num trecho de luz do sol. Ao ver Nelson, o gato bocejou e espreguiçou, depois retirou-se para dentro da grama alta. Já a sra. Anabel sorriu para ele, um sorriso esperançoso, contente, o mesmo que exibira em cada um dos vinte dias anteriores. Mas essa manhã foi diferente. Nelson não sorriu de volta, não imediatamente.

"Que foi?", perguntou a sra. Anabel quando ele sentou.

"Nada, mamãe", ele respondeu.

Noelia ficou assistindo pela janela da cozinha enquanto tirava a mesa do café da manhã. Viu Nelson sentar-se ao lado da sra. Anabel e coçar a própria nuca. Ele ficou um bom tempo sentado sem dizer nada. Ela entrava e saía da cozinha naquela primeira hora, em seu afã matinal de costume; esfregando, limpando. Assim que terminou, começou a preparar o almoço logo em seguida. Fazia dois dias que Nelson não voltava a mencionar a ideia de ir embora, e ela criara esperanças de que ele talvez ficasse, só mais um tempinho. Ela sentiria sua falta quando ele tivesse partido. Por volta das dez e meia foi comprar legumes no mercado, deixando sua mãe e Nelson sozinhos. "Eles estavam sussurrando, de cabeça baixa. Até vi minha mãe sorrindo, ouvi ela dar risada, e achei que estava tudo bem."

Mas quando ela voltou uma hora depois, não estava tudo bem. O rosto da sra. Anabel estava cheio de apreensão, e seus olhos marcados de vermelho. Nelson não estava lá.

"Está tudo bem?", perguntou Noelia. "Cadê o Rogelio?"

"Está fazendo as malas", disse a sra. Anabel, entrando em desespero.

"Está fazendo o quê?"

"Ele disse que vai embora. Disse que precisa ir." A idosa balançou a cabeça, depois arrastou os pés, como se quisesse levantar. "Eu gostaria de falar com o seu pai. Ele está lá no campo?"

Ao recontar os acontecimentos desse dia, Noelia fez uma pausa aqui. Disse que havia algumas coisas que eu precisava saber sobre a mãe dela. A deterioração da sra. Anabel viera devagar, ao longo de muitos anos, um processo tão sutil que às vezes eles se perguntavam se estava realmente acontecendo. E mesmo agora, quando essa deterioração era um fato indiscutível, sua mente estava em constante mudança: havia dias em que a velha senhora parecia totalmente perdida, não conseguindo ou não querendo se conectar; e então, assim que eles começavam a perder as esperanças, ela se recuperava. Como uma névoa se dissipando. Às vezes havia um período de três dias ou mais em que ela se parecia um pouco com a mulher que tinha sido antes. A estadia de Nelson em T—— coincidira com um período relativamente consistente. Embora a sra. Anabel não estivesse exatamente lúcida, também não estava desnorteada, algo que Noelia atribuiu à presença cada vez mais estável de Nelson. Era esse o contexto, em parte o que tornava ainda mais desconcertante aquele comentário da sra. Anabel sobre seu marido. Ela mal o mencionara nos dias anteriores, e quando mencionava, ele sempre estava morto.

Noelia respirou fundo. "Não, mamãe. O papai não está no campo."

"E o Jaime?"

"Está em San Jacinto."

"Então por que ele não atende o telefone?" A velha senhora franziu a testa. "Quem é que vai dar pra esse menino o dinheiro que ele precisa?"

A sra. Anabel levantou-se devagar.

"Onde você vai, mamãe?"

"Eu devo ter alguma coisa em algum lugar ali dentro", disse a sra. Anabel. Ela agora estava de pé, apontando para o quarto onde dormia. "Algo que eu possa dar para ele."

"Senta, mamãe", retrucou Noelia. "Eu disse *senta*."

A sra. Anabel encarou a filha com os olhos arregalados.

"Senta! Agora espera aqui." Noelia gritou, chamando Nelson. Estava brava. Queria uma explicação. Merecia uma explicação.

"Quem é Nelson?", a mãe dela perguntou.

"Percebi na hora que tinha cometido um erro", Noelia me contou depois. Virou-se para a mãe, tentou sorrir, mas era tarde demais.

"Quem é Nelson?", a velha senhora disse outra vez. "Por que você chamou o Rogelio assim?"

Noelia ajoelhou-se diante da mãe. A sra. Anabel respirava pesado, com um aspecto pálido e aflito. Sua voz tremia. "Você disse Nelson."

"Eu sei, mamãe. Foi um engano."

"Quem é esse?"

"Não é ninguém. Agora acalme-se. Vai ficar tudo bem." Noelia segurou as mãos da mãe. "Você entende?"

"Sim", sussurrou a sra. Anabel.

Noelia pôs a mão na bochecha da mãe, e a deixou ali por um instante, até a sra. Anabel fechar os olhos. "Fica", ela disse, depois levantou-se e entrou no quarto onde Nelson tinha dormido naquelas últimas três semanas. Não bateu à porta, simplesmente a abriu com um empurrão e o encontrou sentado na cama de campanha, de costas para a parede. Estava com as pernas esticadas, apoiadas sobre sua mala já feita.

"O que está acontecendo?", disse Noelia.

Nelson não respondeu. Ofereceu-lhe um lugar na cama, mas ela recusou com a cabeça e ficou de braços cruzados, sem sorrir, impassível.

"Você sabe o que está acontecendo. Eu quero ir para casa. É só isso. Falei para ela que estava indo embora." Sua voz parecia exausta. "Eu disse que tinha que ir ver o Jaime. Ela me perguntou sobre o que era, e eu disse que era dinheiro."

"Por que você foi confundir ela desse jeito?!"

Nelson ficou muito sério. "Eu nunca saí do personagem."

"Tem certeza?"

"Não fui eu quem acabou de me chamar de Nelson."

"Ele tinha razão", Noelia me disse depois. "E não estou brava com ele. Realmente não estou. Fiquei naquela época, mas agora não estou. É só que eu tinha esperança que as coisas fossem tomar um rumo diferente."

"Diferente como?", perguntei para ela.

Ela pensou por um instante. "Eu queria que as coisas corressem sem percalços. Queria que tudo avançasse tranquilamente até o fim. Acima de tudo, não queria que minha mãe ficasse chateada."

Então eles ouviram uma voz — a sra. Anabel — chamando Noelia.

"Sim, mamãe?"

Depois para Nelson: "Você não pode simplesmente ir embora desse jeito. Tem que avisar para ela com antecedência. Tem que preparar minha mãe. Não é justo."

Outra vez, a sra. Anabel chamou o nome dela.

"Estou indo, mamãe."

Nelson ficou de pé. "É claro que é justo."

Nesse instante, veio um grito.

Nelson e Noelia correram até o pátio. A sra. Anabel não tinha se afastado muito do banco, apenas alguns passos, na verdade. Estava caída no chão, com o rosto espremido no caminho de pedra. Não estava se mexendo.

"Mamãe!", Noelia gritou.

Nelson reagiu mais depressa; correu até ela, viu que estava respirando. Ajudou-a a virar de costas. Sua pele tinha a cor de cinzas. Havia um corte logo abaixo da linha dos cabelos, e um calombo se formando em sua testa. Um fio de sangue escorria por suas têmporas. "Por que vocês me deixaram sozinha?", ela disse.

Nelson a segurou com cuidado. "Não deixamos. Estávamos aqui o tempo todo."

A sra. Anabel fez que não com a cabeça. "Eu não conheço você."

Noelia ficara afastada, mas agora correu até eles.

"Rogelio", ela disse. "Vai chamar a sra. Hilda do outro lado da rua. Ela é enfermeira."

Noelia segurou a mãe. Nelson hesitou por um instante.

"Vai agora", disse Noelia.

Ele fez o que ela mandou.

Fui eu que atendi a porta.

# 19

Eu tinha chegado no ônibus de San Jacinto naquela manhã. Assim começou meu envolvimento direto com tudo isso. Eu não tinha nenhum plano sério para minha visita: ficar umas poucas semanas, talvez, não mais que isso, passar um tempo com meus pais, ajudar meu pai a consertar o telhado da casa deles. Eu tinha levado alguns livros para ler, os longos, que eu nunca conseguia arranjar tempo para ler na capital, e estava decidido a me divertir. Quanto ao telhado, eu estava legitimamente entusiasmado com a tarefa, um fato que surpreendeu até a mim. A ideia de trabalhar com as mãos, como meu pai fizera sua vida inteira, como seu pai fizera antes dele, parecia sedutora. Nos dias antes de partir para minha cidade natal, devo ter sentido algo semelhante ao que Nelson sentira, logo antes de embarcar na viagem: a perspectiva inebriante de mudança, o desejo de agitar minha vida, mesmo que fosse só de leve, só por um tempo. Eu tinha sido demitido e estava entediado. Meus amigos me entediavam, minhas rotinas. O quarteirão onde eu morava, com suas fachadas de lojas insípidas e seu barulho constante. O cinza implacável do céu da cidade grande me entediava infinitamente, e toda manhã, quando eu saía nas ruas, me imaginava agachado no telhado da casa dos meus pais em T—— depois de umas poucas horas de trabalho (cujos detalhes eu tinha dificuldade de visualizar), olhando para o vale, os morros, o céu azul como num desenho animado, e me sentindo bem comigo mesmo. Orgulhoso. Fazia muitos meses que eu não me sentia daquele jeito.

Nesse dia em que Nelson chegou, parte de mim não conseguia acreditar que eu estava em T—— outra vez. Fazia cinco ou seis anos que eu não voltava. Tudo estava igual, e no entanto não era, de modo algum, do jeito que eu lembrava, como se cada elemento da casa da minha infância tivesse sido substituído por uma versão menor, e menos impressionante, de si mesma. Meu antigo esconderijo, por exemplo, a árvore no pátio — dali eu passara muitas horas espionando meus pais. De vez em quando os via discutirem, mas em certa visita de uns parentes em T——, também os vi se beijando. Eu devia ter oito ou nove anos, e nenhum gesto poderia ter sido mais chocante. Todas as demonstrações de afeto eram escrupulosamente escondidas de nós, as crianças, e vê-los se tocando assim sem constrangimento me deixara atônito. Minhas lembranças desse momento são vívidas, mesmo cinematográficas, mas a árvore, eu percebi agora, não poderia de modo algum ter escondido meu corpo; era magra e fraca, com galhos estreitos cheios de nós, e umas poucas folhas esparsas, capaz de esconder um gato mas não um menino — e fui forçado a considerar a possibilidade real de que meus pais tinham se beijado com plena consciência de que eu estava os observando.

Era isso que eu estava pensando quando Nelson chegou. Alguém bateu à porta, e minha mãe gritou da cozinha que era para eu atender. Fui até a porta. Ele era esguio, de cabelo castanho-escuro ondulado, meio grande demais, e olhos estreitos que transpareciam uma preocupação real. Era jovem, mais ou menos da minha idade, o que talvez não fosse importante em nenhum outro contexto, mas certamente era num lugar como T——. É provável que, no dia em que nos conhecemos, Nelson e eu fôssemos os dois únicos homens de vinte e poucos anos na cidade inteira. Eric, o assistente do prefeito, era nosso contemporâneo mais próximo e ainda estava no ensino médio. Então nos encaramos, um sem acreditar muito na presença do outro. Se não havia cumplicidade, havia no mínimo curiosidade.

Mas só o que ele disse foi, "Tem um problema na casa em frente". Então ele perguntou pela minha mãe. Disse que Noelia precisava dela. Sem entender muito bem, eu a chamei. Embora eu tenha oferecido, ele não quis entrar; porque não tinha nada para dizer, eu disse meu nome. O estranho acenou com a cabeça e se apresentou como Rogelio.

Era um hábito, imagino. Não lembro se apertamos as mãos.

"A sra. Anabel caiu e bateu a cabeça", ele disse para minha mãe quando ela veio até a porta, e uns poucos instantes depois nós três tínhamos atravessado a rua e estávamos parados no pátio. É disto que eu lembro: a sra. Anabel sentada no chão, ao sol, parecendo muito pequena, muito frágil. Ela se deixara afundar nos braços de Noelia, e a princípio não parecia estar sentindo dor alguma, porém saía de sua boca uma tal enxurrada de palavras — nomes, meias-frases, perguntas — que era evidente que ela não estava bem. Noelia estava tentando acalmá-la, e a limpara o melhor que conseguira com a manga da camisa, que tinha manchas rosadas de sangue. Havia um galo assustador na testa da mulher, e ela não parava de encostar nele com cuidado, depois afastando a mão.

"Não encoste", Noelia disse várias vezes. "Deixa isso assim. Você vai ficar bem."

Eu não tinha tanta certeza.

Minha mãe correu até lá, e a expressão de Noelia foi de alívio. Observei minha mãe em ação. Ela pediu à sra. Anabel que explicasse o que tinha acontecido. Depois, que seguisse seu dedo com os olhos. "A senhora consegue se levantar?", minha mãe perguntou. "Consegue mexer os dedos dos pés?"

A sra. Anabel não respondeu a nenhuma das perguntas diretamente. Seguiu o dedo da minha mãe, que se deslocava para a esquerda, e então ficou ali parada com o olhar fixo no espaço vazio à sua frente.

Ouvi minha mãe suspirar.

Juntas, minha mãe e Noelia ajudaram a frágil senhora a ficar em pé. Ofereci ajuda, mas minha mãe fez um gesto para eu ficar longe. Elas a equilibraram. Espanaram suas roupas. A sra. Anabel tinha um corte no cotovelo também, e o levantou para que fosse examinado. Observei minha mãe limpar a sujeira do ferimento e catar algumas pedrinhas que haviam grudado na pele rachada.

Então elas praticamente a carregaram até o quarto.

A sra. Anabel não estava morrendo, ou pelo menos não me pareceu que estivesse — mas estava à beira de alguma coisa. Isso soa inexato, eu sei, e talvez careça de uma certa precisão médica, mas o que quero dizer é que mesmo naquele momento, nos primeiros instantes após sua queda, a sra. Anabel parecia estar oscilando entre dois estados de consciência. Sua voz ficava acelerada e depois decaía, depois crescia outra vez; e nem minha mãe nem Noelia, e muito menos a própria sra. Anabel, eram capazes de controlá-la. Observei-a atravessar o pátio, sustentada por Noelia e minha mãe, e era quase como se ela estivesse flutuando, seus pés quase sem encostar no chão. Ela cuspia um fluxo constante de palavras, chamando amigos e parentes, chamando Rogelio, Jaime, seu marido, muito claramente começando a entrar em pânico.

Fizemos contato visual quando ela passou por mim. "Cadê todo mundo?", ela perguntou, mas eu não respondi.

Noelia e minha mãe levaram a mulher para dentro, e Nelson e eu também entramos. Após uns poucos instantes, minha mãe anunciou que receava que a sra. Anabel talvez tivesse sofrido uma concussão. Teríamos que observá-la com muito cuidado ao longo das próximas horas. O perigo estava aumentando, e já que ninguém a vira cair, não tínhamos como saber quão grave realmente era.

Eu não queria estar lá. Não queria ouvir nada daquilo. Ver aquela mulher soltou algo dentro de mim; como se eu fosse um garotinho, de repente constrangido com a nudez, despreparado para ela, e envergonhado. Eu não devia estar aqui, pensei, e de algum modo essa emoção me pareceu altruísta na época, embora eu agora veja que era justamente o contrário. Eu não estava respeitando a privacidade da sra. Anabel; estava me protegendo de algo que temia instintivamente. Isso também ficou claro: o rapaz parado ao meu lado sentia quase a mesma coisa. Lá fora, a terra brilhava sob um miraculoso céu dos Andes, porém, encolhida no canto do seu quarto, a sra. Anabel exalava apenas escuridão. Era como estar diante da entrada de uma caverna profunda e sentir na pele seu hálito frio.

Minha mãe e a sra. Anabel ficaram sussurrando por um instante, a velha senhora balançando a cabeça várias vezes. Então, numa voz surpreendentemente alta, ela chamou por Rogelio. Virei-me para Nelson (embora esse ainda não fosse seu nome para mim), que tinha os olhos no chão, suas mãos irrequietas por um tempo imóveis, enfiadas nos bolsos da calça jeans. Ele balançou para a frente e para trás, muito devagar, e então, sem uma palavra, virou-se e saiu do quarto. Mesmo agora, esse gesto parece muito cruel, e olhei para a sra. Anabel, depois para minha mãe, depois para Noelia, que deu de ombros. Não havia nada para eu fazer ali, por isso fui atrás dele.

Encontrei Nelson andando de um lado para o outro no pátio, alternando o olhar entre seus pés e o céu. Fiquei sentado junto à parede, aliviado de estar ao ar livre, e observei aquele volúvel desconhecido, cuja demonstração teatral de ansiedade me aliviou da necessidade de demonstrar a minha própria. Havia naquilo algo muito genuíno e, ao mesmo tempo, exagerado. Perguntei a ele o que tinha acontecido, e Nelson franziu a testa.

"Meu nome não é Rogelio", ele disse.

"Então qual é?"

"Nelson", ele respondeu, depois pediu desculpas por ter me enganado.

Eu disse que não importava.

"Você mora aqui?", ele perguntou. "Não tinha visto você."

"Estou de visita. Minha mãe mora do outro lado da rua. Mas você sabia disso."

"Esse é meu quarto", ele disse, apontando com o braço semierguido em direção ao recinto onde dormia. "Faz três semanas que estou aqui. Quase." Ele então balançou a cabeça, como se ficasse tenso de sequer pensar nessas três últimas semanas.

"Você é da capital?", eu perguntei, embora soubesse a resposta só de olhar para ele.

"Sou."

E então, por algum motivo, perguntei se ele gostava da nossa cidadezinha.

Ele deu um sorriso frouxo, depois encolheu os ombros. "É muito bonita", disse, o que eu já teria esperado que ele dissesse. Então ele continuou: "O que não consigo entender é o que as pessoas fazem para se divertir aqui."

Era um comentário estranho. Tão estranho e deslocado quanto a minha pergunta, talvez. A sra. Anabel estava ferida e surtando a uns poucos passos de nós, e de repente Nelson parecia estar achando graça, como se a ideia de diversão só tivesse lhe ocorrido agora, como se *essa* fosse sua queixa — a falta de diversão —, e não a cena terrível que se desenrolava no outro quarto.

"É isso que você não consegue entender?"

Ele deu uma risada nervosa. Por isso, gostei dele. "Entre outras coisas."

"O que você está fazendo aqui?"

Nelson deu de ombros. "Sabe de uma coisa? Não lembro."

"Ela é sua avó?", eu perguntei.

Eu sinceramente não fazia ideia de qual podia ser a ligação entre eles.

Ele negou com a cabeça, mas não explicou.

Minha impressão sobre ele, nesses primeiros momentos que passamos juntos, era de alguém que perdera o caminho. Ele era hesitante, irresoluto. Não demonstrou o mínimo interesse pela minha presença. Eu poderia ser qualquer pessoa. O sol estava nos meus olhos, e, quando olhei para Nelson agora, era quase como se ele estivesse sendo engolido pela luz.

"A sua gente sabe que você está aqui?", perguntei.

"A Ixta sabe", ele disse.

"Quem?"

"Minha garota."

O nome chamou minha atenção. Eu nunca tinha conhecido ninguém com aquele nome. Nunca nem ouvira aquele nome antes, na verdade.

Foi então que Noelia pôs a cabeça para fora do quarto onde a sra. Anabel estava definhando. Tinha um olhar de preocupação. "Vai até a loja", ela disse. "Pede pro Segura água oxigenada, aspirina e gaze."

Nelson concordou, mas não fez movimento algum em direção à porta.

"E tente falar com o Jaime. O Segura tem o número." Noelia franziu a testa para mim, para minha presença desnecessária. Não tínhamos nem nos cumprimentado. "Você vai com ele." Éramos dois rapazes sendo enxotados de uma crise. Enviados para cumprir uma tarefa, feito crianças. Fiquei feliz de ser dispensado.

Tirando a caminhada até a casa dos meus pais naquela manhã, aquele passeio com Nelson foi o meu primeiro em muitos anos pelas ruas de T——. Eu estava sempre equivocado em minhas lembranças daquele lugar. A árvore raquítica no pátio era apenas um sintoma de uma disfunção mais ampla. Na minha mente, a igreja trancada sempre estivera aberta; a praça poeirenta, malcuidada, sempre fora limpa e arrumada. Era uma cidade onde as pessoas não bem morriam, mas sim desapareciam muito lentamente, como uma fotografia desbotando com o tempo. E lá estava eu de novo.

O ônibus em que eu viera naquela manhã ainda estava estacionado na praça, preparando-se para a viagem de volta a San Jacinto. Havia uns poucos moradores locais perto da porta aberta. Punham as malas no bagageiro, reacomodavam-nas, abriam espaço e atochavam mais algumas. Os ônibus como aquele nunca estavam lotados. Partiam meio vazios e catavam passageiros no caminho, tantos quantos coubessem. Nelson olhou de relance na direção do ônibus. Devo ter comentado alguma coisa sobre T—— não ser do jeito como eu lembrava. Passara a manhã inteira tendo versões dessa conclusão tão banal.

"Como era?", Nelson perguntou, com uma curiosidade que parecia genuína.

"Maior", eu disse, embora essa palavra não fosse exatamente correta. Pensei outra vez em minha infância, à sombra daquelas montanhas, debaixo daquele céu, e foi a única palavra que me veio à mente.

"A infância de todo mundo parece maior vista de longe", disse Nelson.

Segura cumprimentou nós dois com cordialidade, mesmo eu, embora provavelmente fizesse anos que não me via. Nelson foi direto ao ponto: água oxigenada, aspirina e gaze. Segura balançou a cabeça, triste. "Gaze eu tenho", ele disse. "E aspirina. De quantas vocês precisam?"

Nelson levantou a mão aberta, e Segura abriu um frasco empoeirado, e com cuidado derramou cinco comprimidos num pequeno envelope. "Mais alguma coisa?"

"Preciso dar um telefonema."

Segura tirou o telefone de baixo do balcão. Nelson escreveu um número no caderno vermelho do vendeiro, enquanto o velho passava um longo instante e gastava uma energia considerável desemaranhando o fio. Quando concluiu essa tarefa, debruçou-se sobre o aparelho e levantou o fone, colocando-o cuidadosamente junto à orelha.

"A linha está boa hoje."

Nelson concordou. "Deve ser o tempo bom."

"Graças a Deus", respondeu Segura. Ele olhou para o papel com os olhos estreitos, depois o teclado, antes de apertar os números deliberadamente, como se escolhesse quais eram seus favoritos.

Enquanto isso tive tempo de olhar em volta: tempo bastante para ver os nós de poeira pairando num feixe de luz do sol, de testar meu peso em partes diferentes do chão de madeira empenada que rangia, de notar as prateleiras vazias da loja, exibindo um de cada item — um único sabonete, uma única caixa de macarrão, uma única garrafa de Coca-Cola — como se estes artefatos não estivessem à venda, mas sim fossem guardados como recordações visuais de um modo de vida perdido.

"Está chamando!", anunciou o velho vendedor numa voz alegre, que parecia deslocada naquela loja tristonha.

Saí para a rua e sentei na sarjeta, fechando os olhos para o sol do começo de tarde. Ouvia Nelson falando dentro da loja, apenas o murmúrio ascendente e descendente de sua voz, e não fiz esforço para distinguir as palavras em si. De qualquer modo, eu não entendia muito bem o que estava acontecendo e sentia apenas vagamente que aquilo tinha alguma ligação comigo. Havia uma mulher frágil e ferida, uma vizinha dos meus pais, até aí eu sabia; e aquele desconhecido, cuja condição de forasteiro em T—— o tornava reconhecível. Além disso, não havia nada, apenas a confusão normal que um jovem sente ao ser confrontado com o lugar onde nasceu. Meus pais estavam chegando perto da velhice, e se tinham voltado para cá em busca de conforto, parte de mim sabia que eles também tinham voltado para morrer. Não agora, talvez não em breve, mas algum dia. A pele macilenta e os olhos vermelhos de sangue da sra. Anabel tinham deixado isso claro para mim. O modo como minha mãe correra até ela era apenas uma confirmação. Eu teria preferido não pensar nisso tudo, e portanto, quando senti um tapinha na cabeça, gostei da interrupção. Era Segura, que sorriu para mim e, não sem algum esforço, baixou seu corpo até a sarjeta, colocando a mão no meu ombro para se equilibrar. Quando estava sentado e confortável, estendeu suas pernas curtas diante de si, apontando os dedos dos pés para o céu, e soltou um longo suspiro satisfeito. Então levantou a aba do boné e deixou que o sol atingisse seu rosto.

"Eu gosto de dar um pouco de privacidade para os meus clientes", ele disse, piscando.

Fiz que sim com a cabeça, não porque concordasse, ou achasse engraçado ou mesmo entendesse de fato; fiz isso porque tinha sido treinado a vida inteira para concordar com os mais velhos. Se eu às vezes me esquecia disso quando estava na capital, o hábito me voltava instantaneamente em T——.

O vendeiro não esperou minha resposta. "Você é o menino da família Solis, não é?"

"Sou", eu disse.

"Veio aqui ajudar o seu pai com o telhado, imagino?"

Confirmei com a cabeça, nem um pouco surpreso por ele saber da minha vida.

"Você é um bom menino." Ele fez uma pausa. "O Rogelio ali dentro é seu amigo?"

E de novo, por respeito, concordei. "Meu vizinho", eu disse, notando brevemente que o nome do desconhecido mudara mais uma vez.

"Ele está sempre aqui, sempre telefonando. O irmão dele vai ter uma conta grande para pagar quando voltar para cá."

Então Segura juntou as mãos ao pensar naquilo, um gesto não tanto de ganância mas de aflição. Logo percebi que aquele dinheiro, aquele lucro extra, já havia sido gasto. Para que eu não o entendesse mal, o velho começou a explicar que os negócios haviam desacelerado de várias maneiras desde a última vez que eu viera visitar. Escutei com respeito, e quando chegou o momento certo, contei a ele que Anabel não estava bem. A gaze, a aspirina — eram para ela.

"Faz muitos anos que ela não está bem."

"Desta vez é diferente. Ela caiu."

Segura balançou a cabeça. "Na idade dela, isso pode ser muito ruim."

Nesse instante Nelson saiu da loja. Ficou parado na soleira da porta, estreitando os olhos para protegê-los do sol. O vendeiro e eu viramos na sua direção.

"Não consegui falar com ele", Nelson anunciou.

Segura lançou-lhe um olhar confuso. "Isso é estranho."

"Acontece."

"Quer que eu disque de novo?"

Nelson fez que não com a cabeça.

"Só a gaze e a aspirina, então?"

"Claro", disse Nelson. "Anote na conta."

O movimento em volta do ônibus agora cessara quase por completo, com os últimos passageiros embarcando. Uma brisa leve espalhava umas poucas folhas pela praça, e o motorista buzinou duas vezes para anunciar sua partida iminente. O som perpassou a cidade como um tiro. Umas poucas cabeças apareceram nas janelas; um cachorro que estava dormindo sentou-se assustado e olhou na direção do ônibus.

Nelson olhou também. Suas costas e seus ombros estavam retos, e de onde eu estava sentado, ele parecia quase uma estátua. O ônibus engrenou a marcha com um estalo e lentamente contornou a praça na nossa direção. Sem dizer uma palavra, Nelson foi para o meio da rua e impediu o caminho. Tudo aconteceu muito devagar. Havia algo de robótico em seus movimentos, como se ele estivesse sendo puxado por uma força irresistível. Ele ergueu a mão aberta diante de si, e o ônibus desacelerou até parar. A porta se abriu. Nelson olhou na minha direção uma última vez e então embarcou.

# Parte Quatro

# 20

Uma semana depois, numa tarde frígida de meio de julho na capital, alguém bateu nos portões do Olímpico. Fazia quase um mês que a campainha não funcionava, e Patalarga estava acostumado a passar longos períodos sem interrupção; portanto, durante vários minutos, continuou fazendo suas coisas, quase sem notar o som.
O que eram *suas coisas*?
Desde que ele voltara da turnê, não era mais claro. A escala da tarefa que ele tinha pela frente, a restauração do Olímpico, parecia esmagadora; nem era só o teatro que precisava ser restaurado. Ele sempre fora dado a acessos de tristeza, mas a intensidade daquele sentimento era totalmente nova.
Quando Patalarga finalmente foi até o portão, encontrou Nelson tremendo. O inverno chegara ao litoral com a crueldade de sempre; o céu sem cor, o ar úmido do mar, e tudo se refletia nos olhos apertados das pessoas na calçada, que passavam pelos dois amigos reunidos como se fizessem força contra um peso impossível. Qualquer que seja a sensação de ser bem-vindo, as ruas da cidade ofereciam justamente o contrário; e Nelson parecia, em todos os aspectos, despreparado para voltar para casa. Fisicamente, estava um bagaço. Vestia as mesmas roupas que estava vestindo no momento em que subira no ônibus em T——. E isso também era claro: espiritualmente, ele estava em outro lugar. Dava para ver nos seus olhos.
"Parecia que ele não dormia fazia um mês", disse Patalarga. "Que não dormia desde que o havíamos deixado."
Ou talvez: como se tivesse vindo a pé da rodoviária, atravessando metade da cidade. Ou ainda mais exatamente: como se tivesse viajado durante uma semana apenas com o pouco dinheiro que tinha no bolso naquela tarde em T——; como se tivesse sobrevivido por dias e cruzado muitas centenas de quilômetros negociando ou pedindo caronas em cidadezinhas nas províncias, fazendo sua jornada em silêncio, sofrendo de frio e tontura com

a altitude; como se, nesse período, tivesse se acostumado tanto ao silêncio externo quanto à agitação interior. Medo. Como se tivesse cansado de se explicar para estranhos e começasse a fazer tudo o que podia nesses dias para ficar invisível. Como se todo o seu dinheiro tivesse sido gasto antes do meio da viagem, e desde então ele tivesse comido apenas o que lhe era oferecido por uma ou outra família gentil que por acaso se apiedasse dele: um dia uma lata de cajus e um copo de suco, meia manga e uma Coca-Cola no dia seguinte. Havia evidências dessas refeições em sua camiseta, que ele não tivera a oportunidade de lavar. Estava sem casaco e não tinha feito a barba. Seu cabelo estava crescido e mais desgrenhado que o normal. E, mesmo assim, havia algo delirante em sua exaustão, algo que Patalarga reconheceu imediatamente: Nelson não estava feliz, nem despreocupado, nem mesmo otimista — mas parecia liberto.

"Perguntei como ele tinha chegado aqui, e ele deu risada."

"Pelo caminho comprido", ele disse.

Entrando no teatro, Patalarga cuidou das necessidades mais imediatas de Nelson. Emprestou-lhe uma camisa limpa e um agasalho, preparou comida para ele e pôs uma chaleira para ferver. Uns poucos minutos depois, os dois estavam sentados na orquestra, bebendo chá e contemplando o palco vazio onde tinham se encontrado pela primeira vez, não tantos meses antes.

Enquanto Nelson comia, foi Patalarga quem mais falou. Ele não se importava. Sentia-se muito sozinho desde o fim abrupto da turnê, e a transição para sua casa tinha sido mais difícil do que ele esperava. Ele descobriu que gostava de estar na estrada. Descobriu que sua mulher, Diana, não se incomodava em passar longos dias sem ele. Descobriu que ela decidira, enquanto ele estava fora, que queria filhos afinal. Este último ponto era agora o centro de todos os desentendimentos: se eles discutiam por causa dos pratos, ou da roupa, ou das contas, ou do carro, ou da família dele, ou do emprego dela, ou a que filme assistir ou o que fazer para o jantar, Patalarga entendia que eles na verdade estavam discutindo sobre esse outro assunto mais premente. Era exaustivo. A vida de Diana tornara-se decepcionante para ela, e, por extensão, Patalarga também. "Se você morrer, eu não vou ter nada", ela lhe dissera certo fim de tarde, e ele cometera o erro de responder, "Você vai ter o Olímpico". Naquela noite, por acordo mútuo, ele tinha saído de casa e estava dormindo no teatro desde então. Seis noites agora. Patalarga estava envergonhado. Sentia falta dela. Era apenas seu orgulho que o impedia de voltar para casa, algo que ele compreendia muito claramente. Mas um homem nada pode diante de seu próprio orgulho.

"Você não me disse que um filho é sempre uma boa notícia?", Nelson perguntou.

"Num nível abstrato."

"Você não queria ter um?"

"Onde nós íamos colocar?", disse Patalarga, encolhendo os ombros.

Nelson comeu seu lanche simples (dois pãezinhos guarnecidos com um pedaço de abacate e uma fatia de queijo); bebericou seu chá e escutou seu amigo sem julgá-lo. Ou sem parecer julgá-lo, o que é tão importante quanto. Patalarga continuou falando, e às vezes Nelson fechava os olhos, como se estivesse profundamente concentrado. Na maior parte do tempo, ficou em silêncio. Pensando. Processando. De acordo com Patalarga, parecia "um homem flutuando dentro de um sonho".

Depois de engolir o último pedaço, Nelson ficou de pé, deixou seu prato vazio equilibrado no braço da poltrona e andou na direção do palco. Na metade do corredor ele parou, com as mãos na cintura, seu olhar percorrendo o palco da esquerda para a direita, depois no sentido contrário. Esta é a imagem mais vívida que Patalarga lembra daquele dia: Nelson com os cotovelos dobrados, sua silhueta magra enquadrada pelas cortinas do teatro decrépito.

"Fiz a ele a pergunta que estava na minha mente, a única que consegui pensar", Patalarga me contou depois.

Que era a seguinte: "Você está encrencado?"

A voz de Nelson ressoou no recinto. "Sim. Acho que estou."

Patalarga foi para junto do amigo. Os dois avançaram até a frente do teatro, onde Nelson subiu no palco e sentou-se, assim como Henry fizera naquele primeiro dia de ensaio: exatamente no mesmo ponto, na verdade, com os pés pendurados para fora assim como Henry ficara. Nelson, diferentemente de Henry, deixou que eles balançassem, num gesto quase lúdico, golpeando algumas vezes o palco oco de madeira com os calcanhares. O som retumbou no teatro vazio como um bumbo gigante.

"Então, o que aconteceu?", perguntou Patalarga.

Nelson balançou a cabeça. "A questão é essa. Na verdade eu não sei. A velha levou um tombo. Naquele último dia, logo antes de eu ir embora, ela caiu e bateu a cabeça."

"E?"

Nelson encolheu os ombros. "Não parecia tão grave no começo. Mas depois, sim. Ela estava meio que tendo um colapso."

"E você foi embora?"

"Fui", ele disse, com o sangue subindo à face. "Isso foi uma semana atrás."

Agora ele estava com pressa. Cada dia contava. Ixta estava tocando sua vida adiante. Uma semana em T—— não parecera ruim, doze dias era factível, mas quanto mais aquilo se estendia, pior ficava. Ele começou a descrever as intermináveis horas em T——, suas rotinas sem alegria. Havia algo essencialmente triste naquele lugar, ele disse. O desafio não era a atuação; era manter o foco. Lutar contra o tédio. Enfrentar a melancolia, que era quase química. Estava pairando no ar. De manhã, dava para sentir o cheiro.

"É fumaça de madeira", disse Patalarga.

Nelson discordou com a cabeça. "Era uma prisão."

"Pergunta para o Henry o que ele pensa a esse respeito. E quanto ao Jaime?"

"Ele prometeu voltar, com o meu dinheiro, mas nunca voltou." Nelson deu um suspiro. "Quanto tempo eu ia ter que esperar?"

"E o que você achou quando ele te contou tudo isso?", perguntei a Patalarga.

Isso foi meses depois, durante nossa última entrevista. Estávamos sentados dentro do Olímpico, que, mesmo em seu estado decrépito, conservava uma beleza imponente; trocamos histórias sobre Nelson, um rapaz com quem eu passara não mais de uma hora, mas que agora eu sentia ser quase uma versão de mim mesmo. Àquela altura, ninguém mais achava estranha nossa relação. Nem eu mesmo.

"Eu entendi por que ele tinha ido embora, mas imaginei minha própria mãe, caindo daquele jeito. Ele não devia ter partido assim, e eu disse isso a ele. Devia ter esperado para ver se ela estava bem."

Foi isso que todos nós sentimos em T——. Na verdade, fui eu que precisei explicar o que ele tinha feito. Primeiro para Noelia e minha mãe; depois todo mundo queria saber: o que ele disse antes de embarcar no ônibus? Como ele parecia estar? Transtornado, esperançoso, bravo? Depois que a sra. Anabel morreu, as histórias começaram a surgir: que ele roubava da velha. Que a matara. Que Noelia se apaixonara por ele. Nas semanas seguintes ao desaparecimento de Nelson, as pessoas pediam que eu — logo eu! — confirmasse ou desmentisse essas teorias. Quantas vezes eu disse que mal sabia quem ele era? Que tinha acabado de conhecê-lo? Até Jaime, quando finalmente chegou à cidade, me arrastou para fazer umas perguntas ríspidas.

Nada disso importava para Nelson. "Eu vim por causa da Ixta", ele explicou a Patalarga naquela primeira noite no Olímpico. Nem é preciso dizer que essa resposta não teria satisfeito ninguém em T——.

"Então o que você vai fazer?", Patalarga perguntou.

Ele não tinha um plano, apenas uma sensação de urgência no peito que mal conseguia suportar. Passara dias viajando para longe da cidadezinha, refazendo o percurso acidental do Diciembre em direção à costa, e seu objetivo o tempo todo tinha sido livrar-se daquela pressão em seu coração. "Eu preciso vê-la", ele disse a Patalarga.

"E se ela não quiser te ver?", perguntou Patalarga. Estava pensando, com pesar, em sua própria mulher.

Nelson franziu a testa. "Mas ela quer."

Da semana de Nelson na estrada, sabemos de fato o seguinte: uns poucos dias após o começo da jornada, ele conseguiu falar com Ixta de uma cidadezinha chamada La Merced. É até possível (embora não confirmado) que ele tenha gasto o último dinheiro que lhe restava pagando por essa conversa frustrante de três minutos. Ela não lembra muito a esse respeito ("A essa altura, isso realmente importa?", ela disse quando lhe perguntei), apenas que Nelson reiterou as coisas que dissera quando lhe telefonara da loja de Segura, em seu último dia em T——. Que estava indo vê-la. Que ela devia esperar por ele. Outra vez esse tom de voz esperançoso, cheio de ansiedade. Implorando, pode-

-se dizer. E se Ixta lhe deu a impressão de que queria vê-lo, "Bom, eu não pretendia dar", ela me disse. "Não devia ter dado. Mas ele foi muito insistente. E sim, aquilo me lisonjeava. Eu estava solitária, você entende."

"Simplesmente bater na porta dela", disse Patalarga. "Assim de cara?"

Nelson confirmou com a cabeça.

Patalarga não discordou: além disso, achava que era provavelmente o único jeito de resolver as coisas. Mas tendo ouvido a história da partida de Nelson, ele tinha um outro receio, um pouco diferente:

"E se a velha não sobreviveu? Como você acha que o Jaime vai reagir?"

Nelson ficou em silêncio.

"Ele vai mandar alguém atrás de você, não vai?"

"Ele tem meu endereço. Ficou com a minha carteira de identidade. É por isso que eu preferiria ficar aqui. Se for tudo bem."

Naquela primeira noite, eles dormiram no palco do Olímpico, e o teto lhes pareceu tão alto que era como se estivessem acampando sob um céu escuro e infinito. Eles concluíram que estavam seguros ali. Criaram algumas metáforas capengas mas agradáveis: o teatro era um velho galeão singrando os mares, ou uma caverna escondida no fundo da terra, ou um *bunker* abrigando dois velhos guerreiros grisalhos, os últimos do que outrora tinha sido um grande exército, agora contemplando a derrota inevitável. Eles riram muito. Resolveram o enigma do casamento claudicante de Patalarga. Lembraram de Henry em tons de voz geralmente reservados a um falecido. Nelson não conseguia acreditar que seus dois amigos não estavam se falando. Costumava pensar neles como uma unidade indivisível.

Patalarga também. "Ele vai aparecer", ele disse, sem acreditar de fato, e Nelson concordou com um aceno educado da cabeça.

Eles conversaram durante horas. Nelson descreveu a manhã terrível do tombo da sra. Anabel, que segundo ele era o fim lógico de sua estadia em T——. Ele não sentia culpa, apenas alívio de ir embora.

"Mais uma semana ali, e talvez eu mesmo tivesse empurrado a velha."

Ambos deram risada, depois ficaram em silêncio por um tempo, até que Nelson disse, "Eu nunca devia ter ido nessa turnê, sabe?"

"Foi isso que o Henry disse no ônibus, na volta."

"Se eu nunca tivesse saído da cidade, estaria com a Ixta agora."

"Eu disse a ele que nunca dá para saber esse tipo de coisa", Patalarga deu um suspiro. "As pessoas acreditam no que querem acreditar."

Isso é um fato.

Quando Patalarga acordou no dia seguinte, Nelson já tinha saído.

Naquela manhã, no silêncio do teatro vazio, Patalarga fez mais uma tentativa de entrar em contato com Henry. Disse a si mesmo naquele momento (como dissera em todas as ocasiões) que estava fazendo aquilo por seu velho amigo, insistindo por lealdade, mas depois admitiu que seus motivos eram mais egoístas do que isso. Patalarga também não estava bem. Tinha apenas quarenta anos, distanciado da esposa, dormindo no palco de um teatro abandonado. A gravidade de sua própria situação deixava claro que ele não podia se dar ao luxo de desistir de amigos como Henry.

Suas conversas esparsas naquelas poucas semanas desde o fim da turnê tinham sido curtas e insatisfatórias. Essa ocasião não seria diferente. O telefone tocou por um tempo que pareceu infinito, e Patalarga apenas deixou tocar. Um minuto, depois outro. Ele não tinha nenhuma expectativa real. Quando Henry enfim atendeu, seu "alô" foi forçado, pouco mais que um sussurro; então ele pediu desculpas, limpou a garganta e tentou de novo. Desta vez foi melhor. Patalarga riu consigo mesmo. Henry estava atuando. Não respondia às perguntas, apenas completava as frases afirmativas que Patalarga começava por ele:

"E você está...?"

"Bem."

"Ocupado com...?"

"Trabalho."

"Sentindo mais ou menos...?"

"Paz."

Eles falaram assim por não mais que três minutos, tempo em que Patalarga informou Henry da notícia que dizia respeito a eles dois, de que Nelson tinha voltado.

"E você acha essa notícia...?"

"Boa", disse Henry.

Patalarga suspirou. "Estamos no Olímpico, se você quiser nos ver."

Henry não disse sim nem não; e a conversa, como lembra Patalarga, não exatamente terminou, mas sim escapou dos dois: um balãozinho amarrado num barbante, deslizando por entre os dedos de uma criança. Em sua mente, Patalarga observou esse balão subir até o céu e desaparecer. "Chegou uma hora em que eu percebi que não estava falando com ninguém. Meio que dei uma risada e desliguei."

E depois disso, ele passou um instante sentado no teatro escuro, tentando tomar coragem para ligar para sua mulher, para pedir desculpas.

Quanto a Nelson, ele acordara antes do amanhecer, tomara um banho, fizera a barba e saíra do Olímpico cheio de esperança. Tinha dormido muito pouco, mas, estando na rua, não sentiu nada além de energia. O trânsito matutino acabava de despertar, a recusa obstinada da cidade em capitular diante de outro dia tristonho de inverno. E Nelson — ele também não ia desistir. Ele também ia lutar. Aquela pressão no peito, que ele vinha sentindo havia uma semana ou mais, ainda estava lá; ele passara a pensar naquilo como parte de si mesmo. Caminhou na direção do escritório de Ixta, e, por volta das sete, ainda nem na metade do caminho, entrou num café lotado. Não estava com fome; só queria ver de perto os homens e as mulheres que estavam juntos ali. Eram, sem exceção, pessoas barulhentas, malcriadas e rudes; e foi justamente essa rudeza que fez Nelson lembrar das coisas da cidade grande de que sentira falta. Ele amava aquela gente, amava o som de seu riso, o jeito como interrompiam uns aos outros. Eles contavam piadas vulgares enquanto bebiam expresso, sacudiam jornais com fúria para sublinhar a validez de suas queixas. Maldiziam políticos, caçoavam de celebridades, reclamavam das suas famílias. O lugar estava tão cheio que ninguém veio anotar o pedido de Nelson, por isso ele ficou em pé num canto, contente em observar tudo aquilo em silêncio. Quando não aguentava mais, fechou os olhos e apenas sentiu o cheiro do lugar: o aroma intenso de café e leite fervido, pão fresco e linguiça. Abriu os olhos outra vez e notou o comprimento do balcão de madeira; o brilho do corrimão de metal polido que levava ao salão no andar de cima; e as pinturas a óleo nas paredes, telas heroicas compostas por artistas que já estavam mortos quando seu pai era apenas um menino de calça curta.

Sabemos que Nelson parou aqui porque por acaso um tio dele, Ramiro, casado havia duas décadas com Astrid, irmã de Mónica, o avistou. Ele era freguês daquele restaurante desde 1984, e hoje o café matinal viera a ser o ponto alto de seu dia. Fazia mais de um ano que ele não via o sobrinho, e o rapaz estava tão mudado que Ramiro nem o reconheceu a princípio. Assim que viu que era ele, o tio andou até Nelson, movido em parte por curiosidade, em parte por obrigação familiar (Ramiro era acima de tudo um homem correto), e deu-lhe um abraço entusiasmado. A breve conversa dos dois foi assim:

>TIO RAMIRO: Sobrinho!
>NELSON: ...
>TIO RAMIRO: O que você está fazendo aqui? Quando você voltou?
>NELSON: ...
>TIO RAMIRO: Como foi a turnê?
>NELSON: ...

E assim continuou, por intermináveis minutos. Nelson respondeu a todas as perguntas com um olhar vazio, exceto uma. Ramiro perguntou, "Aonde você está indo?"

"Eu vou ser pai", disse Nelson.

Ramiro abriu um sorriso generoso, com um toque de condescendência, como se uma coisa dessas fosse inconcebível.

"Que maravilha."

A conversa terminou; o olhar estático de Nelson o deixou nervoso.

Uma hora depois, Ramiro estava no telefone, contando a sua esposa que Nelson devia estar usando drogas. Omitiu qualquer menção à paternidade iminente do sobrinho, fato em que ele simplesmente decidira não acreditar. Astrid, por sua vez, lealmente transmitiu a mensagem apreensiva de Ramiro a sua irmã, que recebeu a notícia relativamente bem. Sabia que o filho não estava usando drogas, mas não conseguiu deixar de ficar preocupada assim mesmo. Por que ele não tinha ligado para ela para dizer que chegara? No meio da manhã, Mónica praticamente desistira de trabalhar. Disse aos colegas que não estava passando bem, o que era verdade, e foi direto para casa para esperar o filho.

Ela cruzou a cidade de táxi, pensando em Nelson.

Pagou o motorista com duas notas tiradas da bolsa e esqueceu do troco, pensando em Nelson.

Destrancou a porta de sua casa vazia, pensando em Nelson.

Quando Mónica recebeu o telefonema da irmã, seu filho estava parado diante de Ixta, na recepção do pequeno mas aconchegante escritório de um documentarista, uma pensão reformada, anexa a sua residência palaciana no bairro dos Monumentos. Embora Ixta não lembre especificamente de ter contado a Nelson sobre aquele emprego, ela assume que deve ter mencionado isso a ele. De outro modo ele não poderia ter achado o escritório, que ficava escondido numa rua lateral de que ela própria nunca tinha ouvido falar até começar a trabalhar ali. Era um emprego novo, assim como tudo na vida dela naquela época era novo: seu corpo, sua casa, sua noção do futuro. Quando pedi a Ixta que descrevesse o trabalho, ela fez uma careta.

"Era um ócio remunerado", ela disse. "Só isso."

Ela trabalhava para um homem cuja vaidade e imagem própria exigiam que ele empregasse uma secretária. Em termos absolutos, havia muito pouca coisa para se fazer: atender o telefone que tocava ocasionalmente, anotar um compromisso de quando em quando. Seu patrão, o cineasta, ganhara um prêmio internacional havia oito ou nove anos, por um documentário denunciando o programa de esterilização coagida que o governo coordenara durante a guerra. Como muitos documentários premiados, foi recompensado por seu tema pesado e revoltante, e não pelo filme em si, que era medíocre. O diretor não conseguia entender por que sua carreira havia estagnado desde então. Sua reputação, fosse qual fosse o tamanho dela, dependia daquele prêmio, que estava rapidamente perdendo o brilho; e, por isso, tudo o que esse homem fazia (e por extensão, tudo o que Ixta fazia) servia para postergar seu iminente e inevitável esquecimento profissional. Havia um problema: ninguém mais estava preocupado com os direitos humanos, nem ali nem no exterior. Eles se importavam com o crescimento — esperado e celebrado em todos os jornais, mencionado por burocratas zelosos e oportunistas em cada entrevista de TV. Sobre esse assunto, o cineasta era agnóstico — vinha de uma família rica e não via qual era a urgência. Como muitos de sua estirpe, às vezes confundia pobreza (que deve ser erradicada!) com folclore (que deve ser preservado!), porém era uma confusão genuína, sem nenhuma má intenção, o que apenas enfurecia ainda mais os outros. Ele deixava uma barba desgrenhada em homenagem à juventude rebelde que perdera e usava uma voz imponente sempre que suspeitava que alguém pudesse estar ouvindo. Nos anos 1980, frequentara os mesmos círculos que Henry e Patalarga, embora jamais tivesse sido próximo deles e, sob pressão, tenha admitido para mim que se distanciara de propósito após a "infeliz prisão" de Henry. Usava pulseiras trançadas coloridas em seus pulsos insolitamente finos, e como era bastante previsível, tinha se apaixonado por Ixta. Ela viera bem recomendada por um professor do Conservatório, e agora o cineasta passava horas zanzando em volta da mesa dela, puxando conversa, contando piadas sem graça e se encarregando de que nenhum dos dois realizasse nada, caso houvesse de fato alguma coisa a ser realizada. Ela o achava charmoso, até bonito de certos ângulos, em certas horas do dia; e aquele seu flerte desajeitado, vanglorioso, servia bem como distração dos problemas dela em casa, com Mindo, que infelizmente continuavam a deteriorar.

Em alguns dias, ela até se permitia reclamar do pai de seu filho, que o cineasta nunca chegaria a conhecer.

Por acaso, a chegada de Nelson à capital coincidiu com uma conclusão terrível para Ixta: a de que ela e Mindo não tinham sido feitos para ficar juntos. Ela sabia daquilo desde a primavera anterior, mas agora as coisas estavam chegando a um ponto de ebulição. Ou não — a metáfora era perfeitamente imprecisa: era a falta de calor que ela temia, a falta de calor que a fazia tremer. Ela imaginava os meses áridos que estavam por vir, depois os anos, as décadas, e sentia algo próximo ao terror. Ela e Mindo não brigavam; isso teria exigido alguma centelha essencial que eles já tinham perdido. Eles flutuavam em espaços paralelos, e todas as suas conversas eram reduzidas ao mínimo necessário, desprovidas de malícia, invenção ou humor. Falavam do bebê como se estivessem se preparando para uma prova, e embora pagassem o aluguel juntos, não criaram um lar naquele apartamento. Ela o entediava; e o sentimento era mútuo. Ele passara tempo demais sem encostar nela, e ela não conseguia pensar em nada pior. Às vezes, no chuveiro, ela se pegava chorando. Em momentos como esse, Ixta punha a mão em sua bela barriga inchada para lembrar a si mesma de que não estava sozinha neste mundo. Não totalmente, pelo menos.

Naquela manhã, quando Nelson apareceu na porta do escritório, é para lá que foi a mão de Ixta, por instinto. E foi lá que ela a deixou, por um longo instante, contemplando a imagem de seu ex-amante, seu ex-parceiro, seu amigo. Ele lhe dissera ao telefone que esperasse por ele, e agora, dias depois, estava lá. Sua mera presença tirava o fôlego dela. Nelson parecia jovem, mais do que ela lembrava, e isso a fascinou: como alguém passa por uma turnê como a que ele fez e sai parecendo mais jovem? Ele fizera a barba de manhã no banheiro do camarim do Olímpico e tinha aquele aspecto fresco, asseado, de um recém-formado se preparando para uma entrevista de emprego (embora Nelson jamais tivesse comparecido a uma). Ele ofereceu um sorriso hesitante. Ela acenou com a cabeça. Não tinha nada que quisesse dizer, Ixta me contou depois. Não se levantou para cumprimentá-lo. Esperou que ele tomasse a iniciativa.

Enquanto isso seu patrão estava na copa, fazendo café, dando prosseguimento a sua parte numa conversa unilateral com Ixta. (Ninguém lembra qual era o assunto.) Duas vezes Nelson começou a dizer algo à mulher que amava, apenas para ser interrompido por aquela voz distraída que vinha do recinto ao lado. Quando aquilo aconteceu uma terceira vez, ele e Ixta deram risada. O riso dele era tingido de nervosismo; o dela era involuntário, e foi o som dessa combinação de risos que fez o cineasta sair para o corredor e ver que sua adorável, grávida e muito cobiçada assistente não estava sozinha.

"Primeiro assumi que ele fosse o pai da criança", o cineasta me disse depois. "O pintor. Pelas fotos que eu tinha visto, eles eram parecidos, acho. O mesmo tipo de pessoa. Eu até que fui bem simpático. Educado, pelo menos. Ela disse alguma coisa? Ele parecia imaturo, insubstancial, mas isso provavelmente não é muito generoso de se dizer. É uma pena o que aconteceu. Não falei com ela desde aquele dia, sabe? Ela nunca veio buscar o último cheque."

Nelson se apresentou ("Meu amigo", Ixta acrescentou num tom solene), eles apertaram as mãos, e os primeiros momentos incômodos que os dois ex-amantes passaram juntos foram na companhia desse cineasta, que tentou mascarar seu ciúme com uma dose forte demais de bonomia.

"Parabéns", ele disse.

"Ele não é o pai", Ixta esclareceu.

"Obrigado", acrescentou Nelson.

O cineasta ficou vermelho. Então deu um tapinha nas costas de Nelson, fez umas poucas perguntas impertinentes, vagamente sexuais, preenchendo o recinto com sua risada majestosa e exagerada. Depois sumiu dentro de seu escritório, onde fechou a porta sem fazer barulho e redigiu alguns memorandos com palavras fortes para colegas. Mandaria Ixta digitá-los depois e esperava que ela pudesse ler, no tom de sua escrita, os profundos sentimentos que ele nutria por ela.

(Ela não leria nada.)

A conversa do cineasta com Nelson durou cinco minutos, não mais que isso, e esse tempo todo Ixta ficara sentada, o mais quieta que pôde, respirando devagar, falando muito pouco, com a mão esquerda pousada na barriga. Não ouviu muito do que foi dito, borrando de propósito as palavras, pois sabia que não tinham quase nada a ver com ela. Ela ansiou por silêncio. Agora que estava a sós com Nelson, começou a prestar atenção outra vez. A luz no recinto era fraca, quase embaçada, e Ixta sentiu por um instante que precisava fazer esforço para vê-lo, embora ele estivesse a apenas alguns passos de distância.

"Você está bem?", ele perguntou.

"Não achei que fosse te ver", ela disse, o que era mentira. No fundo ela já estava esperando intuitivamente por ele, apenas não sabia o que sentiria quando ele chegasse.

Nelson propôs que eles saíssem para algum lugar, bem como ela imaginou que ele faria. Ixta começou a protestar que não podia, que tinha que trabalhar, mas então se deteve. "Percebi que isso teria sido cruel. E não teria sido verdade. Eu queria vê-lo. Queria falar com ele. Ele estava bem ali, bem na minha frente."

Ela ficou de pé pela primeira vez e notou os olhos de Nelson abrindo-se bem para contemplá-la. Nelson, admirando sua imagem. Nelson, aceitando e apreciando a possibilidade que ela representava. Ela adorava estar grávida por causa de momentos como aquele. A gravidez é sempre mítica; pode ser medicalizada e quantificada, demarcada em trimestres ou semanas, mas nada é capaz de subverter seu mistério essencial. Ixta exercia um estranho poder sobre os homens; e embora o desejo deles agora se manifestasse de outros jeitos, ainda era desejo. Por um instante, ela se permitiu sentir prazer naquilo.

"Você está muito bonita", Nelson conseguiu dizer, a única coisa sensata que ele poderia ter dito.

Ixta deu um aceno majestoso com a cabeça.

"Tem certeza de que você consegue andar?"

"É claro que eu consigo andar", ela disse depressa, e Nelson corou.

A verdade era que ela vinha esperando algum último gesto desesperado da parte de Nelson desde o dia em que ele telefonara da estrada. "Sempre tive intuição para esse tipo de coisa", ela me disse. Os grandes acontecimentos da vida, esses momentos de emoção verdadeira, mesmo insuportável — se você prestasse atenção, eles tendiam a se anunciar, assim como o oceano se avoluma antes da chegada de uma onda. A infância e a adolescência de Ixta foram repletas desses casos de premonição: o dia lacrimoso em que seu pai deixou a família para sempre, o dia de sua primeira menstruação, o dia em que seu primo Rigoberto morreu num acidente de carro.

E quando Nelson terminara o relacionamento deles, em julho do ano anterior; ela sentira isso nitidamente naquela ocasião. Ixta poderia ter acompanhado as palavras dele com a própria boca enquanto ele as pronunciava. O que ele disse naquele dia, de algum modo, não a surpreendeu; na verdade, foi a total previsibilidade das suas palavras que ela achou chocante. Ela ficou olhando Nelson partir seu coração, se espantando com o quão completamente ele acreditava em frases que ela sabia não serem verdade. Não, pensou Ixta consigo mesma: não, ela não estava impedindo que ele corresse atrás dos seus sonhos. Não o estava isolando do mundo. Não estava fazendo nenhuma dessas coisas. Se elas estavam acontecendo, era ele quem estava fazendo aquilo consigo mesmo.

Mas Ixta não discutiu com Nelson naquele dia. As queixas dele eram banais e egoístas, e ela já estava prevendo todas. Ele se arrependeria — ela sabia disso já naquela época, sabia no fundo de sua alma, mas não sentia orgulho nem conforto por sabê-lo. Isso não a curaria.

Eles saíram numa caminhada lenta, rumando para oeste nas monótonas áreas residenciais do bairro, onde todas as casas eram idênticas, distintas apenas pela variação de cores de suas paredes externas. Há poucos monumentos no bairro dos Monumentos, e quase nada para se ver. Um governo anterior, agora derrubado e esquecido, pretendera fazer da área sua vitrine, porém esses planos jamais chegaram a se concretizar. A história interveio. A guerra aconteceu. O bairro foi colonizado, não por museus nem bibliotecas ou estátuas como seu nome implicava, mas por cidadãos particulares, um grupo protegido, meio anônimo, de habitantes de classe média alta que viviam em silêncio e se deslocavam exclusivamente de carro. Ixta e Nelson eram as únicas pessoas na rua. Andavam lado a lado ("mas não juntos", ela ressaltou), esforçando-se para travar uma conversa. Nelson foi cauteloso, fazendo as perguntas mais educadas e indiretas que pôde sobre o estado da gravidez dela. Sua voz era baixa, e às vezes Ixta tinha que se concentrar para ouvi-lo.

Ela lembra que ficou decepcionada: era para isso que ele tinha vindo? Para ficar murmurando?

Eles caminharam por dez minutos, chegando a um pequeno parque esverdeado com uns poucos bancos de concreto, e foi ali que decidiram sentar. As nuvens de um cinza homogêneo não davam sinais de que iam se dissipar; não hoje, talvez nunca. Nelson teria preferido um café ou um restaurante, um lugar onde pudesse ter realizado diversos gestos cavalheirescos (puxar a cadeira de Ixta para ela, tirar seu casaco), mas pelo jeito eles tinham andado na direção errada, para longe de tudo, entrando num labirinto de ruas residenciais de onde não parecia haver como escapar. Talvez ela tivesse planejado isso. Talvez não quisesse gestos. Vi o parque pessoalmente, e é verdade: no inverno, é desolado e vazio, e não parece a cidade mas sim um posto avançado dela. Nelson desesperou-se em silêncio.

Na meia hora seguinte, ele e Ixta tocaram nos seguintes assuntos: a saúde da mãe de Ixta; as últimas estreias do cinema; um pisoteio num estádio de futebol local no domingo anterior, a que o irmão mais novo de Ixta sobrevivera por pouco; a morte prematura de um professor muito querido que ambos conheciam do Conservatório; um artigo que fizera críticas — bastante pesadas — à exposição mais recente de um amigo em comum, e o teor das pinturas em si (que Nelson não tinha visto) mas que Ixta descreveu como "se um Botero louco tivesse decidido reinterpretar a obra de Georgia O'Keeffe".

Ela soltou essa frase como se fosse sua, e ambos deram risada.

Na verdade essa observação vinha da crítica, que, por coincidência, era eu quem tinha escrito, pouco antes de partir da capital para T——.

Enquanto Nelson esperava sua coragem aparecer, Ixta observou o homem que já imaginara ser seu e sentiu muitas coisas — angústia, nostalgia, até pena, mas não amor romântico; e as ruas desertas do bairro dos Monumentos forneciam um cenário apropriado para essas conclusões. Ele manteve um fluxo nervoso e constante de perguntas — sobre o trabalho dela, seus amigos, sua família —, mas por vários minutos não disse nenhuma frase afirmativa e não fez confissões. Então Ixta pôs a mão no ombro dele — "Para ver se era real", ela me explicou — e Nelson ficou tenso como uma criança prestes a receber uma injeção.

"Eu lamento", ele então disse. Foi como se tivesse despertado com um tranco. "Fiquei pensando que devia te falar isso."

Ele fez uma pausa e virou de lado no banco para encará-la. Ixta continuou olhando para a frente.

"É isso que você estava pensando? Que você lamenta?"

Ele fez que sim com a cabeça, um gesto que ela não viu mas sentiu, uma vibração mínima no ar invernal. Ela fixara os olhos na beira do parque, num muro pintado com um mural que já fora colorido, agora desbotado e coberto de rachaduras. Ixta confessou depois que isso a ajudou a se manter firme, e nos poucos momentos de apreensão que vieram em seguida, ela estudou as curvas e os eixos daquelas rachaduras, como se tentasse memorizá-las.

Pareceu quase cruel perguntar, "O que é que você lamenta?"

"Eu devia ter te tratado melhor."

Ixta confirmou com a cabeça. "Sim, acho que nisso nós concordamos."

"Essa é a primeira coisa que eu queria dizer. Tem mais." Ele respirou fundo e continuou, agora com uma diferença marcada na voz. Forte, clara. "Pensei em você todos os dias em T——. Você entende? Pensei em você e eu e o bebê. Quero ser alguém que você possa amar de novo. Desculpa. Desperdicei tanto tempo. Você está me escutando?"

Ela estava.

"Olha pra mim", disse Nelson, e ela virou na direção dele. Ele estendeu as mãos. "Estou falando sério."

"Eu sei que você está", ela respondeu.

Anos antes, umas poucas semanas depois de se conhecerem, Nelson e Ixta tinham viajado para o sul por alguns dias e acampado na praia. Eram parte de um grupo grande e barulhento, e levaram mais álcool do que comida. Tinham feito uma fogueira e bebido litros e litros. Nelson e Ixta passaram a primeira noite no mesmo saco de dormir, que rapidamente recobriu-se com uma camada fina de areia. Eles mal dormiram, mas se apertaram um no outro, com a areia áspera entre os dois, saindo na manhã seguinte com a pele vermelha e os olhos embaçados. O dia que veio em seguida, e a noite seguinte e o dia depois — tudo isso se misturou num borrão, e quando o sol nasceu atrás deles na terceira manhã, eles observaram estupefatos a superfície do oceano distinguir-se lentamente do horizonte, feito uma daquelas velhas fotos instantâneas revelando-se diante de seus olhos. Primeiro uma linha fina, quase imperceptível, uma parede escura dividindo-se em duas; depois a textura das ondas surgiu, ou insinuou-se; e então, quase por milagre, havia gaivotas, pairando preguiçosas num céu roxo, ainda escuro. Por fim — e isto foi o mais surpreendente de tudo, pois sua paixão um pelo outro os levara a acreditar que estavam sozinhos no mundo —, eles avistaram os barcos pesqueiros oscilando ao longe, como os brinquedos de uma criança. Nelson não dissera isso na hora, porque assim como agora tinha medo, mas naquela manhã, quando a madrugada virou dia na praia, ele percebera que a amava.

Ele contou isso a ela agora. E como ela não respondeu, ele perguntou:

"Você lembra dessa praia? Lembra como ela chamava?"

Ixta disse que não sabia.

"Senti como se ele estivesse falando de outra pessoa", ela me disse. "De coisas que nunca tinham acontecido comigo."

Nelson não desistiu. Descreveu uma vida, a vida deles. Lembrou a ela do quanto eles riram. "Uma vida inteira disso", ele disse, e ela quase sorriu.

Não importava onde, contanto que eles estivessem juntos.

"Faço qualquer coisa para você voltar a acreditar em mim."

Ao que ela respondeu simplesmente, "Eu não te amo mais."

Ela estava chorando porque, de um modo geral, era verdade.

"Ninguém deixa de amar alguém como o Nelson", ela me disse depois. "Apenas desiste."

Ixta então virou na direção dele, bem a tempo de ver os olhos de Nelson se fecharem com força. Nenhum dos dois disse nada por meio minuto ou mais.

"Sinto muito", Ixta acrescentou.

"Tudo bem." Havia algo obstinado e resoluto na voz de Nelson. Ele se acalmou. Dava para ver que estava atuando. "Ainda há tempo."

Ixta balançou a cabeça, receosa. "Há mesmo?"

Jaime já tinha mandado alguém atrás dele. O coração de Ixta já se fechara para ele. Já naquela manhã, naquele banco de parque no bairro dos Monumentos, o futuro sombrio de Nelson vinha rolando em sua direção.

No entanto:

"Há tempo", ele garantiu a ela.

Ele andou de volta com Ixta até o escritório, com o coração explodindo no peito, procurando em toda parte uma flor para colher para ela no caminho. Não havia nada. Separou-se dela com um beijo casto na bochecha, um tchau sussurrado, e partiu na direção do Olímpico, seguindo uma versão do percurso que fizera naquela manhã. Ixta ficou sentada em sua mesa com o rosto fechado e fez as palavras cruzadas. Passaram-se horas e o telefone não tocou. O cineasta a viu desse jeito, nesse estado, e sentiu pena dela. Decidiu não lhe contar que Mindo telefonara e, vendo seu semblante conturbado, arrependeu-se profundamente do que fizera.

"Se eu pudesse voltar atrás, faria isso", ele me disse depois. Ele dissera a Mindo que Ixta tinha saído para passear com um rapaz chamado Nelson.

"Nelson?", disse Mindo. "Que merda de brincadeira é essa?"

Então o pintor desligou.

"Sim", o cineasta me disse, "sim, ele pareceu muito bravo".

Já Nelson não tinha pressa. As ruas do meio-dia são muito diferentes das ruas de manhã cedo — diferentes em sua natureza, diferentes em seu som. Há mais pessoas, porém de algum modo estão menos aflitas; são os que acordam tarde, os homens e mulheres que estão fugindo do trabalho, e não correndo atrás dele. Nelson não queria pensar muito no que acabara de acontecer, no que aquilo significava. Parou para ler as alarmantes manchetes de jornal num quiosque na esquina da San José com a Universidade, primeiras páginas anunciando tumultos em campos de mineração, falta de luz nos subúrbios, e os detalhes de um espantoso roubo a banco à luz do dia, entre outros acontecimentos dignos de nota. Nada podia ser tão alarmante quanto o que Ixta lhe dissera. Sua cabeça doía com o esforço de não pensar naquilo. Ele esperou em pontos de ônibus, mas deixou os ônibus passarem; caminhou mais um pouco e parou diante de um prédio semiconcluído na Angamos e contemplou sua forma que surgia, observando os operários deslocarem-se entre as vigas de aço como dançarinos, sem nunca fazer uma pausa e sem jamais olhar para baixo.

Por isso, Nelson os admirou. Mais tarde contaria a Patalarga sobre aqueles homens ágeis, sem medo, e se perguntaria em voz alta como eles eram capazes.

Na mais provável das hipóteses, Nelson já estava sendo seguido a essa altura.

Mónica passou o dia em casa num estado de grande ansiedade. Esperou seu filho aparecer e considerou a possibilidade de que talvez não aparecesse. Passou uma hora espanando cada superfície do quarto de Nelson, na esperança de que a tarefa talvez distraísse sua mente, porém, após terminar, ficou parada na porta observando sua obra, insatisfeita. Era horrível, perverso, decidiu Mónica, ter deixado aquele espaço tão limpo e antisséptico; não parecia mais o quarto de seu filho, mas sim o cenário de uma peça. O que ela queria era que a cama estivesse desarrumada, que as coisas de Nelson estivessem espalhadas sem nenhuma ordem. Queria que o gaveteiro estivesse aberto; e os livros virados para baixo no chão, com as capas abertas e as lombadas rachadas. Queria suas roupas desdobradas na cadeira do canto, e um copo d'água pela metade deixando uma marca na cômoda de madeira. Queria sinais de vida.

De repente exausta, ela deitou-se na cama de Nelson.

Acordou algumas horas depois, quando o telefone tocou. Era Francisco ligando da Califórnia, perguntando sobre o irmão. Parece que Astrid lhe escrevera um e-mail, com detalhes (muito possivelmente exagerados) do breve encontro de Ramiro com Nelson. Naturalmente, Francisco estava preocupado. Queria saber o que a mãe achava. Mónica, ainda afugentando o sono, ouviu a preocupação na voz de seu filho mais velho, bateu os olhos no quarto do filho mais novo, vazio e sem vida, e sentiu que não tinha nada a dizer. Ela não sabia o que achava.

Pelo menos isto era verdade: Nelson com certeza estava de volta. Naquela cidade, em algum lugar. Ramiro era um homem honesto, conhecido por mentir sobre seu peso e sua renda, ou talvez romancear os feitos modestos de seus filhos, mas numa coisa dessas ele não iria distorcer a verdade. Nelson estava aqui, na capital. Com certeza.

Mónica não conseguiu pensar em nenhum bom motivo para ele não ter ligado, e especular sobre esse assunto era, para alguém como ela, um jogo perigoso. Os membros de sua geração não precisavam de muito estímulo para inventar hipóteses terríveis que explicassem situações normalmente banais. Era uma habilidade que eles tinham aperfeiçoado ao longo de uma vida inteira: lendo os jornais; servindo a contragosto de participantes e espectadores numa guerra estúpida; votando numa eleição sem sentido após a outra; observando a moeda nacional despencar, estabilizar-se, e despencar outra vez; vendo seus contemporâneos sucumbirem a ataques cardíacos induzidos por estresse, câncer e depressão. É um milagre que algum deles ainda tenha conservado os dentes. Ou cabelos. Ou pernas que os sustentassem. A imaginação de Mónica escurecera, e ela só conseguia pensar numa única palavra: desgraça.

"Fique calma", Francisco lhe aconselhou a distância. Ele conhecia a mãe.

"Estou tentando", Mónica sussurrou ao telefone.

A turnê que ela imaginara não terminava assim, com seu filho se escondendo na capital, não podendo ou não querendo voltar para casa. Ela começou a cogitar a possibilidade de que ele jamais tivesse viajado, de que tudo tinha sido uma farsa, de que ele estava vivendo outra vida, em outro bairro, e inventara a turnê para acobertar essa reinvenção planejada.

"Ele te disse alguma coisa?", ela perguntou a Francisco.

Fez-se silêncio do outro lado da linha.

"Quando?"

"Não sei. Quando você conversou com ele."

Fez-se um longo silêncio.

"Faz meses que a gente não se fala", Francisco disse por fim. "Você sabe disso."

Às vezes, em suas horas mais pessimistas, ela se perguntava se seus dois filhos sequer teriam motivo para falar um com o outro depois que ela estivesse morta e enterrada.

"Desculpa. O que é que eu devo fazer?"

"Ache os atores", disse Francisco. "O que mais?"

Era isso que Mindo estava fazendo. Naquela tarde, apareceu em muitos dos lugares onde jovens atores costumam se reunir naquela cidade. Os bares, as praças, os teatros. Mindo fez uma visita ao Conservatório e perguntou por Nelson ali, mas ninguém o tinha visto nem ouvido falar dele desde que ele partira. O consenso geral era que *isso foi há séculos*. Eles eram imediatistas, como todos os atores são. Mal se lembravam de seu colega de classe, seu amigo. Todos pareciam surpresos com a notícia de que Nelson voltara, e a frustração de Mindo apenas crescia.

Podemos supor que ele foi movido pelo ciúme, e supor também que seu próprio ciúme o pegou desprevenido. Ele achou aquela emoção perturbadora, assim como achara perturbador acordar, em cada uma das cinco manhãs anteriores, no sofá da sala do apartamento que tinha sido, até nem tanto tempo atrás, dele e somente dele. Pelo que consegui juntar, a leitura de Ixta sobre o estado daquele relacionamento era essencialmente precisa: ela e Mindo eram dois jovens muito decentes mas completamente incompatíveis que tinham acabado, meio por acidente, ligando-se um ao outro. O desligamento teria acontecido de um jeito ou de outro, com o tempo; e mesmo nas melhores circunstâncias, a filha que eles tinham feito juntos, Nadia, teria sido criada a uma certa distância do pai. Muitas pessoas em seus respectivos círculos tinham uma compreensão intuitiva desse fato e, muito provavelmente, se as coisas tivessem tomado um rumo diferente, Mindo e Ixta teriam ambos achado um jeito de conviver com esse estranhamento natural e necessário, como os adultos muitas vezes fazem.

Porém naquela tarde, após descobrir que Ixta estivera com Nelson, Mindo ficou furioso. Nunca gostara do homem cujo lugar tinha ocupado, nunca gostara de qualquer alusão a ele. Não gostava do olhar de Ixta quando Nelson era mencionado, nem do modo como ela evitava dizer seu nome ao recontar anedotas que obviamente envolviam o ex-amante. Ela substituía o nome de Nelson por expressões anódinas como "um velho amigo" ou "uma pessoa que eu conheci", um tique que ela jamais notara até Mindo lhe apontar isso. Se Mindo tinha alguma suspeita sobre os encontros clandestinos de Ixta com Nelson, não comentou isso na frente dela. Talvez tenha sido uma questão de orgulho, ou talvez ele preferisse não saber. Não importa: agora Mindo só queria encontrar seu rival.

Em vez de Nelson, no entanto, Mindo encontrou Elías, que por acaso estava no Conservatório naquele dia, visitando velhos amigos. Mindo sabia que ele e Nelson eram próximos. Após as negativas padrão, que eram verdadeiras ("Não, não vi ele. Não, não sabia que ele tinha voltado."), Elías, um pouco desconcertado com a postura agressiva de Mindo, sugeriu que ele conferisse o velho teatro, aquele no começo da Cidade Velha.

"Qual deles?"

Elías estava sendo vago de propósito.

"O Olímpico", ele disse por fim.

Ele teve a sensação de estar revelando um segredo, como me contou meses depois, embora na verdade só estivesse chutando, só pensando em voz alta.

"Aquele cinema pornô?", disse Mindo, depois agradeceu num tom ríspido e partiu.

"Acho que nunca tínhamos conversado de verdade antes", Elías me disse. "Eu sabia quem ele era, mas não muito mais que isso. E é claro que nunca mais falei com ele."

"Você perguntou por que ele estava procurando o Nelson? Você ficou curioso?"

Elías juntou as mãos, num gesto solene. "Fiquei curioso, sim. Mas não perguntei. Ele parecia estar com pressa. Parecia transtornado, e a verdade é que..." Aqui ele fez uma pausa, como se tivesse vergonha de admitir isto: "Prefiro não falar com uma pessoa quando ela está desse jeito."

Mindo fez sua primeira aparição no Olímpico cerca de meia hora depois de o próprio Nelson chegar lá. Ele bateu, esmurrou, tocou a campainha em vão, gritou. Por fim, Patalarga ouviu o estardalhaço e foi até o portão.

"Achei que fosse alguém que o Jaime tinha enviado", Patalarga me contou. "Simplesmente assumi isso. Afinal, quem mais seria?"

Havia várias táticas plausíveis à sua disposição. Patalarga escolheu confundi-lo. "O Nelson não está aqui", ele disse ao desconhecido.

"Quando é que ele volta?"

"Voltar?" Ele tomou o cuidado de manter o portão fechado e não mostrar seu rosto. "Ele está na cidade?"

Mindo foi embora sem dizer outra palavra.

De acordo com Patalarga, naquela tarde Nelson ficou quieto, pensativo, e respondeu a todas as perguntas de um jeito que parecia deliberadamente vago. Não disse, por exemplo, por que tinha saído tão cedo, onde tinha estado, nem quem tinha visto; e

Patalarga logo decidiu mudar de assunto. Os dois comeram um almoço frugal, seguindo a tradição da turnê, e durante aquela refeição, Patalarga contou a Nelson a notícia: alguém tinha vindo ao teatro à procura dele.

"Quem?", Nelson perguntou.

Patalarga não sabia. Contou-lhe sobre sua breve interação com o estranho, e eles chegaram a uma única conclusão: aquele homem devia ser de T—— ou San Jacinto.

"Alguém sabe que você está aqui?"

Àquela altura, Mindo estava bebendo num bar perto do Conservatório, desenhando belas ilustrações de punhos cerrados em seu caderno de rascunho. Ficaria no bar até bem depois do anoitecer, depois que o lugar estivesse lotado com uma série de fregueses habituais que ele praticamente ignorou (enquanto ignorava também os telefonemas cada vez mais urgentes de Ixta) antes de voltar ao teatro pouco após a meia-noite. Ele pagou a conta mas não deixou gorjeta. Seu caderno de rascunho seria encontrado na manhã seguinte, jogado na calçada a alguns quarteirões do Olímpico, junto ao seu corpo sem vida.

# 21

A sra. Anabel morrera no começo daquela semana, deixando a cidadezinha em estado de choque. O enterro aconteceu poucos dias antes de Nelson chegar à capital, uma bela e lúgubre cerimônia, com os enlutados vestidos de preto, seus rostos contorcidos de tristeza. Vê-los foi mais comovente que a cerimônia em si, que a morte daquela mulher que eu mal conhecia: mais da metade dos moradores restantes da cidade se reuniu na praça, os homens curvados e as mulheres encarquilhadas da geração dos meus pais, os sobreviventes. O diretor trouxe a escola inteira também, cinquenta ou sessenta crianças irrequietas que não pareciam compreender o que tinha acontecido nem por que estavam ali. Ficavam se provocando, dando risadinhas em todos os momentos errados. Era um alívio. Meu pai vestiu seu terno escuro; minha mãe, seu xale preto. Uma banda de metais tocou uma melodia trinada, e então os convidados do enterro marcharam em direção ao cemitério, tão devagar que até a sra. Anabel poderia ter acompanhado. O povo de T—— nunca mais se reunia desse jeito, exceto para se despedir de um dos seus; o evento virou uma espécie de reencontro. Jaime fez seu elogio fúnebre junto ao túmulo. "Tudo o que conquistei foi graças a ela", ele disse, e a cidade assentiu com a cabeça num gesto de respeito, pois sabiam do que ele estava falando. Ele tinha conquistado muitas coisas; era rico, não era?

Então o esquife foi baixado, e todos voltamos para casa.

Passei os dias seguintes com meu pai, arrancando do telhado as telhas de barro podres. Estranhamente, a cidade parecera muito viva durante o enterro, mas agora era como se fôssemos as únicas pessoas restantes em toda T——. Nosso trabalho era feito geralmente em silêncio — este sempre tinha sido o jeito do meu pai —, mas de quando em quando ele parava e pedia que eu contasse outra vez o que estava fazendo na cidade grande, e o que eu pretendia fazer no futuro. Eu gostava desses momentos. Não era uma conversa que me incomodasse. Eu não me sentia abusado, nem pressionado; não ouvia nenhuma decepção em sua voz, apenas uma curiosidade genuína sobre minha vida e meus planos. O fato de eu não ter nenhuma boa resposta parecia menos um fator de estresse e mais uma oportunidade. A cada dia eu oferecia uma nova hipótese — voltar a estudar, trabalhar na televisão, abrir um restaurante —, todas elas fantasiosas, mas não impossíveis, como se eu estivesse exercendo um tipo de otimismo que não possuía de fato. Meu pai parecia apreciar aquilo.

Certa manhã, poucos dias depois do enterro, ouvimos minha mãe nos chamando do pátio. Estava com Noelia, e as duas estavam paradas lado a lado, com os pescoços torcidos em nossa direção, ambas com a mão em concha protegendo os olhos do sol. Ambas vestiam saias compridas vermelho-vinho e blusas brancas, com xales pretos nos ombros, e por um instante, achei que quase pareciam irmãs.

"Desce aqui", minha mãe disse. "A Noelia quer falar com você."

Era um dia claro, silencioso, e o ar estava em repouso. Adoro o jeito como a voz humana soa em dias assim — nítida, quente, como se pudesse propagar-se até o outro lado de um vale. Olhei para minha mãe lá embaixo, sem perceber a princípio que ela estava se referindo a mim e não ao meu pai. Ele deu de ombros e puxou a aba do boné para cobrir os olhos. Com isso, eu tinha sido dispensado.

Eu desci. Noelia deu um sorriso educado, sem falar muito. Tinha os olhos apertados para evitar o sol e parecia estar bem, no fim das contas. A perda da mãe, os dias caóticos depois disso — ela parecia recuperada, achei, ou talvez eu só estivesse comparando Noelia com a minha ideia de como deveria ser o aspecto desse tipo de sofrimento, como isso transpareceria em seu rosto, em seus olhos, no declive de seus ombros.

"Tenho uma coisa para te mostrar", ela disse.

Minha mãe concordou com a cabeça.

Noelia continuou. "Uma coisa que eu quero que você veja."

Atravessamos a rua até o pátio ensolarado da casa dela, coberto de mato bravio. Os gatos dormiam na grama alta, e nós os ignoramos, assim como eles nos ignoraram. Jaime voltara para San Jacinto, e pela primeira vez na vida, Noelia tinha a casa inteira para si. Ela não gostava da ideia. Nem um pouco.

"Sinto muito", eu disse.

Ela franziu os lábios. "Você não se lembra de mim, lembra?"

Como a maioria dos adultos na minha cidade natal, Noelia me era familiar, num sentido muito amplo; tinha um olhar de estoicismo que eu associava com todos os adultos de T——. Eu me lembrava dela, mesmo não sabendo quase nada a seu respeito, além do fato de que ela morava em frente à casa onde eu nascera.

Menti: "É claro que sim."

"Tudo bem. Mesmo."

"Eu lembro."

"Eu estava lá quando você nasceu. Te conheço desde que você era uma pulga." Então ela sorriu. "E olha você! Está todo grandinho."

Noelia pediu que eu esperasse enquanto ela ia ao quarto onde sua mãe tinha morrido. Fiquei sentado no pátio com as costas apoiadas numa das paredes, descansando na sombra. Era outro dia perfeito. Ela voltou com os diários. Eles me foram entregues com uma certa cerimônia, aqueles três cadernos comuns, amarrados com um pedaço de barbante, cobrindo a maior parte dos seis meses anteriores. Não tinham decoração, nem adesivos ou marcas do lado de fora. Nada, na verdade, que os identificasse, além do desgaste normal. Noelia desamarrou o barbante para mim, folheou os cadernos ao léu. O último deles, o mais recente, estava por cima, com um quarto das páginas ainda vazias.

"Eram do Rogelio."

"Do Nelson?", eu perguntei.

"Se você prefere."

"O que eu devo fazer com eles?"

"Levar junto quando voltar para a capital. Pode devolver os cadernos para ele."

Deve ter ficado claro, pela minha expressão, que eu não estava exatamente entusiasmado de assumir aquela tarefa.

"Mas acima de tudo, acho que você devia tirar eles desta casa." Ela chegou mais perto: "Meu irmão quer achar o Nelson. Mandou alguém para procurar ele na capital."

"Procurar ele? Por quê?"
Ela me ofereceu um sorriso cauteloso. "Você não sabe?"
Garanti que não sabia.
"Meu irmão é muito orgulhoso. Se sente desrespeitado." Noelia suspirou. "É melhor para todo mundo se nós esquecermos isso tudo. Meu irmão principalmente. Por isso pegue os cadernos. Não faça muito caso. Apenas pegue."

Ela fez que sim com a cabeça, e me vi concordando também. Acho que eu poderia ter dito que não, mas nenhum bom motivo para recusar me veio à mente; Noelia ficou parada diante de mim, com seu sorriso simples, suplicante; eu congelei. Ela queria que eu ficasse com eles.

Peguei os cadernos, lendo o alívio em seu rosto quando ela os entregou para mim. Carreguei-os de volta até o outro lado da rua, onde os embrulhei num velho saco de papel e os deixei intocados ao pé da minha cama. Meu pai e eu voltamos ao trabalho, a nossas vistas panorâmicas de T——, a cidade vazia abaixo de nós, e nossa conversa constante, arrastada, sobre o meu futuro.

Por fim voltei à cidade grande, e na verdade, quase deixei os diários para trás. Por acaso os vi quando estava fazendo as malas, pensei em minha conversa com Noelia, e decidi levá-los junto.

Mesmo assim, não os li. A verdade é esta: eu não tinha interesse. Não por muitos meses, não até ficar sabendo do que tinha acontecido.


Henry apareceu no Olímpico pouco antes das seis da tarde. Na verdade não tivera nenhuma intenção de vir, mas, dirigindo o táxi depois da escola, calhara de deixar um passageiro não longe do teatro. Quando ele notou essa coincidência, uma vaga para estacionar se abriu diante dele. Ele sentiu um calafrio, depois encostou o carro no meio-fio, desligou o motor e ficou sentado por um instante. Escutou as notícias no rádio, esperando um sinal.

Vejam-no: sua expressão severa, seu acentuado sentimento de vítima. Ele provavelmente ficou sentado por uns quinze minutos, à espreita de algo que só ele reconheceria, ostentando aquilo que sua ex-mulher me descreveu como "sua cara pré-crucificação": testa franzida, olhos desfocados fixos a meia distância, lábios crispados, e o queixo inclinado na direção do peito, como uma tartaruga tentando mas não conseguindo voltar para dentro do casco. "Um estoicismo falso", como ela chamava, pois Henry, na visão dela, era tudo menos estoico. "Ele sabia bancar o estoico", ela esclareceu, mas isso era diferente. Mesmo assim, ela conhecia bem a pose dele, pois tinha sido essa cara, admitiu ela, que a seduzira "no tempo em que éramos jovens e bonitos". Ela então riu, não para desmentir o que acabara de dizer, nem para caçoar daquilo, mas como se para exercê-lo: rindo, a ex-mulher de Henry transformou-se diante dos meus olhos e tornou-se, apesar dos anos, jovem e de fato muito bonita.

Por fim Henry cansou de esperar, saiu do carro e andou na direção do teatro. Usou suas chaves no portão, surpreso que ainda funcionassem, e encontrou seus dois amigos ajoelhados no saguão do Olímpico, de martelo na mão, falando enlouquecidos sobre um homem que viera à capital para assassinar Nelson. Eles estavam arrancando tábuas podres do assoalho, um conserto de que Patalarga vinha falando havia meses.

"Foi no mínimo um sobressalto, para não dizer mais", Henry me contou depois.

O suposto assassino, aquele que Nelson e Patalarga tinham imaginado num impulso inicial de apreensão genuína, fora substituído por outro vilão menos assustador, um misto de diversos facínoras de histórias em quadrinhos e rufiões sortidos que eles tinham conhecido na turnê. Homens barrigudos de dentes podres, que xingavam com neologismos rebuscados e tinham anéis brilhantes em todos os dedos. Nelson e Patalarga sentiam-se melhor em companhia desses malfeitores inventados, que, nem é preciso dizer, não tinham nada em comum com Mindo.

Nelson e Patalarga estavam rindo, trabalhando num ritmo furioso, e obviamente se divertindo. Meses depois, quando visitasse o Olímpico pela primeira vez, eu me depararia com aquela mesma pilha, aquelas ripas de madeira podre que Nelson e Patalarga arrancaram naquele dia. Estavam jogadas no centro do espaço, como lenha para uma fogueira. Patalarga e eu passamos por elas sem comentar nada.

"Foi muito difícil entrar naquela conversa", Henry me disse. Pediu que os dois voltassem e explicassem, e eles explicaram, parcialmente. Ele conseguiu juntar o básico: algo tinha dado muito errado lá em T——, e Nelson estava em perigo. A mãe de Rogelio talvez tivesse morrido, e embora não fosse culpa de Nelson, era possível que Jaime o estivesse considerando responsável. Ele tinha fugido.

Henry franziu a testa. "E a menina?"

Nelson encolheu os ombros. Era a parte da história que ele não queria contar. Por isso não contou.

"Quando você voltou?", Henry perguntou em vez disso.

"Ontem."

Henry assentiu com a cabeça. "Você não parece estar bem."

"Nem você."

Era verdade. Ele parecera mais saudável, mais vivo na turnê; agora a idade de Henry transparecia. Esse fim da meia-idade ofendia sua vaidade. Ele estava ansioso para ficar velho, quando não mais seria atormentado por lembranças da juventude.

"Acho que você tem razão", ele disse.

Patalarga ofereceu a Henry um martelo, mas o dramaturgo recusou. Fez isso sem palavras, segurando o ombro direito com a mão esquerda e fazendo uma careta, como se estivesse cuidando de algum ferimento terrível. Patalarga pôs o martelo no chão e os dois velhos amigos se encararam, apreensivos. Além de umas poucas conversas esparsas, não tinham se falado desde que Jaime os enviara de volta à capital. Cada um considerava o outro, de algum modo, culpado por isso.

Henry suspirou. "Então este cara malvado, este vilão. Nós temos medo dele?"

Ele fez a pergunta num tom muito específico do mundo em que eles viviam: era o jeito como um ator perguntava sobre seu personagem.

Patalarga fez que sim com a cabeça. "Temos."

"Não", disse Nelson, de repente confiante. "Não temos."

Patalarga riu, mas qualificou a negativa do amigo. "Não estamos apavorados. Estamos preocupados."

"O Nelson sorriu de um jeito que me deixou à vontade", Henry me contou. "E entenda que eu não sabia o contexto de nada daquilo. Se ele estava calmo, por que eu não deveria estar?"

Se não eram exatamente os velhos tempos, era um fac-símile passável. Eles largaram o trabalho e passaram para o teatro em si, esparramando-se no palco onde Nelson e Patalarga tinham dormido na noite anterior. Riram um pouco e deixaram uns aos outros a par dos acontecimentos mais recentes. Henry ficou chocado ao saber que Patalarga estava tendo problemas com Diana e o exortou a reconciliar-se. Havia uma insistência surpreendente em seu tom de voz.

"Imediatamente", ele disse. "Agora mesmo."

Nelson concordou, e Patalarga não tinha muito como discutir. Eles tinham razão, mas esse tipo de coisa era fácil de dizer, e não tão fácil de fazer. Ele entrou no jogo, até se levantou e tirou o telefone do bolso. "Sabe de uma coisa?", ele disse. "Vocês têm razão, e eu vou ligar para ela." Seus amigos aplaudiram.

Ele foi até a coxia ("para ter um pouco de privacidade") e lá, entre as variegadas quinquilharias que abarrotavam os corredores e camarins, perdeu a coragem outra vez. Segurou o telefone nas mãos, escutou em sua mente a voz doce de Diana, porém os passos intermediários pareciam impossíveis.

"Eu queria ligar", ele me contou depois. "Só não consegui."

Então ele esperou um instante embaixo da única luz fluorescente que iluminava o corredor, respirando o ar mofado. Cinquenta anos de teatro. Mais que isso. Quando passara tempo suficiente, ele voltou para seus amigos, para o palco, e anunciou: "Ela ainda me ama!"

Ele tinha uma garrafa de rum guardada e foi buscá-la. "Para comemorar", ele disse. Era tudo mentira ("e eles sabiam, imagino"), mas ele de fato sentiu vontade de comemorar. "Fiquei feliz de ver Nelson e Henry de novo, de estar junto com eles, mesmo que fosse por uma única noite." Eles beberam e riram mais um pouco, e num certo ponto, representaram uma cena da peça, reescrevendo-a na hora de acordo com seu humor e as circunstâncias de suas vidas. O lacaio de Patalarga fora expulso de casa por sua mulher; o Alejo de Nelson tinha assassinado uma velhinha nas províncias; o presidente idiota de Henry estava perdendo o juízo de tanta solidão. Essa cena improvisada foi tão satisfatória, e pareceu tão real, que foi uma surpresa olhar para o teatro vazio e perceber que eles estavam sozinhos.

Só que eles não estavam.

Já passava da meia-noite, e Mindo estava no portão, chamando o nome de Nelson.

\* \* \*

Em toda aquela tarde e no começo da noite, Mónica procurou seu filho sem êxito algum. Não sabia por onde começar, e o processo a deixou ciente de quão pouco ela sabia sobre a vida dele, ou pelo menos sobre a vida dele agora. Os amigos de Nelson, aqueles de quem ela lembrava, eram do ginásio e do colegial. Apareceram na mente dela, sem esforço, uma série de meninos adolescentes parados numa calçada, de uniforme escolar cinza e branco, exercendo um fastio que mal poderiam ter compreendido. Ela sorriu com a lembrança, enxergou seus olhos escuros, seus ombros caídos, sua vaidade começando a manifestar-se de formas surpreendentes (a sombra de um bigode mantida com zelo, ou os tênis cujo desgaste era tão curado quanto qualquer obra numa galeria). Quinze, dezesseis anos, quase homens mas não exatamente — esta não era a idade que ele mais amava, mas era a que ela recordava com mais clareza, em parte porque tivera Sebastián a seu lado para ajudar a registrá-la. Esses foram os anos mais falados entre eles; os anos mais felizes de seu casamento: estavam sozinhos na casa com um louco e sombrio adolescente que eles amavam, dois reféns que admiravam seu sequestrador e temiam por ele. Discutiam os humores de Nelson como fazendeiros analisam o tempo, procurando neles alguma lógica, alguma razão. Ficavam preocupados com os amigos que ele escolhia, preocupados acima de tudo porque era algo que eles não podiam controlar: Santiago, Marco, Diego, Sandro, Fausto, Luis. Ela se lembrava de seus rostos, mas não de seus sobrenomes. Eram bons meninos mas não eram bons o bastante, meninos com fraquezas facilmente identificáveis, talentos que ainda não tinham descoberto; e mais preocupante que sua falta de maturidade era sua falta de curiosidade. Nesse aspecto, Mónica e Sebastián viam uma nítida diferença entre o filho deles e os outros. Os meninos vinham à casa deles e passavam horas num quarto trancado. Na época, ela não conseguia conceber o que fazia essas crianças rirem. Os anos passaram, ela e Sebastián os viram crescer; e então Nelson entrou no Conservatório, e aqueles meninos simplesmente foram sumindo de vista, sendo substituídos por outros. Esses outros — agora que precisava deles, Mónica percebeu que só tinha a mais vaga ideia de quem eram. Buscou entre seus papéis e achou programas de várias peças de que Nelson participara. Percorreu os nomes dos membros do elenco, e nenhum deles despertou nada em sua memória. Procurou o número de Ixta e não encontrou. Até ligou para o Conservatório e falou com uma secretária, mas achou impossível explicar o que queria: que aquela mulher, aquela desconhecida, lhe dissesse quem eram os amigos do seu filho.

Depois do jantar, Mónica decidiu ir ver sua irmã, que morava a apenas dez quarteirões de distância. Foi de carro, pois estava escuro lá fora, e nunca se sabe. Achou a família — Astrid, Ramiro, e suas duas filhas adolescentes, Ashley e Miriam — reunida em frente à televisão, como se para se aquecer, um retrato de vida conjunta que fez Mónica desejar outro tipo de existência. Talvez se eu tivesse tido meninas, ela pensou à toa. Para sua família estendida, ofereceu um vasto sorriso, e eles abriram espaço para ela no sofá. Não muito tempo depois, Mónica estava respirando no ritmo deles, rindo quando eles riam. Logo ela quase esquecera o motivo por que viera, e ao olhar para baixo descobriu, com alguma surpresa, que seus sapatos tinham caído dos pés. Ela mexeu os dedos dentro das meias, um gesto infantil que a fez sorrir. Estava à vontade, e nem tinha percebido.

Quando o programa terminou, os adultos deixaram a televisão para as meninas. Ramiro desapareceu no jardim para fumar um cigarro, enquanto Astrid e Mónica preparavam a água quente, punham a mesa, pegavam frutas, queijo, azeitonas e pão. Mónica gostava daquela rotina e tinha muito anseio por não comer sozinha. Um ano após a morte de Sebastián, Astrid tinha sugerido que ela se mudasse para lá, porém na época Mónica ficara ofendida com a proposta, tão ofendida que aquilo jamais fora mencionado de novo. E mesmo assim, desde então, a casa parecia muito diferente para Mónica. Sempre que ia visitar, se imaginava morando ali, envelhecendo ali, e para sua surpresa, a ideia não a incomodava tanto quanto incomodara na época. Anos depois, aquilo começara a fazer sentido, ainda mais agora que Nelson tinha ido embora.

Quando conversamos, no começo de 2002, ela ainda estava remoendo a ideia. "Acredito cada vez menos em autonomia", ela me disse. "Não sei mais o que isso significa, na minha idade. Só posso te dizer que parece menos desejável a cada dia."

Ramiro voltou, o chá foi servido, e ele recontou à cunhada todos os detalhes relevantes da conversa daquela manhã com Nelson, incluindo seu estranho comentário sobre virar pai. Astrid e Ramiro acharam isso perturbador; Mónica não achou, e não sabia dizer por quê. Ponderou sobre aquilo. Parte dela esperava que fosse verdade. Seria bom ter um neto, mesmo se ela tivesse que viajar até as províncias para visitá-lo.

As perguntas de Mónica eram básicas: seu filho estava magro? Tinha uma cara saudável? Como estava vestido? Parecia infeliz?

A cada interrogação, Ramiro ficava cada vez mais constrangido. Tinha desculpas e fez uso delas: estava com pressa, fora pego desprevenido e não prestara atenção aos detalhes. Mónica continuou a pressioná-lo, e por fim Ramiro levantou as mãos, exasperado.

"Você quer saber a verdade?", ele perguntou a Mónica.

Ela olhou fixo para ele. Era uma coisa ridícula de se perguntar.

"Eu nunca entendi seu filho." Ramiro fez uma pausa, tomou um gole da xícara. "Sempre achei o Nelson... impenetrável."

Mónica se recostou curvada na cadeira. Como se seguindo uma deixa, suas sobrinhas riram junto com a tevê, junto uma com a outra; duas meninas encantadoras, bem ajustadas, que aquele homem medíocre não tinha dificuldade de entender. Ela olhou feio para o marido da irmã. Ele respondeu com um sorriso insípido.

"Bom", ela disse, e por um longo instante foi só o que conseguiu dizer. "Isso não ajuda muito."

Astrid lhe estendeu a mão por cima da mesa. "O que ele quer dizer é que..."

"Seu menino é complicado, só isso", disse Ramiro. "E não, ele não parecia bem. Faz anos que ele não me parece bem. Não desde..."

Aqui ele fez uma pausa, e então todos ficaram em silêncio, pois ele tinha ido longe demais. A ausência de Sebastián perturbou o ar no recinto.

"Desculpa", Ramiro disse, mas era tarde demais. Mónica já fechara os olhos, que tinham começado a lacrimejar. Voltou para casa pouco depois disso e passou a noite quase sem dormir, se perguntando se aquilo que o cunhado dissera era verdade.

Os fatores que levaram Mindo ao teatro naquela noite são bastante claros — ciúme, uma frustração geral com as circunstâncias de sua vida, dinamizados por uma tarde e uma noite de embriaguez. Também é muito evidente que não precisava ter sido assim. Há vários pequenos desvios que poderiam tê-lo guiado para longe do perigo, e não na direção dele. Mindo poderia ter atendido a um dos cinco ou seis telefonemas de Ixta para seu celular, por exemplo, poderia ter corrido para casa e feito as pazes com ela. Poderia ter esbarrado com um amigo, que teria ajudado a conduzi-lo de volta ao seu apartamento. Ele estava, de acordo com os relatos dos garçons que o serviram, cambaleando tanto de bêbado que era um pequeno milagre sequer ter conseguido encontrar o Olímpico nas ruas labirínticas da Cidade Velha. Mas encontrou. E quando chegou, cumpriu o papel que o roteiro exigia dele: esmurrou o portão com os punhos, gritou o nome do homem que, ele agora se deu conta, era seu rival.

"Ouvimos ele berrando e ficamos assustados", Patalarga admitiu depois. "Preocupados. Era um urro, quase uma coisa de filme de terror."

Eles congelaram, ficaram em silêncio, e deixaram que o som daquela voz distante e perturbadora ficasse pairando no teatro.

Largaram seus objetos de cena e sentaram no palco. Talvez, pensaram os três, ele simplesmente se cansaria e iria embora, porém passaram-se muitos minutos, e a voz não deu nenhum sinal de que ia desistir.

"Abre a porta!", Mindo gritava, prolongando as vogais. "Abre!"

Henry me descreveu aquilo como algo perturbador: a voz solitária, dolorosa e cantada de um homem ciumento, ora lânguida, ora ameaçadora, preenchendo o velho teatro como um lamento fúnebre. "Foi bonito, de certo modo", disse. "Acho que é isso o que eu mais lembro daquela voz. Como era de uma beleza desconcertante."

Enquanto isso, Nelson tinha um olhar de profunda concentração. Por fim disse: "Eu conheço essa voz."

"Nós assumimos", me disse Patalarga, "que ele queria dizer que conhecia a voz de quando estava nas montanhas. Perguntei a ele quem era, e ele balançou a cabeça".

"Já ouvi ela antes, só isso."

Então Nelson ficou de pé.

"Aonde você está indo?", Patalarga perguntou.

"Vou ver quem é."

Patalarga ficou horrorizado, mas era exatamente como Ixta disse: Nelson nunca ouvia os outros. Cruzou o teatro a passos largos, atravessou o saguão e saiu para o portão, com seus dois amigos apreensivos, descrentes, seguindo atrás dele. Ele ainda estava seguro, ainda deste lado da barreira de metal que separava o Olímpico da rua, quando gritou, "Quem é?"

"Eu conheço essa voz", Nelson disse de novo, desta vez num sussurro.

Muito tempo depois, Ixta discorreria para mim sobre o contato muito limitado que aqueles dois homens da sua vida tinham tido por acaso. Houve a vez em que Mindo atendeu o celular dela quando ela estava no chuveiro. Eles conversaram por alguns minutos, Nelson fingindo ser um primo que morava nos Estados Unidos e estava de visita.

"Uma mentira ruim", Ixta me disse num tom sombrio. "Uma mentira muito ruim e desnecessária. Noventa e nove entre cem pessoas teriam simplesmente desligado. Mas ele era ator, e disse que isso teria sido antiesportivo."

Antiesportivo ou não, teria sido mais sensato. A única sorte foi que Nelson tinha ligado de um telefone público. Durante alguns dias depois disso, Mindo perguntou várias vezes sobre esse primo-fantasma.

Quando nós vamos encontrar ele?

O que ele faz?

Como exatamente ele é seu parente?

Mindo perguntava com tal persistência que Ixta inevitavelmente foi arrastada para dentro da mentira.

"E apesar do que você talvez pense", ela disse para mim, "detestei fazer isso com o Mindo".

Os dois sabiam um sobre o outro, talvez mais do que teriam gostado de saber. Nelson perguntara às pessoas sobre Mindo, tomando algum cuidado de ficar longe dele. Em diversas ocasiões, Mindo interrogou Ixta sobre Nelson, tudo enquanto simulava falta de interesse.

Os dois homens tinham conhecidos, mas não amigos em comum, por isso talvez fosse inevitável que seus caminhos acabassem se cruzando algum dia. Certa tarde, em novembro do ano anterior, não muito tempo depois que o caso entre Mindo e Ixta engatou, Nelson encontrou o casal por acaso num bar em La Julieta. Se foi constrangedor, também foi felizmente breve — uma troca de amabilidades com cara amarrada, um aperto de mão, e pouco mais que isso. Ixta ficou assistindo, com o coração a mil, seus dois amantes trocarem umas poucas palavras. Riu de vez em quando para encobrir silêncios incômodos, e deu um suspiro pesado quando Nelson pediu licença. Mais tarde, quando ela e Mindo estavam sozinhos, ele confessou que reconhecera Nelson imediatamente, não porque eles já tivessem se encontrado antes, mas porque ele abrira os velhos álbuns de fotos de Ixta um dia enquanto ela estava no trabalho, só para dar uma olhada.

"Por que você foi fazer isso?", ela perguntou.

"Eles estavam aparecendo numa caixa. Fiquei curioso. E também porque eu mal te conheço."

Seu tom de voz, Ixta relatou para mim, não foi nem acusatório nem pesaroso, apenas resignado. Então ele sorriu, como se temesse ter dito alguma coisa errada. Não tinha. Eles tinham ido muito depressa. Ixta, àquela altura, já se mudara para lá; e no entanto a vida deles ainda estava em construção. Em alguns aspectos, nunca avançou de fato muito mais que isso.

Naquela noite no Olímpico, os três membros do Diciembre ficaram do lado seguro da barreira de metal, escutando. Quanto mais perto chegavam da voz de Mindo, menos assustadora ela era. Mesmo assim, tanto Henry quanto Patalarga ficaram surpresos quando Nelson anunciou que deixaria o homem entrar.

"E se ele tiver uma arma?", Patalarga lembra de ter perguntado.

"Ele não tem", respondeu Nelson. Seus olhos brilhavam, como se ele tivesse acabado de resolver uma charada. "É o namorado da Ixta."

E ele abriu o portão. Assim sem mais.

Meses depois, quando Patalarga me descreveu esse momento, ainda estava balançando a cabeça. Houve muito pouco tempo para eles se prepararem. "Imaginei um louco ensandecido de ciúme. Imaginei um animal."

Em vez disso, era Mindo. Quando pedi que o descrevessem, tanto Henry quanto Patalarga começaram com a mesma palavra: "Bêbado." O registro de toxicologia confirma. Isso não deve implicar necessariamente que Mindo era de beber muito; na verdade, segundo todos os relatos, só bebia ocasionalmente. Mas dadas as circunstâncias, entende-se por que estava naquele estado. "Deve ter sido um choque terrível", Ixta me disse. "Ele deve ter pensado que estava acontecendo alguma coisa entre mim e o Nelson."

Eu a pressionei nesse ponto — afinal, alguma coisa *estava* acontecendo, alguma coisa tinha *acontecido*, certo?

Ela ficou vermelha. "Você sabe o que eu quis dizer. Eu tinha rejeitado ele."

"E era a sério?"

Ela franziu a testa.

"O que você está fazendo?", ela perguntou. "O que você quer?"

O que Ixta de fato confirmou era que Mindo tinha uma tolerância notável e conseguia se manter em pé muito além do ponto em que homens mais fracos teriam sucumbido. Pode-se imaginar uma versão alternativa dessa noite, em que Mindo desmaia no bar, seus desenhos de punhos cerrados esparramados ao seu lado, e é despertado umas poucas horas antes do amanhecer, angustiado, decepcionado, porém vivo. Ele não teria essa sorte. O que de fato aconteceu é que Mindo surgiu no portão de repente aberto do Olímpico, com a embriaguez pintada no rosto como uma máscara de carnaval. Não tinha feito a barba naquela manhã, e seus traços tinham algo de borrado, de impreciso. Seus olhos estavam caídos; seus lábios, pensos. O casaco verde-oliva parecia prestes a escorregar do ombro a qualquer momento. Ele olhou para os dois lados, depois para os pés, como se quisesse confirmar que estava realmente parado ali, no portão enferrujado do Olímpico.

A noite trouxera consigo um cobertor de neblina úmida, pesada, e os postes de luz lá no alto floriam em rasgos de amarelo embaçado.

"Você é o Mindo", disse Nelson.
Eles não apertaram as mãos, porém não houve violência. A ameaça evaporou no momento em que eles se viram.

Patalarga ainda não sabia o que pensar daquilo. Não abandonara a ideia de que um assassino demente viera de T—— para localizar Nelson. Queria desesperadamente que todos passassem para dentro do teatro, "onde seria mais seguro, e seco", ele disse. Porém Mindo estava pregado no chão. Não arredava pé.

"Tive a sensação de que qualquer coisa podia acontecer", Patalarga me disse depois.

Não qualquer coisa. Isto:

"Vem comigo", Mindo diz a Nelson. Ele embola as palavras, porém não há ameaça nelas, apenas a autoridade silenciosa de um homem preterido. "Temos que conversar."

"Temos sim", diz Nelson, assentindo com a cabeça num gesto grave, como uma criança que sabe que fez algo errado. Mindo não chega a cruzar o portão, e Nelson apenas desliza para fora, como se puxado por uma força irresistível, magnética.

Só isso.

Os dois amantes de Ixta saem para a noite escura, sob uma garoa leve; Henry e Patalarga ficam lado a lado, feito pais apreensivos, observando os dois partirem. A meio quarteirão dali, eles desaparecem na névoa. Apenas um deles volta.

# 22

Ixta passou essa noite no apartamento, lendo velhas revistas e esperando Mindo. Era sua noite de folga no restaurante, e ela assumiu que ele estava no estúdio, pintando, embora também fosse muito provável que estivesse fazendo o mesmo que ela — sentado à toa, lendo qualquer coisa, afugentando o tédio com devaneios de uma vida mais criativa. Se eles estivessem numa situação melhor, talvez tivessem feito esse tipo de coisa juntos. Talvez tivessem até se divertido. Ela cogitou surpreendê-lo com uma visita, mas estava frio lá fora e, além disso, ele talvez não apreciasse a interrupção.

No entanto, ela não via mal em telefonar: Ixta tentou várias vezes o celular de Mindo, começando logo após as sete, ligando mais ou menos a cada hora, até umas onze e meia. Não deixou mensagens, e por volta da meia-noite foi dormir. "Eu não estava preocupada", ela me disse depois. "Estava irritada. Geralmente nós conversávamos em algum momento do dia. Era isso, entende? Eu estava entediada. Estava pensando comigo mesma: que idiota. Estava pensando: esta é a minha vida agora. Eu fico em casa com o bebê, ele volta na hora que quer. Ele faz arte. Meus peitos incham, meus mamilos ficam pretos. Parecia um futuro muito negro, sabe? Eu não estava nem pensando no Nelson. Ele nem passou pela minha cabeça. Estou contando para você, assim como contei para a polícia."

Isto é o que sabemos: os dois jovens saíram do teatro e foram na direção da praça. Uma garoa fina pairava no ar, e as calçadas estavam escorregadias. Mindo estava muito bêbado, e eles caminhavam com cuidado para não cair, um quarteirão vazio da cidade após o outro, avançando o melhor que podiam através da cortina de névoa. Por um bom tempo, não disseram nada.

"Você a ama?", Mindo finalmente perguntou. A essa altura, eles estavam a cinco ou seis quarteirões do teatro.

"Amo", disse Nelson. E então: "Mas ela não me ama."

Mindo assentiu com a cabeça. "Então pelo menos isso nós temos em comum."

Sabemos que eles chegaram à praça, que a cruzaram em diagonal e buscaram refúgio no Wembley. Foi sugestão de Nelson. Era uma noite de movimento fraco, e um dos barmen de cabelo branco estava sentado atrás do balcão, fazendo palavras cruzadas. Ele lembra quando os dois entraram, cerca de quinze para a uma da manhã. Sempre que fazia as palavras cruzadas, registrava os horários de início e de término, por isso pôde fornecer à polícia uma estimativa bastante precisa. Disse a eles que conhecia Nelson, que o reconhecia: tinha servido bebida para Sebastián na época em que Nelson ainda era menino e o vira algumas vezes depois de ensaios. O outro, Mindo, ele nunca tinha visto antes.

"O altão estava bêbado, o que não era da minha conta. Apertei a mão do menino. Fazia uns meses que eu não via ele."

Eles bateram papo por alguns instantes, e então Nelson pediu um litro de cerveja e dois copos. Mindo assistiu a essa interação, indiferente.

"Meu pai costumava me trazer aqui", Nelson disse quando eles sentaram.

"Seu pai", ponderou Mindo. "Ele também mexia com a mulher dos outros?"

Os dois se encararam. A noite ainda podia tomar qualquer rumo, e Nelson sabia disso. Não tinha decidido o que aconteceria. O que ele queria que acontecesse. Respirou fundo.

"Meu pai era um príncipe."

Mindo sugou ar entre os dentes. "Pula uma geração."

"Acho que sim", disse Nelson.

Nesse instante o velho barman apareceu, esbanjando sorrisos. Trazia a cerveja e dois copos. Patalarga emprestara algum dinheiro a Nelson, e ele pagou na hora. Mindo não protestou, apenas observou desconfiado, examinando a transação como se tentasse decifrar um truque de mágica.

"Você está bem?", Nelson perguntou.

"É claro que estou bem."

"Porque você não parece bem."

O barman, quando conversamos, me forneceu mais ou menos a mesma opinião. Ficou diante deles por um instante, observando. "O mais alto, ele tinha uma cara péssima."

"Estou legal", disse Mindo. Olhou para o barman. "E você, velho, por que ainda está aqui?"

O barman franziu a testa e voltou para suas palavras cruzadas.

"O que você estava fazendo com a Ixta?", Mindo perguntou depois que a cerveja fora servida.

Nelson contemplou seu rival. Naquele bar, sob a luz quente, qualquer vestígio de ameaça desaparecera. Ele estava magoado; nada mais que isso.

"Só conversando", disse Nelson.

"Ah, é? Sobre o quê?"

"Não muita coisa." Nelson desviou o rosto. O teor da conversa daquela manhã fora tão decepcionante que ele mal conseguia se obrigar a pensar nisso. "Fiquei surpreso com o pouco que nós tínhamos para dizer."

"Não era o que você tinha planejado."

Nelson negou com a cabeça. "Não era o que eu tinha *esperado*." Ele fez uma pausa e olhou para Mindo. Foi impiedoso continuar falando, com mais coragem que ele tivera naquela manhã com Ixta, quando mais precisara.

"Eu queria conversar sobre nós. Eu e ela."

Ele enunciou essas três palavras com cuidado e clareza.

Mindo riu. "Vocês não têm um *nós* para conversar. Não existe *nós*."

"Já existiu. Talvez exista."

Por alguns instantes eles não falaram muito. Cada um bebeu sua cerveja, sem jamais romper o contato visual. Mindo processou aquela impertinência, balançando a cabeça. Pôs sua cerveja na mesa.

"Mas somos nós que vamos ter um bebê! Você entende isso? Ela e eu. Eu e ela."

Nelson balançou a cabeça "Como você sabe que é seu?"

Com isso, a noite tranquila no bar se desfez em frangalhos.

Ao ser questionado (por mim, pela polícia), o velho barman do Wembley lembrava desse momento com muita clareza.

Mindo se levantou de repente, foi para cima de Nelson e derrubou a mesa. Cerveja foi derramada, um dos copos se estilhaçou, e num instante algumas das mesas em volta estavam de prontidão; os homens, que um momento antes vinham bebendo em paz, agora estavam de pé, alertas e preparados para intervir ou se defender. Quando viram que eram só aqueles dois, todos deram um passo atrás, fornecendo a Nelson e Mindo o espaço de que precisavam. Eles se atracaram por um instante, nenhum deles muito hábil, mas nenhum fraquejou, até que ambos estavam no chão. Coube ao velho barman apartar a briga. Homens como ele são dedicados ao seu serviço. Quem sabe aquilo fosse uma vantagem; em matéria de brigas de bar, ele talvez fosse o funcionário mais experiente da cidade.

"Meninos! Por favor!", ele gritou, pois para ele eram todos meninos. "Parem!"

Nelson e Mindo pararam. Os meninos sempre paravam.

"Levantem do chão!"

Eles ficaram em pé.

Ele agora os dominara. Me disse depois que tinha certeza. Falou para eles que, se não conseguissem ser civilizados, teriam que ir embora. Eles realmente queriam ir embora?

Para o caso de não estarem acreditando nele, o barman acrescentou, "Olha como está lá fora!".

A garoa agora estava forte; dava para vê-la rodopiando na luz, bem em frente à janela. Ele continuou: "Lá fora, está frio; lá fora, está molhado. Dentro, está quente, e dentro tem cerveja. Mas dentro não tem briga. Vocês entenderam?"

Ele já fizera esse discurso antes.

Nelson e Mindo assentiram, num gesto grave; então bateram o pó de suas roupas, recolheram suas coisas e saíram.

Nelson chegou ao Olímpico depois das duas, abrindo o portão com a chave que Patalarga lhe dera. Estava encharcado e com falta de ar. Henry e Patalarga tinham quase terminado a garrafa de rum e estavam deitados no palco, agora cobertos com almofadas e cobertores, como na alcova de um paxá.

"Você voltou!", disse Henry.

"Você está vivo!", Patalarga gritou.

Ele só estava brincando, mas então Nelson veio para baixo da luz. Estava arranhado e esfolado. Tirou seu casaco molhado, rasgado na manga. Subiu todo torto no palco, pedindo o rum com um gesto, e Henry rapidamente lhe serviu um copo.

"O que aconteceu?"

Nelson virou a dose inteira.

A história que ele contou para seus amigos naquela noite é a mesma que depois contaria à polícia.

Ele e Mindo saíram do Wembley. Não tinham nenhum plano. "Acho que nós só sabíamos que não tínhamos acabado de brigar." Ficaram um tempo sob o poste de luz logo em frente à porta do bar, respirando o ar úmido. Dentro do bar, rostos se comprimiam na janela, como se esperassem um espetáculo.

Mindo cambaleou. "Você está comendo ela?"

Nelson não respondeu. Não precisava.

"Eu sabia." Então: "Eu vou te matar."

De acordo com o velho barman, todo mundo ouviu. "O menino bêbado parecia muito revoltado."

Nelson não se abalou. Estendeu as mãos, com as palmas para cima.

"Não, você não vai."

Não havia agressão em sua voz, nenhum desafio. Era apenas a afirmação de um fato. Ele continuou: "Eu não devia ter dito o que disse. Desculpa." Nelson apontou para o Wembley. "Estão todos assistindo. Você vai mesmo me matar na frente de todas essas pessoas?"

Mindo cobriu os olhos com a mão e virou-se para as janelas do bar.

"Tá bom", ele disse.

Eles andaram para a praça, e a essa altura não havia mais nenhuma testemunha além de Nelson. A praça estava vazia, exceto por uns poucos táxis sem rumo, e um ou outro bêbado que saía tropeçando de um dos bares subterrâneos. A noite estava fria e inóspita, e eles caminharam o mais depressa que conseguiram nas ruas escorregadias. Depois de alguns quarteirões, Mindo começou a falar. De acordo com Nelson: "Ele estava muito bravo, mas parecia ter uma visão fatalista daquilo tudo. Eu não era rival dele. Ele falou que sabia disso. Só a Ixta tinha respostas. Ela já o amara uma vez, e agora não amava. Eu não sabia o que dizer para ele."

"É com o bebê que eu estou preocupado", Mindo disse.

Nelson conhecia as ruas da Cidade Velha. Sabia, por exemplo, que a certas horas da noite, nas ruas mais estreitas, não se deve usar as calçadas. Isso é bom senso. Você caminha reto bem no meio da rua, de olhos vivos, procurando um ladrão que possa pular da sombra de uma porta recuada. Ele e todos os alunos do Conservatório já tinham sido assaltados pelo menos uma vez. Para a maioria, era suficiente; então eles aprendiam. Nelson não precisava pensar naquilo. Era instinto.

Eles estavam andando pelo meio de uma rua estreita chamada Garza, quando a conversa foi interrompida por um toque breve de buzina. Eles subiram na calçada, ainda falando, e mal registraram a perua que passou. O veículo encostou logo à frente deles, e saíram dois rapazes. Um instante depois, o carro partiu, desaparecendo na neblina. Mesmo assim, Nelson e Mindo não acharam que fosse nada. Logo à frente, os dois homens ficaram esperando e, de acordo com Nelson, "Quando nós passamos, um deles me empurrou com força contra o muro." Foi assim que começou.

Os dois agressores eram jovens, ambos rosnavam, e não era um assalto — era um ataque. Uma surra. Tudo aconteceu muito depressa: Mindo e Nelson e aqueles dois desconhecidos violentos. Não houve conversa. Não houve exigências. Não houve negociação. Nelson não chegou a ver o rosto deles. Era brigar ou fugir.

Na primeira oportunidade, ele fugiu.

"Mas e o Mindo?", Patalarga perguntou, como a polícia perguntaria depois. "Por que você não ajudou o Mindo?"

"Não sei."

Nelson correu o mais rápido que pôde. "Eu devia ter ido na direção da praça, mas naquela hora não estava pensando. Só queria escapar."

Um dos agressores o estava perseguindo, mas Nelson não olhou para trás. Correu três quarteirões, virou numa esquina e depois em outra, disparando até seus pulmões arderem. Quando finalmente parou, estava a seis ou sete quarteirões da cena do ataque, na entrada de um parque que nunca tinha visto antes, numa área decadente da Cidade Velha conhecida como El Anclado. Não viu ninguém nas ruas desertas: nem seus agressores, nem Mindo, nem uma única pessoa a quem pudesse pedir ajuda.

"Então o que você fez?", Patalarga perguntou.

"Sentei por um instante para tomar fôlego. Me localizei mais ou menos e então voltei."

Seu destino era o Olímpico, onde ele estaria em segurança, mas primeiro ele queria fazer alguma coisa por Mindo. Andou depressa, quase desatinado. A neblina estava mais pesada do que antes, mais pesada do que ele jamais tinha visto. Chegando à esquina da Garza com a Franklin, viu mais adiante o ponto da rua onde eles tinham sido abordados.

Ele não viu nada e deu um suspiro de alívio.

"Eu estava com medo", ele disse a Patalarga e Henry. "Não cheguei mais perto. Simplesmente assumi que o Mindo tinha feito o que eu fiz. Assumi que ele tinha escapado."

Na verdade, ele não tinha. Mindo se encolhera numa das portas recuadas, onde conseguiu se esconder quase totalmente. Foi lá que um transeunte o encontrou na manhã seguinte, com cinco facadas na barriga e no peito.

# 23

Na manhã seguinte, Henry se ofereceu para dar uma carona a Nelson até o bairro dos Monumentos. Ficou entendido que Nelson tinha que ver Ixta, certificar-se de que Mindo estava bem e pedir desculpas por qualquer problema que tivesse causado entre os dois. Havia excepcionalmente pouco trânsito e, embora os dois amigos não tenham conversado muito, ambos acharam reconfortante não ter que fazer o percurso sozinhos. Nenhum deles dormira mais que umas poucas horas. Eles ouviram as notícias no rádio e, em particular, a inflexão dos locutores, que flutuava inesperadamente entre o horror e o contentamento. Era sinceramente confuso, e talvez fosse de propósito: as más notícias eram quase indistinguíveis das boas, ou talvez simplesmente não existissem mais boas notícias.

"Você não dirige como eu pensei", Nelson disse quando eles estavam quase chegando. "Por algum motivo, achei que você seria mais errático."

Para Henry, isso pareceu fazer sentido. Ele fazia quase tudo erraticamente, porém atrás do volante, sempre possuíra uma certa calma. As ruas congestionadas da capital atormentavam a maioria dos motoristas, mas não ele. Ele tinha uma surpreendente tolerância a engarrafamentos. Quando estava em Coletores, ele contou a Nelson, às vezes ficava sentado na cama, olhando para o teto, e se imaginava atrás da direção de um carro, qualquer carro, em qualquer rua da cidade. Ele e Rogelio tinham este amor em comum, na verdade: a tranquilidade que só surgia quando se estava sozinho, ao volante, essa sensação de autonomia. Ele concebera *O presidente idiota* pela primeira vez enquanto dirigia um Opel 1976 bege, cinco portas, para visitar um amigo que morava fora da cidade. Henry imaginava que, numa vida alternativa, se fizesse parte de uma quadrilha, seria aquele que dirige o carro.

"Você dirige?", ele perguntou a Nelson.

O jovem ator fez que não com a cabeça. Nunca tinha aprendido. Henry sorriu e se ofereceu para lhe ensinar. Afinal, Nelson precisaria saber, se fosse levar adiante seus planos de viajar para os Estados Unidos.

Quando ele mencionou isso, Nelson franziu a testa.

"Eu estava tentando ser positivo", Henry me disse.

Nelson confessou que estava assustado com o que acontecera na noite anterior. Esperava que o pior já tivesse passado. Nelson ergueu as mãos, como se para dar uma prova de seu estado de nervos. "Olha", ele disse, "estão tremendo!"

Eles agora estavam no bairro dos Monumentos, com suas ruas silenciosas de asfalto liso, suas casas elegantes protegidas por muros altos. Nelson voltou sua atenção para as ruas, apontando algumas esquinas onde eles tinham que virar. "Essa parte da cidade é complicada."

"Foi então", Henry me disse quando conversamos, "que eu comecei a perceber a perua atrás de nós".

"Você mencionou isso para a polícia?", perguntei a ele.

Ele deu de ombros. "Eu contei tudo para a polícia. E eles não acreditaram em nada. Mesmo assim, digamos que tivesse um carro seguindo a gente. O que isso prova?"

Era uma perua azul-clara, e agora fazia um bom tempo que estava atrás deles. Henry lembra de ter pensado como aquilo era estranho, que provavelmente era só sua imaginação — uma perseguição em baixa velocidade por uma rua quase deserta. Eles dobraram a esquina, e a perua os seguiu, com apenas alguns carros entre eles.

"Você viu quem era o motorista?", eu perguntei.

Ele não viu. Não conseguiu.

De qualquer modo, Henry não mencionou sua suspeita para Nelson, que já estava com a cabeça lotada; depois, reconheceria que tinha sido um erro. Em vez disso, ele desacelerou o carro até parar e ficou de olho no retrovisor. A perua azul desacelerou também, e depois, quase com relutância, seguiu em frente, passando por eles e continuando mais para dentro do bairro. Henry abriu a janela, e ele e Nelson ouviram uns acordes estourados de *cumbia* enquanto o carro os ultrapassava.

"Por que você parou?", perguntou Nelson.

"Esse carro precisava passar."

Eles avançaram mais um pouco e encostaram em frente à casa do cineasta. Nelson saiu para tocar a campainha, assim como fizera na manhã anterior, e Henry ficou assistindo. "Vi ele oscilando para a frente e para trás, com uma cara aflita e pálida. Então a porta abriu. Ele pôs o corpo para dentro, falando com alguém que eu não enxergava."

Esse alguém era o cineasta, que, segundo ele próprio admitiu, "não estava tendo uma manhã boa". Ixta não tinha vindo trabalhar, nem tinha telefonado. Não estava atendendo o telefone, e ele estava irritado. Quando abriu a porta, estava esperando que fosse ela, e não Nelson.

"Mandei ele embora", o cineasta me disse. "Não queria que ele ficasse ali. Ele estava com uma cara terrível. E não gostei do jeito como ele me olhava. Ela não veio hoje, foi só isso que eu disse para ele. Ele tentou espiar atrás de mim, como se achasse que eu podia estar mentindo, e nesse ponto... bom, eu simplesmente fechei a porta na cara dele."

Nelson tocou a campainha de novo, e a cena se repetiu, com um pouco mais de veemência. Novamente a porta foi fechada. Dessa vez Nelson voltou para o carro, meio zonzo, e contou a Henry o que tinha acontecido.

"Então o que a gente faz?", Henry perguntou. Olhou involuntariamente para o relógio enquanto perguntava. Já passavam das dez. Naquele dia específico, ele tinha sua primeira aula dali a uma hora. Precisava partir. O que Henry quis dizer com sua pergunta foi: onde posso deixar você?

"Eu vou andando daqui", Nelson disse.

"Tem certeza?"

"Tenho certeza."

Nelson não disse para onde pretendia ir andando. Voltar para o teatro, assumiu Henry, embora Nelson tenha em vez disso ido à casa de Ixta. Os dois amigos se abraçaram.

"A próxima vez que eu o vi", Henry me disse, "foi aquela noite no noticiário da tevê".

Ixta acordara por volta das cinco da manhã com a campainha tocando. Era um policial. Ele pôs os olhos na barriga dela, ficou pálido e pediu que ela sentasse. Ela ainda estava esfregando os olhos de sono. Eles sentaram. A voz do policial tremia enquanto ele falava.

"O que foi?", ela perguntou.

"Sinto muito", o agente disse, depois perguntou se ela conhecia um homem chamado Mindo.

Tirando alguns detalhes esparsos, a lembrança de Ixta sobre essa manhã termina aqui. Mindo, morto. Ela já estava começando a se entregar à histeria que iria dominá-la durante as seis horas seguintes.

O policial revelou em doses pequenas as poucas informações que tinha: o local exato onde o corpo de Mindo fora encontrado (quatro quarteirões e meio a oeste do Olímpico, caído numa porta recuada na Garza); a causa da morte (sangramento de vários golpes de faca). Não havia carteira, telefone nem documentos, por isso eles estavam tratando aquela morte como um latrocínio. Tinham achado o nome dela embaixo de um desenho que Mindo fizera em seu caderno.

"O Mindo tinha algum inimigo?", o policial perguntou. Já tinha tirado um bloquinho de anotações.

"Só lembro que nada do que ele estava falando fazia nenhum sentido", Ixta me disse.

"Inimigos?", ela perguntou. "Inimigos?"

Ela xingou o policial e o chamou de covarde, enquanto ele tentava em vão acalmá-la. Um vizinho ouviu a gritaria e bateu na porta para descobrir o que estava acontecendo. A certa altura, Ixta desmaiou. Sua mãe foi chamada. Seu irmão. Uma médica. E de uma hora para a outra, o pequeno apartamento que ela dividira com Mindo estava lotado: mais parentes; primos; amigos dela; amigos de Mindo; e por fim outra pessoa da polícia, desta vez uma mulher. Os sapatos ficaram amontoados na porta; uma dezena de enlutados e policiais andando de meia.

Cabe notar que uma cena semelhante se desenrolava do outro lado da cidade, onde os pais de Mindo estavam sentados diante de um policial soturno, vendo suas vidas serem educadamente dilaceradas. O pai de Mindo, que tinha quase setenta anos, ficou três dias sem falar depois disso. Jamais se recuperou do choque.

Um amigo da família me pôs a questão nos seguintes termos: "Se o filho deles tivesse sofrido uma morte violenta aos dezoito anos, *isso* eles talvez tivessem entendido. Mas morrer agora? Quando já tinha escapado?"

Mindo pintara três quartos dos murais fúnebres da vizinhança, que ainda podem ser vistos nas ruas perto da casa onde ele cresceu nos Milhares — retratos vívidos, coloridos, expansivos de jovens rindo da morte. Ignorantes da morte.

Agora ele tem seu próprio retrato.

De acordo com os depoimentos, Nelson saiu do trabalho de Ixta no bairro dos Monumentos e atravessou sua cidade uma última vez a pé. Seguiu para o norte no bulevar conhecido coloquialmente como Huanca (embora apareça com outro nome na maioria dos mapas), virou à direita depois da catedral, cortou em ziguezague os bairrinhos ao sul da Marina, cruzou essa avenida larga, depois seguiu para leste pegando a Brasil, onde os edifícios baratos e malfeitos ainda estavam começando a ser erguidos. Ele não falou com ninguém, nem parou em lugar nenhum. Algumas notas da imprensa implicariam que Nelson pretendia escapar, mas queria tentar mais uma vez convencer Ixta a ir com ele. Sabemos que isso não é verdade. Se ele estivesse fugindo, teria simplesmente entrado num apartamento cheio de policiais?

Ele chegou pouco antes das onze da manhã e caiu bem no meio de um show de horrores. Ixta encontrava-se num estado terrível, e a chegada de Nelson não melhorou nem um pouco as coisas. Àquela altura a irmã de Mindo também chegara, uma emissária daquele outro mundo de dor. Não houve solidariedade. Ela xingou Ixta, gritou com ela, e depois que se deu conta de quem era Nelson, cuspiu suas invectivas em cima dele também. Quando Ixta admitiu que tinha visto Nelson no dia anterior, a irmã de Mindo praticamente exigiu que ambos fossem presos. Houve até um momento em que pareceu que isso fosse acontecer, mas no fim nenhum policial quis prender a grávida.

Com isso restava Nelson, e nada poderia ter sido mais conveniente. Numa cidade com centenas de crimes não solucionados e, francamente, sem solução, a polícia mal conseguia acreditar naquele golpe de sorte: um suspeito simplesmente entrara pela porta. Parecia culpado; seu motivo era óbvio.

"Você conhece um homem chamado Mindo?", eles perguntaram.

"Claro que sim", disse Nelson. "Estive com ele ontem à noite."

Eles já tinham o assassino.

Não se faria menção ao que acontecera em T——; nem a Rogelio ou Jaime; não se levariam em conta os possíveis motivos de um bandido provinciano vingando a morte de seu irmão. Todos os pontos estavam ali à mostra, só esperando para ser juntados. Para a polícia, e depois os promotores, e depois o juiz, foi simplesmente irresistível.

"Ligue para minha mãe", Nelson gritou para Ixta enquanto o levavam embora. "Por favor, ligue para minha mãe."

"Eu fiz isso, pelo menos", Ixta me contou. "Não sei como, mas fiz."

Mónica confirmou. "Um telefonema que mãe nenhuma jamais deveria receber", ela disse quando perguntei. Seus olhos estavam apertados com força. "Só consegui ver o Nelson três dias depois."

E quando ela o viu, foi em Coletores.

# Parte Cinco

# 24

A notícia jamais chegou à nossa cidadezinha, embora eu suspeite de que Jaime deve ter ficado sabendo. Imagino que isso o deixou preocupado; não creio que ele pretendesse matar ninguém e, se pretendia, essa pessoa com certeza não era Mindo. Mas essas coisas acontecem, e Jaime estava bem familiarizado com resultados imprevistos. Seu trabalho lhe ensinara sobre a necessidade ocasional de violência e sobre a aleatoriedade da lei. Quando soube da prisão de Nelson e da acusação contra ele, pode-se imaginar que talvez até tenha sorrido. Deixando de lado por um instante o fim infeliz de Mindo, do ponto de vista do filho consternado da sra. Anabel, a justiça fora feita.

Parti de T—— no fim de agosto, mas só ouvi falar da atribulação de Nelson alguns meses depois. Eu não diria que me esquecera dele, só que minha vida seguiu em frente. Tive a sorte de arranjar um emprego numa revista que tinha sido lançada enquanto eu estava fora, uma publicação que milagrosamente ainda sobrevive, e onde trabalho até hoje. Na época éramos quatro na equipe (hoje somos doze), e no começo fazíamos tudo: a redação e a edição, o layout e a diagramação. Éramos os contadores, o que explica por que vivíamos todo mês à beira da falência; e éramos os faxineiros, o que explica por que o escritório estava em constante desordem. Os donos, os impacientes mas entusiasmados irmãos Jara, passavam na redação uma vez por mês; todos nos espremíamos na velha van capenga deles e entregávamos as revistas nós mesmos. Terminávamos os dias no nosso bar preferido, a uns poucos quarteirões do escritório. Eu gostava dos Jara, gostava dos meus colegas, e isso era algo que eu nunca tinha vivido antes. Nosso salário era risível, mas em troca tínhamos permissão de escrever mais ou menos o que quiséssemos. Todo mês recebíamos correspondência dos leitores, que passávamos de mão em mão no escritório como se fossem cartas de amor.

Numa dessas noites depois da entrega de uma edição, a editora-chefe, Lizzy, comentou os muitos escândalos locais que eu perdera enquanto estava no "meu período sabático nos Andes". Era assim que ela chamava minha estadia em T——, uma expressão que soava charmosa pelo jeito brincalhão como ela apresentava isso ao grupo. Aquilo tinha virado uma piada interna: quando fiz a entrevista para o emprego, fazia poucos dias que voltara à capital, e devo ter parecido meio desanimado. Mesmo assim fui contratado, e muitas vezes entretinha meus novos amigos com os detalhes folclóricos da vida provinciana; eles, em contrapartida, fingiam se impressionar. Eu deixava a encenação continuar, pois para mim era óbvio que todos vínhamos de contextos parecidos, que todos tínhamos relações semelhantemente tensas com nossas famílias, com nossa herança cultural.

"Essa sua cidade natal", dizia às vezes Lizzy ou algum dos outros. "Em que ano eles estão?"

Todos riam, inclusive eu. O tempo, todos sabíamos, era um conceito muito relativo.

Naquela noite — era fim de outubro de 2001 — entre os escândalos mencionados havia a história de um jovem ator de teatro que assassinara seu rival num acesso de raiva e ciúme. "O tipo de coisa que nunca acontece no lugar de onde você vem", disse Lizzy, abanando a mão aberta para se referir às províncias. Ela continuou, outros entraram na conversa, e juntos meus novos amigos contaram a história. Repassaram todos os detalhes que conseguiram lembrar: a disputa pela paternidade, o ator e o pintor duelando de madrugada numa rua da Cidade Velha. Alguns detalhes específicos tinham se perdido: meus amigos tiveram dificuldade de lembrar o nome do teatro onde o assassino se escondera, ou as peças em que atuara antes de ser preso. Mas a menina grávida, a mulher no centro disso tudo; eles lembravam dela. Era atriz, assim como seu amante; uma mulher muito marcante, embora jamais sorrisse nas fotos. Tinha aparecido nos jornais, com uma série de legendas não muito lisonjeiras: "E vem a mulher de gelo" ou "Casamento de sangue".

E eles lembravam o nome dela. Era inesquecível, um nome que raramente se ouve por estes lados.

"Ixta", disseram em uníssono.

Ixta, repeti para mim mesmo.

Nosso bar — nós o considerávamos nosso — era e continua sendo um dos lugares do mundo onde me sinto mais em casa. Não há surpresas, e coisa alguma está fora do lugar. Porém quando ouvi o nome de Ixta, senti uma espécie de vertigem. Aquele cenário confortável de repente me pareceu estranho. Meus amigos também. O que eles estavam dizendo me soou tão angustiante, tão arbitrário, que por um momento cogitei que estivessem se divertindo às minhas custas.

Finalmente perguntei, "O nome do ator era Nelson?"

"Isso mesmo", disse Lizzy, sorrindo. "Nelson!"

Foi isso que me colocou neste caminho. Contei a eles sobre T——, sobre minha interação com o assassino, e eles não acreditaram em mim. Insisti, e naquela noite decidimos que eu devia pôr tudo por escrito. Eu até tinha os diários dele! Achamos que podia virar um artigo para a revista, talvez até uma reportagem de capa. Teria sido minha primeira.

Voltei e olhei o que saíra na imprensa nos dias imediatamente após a morte de Mindo, e vi que era tudo verdade: o nome e a foto de Nelson tinham sido estampados nas primeiras páginas de todos os jornais locais. Foi perturbador vê-lo, aquele homem que eu conhecera tão brevemente, em julho. Passei vários dias coletando material, fazendo listas de lugares para visitar, pessoas que eu talvez quisesse ver. O Olímpico aparecia numas poucas reportagens de tevê que consegui encontrar, descrito como uma espécie de esconderijo de criminosos; isso, como fiquei sabendo depois, foi o que finalmente levou Patalarga a reatar com sua mulher, mudando-se de volta para casa na calada da noite, na esperança de evitar mais atenção da mídia. Nos jornais, vi muitas das pessoas que depois seriam meus informantes. Alguns, como Mónica ou Ixta, fizeram o possível para fugir das câmeras; outros, como Elías e uns outros amigos de Nelson, adotaram a abordagem contrária, falando com um desprendimento excessivo, como se estivessem fazendo um teste para um papel.

Finalmente li os diários de Nelson, os que Noelia me dera, e após uma boa dose de incentivo dos meus colegas da revista, decidi fazer uma visita a Mónica. Na época eu não tinha uma noção real sobre a culpa ou a inocência de Nelson. Apenas curiosidade. Não foi difícil encontrá-la, e certa noite em novembro, bati na sua porta. Até esse momento eu tinha sido outro tipo de jornalista; ela apareceu atrás do portão, me observando, e eu me tornei outra pessoa. Ela era uma mulher esguia, de aspecto cansado, com cabelo curto e um par de óculos de leitura na mão. Fiquei tão nervoso que mal consegui explicar quem era, ou o que queria.

"Eu conheci o Nelson", eu soltei por fim, e isso pareceu chamar sua atenção. Ao som do nome do filho, ela estreitou os olhos para me examinar e abriu o portão.

Sentamos na sala de estar, e enquanto eu lhe contava minha história, Mónica focou sua atenção num cisne de origami que estava fazendo com a embalagem do saquinho de chá. Quando terminou, ela o pôs na mesa de centro junto com os outros, um bando de seis ou sete, cada um olhando numa direção diferente.

"Então você conheceu meu filho em T———", ela disse. "É só isso?"

Nesse momento mostrei para ela os cadernos, e ela quase desmaiou. Segurou-os por um instante, folheando rapidamente as páginas, inalando seu aroma. Depois de um tempo, balançou a cabeça e os colocou ao seu lado no sofá.

"O que diz neles?"

Cogitei mentir, simplesmente dizer a ela que não os lera. Ela me lançou um olhar inquisitivo, e percebi que a única opção era contar a verdade. É claro que eu tinha lido; era por isso que estava ali.

"São sobre a turnê", eu disse. "Até a manhã em que ele partiu para voltar para casa."

Ela assentiu com a cabeça, num gesto grave. "Será que eu devo ler?"

"Sim", eu disse. "Eles talvez ajudem."

Quando fui embora, já eram quase dez da noite. Dei a ela os diários (que sempre tinham pertencido a ela, que nunca tinham sido meus) e prometi fazer outra visita.

Novembro passou, o ano-novo chegou, e fui ver Mónica de novo. Dessa vez, conversamos por várias horas. Ela tinha lido minha revista. "Não é ruim", disse. Contei que ia escrever sobre o caso de Nelson, e ela me deu sua bênção. Olhamos os velhos álbuns de fotos e, quando fui embora naquele dia, ela me emprestou alguns dos diários. Fizemos uma lista das pessoas com quem eu devia conversar; principalmente velhos colegas de escola, uns poucos meninos da vizinhança, mas também alguns nomes do Conservatório, colegas que tinham vindo visitá-la depois que a notícia se espalhara.

"Mas não sei quem eram os amigos dele de verdade", ela confessou com um suspiro.

"Numa certa idade, isso é normal."

Ela sorriu. "É mesmo? Não tenho tanta certeza." Ela me deu o número de Francisco na Califórnia, e prometi telefonar para ele. "E você falou com os atores? Os senhores do Diciembre?"

Eu já tinha planejado uma visita ao Olímpico e conversado brevemente por telefone com Henry.

"Que bom", disse Mónica. "Mas você devia começar pela Ixta."

Eu já tentara duas vezes falar com ela e fora rejeitado — mas depois de ver Mónica, insisti. Da terceira vez que toquei sua campainha, Ixta me deixou entrar, com uma cara feia.

"De novo?", ela perguntou. "Pelo amor de Deus, qual é o seu problema?"


Em abril de 2002, enquanto o processo judicial estava empacado, voltei a T—— seguindo o itinerário que o Diciembre fizera no ano anterior. Falei com todas as pessoas com quem consegui, fazendo anotações, gravando depoimentos e ajudando-os a situar suas lembranças. Falei com Cayetano e Melissa, com Tania, e tentei achar o bar em Sihuas onde eles tinham visto todos aqueles mineradores, porém as autoridades tinham fechado o estabelecimento. Falei com pessoas que tinham assistido a apresentações do Diciembre e ouvi diversas vezes as mesmas frases: "Ele era um menino tão gentil!" e "Que espetáculo!" Na minha cidade natal, consegui, com alguma persuasão, tirar umas poucas pessoas de sua reticência. Nada relacionado a Jaime jamais era discutido abertamente. Sempre que alguém perguntava, eu dizia que estava escrevendo uma reportagem para uma revista, e eles me olhavam com desconfiança. Um jornal, isso eles teriam aceito; mesmo um livro teria feito sentido. Mas uma revista?

Quem eu achava que era?

Fui ver Jaime em San Jacinto, pretendendo fazer todas as perguntas que pudesse sem comprometer minha segurança. Não ia dizer, por exemplo, "Por que você deixou seu irmão levar a culpa pelo seu carregamento de drogas?" ou "Você enviou alguém para matar o Nelson?" ou "Quem estava dirigindo aquela perua na noite em que Mindo foi morto?" Eu tinha uma lista de outras perguntas, que soavam mais inocentes, mas no fim não fez diferença, porque ele simplesmente se recusou a me receber.

Em agosto de 2002, o julgamento de Nelson foi iniciado, e compareci todos os dias que pude. Muitas vezes vi Henry e Patalarga ali, sentados no fundo, sussurrando um com o outro, e nos intervalos nós discutíamos o processo como torcedores num evento esportivo. Nosso time estava perdendo; isso era claro. Eu estava lá quando o juiz se recusou a permitir que os cadernos fossem incluídos entre as provas e decretou que nenhuma teoria que relacionasse a morte de Mindo ao que acontecera em T—— era admissível. "Rumores", ele disse, e com isso Nelson não tinha mais salvação. Eu estava no tribunal no dia em que a irmã de Mindo chamou Ixta de "vagabunda" do banco das testemunhas; Mónica estava sentada na terceira fila com sua irmã Astrid, chorando. Apareceu em alguns jornais na manhã seguinte, com legendas sobre "a tristeza de uma mãe".

Certo dia no tribunal, Ramiro, o tio de Nelson, virou para trás na cadeira e me encarou, franzindo a testa. Depois sua expressão se abrandou.

"Parece que você está sempre aqui", ele disse, num tom de espanto. "Você não tem outra coisa para fazer?"

Eu às vezes me fazia a mesma pergunta. Meus colegas na revista, aqueles que tinham me incentivado no começo — eles também se perguntavam isso. "Cadê sua reportagem?", Lizzy me perguntava de quando em quando, e eu mudava de assunto. Por fim ela parou de perguntar.

Eu estava presente quando Nelson foi sentenciado em fevereiro de 2003, dois anos após o teste de elenco que mudara sua vida. O pai de Mindo àquela altura tinha morrido, mas sua mãe estava lá, estoica e impassível. Mal demonstrou reação quando o juiz anunciou uma sentença de quinze anos. Esse tempo parecia uma eternidade para todos que estávamos do lado de Nelson, que acreditávamos que ele era incapaz de cometer um assassinato. Mas percebi que, para a mãe de Mindo, aquilo parecia um insulto.

  Só quinze anos.

  Na primeira fila da plateia, Mónica desabou nos braços da irmã, e Nelson foi levado embora outra vez, de volta para Coletores, com um olhar de pura perplexidade no rosto. Ele perdera peso e tinha a palidez de um doente. Acho que jamais chegou a compreender que aquilo estava acontecendo de fato, que aquela era sua vida agora.

Nos meses seguintes ele escreveu cartas para a mãe, cartas que ela me mostrou, mensagens muito bonitas que descreviam seus amigos, o lugar à sua volta, e detalhavam seus receios. Ele tinha sido instalado entre detentos dos bairros do norte, o mais longe possível dos Milhares, para sua própria segurança. Havia uma possibilidade muito real de que alguém da antiga vizinhança de Mindo buscasse vingar a morte do pintor. Ele descreveu a estrutura de poder do presídio, os homens temíveis que o controlavam, oriundos de bairros da cidade onde Nelson jamais pusera o pé, mas que ele agora conhecia com intimidade. Sabia como aqueles homens falavam, o que os preocupava, o que os motivava. Eram homens que exigiam respeito e que estavam preparados para entrar em guerra por qualquer gesto que fosse percebido como um insulto, por mais leve que fosse. Nelson descreveu as acomodações abarrotadas, seu melancólico companheiro de cela (que ele chamava de "companheiro de quarto", porque soava "menos institucional"); e como um dia plácido lá dentro podia mudar num piscar de olhos e tornar-se espetacularmente violento. Contou à mãe sobre os bandos errantes de detentos sem teto que acampavam no campo pedregoso em frente ao seu bloco, e expressou seu assombro com o suplício deles. O que mais o surpreendia era que todos os outros aceitavam a situação dessas pessoas como normal. Não havia lugar para abrigá-los, ninguém os queria, e por isso lá estavam eles: trezentos homens sem camisa, sem sapatos, famintos, drogados, morrendo lentamente em massa. No ano anterior à chegada de Nelson, um jovem viciado escalara a torre de rádio (que não funcionava havia duas décadas) e se enforcara com um cachecol cinza. Quando eles baixaram seu corpo, deixaram o cachecol, que continuava lá, a nova bandeira não oficial da prisão. Nelson nunca conheceu esse homem porém o compreendia, ele disse numa carta, não para sua mãe mas para Patalarga — ele escondia dela os piores detalhes, para não a deixar ainda mais preocupada. Falava da vista do telhado de seu bloco, o céu aberto, as encostas dos morros salpicadas de casas novas a cada dia. Observava as mulheres carregando água morro acima em baldes de plástico, via-as pararem para enxugar o suor da testa. Elas eram pobres, mas ele as invejava.

"Quando eu sair daqui, a encosta do morro vai estar coberta", ele escreveu para a mãe, "e não vou ter lugar nenhum para morar". Ele confessou a Patalarga que às vezes perdia a noção de quem era. "Parei de brincar de Rogelio faz muito tempo, e no entanto aqui estou eu."

Esse era o ponto que mais angustiava Henry. Uns seis meses depois do veredito, ele me ligou e perguntou se eu podia ir vê-lo. Como todos os ex-detentos acusados de terrorismo, era proibido de fazer visitas, e estava aflito para saber como Nelson estava se aguentando. Ele e Patalarga tinham se desentendido de novo depois do fim do julgamento; com isso restava eu.

Fiquei quase envergonhado ao admitir que ainda não tinha ido a Coletores.

"Mas você conversou com ele."

Eu fiz que não com a cabeça.

Henry não conseguiu esconder sua decepção. "Eu não *posso* ir. Qual é a sua desculpa?"

Eu não tinha desculpa; ou melhor, não tinha uma boa desculpa. Não era da família. A rigor, eu não era nem um amigo.

Ele deu um sorriso malicioso. "Você tem medo? É isso? Acha que alguma coisa impronunciável vai acontecer com você?"

Eu nunca tinha sido provocado por Henry Nuñez antes.

"Sim", eu disse. "Eu morro de medo."

Henry recostou-se torto na cadeira. "Bom, com você não tem graça."

O apartamento dele estava mais bagunçado que de costume, com pilhas de livros no chão e pratos sujos na pia. Uma camisa branca cobria uma das cadeiras de plástico no canto, secando até endurecer.

"Então, o que aconteceu aqui?", perguntei.

Ana não tinha mais permissão de ir visitá-lo, ele explicou, por isso ele não precisava mais manter as aparências. "Não que eu teria enganado você, de qualquer modo." Parece que da última vez que Ana passara a noite lá, houvera um vazamento de gás em algum lugar do prédio. Os moradores do quarteirão inteiro tinham sido evacuados, e muitos tinham dormido no parque, incluindo Henry e sua filha. Foi uma noite quente, uma noite entre vizinhos, com um certo ânimo de festa. Mas sua ex--mulher ficou furiosa.

"Dormir ao ar livre. Deve ter feito você lembrar da turnê."

Henry negou com a cabeça. "Foi legal, mas não. Nada é como estar em turnê."

Falamos um tempo sobre os planos dele, discutimos algumas dúvidas que eu tinha sobre a história do Diciembre e, quando eu estava prestes a ir embora, perguntei por que ele tinha me telefonado. Era estranho, considerando que em cada uma das entrevistas anteriores eu tivera que me esforçar para localizá-lo.

Henry ergueu o olhar, assentindo com a cabeça, como se tentasse lembrar. Então: "Estou pronto para escrever aquela peça. Aquela que nós íamos fazer juntos."

Olhei para ele, confuso. "Nós?"

"O Nelson e eu. Nossa história na prisão."

"Sua história na prisão."

Ele estava energizado, quase alucinado. "Uma história de amor. A história do Rogelio. Nós íamos escrever juntos. Uma peça. Podemos levar em turnê. Ele disse que queria ajudar. Agora nós podemos. Agora estou pronto. Você pode perguntar isso para ele?"

"Foi por isso que você e o Patalarga brigaram?"

Henry franziu a testa e esfregou o pescoço. "É só perguntar para ele", disse. "Você pergunta?"

Já era janeiro de 2004 quando consegui as autorizações para visitar Nelson pessoalmente. Lembro que tínhamos acabado de alcançar dez mil assinantes na revista e estávamos comemorando na redação com uma festa improvisada. No meio dela, minha carta chegou.

*Permissão concedida para entrar na Prisão de Coletores no dia tal, hora tal.*

Foi marcado um horário no prédio do ministério na Cidade Velha, para tirarem minhas digitais. A comemoração ficou mais séria, mais sincera. Era como se eu tivesse ganhado um prêmio.

"Quem sabe nós finalmente vamos ver esse artigo", disse Lizzy.

Eu estava solicitando algo além de uma visita comum: queria permissão para levar um microfone e um gravador; e, dadas as condições internas, as autoridades eram reticentes com esse tipo de pedido. Ninguém queria um jornalista para constrangê-los. Hoje em dia eu penso e me pergunto por que insisti, e só consigo concluir que foi uma tática para empacar o projeto. Essas coisas levam tempo, e eu sabia disso. Talvez pudesse ter pressionado mais a vagarosa burocracia do presídio, mas não pressionei. Eu estava ocupado, era verdade, mas admito que parte de mim estava hesitante em comparar minha versão inventada de Nelson com o homem real.

Mónica ia visitar o filho a cada duas semanas, um ritual que lhe causava tanta expectativa quanto temor; e ela muitas vezes me ligava no dia seguinte para ler por telefone a carta mais recente de Nelson. Eu ouvia pelo aparelho os papéis roçando, ela limpando a garganta; achava uma posição confortável e escutava. Gostava de ouvir as palavras dele na voz dela. Quando ela terminava, eu agradecia. Sabia que essas cartas eram editadas, pois tinha lido as que ele dera a Patalarga.

"Então quando você vai ver o meu filho?", Mónica perguntava. "Ele diz que tem uma coisa para te contar."

"Em breve", eu respondia.

Finalmente fui a Coletores em março. Nelson agora já tinha quase vinte e seis anos e estava prestes a completar três de encarceramento; um tempo inimaginável, mas só uma fração do que ele fora condenado a cumprir. Era essa ideia que eu não conseguia afugentar enquanto apresentava meus documentos para um guarda sisudo, enquanto entregava minha bolsa para ser revistada por outro. *Quinze anos.* Meu gravador foi retirado do estojo, examinado por um guarda que o olhou com curiosidade, como se fosse alguma ferramenta obscura de outra época. *Faltam doze.* Ele procurou e finalmente achou o número de série, que ele então comparou com o número que constava no papel que eu apresentara. Os números batiam, e ele soltou um pequeno suspiro de decepção. Então ele conferiu meu microfone, meus fones de ouvido e cabos, e uma vez que tudo estava confirmadamente em ordem, eles carimbaram meu braço e liberaram meu caminho. Tudo isso aconteceu sem que trocássemos uma única frase.

No portão seguinte minha roupa foi revistada, e com um grunhido me mandaram continuar. Saí do saguão principal para o sol forte, castigante. Cobri os olhos. Parado entre os dois portões, nem dentro do presídio nem fora dele, mas sim numa zona neutra, olhei os detentos de Coletores pela grade pesada de metal; jovens andando de um lado para o outro com cara de tédio. Eu teria gostado de observá-los só por um instante, mas o guarda seguinte me apressou, e meio de repente eu estava dentro. O portão fechou atrás de mim: apenas fechou, não bateu nem fez ruído algum. É sutil, na verdade, a diferença entre o lado de dentro e o de fora.

Olhei em volta, tentando não parecer desnorteado. Havia muitos homens, mas nenhum era Nelson.

Então uma voz: "É impressionante, não é?"

Ele abrira caminho entre os grupos de homens ociosos e aparecera por trás. Algo de maroto em sua expressão me dizia que tinha sido de propósito.

Apertei sua mão. Ele tinha um aspecto diferente; melhor, na verdade. Tinha cortado o cabelo, e só isso já mudava a natureza dos seus traços. Não restava nenhum vestígio de menino, de capricho. Seu rosto perdera a juventude e fora substituído por outra coisa, algo mais duro e mais resoluto. Ele vestia uma calça jeans e uma camiseta limpa azul-clara. Da última vez que eu o vira no tribunal, estava magro, despreparado e assustado; agora não havia nada disso. Ele ganhara peso, tinha uma certa robustez nos ombros.

Nelson também estava me observando. "Não lembro de você. Fiquei pensando se ia lembrar, mas não lembro. Nada."

"Tudo bem."

"Só achei que você devia saber." Ele cerrou os lábios. "Minha mãe disse que você estava no julgamento. Eu não percebi você."

"Sua cabeça estava ocupada com outras coisas."

Ele deu um sorriso cauteloso. "Ela acha que nós vamos ser amigos ou algo assim."

Dois homens magrelos, sem camisa, estavam parados logo atrás de Nelson, me observando.

"Pelo jeito você tem amigos."

"Um homem precisa de amigos. Essa é sua primeira vez?"

"É."

"Então dá uma olhada."

Foi isso que eu vi. Havia homens: homens comuns como se veem em qualquer rua, em qualquer bairro, homens altos, homens baixos, homens magros, homens gordos, homens pretos, homens morenos, homens brancos (embora só uns poucos), homens cansados, homens frenéticos, homens velhos. Pareciam pessoas que eu conhecera, pessoas que eu já tinha visto antes, só que mais duros, talvez. Mas isso era só parte da história: juntos, eram suplantados em número por outro grupo, o dos homens arrasados, e esses eram incontáveis. Estavam descamisados e desesperados, murchando no calor do fim do verão. Seu lar era aquele, a frente da prisão, os espaços públicos que não pertenciam a ninguém. Aqueles homens caídos eram enxutos e esguios, cobertos de cicatrizes e tatuagens borradas com nomes de amantes que eles tinham esquecido e que se esqueceram deles, homens de faces cavadas, homens de mãos sujas. Me observavam com grande intensidade, ou talvez fosse só uma sensação de que estavam observando; talvez estivessem tão chapados que nem percebiam quem eu era. Alguém de fora.

"O que você está procurando?", Nelson perguntou.

"Guardas", eu disse.

A risada de Nelson foi estranha, pois não continha em si um convite para rir junto. Foi seca, cortante.

Pegamos à esquerda o caminho que contornava a borda do presídio, passando pelas entradas dos blocos de número ímpar. Os dois homens sem camisa nos seguiram de longe. Chegamos ao topo do morro e paramos, diante de uma ruela que levava para os blocos pares.

"Eles chamam de Rua Principal", disse Nelson.

Era da largura de um ônibus e servia tanto de via de passagem quanto de mercado: vendiam-se pares desencontrados de chinelos de plástico, espelhos de barbear e pilhas velhas, pentes de plástico e giletes, expostas sobre quadrados de plástico estendidos no chão. A cada poucos passos havia um homem curvado na parede, fumando crack num cachimbinho de metal. Ou talvez tenha sido só impressão minha; talvez eu tenha me abalado tanto ao ver o primeiro viciado que, na minha mente, aquele único homem desvalido multiplicou-se, até que eu o visse em toda parte, como uma luz forte que está presente mesmo com os olhos fechados. De qualquer modo, consigo descrevê-lo, e os homens idênticos a ele, com muita facilidade: tinha um rosto estreito com tufos irregulares de barba, um cabelo com entradas. Ele ergueu o cachimbo, e ao fazer isso, notei seus pulsos finos, quase delicados, seus dedos compridos. Estava de cócoras com os joelhos dobrados, e vi as solas de seus pés manchadas de preto. Ele acendeu o isqueiro e curvou os dedos dos pés com a expectativa do barato.

Nelson e eu ficamos assistindo enquanto ele brigava com o isqueiro. Ele acendia, uma brisa leve soprava pela Rua Principal, e a chama se apagava. Ele tentou outra vez, e mais outra. Por baixo daquilo tudo, havia uma ânsia que era quase infantil. Era impossível não torcer por ele.

Andamos metade da rua até o bloco de Nelson, número dez, e fiquei assistindo através das barras enferrujadas, tentando ser invisível, enquanto Nelson explicava quem eu era, e por que estava ali. Ele estava negociando com um detento para que eu pudesse passar.

Nossa escolta de dois homens continuou vigiando.

"Quem são eles?", perguntei.

"Estão te protegendo", disse Nelson.

Então nos deixaram entrar. Todos nós.

Homens gritavam do terceiro andar para o térreo, do segundo para o teto, vozes fazendo esforço para ser ouvidas por cima de aparelhos de som e televisões no último volume, por cima de uma dezena de outras vozes. Havia barulho em toda parte. Nelson me conduziu pelo pavimento; segui-lo era como tentar andar em linha reta no meio de uma ventania. Eu queria ver tudo, lembrar cada detalhe. Sabia, já naquele momento, que era minha única chance, que eu não voltaria mais lá. Vi um tubo enegrecido de luz fluorescente pendurado no fio, oscilando perigosamente acima de mim. Observei como Nelson avançava por aquele espaço, o jeito como se portava. Ele não falava com ninguém, e ninguém falava com ele. Lembro que pensei, é como se ele nem estivesse aqui.

Ele me disse que arranjara uma cela silenciosa, para podermos conversar. "Ótimo", eu disse. Era no segundo andar. Seus dois amigos esperaram do lado de fora enquanto Nelson e eu entramos, e logo descobri que a cela não era silenciosa de jeito nenhum, silenciosa só em comparação com as celas do outro lado do bloco, com vista para o pátio. Eu queria que o som da entrevista ficasse bom, mas não tinha previsto como isso seria difícil num lugar como Coletores.

"Assim está bom?", ele perguntou.

Fiz que sim com a cabeça. "Já é suficiente."

"Não entendo por que você está aqui", ele disse enquanto eu preparava o gravador e o microfone. Eu estava checando os volumes, e as palavras dele vieram estouradas pelo fone de ouvido. Ergui o olhar, assustado.

"Eu te explico. Só me dá um segundo."

Ele esperou. Sentou numa daquelas cadeiras de jardim brancas de plástico, do mesmo tipo que Henry tinha em seu apartamento triste de homem solteiro. Nelson reclinou as costas. Com um aceno de cabeça, apontou para o bloco, para os homens que andavam à toa e gritavam bem em frente à porta da cela.

"Escolhe qualquer um", ele disse. "Aponta um microfone para eles, e eles vão te contar uma história. Estão desesperados para que alguém os ouça."

"Você não está?"

Ele fez que não com a cabeça.

"O que você quer?"

"Faz meses que estou tentando convencer a Ixta a me visitar. Quero que ela traga a Nadia. É isso que eu quero mais que tudo. Por que ela não vem?"

"Não sei", eu disse.

"Eu sei que você não sabe. Você já viu a neném?"

Fiz que sim com a cabeça. Agora morávamos no mesmo bairro; parecia cruel dizer que eu a via o tempo todo. "Ela é linda."

"Imagino."

"E o que ela te diz?", perguntei.

"Coisas sensatas. Que quer continuar vivendo a vida dela. Que tem que olhar para a frente, e não para trás." Ele franziu a testa. "Ela não acha que eu matei o Mindo, acha?"

"Ninguém acha que você matou o Mindo."

"O juiz acha."

Ele me lançou um sorriso mordaz, quase desafiador, como se estivesse feliz por provar que eu estava errado.

"Você vai me contar o que aconteceu?", eu perguntei.

Ele não respondeu logo de cara, mas algo no jeito como ele me olhou me fez pensar: *finalmente, uma abertura*. Eu tinha certeza. Ele esfregou o topo da cabeça com a palma da mão, mordeu a unha do polegar e estreitou os olhos. "Todo mundo aqui é inocente, sabia? É só perguntar, todos vão te dizer a mesma coisa."

Cheguei mais perto dele. "Claro. É isso que eles dizem. Mas você realmente é."

"E daí?"

Eu parei. Não estava chegando a lugar algum. Talvez fosse a hora de admitir isso. "Seria melhor se eu guardasse isto?", perguntei, apontando para meu gravador.

Nelson fez que sim, e apertei o *stop*. Tirei o fone de ouvido e o mundo voltou novamente a seu volume normal.

Ele sorriu. "Assim é melhor, não é?"

"Claro", eu disse.

"Agora nós podemos simplesmente conversar."

Eu concordei com a cabeça.

"Posso segurar ele?"

Dei-lhe o gravador, depois o microfone. Entreguei o fone de ouvido também. Ele deixou tudo no colo.

"E se eu realmente matei o Mindo? Você já pensou nisso?"

Havia algo muito frio em sua voz.

"Você não matou."

"E se eu matei? E se eu for esse tipo de pessoa?"

Nelson estava lá dentro havia uns trinta meses, estudando justamente esse tipo de agressão encenada. E ele era bom. Deixou as perguntas ficarem pairando no ar. Eu sabia que não podia ser verdade, mas então ele desviou o rosto, e parte de mim se perguntou por que eu achava aquilo, por que tinha tanta certeza. Senti um calafrio.

"Tá certo", eu disse. "Vamos supor."

"Então o que você acha que eu faria com alguém que estivesse do lado de fora enquanto eu estou aqui dentro, e tivesse decidido que tinha o direito de contar a minha história? Se eu fosse a pessoa capaz de matar um homem numa rua escura?"

Eu não sabia o que dizer.

"Só pense", disse Nelson.

Eu sorri, mas ele não sorriu de volta, e por alguns longos instantes nada foi dito. Ele lançara seu argumento, e enquanto eu ruminava aquilo, ele se ocupou examinando o gravador e o microfone. Apertou o *rec* e apontou o microfone para várias direções diferentes. Estalou os dedos na ponta do microfone e observou a agulha pular.

"Ainda não está gravando", eu disse. "Está pausado. Se você quer...", eu disse, e estendi a mão para pegar a máquina. Havia um botão que ele não tinha apertado. Era só isso que eu queria mostrar.

Mas ele puxou o gravador para longe de mim. Foi um gesto veloz, muito leve. "Eu seguro", ele disse.

"Eu só..."

"Fica de boa."

Senti meu rosto ficando vermelho. Entendi o que estava acontecendo.

"Você está me roubando?"

Nelson me lançou um olhar de decepção. "É isso que você acha?"

"Bom, eu..."

"Vamos só deixar claro quem está roubando quem."

Quando viu que eu não respondi, ele ficou de pé. Pegou o gravador e o microfone e os colocou na mesa atrás de si. Eu poderia ter tentado recuperá-los, acho, mas Nelson se interpôs entre mim e meu equipamento, como se me desafiando a pegar de volta. E eu pensei nisso, pensei mesmo. Éramos do mesmo tamanho, nenhum de nós especialmente imponente, mas minha última briga tinha sido no ensino médio. E agora eu estava em Coletores, que, para o bem ou para o mal, era a casa dele. Seus dois amigos, aqueles que estavam me protegendo, estavam parados em frente à porta da cela. Como se quisesse sublinhar esse ponto, Nelson abriu a porta, e todo o barulho do bloco entrou numa enxurrada.

"Você entende?", ele perguntou.

"Entendo", eu disse. "Agradeço pelo seu tempo."

Eu saí, e ele fechou a porta atrás de mim.

Os dois homens sem camisa tinham ido embora, e me vi no meio do bloco, imerso no som. Não tinha lugar nenhum para ir. Não estava com pressa. Fiquei ali parado um instante, tentando distinguir uma voz, qualquer voz, naquela balbúrdia.

# Agradecimentos

Gostaria de agradecer à Lannan Foundation, ao Headlands Center for the Arts, e à Guggenheim Foundation pelo seu apoio. Mark Lafferty, Lila Byock, Joe Loya e Adam Mansbach, todos contribuíram em diversos pontos do processo para me dar ideias e incentivo num manuscrito que parecia, francamente, impossível de resolver. Sou eternamente grato.

Este romance, como quase tudo o que escrevo, é fruto de uma conversa tortuosa e ilimitada com meu amigo Vinnie Wilhelm. Obrigado, irmão.

Coletores é um lugar inventado, mas tenho uma dívida de gratidão para com Carlos Álvarez Osorio, quem primeiro me levou para conhecer por dentro as prisões de Lima em 2007, e que, em cada uma das visitas seguintes, me ajudou a entender o que eu estava vendo. Os homens que conheci dentro de Lurigancho e Castro Castro me confiaram suas histórias, e por isso serei sempre grato. Meus editores na *Harper's*, Chris Cox e Claire Gutierrez, deram muito apoio à pesquisa que se tornou primeiro um artigo de não ficção, e por fim parte deste romance.

Gostaria de agradecer a Gustavo Lora e à família Collazos, que me ajudaram a descobrir T———. A peça *El mandatario idiota*, de Walter Ventosilla, serviu como uma primeira inspiração, e, com a permissão dele, adaptei-a aqui. Tanto Walter quanto Gustavo foram membros do Setiembre, a trupe de teatro no qual se baseia o Diciembre, e peguei muito emprestado das histórias que eles me contaram.

Acima de tudo, gostaria de agradecer à minha família, e especialmente à minha mulher, Carolina, que me fez rir quando eu quis desistir, me deu amor quando eu precisava, e espaço quando eu tinha medo de pedir.

*Gracias, mi amor.*

Este livro foi impresso
pela Lisgráfica para a
Editora Objetiva em
junho de 2014.